从上海到洛杉矶

朱全弟 ◎ 著

文匯出版社

图书在版编目（CIP）数据

从上海到洛杉矶：朱全弟散文纪实集萃/朱全弟著.—上海：文汇出版社，2016.1
 ISBN978-7-5496-1699-2

Ⅰ.①从… Ⅱ.①朱… Ⅲ.①中国文学—当代文学—作品综合集Ⅳ.①I217.2

中国版本图书馆CIP数据核字（2016）第011591号

从上海到洛杉矶

作　　者 / 朱全弟
责任编辑 / 甘　棠
装帧设计 / 赵贤亮

出版发行 文汇出版社
　　　　　上海市威海路755号
　　　　　（邮政编码200041）

经　　销 / 全国新华书店
照　　排 / 上海歆乐文化传播有限公司
印刷装订 / 上海景条印刷有限公司
版　　次 / 2016年2月第1版
印　　次 / 2016年2月第1次印刷
开　　本 / 720×1000　1/16
字　　数 / 300千
印　　张 / 22.25
印　　数 / 1—3000

书　　号 / ISBN978-7-5496-1699-2
定　　价 / 42.00元

目 录

散 文

别怕,我说西藏	3
上海军医张春才	10
一曲水红菱唱响到何时?	12
从溜索上过江的傈僳族	16
圣莫里茨:陌生而神秘的地方	18
"我活到100岁是没有问题的"	22
就让我有这篇文章吧	24
沉思在澜沧江边	26
漳州行到最美处	28
人追海宁潮	30
四十年:期于和等待一瞬间	32
老杜鸭鸭,孜孜矻矻	35
我的悲情与诗歌	37
魂牵梦绕独龙江	40
幽默应笑我:解围又解嘲	44
西北边屯第一连	46
最美的风景是渝黔隧道里的风枪	48
听世界冠军谈球想到拳	50

本届世界杯,我们看什么?	53
舟山路上老邻居	55
酸楚中过滤出来的幸福	57
听王武教授谈吃蟹	62
在飞机上看天空看大地	64
崇明老白酒不冲头了	66
飞往欧洲的空中	68
一只热水瓶	70
三进西藏	72
附:西藏行诗二首	74
周转人看周转箱	75
建江,建江!	78
迪拜之"烫"	80
从上海到洛杉矶	82
太平洋东海岸一瞥之断想	84
秋天:飞往洛杉矶的航班上	86
感恩成都	89
生命的气息	92
在美国看摄影家取景	94
中美之间张扬与内敛	96

纪　实

挽弓当挽强	101
上海神探老端木	106
残躯的超越	112
第一街的故事	118

访亿万富翁朱伯舜……………………………………………… 121
啊,球迷……………………………………………………… 127
中国泳坛的编外"后勤"…………………………………… 134
刘达临和他的性文化博物馆………………………………… 142
足坛宿将刘庆泉纵谈中国足球……………………………… 147
英雄落难不落泪……………………………………………… 154
阳光下的洗礼………………………………………………… 158
刑警"803":重案支队长刘道铭…………………………… 167
英雄平凡亦感人……………………………………………… 176
慷慨一曲在世界屋脊上……………………………………… 181
邓小平在江西的日子里……………………………………… 190
川报记者黄英采访甘苦录…………………………………… 195
甘把此身献岐黄……………………………………………… 203
二下连云港　仗义写文章…………………………………… 211
李素芝:雪域高原"一把刀"……………………………… 216
为了藏族同胞兄弟的两条生命……………………………… 219
　　附:进藏日记九则……………………………………… 220
卧底广西　揭开传销黑幕…………………………………… 232
一个笔挺男人的曲折道路…………………………………… 238
一位跨越了3个世纪的神奇老人…………………………… 245
　　附:《115岁"大侠"跨越了三个世纪》追忆………… 249
蓝天骄子　亮相申城………………………………………… 252
我从来不谈养生　我是打仗的……………………………… 263
凌氏心意六合十大形传奇…………………………………… 269
星期三上午是生命的希望…………………………………… 276
休斯顿市市长特别助理谭家瑜……………………………… 282
上海好男人魏云寺…………………………………………… 284

广富林遗址断想……287
一个追梦到武汉的上海人……294
几乎失传的毊鸡回来了……300
告别曹安　难说再见上海……302
"拉粉"拉出了一个美丽种子梦……305
廊下一个普通农民的幸福机遇……309
人民公园太极推手角……311
此生唯一被叫停的采访……315
换肾十年今如何……320
　　附：十年后返藏观感并纪事……322
人格陈酿自然峰……326
黄传会：为人为文细节真实一致……331
人类痼疾——眼肌型重症肌无力的福音……336
用蜜蜂蜇一下……338
沈氏针罐排毒通经法传人……340
南汇赤子唐同轨……342

散 文

别怕,我说西藏

　　我献血,不是逞英雄,更不是什么思想觉悟高。至于献血12天之后进西藏,纯属无奈。我不想当狗熊退缩。再者,我还有一点想法,到西藏去,这是原定计划,难道仅仅因为从体内抽出200CC鲜血就流产?!我心不甘:生命哪能这样脆弱!

　　行前,我特意咨询了一位老西藏,他在西藏20年,对于那里真是太熟悉了。首先,他对我选择10月至11月这个季节进西藏表示惊讶。他说,西藏本来就是高原缺氧,秋冬之际,更是草木凋零,空气愈发稀薄。我解释道,时间被延宕了;我练过身体,困难再大我决心不会动摇。

　　10月12日,我生平第一次献血,捋袖握拳,两分钟不到结束。10月24日,我乘坐飞往成都的飞机,开始踏上这次神秘的高原之行。

(一)

　　西藏是神秘的,但并非像人们传说的那样可怕。问题是西藏属于高原气候,你要走近它,并在那块土地上进行"活动",你就必须依循它的自然规律。当地流传一则笑话:原公安部部长谢富治到拉萨后,觉得并无反应,于是大发感慨地说,西藏并不可怕。陪同人员劝他少动,他不听,到了晚上,他就被送往医院。当然,这样的例子很多,那就是说,到西藏去,千万别逞能。

　　我们这次进藏,是随上海第二批援藏干部、拉孜县县长宋惠明一起前行的,他是1998年5月20日进藏的,国庆前夕,他回嘉定筹集了11台拖拉机,还带了许多草莓种子和蔬菜种子等,这位农学院毕业以后一直从事农业的援藏挂职县长,在高原上种出一片那里过去从未生长过的蔬果新品种。宋惠明这个人最大的优点是充满激情,乐观奔放,身上有一股明朗活泼的生气。我很喜欢他身上的那种男子气概。所以,对他的"鼓动"我也深信不疑。他说:"你们放心,我绝对保证你们的安全。"他还说,他已"发明"了一条进藏的最佳线路,从低到高,没事。

10月27日上午九时许,当飞机穿越两旁光秃秃灰蒙蒙的山谷降落在贡嘎机场时,我的心陡然一惊:神秘而危险的西藏之行正式开始了。透过舷窗,眼前稀疏的绿化告诉我,这里是强者生存的地方。同时,我们敛神屏息,捕捉自己的身体反应。有,但不明显。这时,同行的老赵烟瘾上来了,想吸烟,奇怪的是打火机点不着火,还有,我们带来的饼干之类的东西,包装的塑料袋全都鼓鼓囊囊地膨胀出来。

按原定计划,我们的车队向山南地区进发。拉萨的平均海拔是3750米,而山南这块被誉为"西藏的江南"只有3400米,我们先去那里,可能反应会小些,住三天作适应性调整。

12点55分,车到山南,在地区行署所在地泽当镇下榻,这里有卡拉OK舞厅,有火锅店,小城繁华之程度,令我们惊讶不已。此前,我们概念中的西藏是一块十分贫瘠的土地,鲜有作物,加上沿途所见,尽是苍茫而荒凉的山。山连着山,不长绿色,就是一路伴我们前行的雅鲁藏布江,也裸露着乱石堆垫底的河床,浅显而潺缓的水毕竟太单调了。

车子驶进当地最豪华的三星级泽当饭店。依然,我手提重物。这时,与我们同行的一位小姐下车还没走到房间,就晕过去了。众人连忙把她扶进去,让她身靠在床上吸氧。其他人也有反应,头重,脖颈不灵活。我的感觉相当好,些许不适,别无其他症状。

宋惠明忙碌一番之后,赶来嘱咐我:要多喝茶,防缺水;不能洗澡,防缺氧。今晚不要写稿子了,因为可能造成脑缺氧。他还告诫我们,吃了午饭马上卧床休息,并在饭店里每人买几盒抗缺氧的藏药"红景天",而且晚上睡前还要吃"安定片",以保证睡眠。最要紧的别忘了吃一颗"康泰克",到西藏,决不能感冒,小则住院,大则送命。此时,我才体会到,人的生命是十分脆弱的,在特殊的环境里,更显示出娇嫩无比。

第二天早上宋惠明说,到西藏只有少数人没反应。我想,我也许有幸能够成为其中之一。然而,宋惠明接着又说。反应来得快的人,消失也快。反应来得慢,症状则要严重得多。这时,我倒有点担心了。宋惠明认为我肯定会有反应,言下之意,我不但"在劫难逃",而且要比现在有反应者的情况严重得多……

第三天上午,我们准备吃了中饭就出发到日喀则去。西藏军区山南军分区司令员金毅明大校来泽当饭店看我们。

金毅明是一位典型的军人。他说话直爽,一点也不做作,甚至不惜"暴露"自己内心深处的真实想法。他设宴招待我们,并为我们斟上白酒。他说,我是讲辩证法的,到西藏来不宜多喝酒,但少喝一点是可以的,正好起到加速血液循环的作用。我们经不住他手下军官的劝酒,干了一杯又一杯,超量了。最后还是金司令下令:"不要再搞了!"金司令又说:"不要老是睡在房间里,到外面去走走。"下午,金司令特意派了他的司机小贾开车带我们到山南的上王墓、雍布拉康、易珠索去浏览。

但最令我难忘的是,丰田越野车沿着盘山的羊肠小道不断往上开,是我有生以来最刺激最冒险的山间旅程。上山七拐八弯,有时还要往后倒,可能多倒半尺就要掉下万丈深渊,然后再使劲扳新方向,盘转弯上去。前面根本看不见路,前方一片峡谷,好个小贾,不愧为司令开座车的,技艺娴熟,如履平地,全无一点惊慌,习以为常。车到山项,同行者中有人连呼"危险",就连达娃局长也出了一身汗,他的警车太老了,万一发生功能性故障,那可不是玩的。

山南最后一天,是进藏后的"热身赛"。

（二）

山南，毕竟是海拔较低且树木较多的地方。我们下榻的泽当饭店里有参天的北京杨、白杨等，尽管时近秋季末尾，秋风萧瑟，每天都有一地枯黄的落叶在庭院里，但是总算还能看见生命之树在这里繁衍生长。

离开山南，此去日喀则如何？我们都在思索担心，那里的海拔更高，有一种临战或接受考验的感觉。

我们3辆越野车朝来时的贡嘎机场方向驶去。这条路，是战备路，一旦中印边境有事，军车来往都是从这条路过去的。五六月份西藏发洪水，几乎淹没这条路，当时为了确保这条运输生命线，许多战士每隔一段距离站在上面"指引"车辆前进。应该说，包括我们以后所经过的路在内，这算是一条很好的公路。

又见大山。一座座山川相连，路旁还有雅江相随，间或有树顽强生长，风景绝对可以。第一辆是达娃局长驾驶的警车，我们在中间。突然，只觉得车子好像进入凹陷处一样，往下一坠，接着就是刺耳的摩擦声，驾驶员尼玛旺堆刹车下来，我们也跟着跳下车，一看，左后轮飞出去了。幸好这辆丰田越野车自重达4吨，所以没有翻车。如果是前轮飞出，那是非翻不可的。原来，车轮的螺丝松动了，尼玛旺堆没有察觉，因为路况很好，地面平坦，才没有出事。

到贡嘎机场，跑了一百多公里路，停车吃饭。下午，又是三百多公里路，在日喀则市我们"吃"了进藏以来所遇到的第一只红灯，内心的喜悦实在难以表述。这毕竟是城市的气息。可是担心仍未消除，宋惠明说了，反应来得慢，症状也就重得多。而且，我们同行的人包括宋惠明都有反应，他们晚上头疼得厉害，睡不着觉甚至出现呕吐现象，到了一个海拔更高的地方，这使我不敢掉以轻心。

日喀则，3750米，又是一道新的考验。

确实，到这里活得很累。在上海从无什么病，现在却要时时提防自己得病，有点像林黛玉那样弱不禁风。我们再次被告诫：千万不要受凉，当心感冒，否则引起肺水肿,那就可怕至极。

第二天清晨,已是8点多了,但外面仍然是漆黑一片,西藏与内地时差两小时。这时站在窗口仰望天上的星星,觉得特别清晰明亮,在内地,我还从来没有看见这样晶莹透彻的星体。上午10点,宋惠明说有点难过,要去日喀则医院配点药。有人打电话给林湘说宋惠明感冒了,有没有肺水肿,正在作进一步检查。我们匆匆忙忙赶到医院探望,只见宋惠明已躺在床上,面色绯红,气有点喘。他说早上起来就觉得难过,走几步路就感到胸闷不行了。

"绝对保证"我们安全的宋县长最终没能保证自己的安全。应该说,他太劳累了。几个小时之后,宋惠明的检验报告就出来了,肺水肿。肺积水不及时治疗就会压迫呼吸导致窒息。所以,在西藏最可怕的就是脑水肿与肺水肿,前者知道的人不多,后者却广为流传,到了谈虎色变的程度。宋惠明一是疲劳过度,二是有点麻痹大意,以为自己三进三出西藏身体已经适应了,但西藏是不给任何人发"特别通行证"的。

宋惠明住院,不能带领我们继续前行了。于是,拉孜县副县长张懋通赶到日喀则。在西藏,无人接应你会寸步难行。向导、车辆、语言,包括安排食宿。都是问题。

从日喀则到拉孜,大概三百公里车子经过之处路况更见差劲,有许多时候,越野车在冲垮的公路旁边的乱石堆上行驶,颠簸得十分厉害,就像船在大海中航行一样,五脏六腑仿佛在身上被举起又摔下,奇怪的是人却没有晕车的感觉。拉孜更高,平均海拔4010米,荒到极点无一片绿色的苍凉大山一座连着一座,我们在车上不禁发出这样的感慨:这里的人怎样生活?

我们的车,又抛锚了,修车的当口,我越过公路到山坡上去看一看牧民的家。登上乱石堆的山路,在低矮的半山腰看见用土坯圈起来的墙,里面一块寸草不长的空地。只有一只牧羊犬大概就是"藏獒"吧,见生人来,凶狠地准备扑过来,女主妇闻声出来一边把它牵进笼子,一边向我微笑招呼。很难猜出她的年龄,强烈的紫外线,在太阳下晒一小时就可以让你脱一层皮,恶劣的干燥的自然环境,加上一般藏民不食蔬菜与水果,皮肤看上去没有水份。我想看看她的家，女主人热情地引我进去，也算一个院子，随后从高往下走了二级石梯，黑黢黢的仿佛是地洞，一只烧牛粪的煤炉居中放着，烟尘呛人鼻子，正从烟囱管子里徐徐冒出。我问她，她听不懂汉语，用手比划着，她有7个孩子，这个家空无一物，让人看了心寒，我无话可说，从口袋里掏钱，她接过，忽地又窜出一个孩子到我面前伸出手来，她的母亲很懂事，一把拉住孩子搂住他的头，意思是我已经给过了，不能再要了，但我不想让伸出的手空着缩回去，又摸了一张零票给孩子，里面实在太黑，我刚进来还没有适应，这时，从墙角壁的一张小床上又跳起两个孩子都伸出手来，我一愣，可是口袋里只有一张零票了，给了一个还有一个没有拿到。我返身出来，第一个讨钱的孩子很义气地送我下山，他走在乱石堆的山坡上，一蹦一跳，如履平地。当我们在同情他们贫穷的时候，又不得不惊叹他们生命力的坚韧不拔。

第二天清晨，尼玛旺堆的越野吉普车来到招待所门口，张副县长也到了，出发，去樟木。三百多公里路。车子刚翻过喜玛拉雅山，轮胎漏气。这时，车上的海拔表指明我们在4900米的高原上。正好坐久了，要下来活动一下，但是外面出奇地冷，我的脚更是冻得不行。山坡上的一位大妈提着装满酥油茶的热水壶下来要我们喝，更令人感动的是道班的一位藏族青年远远看见有车抛锚，就开着拖拉机过来了，为我们修车、打气。车子终于启动了，张副县长掏出40元钱给他作为酬谢，他说什么也不肯收。

车子在尽是悬崖峭壁中的山间小道行驶。路是什么概念？"国道"这让没到过西藏的上海人是绝对想像不出的。

在喜玛拉雅山登山队的大本营，5200米处停下来，天色晴好，珠穆朗玛峰近在眼前，因为我们本身也达到了一个不低的高度；所以8848.38米的"绝对"变成"相对"了。想着想着，车子开着开着，人竟迷迷糊糊地打起瞌睡。真是，"夜奔定日，投宿珠峰"。回拉孜，刚下车，就被告知，定日的一辆车快到日喀则时翻了。机械故障，一死两重伤两轻伤，听了让人久久缄默无语。

回来，有人见我，面孔黑了人瘦了，但精神却依然如故。我只是想说，有些人去西藏后，回来总爱把西藏讲得十分危险可怕，除了他身体原因外，是否也有一种故意把自然环境渲染得极其恶劣,借此说明进藏"勇敢"?

那是一块神奇而迷人的地方,只要健康最好再强壮一点的人是很值得去看一看的。

1999.4.10

上海军医张春才

上个周末,上海二军大长海医院教授张春才驾车前往江苏盐城,目的只是眼前的一个特殊病例,获取详实的资料,为了可能的"下一个"同样遭遇的病人。64岁的将军教授已经记不清这是多少回去追访病人了。到了盐城再到滨海县,今年46岁的王益军好端端的站在张教授的面前,并且自如地蹲下起身,与常人无异。

五年半前,在常州打工的王益军遭遇车祸,当地医院诊断髋臼骨折,行切开复位钢板内固定术,不幸术后畸形,人还是站不起来。更加倒霉的是,祸不单行,又并发了巨大严重的异位骨化,胡乱生长的骨头,把髋关节死死地包裹了起来,完全丧失了功能。医生说,当前的医疗水平,只能人工髋关节置换了,这是唯一的出路。病人不死心,他不想换关节,因为才40岁。8个月后,他终于从病友嘴里了解到长海医院有一位对创伤手术颇有造诣的教授,于是满怀希望来沪找到了张春才教授。面对病人的要求,张教授感到非常棘手:切掉异位骨化,取出钢板并非难事,可是髋臼畸形8个月,如何再将髋臼与股骨头匹配到"爹妈"所赋予的状态,世界上还没有报道的先例。如果关节置换,在畸形位置上,其疗效难以预料,往往要多次翻修。这对于一个打工者来说,不但要承受精神与肉体上的多次痛苦,而且还有沉重的经济负担。这个有两个孩子的家,怎么办?

最后,王先生接受了张教授的治疗方案:利用异位骨化骨,雕刻出部分髋臼,纠正髋臼畸形,匹配到爹妈给予的状态。万一如欧美权威所说,发生股骨头坏死和关节炎,再置换关节,也有了真臼的骨性框架。历时8个小时,手术成功。

现在五年半过去了,张教授手工打磨出来装在病人髋关节上的"零件",是否在正常运转?当张教授在滨海县看到王益军现任江苏飞达冶金制造有限公司生产管理负责人时,非常高兴。如今,王益军的一个大女儿学的是护理专业,今年大学毕业了。回首当年一场车祸,两度手术,他至今不胜唏嘘,连声感谢。可是,张教授陷入了沉思:这雕刻的髋臼,毕竟不是爹妈给的,为什么随访5年,功能这么好?这一成功的病例几乎颠覆了目前的理论。

千里追访特殊病例,为了可能的下一个病人从中获益,医生用心用力,病人理解配合,两鬓斑白的张春才教授又圆满地完成了他从医生涯中的一次"远行"。

2012.7.9

一曲水红菱唱响到何时？

七月的下旬，申城已是热得不行。那天上午，火辣辣的太阳当头照耀，坐在有空调的小车副驾驶的位置上，我被明晃晃的光线刺得有点眩晕。到了，这是一个富有诗意的名字：草场浜。就是松江仓城西北的草场浜。昨天，下了一场大雨，路面尚未恢复过来，现在，还有一段很长的乡间泥泞小路，大概有十分钟的里程，不好走，也要走。采访养成的习惯，亲临现场实在是寻常我辈"干活"的唯一选择，不然那几百字上千字从何而来？

果然，绕过坑坑洼洼，皮鞋仍然沾满泥块，走过一块很大的水田，拐进一条长长的田埂，旁边有随意栽种的茄子、米苋、蓬蒿菜等，这样的路，城里人一般很少有机会走一走。再往里就是水红菱的栖息地。偌大一条河浜，两眼望去，绿莹莹的水生植物特征的叶子浮出水面，乍看之下，不知何物。然而，永丰街道仓吉二村的农妇金菊宝手指水下说：种这个水红菱真是太苦了。大伏天里，下水捞草就够呛，整整三天清除碎片似的浮萍不到一亩，人工太大了。四月头上播种，中秋前后上来，采收的时候尤其需要小心，人下到水里，手指摘时不能把根茎扯断。当天早上采，放在桶里，下午就要卖掉，否则会坏。

水红菱的前世今生

不过，这种水中尤物水红菱拿到市场上，非常受欢迎。能生吃水红菱是福，至少是缘，有钱不一定买得到，更何况是古往今来名播遐迩的草场浜水红菱。生吃为最佳，味甜、嫩脆、汁多。熟食也不赖，别有风味，粉香、甜糯而不粘口，水中滋养的淀粉质。又可作菜肴，菱肉烧豆腐、菱炒肉片都是地地道道的本帮菜。现在，不唯好吃，还得讲出科学依据，是否健康食品。幸有李时珍《本草纲目》记载："菱甘平无毒，性寒、生食解暑烦热，生津健胃、和胃益气"。

一句话，可以放心食之也。谓予不信，容我慢慢道来，可知不假。远可追溯吾邦乾隆皇帝下江南，在松江旧称地华亭府大啖秀野桥"四鳃鲈鱼"之余，复又品尝草场浜水红菱，吃后赞誉有加。吃一点不打紧，拿一点也无妨，关键是乾隆吃了还有评价，这让草场浜至今心存感激。近能说是1974年，日本首相田中角荣访问上海，想来念他为中日邦交作出贡献，有关部门专程到松江吉祥村特购草场浜水红菱，田中角荣识货，品尝后也是赞不绝口。继之，有一些食品企业闻风而动，将水红菱制成罐头食品，试销日本等国，结果备受青睐。写到此，我感叹：水红菱啊水红菱，"一品"而得古今"两国"首脑称颂，可谓荣耀也。

水红菱的生存备考

历史上，松江产菱，且以水红菱著称。迄今已有200余年历史。

谓予不信，请阅《松江府志》有云："菱有青红两种，红菱最早，名水红菱，稍迟而大者曰雁来红；青者为鹦鹉青，青而大者谓馄饨菱，极大者为蝙蝠菱；最小者曰野菱。唯草场浜水红菱最佳。"

古人对此多有描述，今天的松江人则因草场浜水红菱形状如元宝，喜称其为"元宝红"。

另有灼灼可见，乃传统沪剧《卖红菱》，就出自松江，男女主角的传情物即是草场浜水红菱。昔时此物鼎盛时，每到中秋节，松江城内的车站、码头、菜场以及小路小巷，均有农民叫卖红菱。

水红菱属菱科一年生浮叶水生植物，性喜温暖湿润、阳光充足，不耐霜冻，不抗深水，只适宜在浅水的河塘中种植，花期6—7月份，果期9—10月份。水红菱的生长能力很强，它根蔓上密生须毛，只要栽到淤泥里就能成活分枝。

一棵菱头,春萌秋收,可长100多个头,主茎延伸可达三四米;叶柄有浮囊,无论深水,抑或浅水,均可生长,托举叶片浮上水面。春来播种夏开花,到秋天采收,生长期达六七个月之久。据称,一般早熟种,清明播下,立秋始收嫩菱,处暑、霜降收老菱。平均亩产800—1000斤。果型较大,每斤25—35个。从前在马路摊头上,50、60后人至今多能忆及,老菱的肩角细长平伸,尖可刺手。

种菱很平常。我则觉得很有趣。选种,在菱塘中选一方红菱长得壮实的菱棵,用稻草扎结做好记号,待到重阳节时,将菱棵上自然脱落沉入塘底泥中的菱种捞起洗净,放入注有清水的缸甏中过冬,当中换水二三次即可。等到来年清明节时,再将菱种播入清塘后的菱塘内,只消半个月,嫩绿青翠的菱秧头就急不可耐地浮现于水面了。

松江农民有种植水红菱的喜好。解放初期,以草场浜最盛,北起长脚娄,南至黄泥娄,种植水面长约5华里,宽达40米,面积百余亩。其中吉祥村有80%农户种植水红菱,上一个世纪八十年代尚存80余亩水面。

时间过去了30年,这是七月盛夏的日子,我站在一池水红菱生长地的河边田埂上,前面是新浜河,后面是毛竹子港,还有一方鱼塘,我被三面环水围在中央。金菊宝告诉我,这里的水是活的,与黄浦江相通,为有源头活水来,水红菱才长得这么好。

水红菱甜种的人苦

水红菱名字好听,令人想起水灵灵的诗意来,可以触摸可以啖食也,不亦乐乎?可是,八月,正是大伏天里,人们看见太阳惟恐避之不及,但是,采菱人却要顶着烈日摘收果实了。

问,答,只有一个字:苦。49岁的金菊宝毫不掩饰心中的埋怨,丈夫要种,她反对,甚至说你要种就一个人去种。然而,她的丈夫在仓桥副业公司上班,平时料理还是需要妻子搭一把手的。这不,说不管,金菊宝现在就站立河边,目光复杂地看着一池水红菱。菱是收入,也是农户家中幸福的一部分,尽管它还说不上是苦尽甘来。因为年年种年年要吃苦。正因为有吃大苦耐大劳的朴实农民,路边街头才有喷香的水红菱。

金菊宝的苦衷已经成为人们的一种忧虑:将来有谁肯种水红菱呢?它的价值并不高,甚至还有销难之虞。就是今天,也是种的人少喜欢的人多,但我们正面临"食无菱"的现状。

吃是一种口福。我在大热天里就是看看水红菱也出了一身汗,农业机械化解放了田间劳作的农民,大大减轻了插秧收割之苦,然而,种植水红菱还需要人工甚至是强劳力,我为水红菱忧。我还有一句说出来要被农民骂的话:水生植物水红菱也是农村中一道美丽的风景。只为好看不顾农民的辛苦,于心不忍,我决定水红菱收获时,再去草场浜报道水红菱,尽一份记者的绵薄之力。

我,也只能如此了,但愿这样的努力为种植水红菱的农户减少一点销售的压力。我还有更大的一个奢望,希望水红菱的"生产期"能够长一些,不至于很快消失。值得庆幸的是,永丰街道已经意识到了水红菱是他们的宝,是宝就要把根留住。我从文字开始,只是一种记载,而他们则将付诸行动,作出努力,为上海人民保存这一既是美好的记忆,更是实实在在的一种美食水红菱。

谨以此文,向他们表示我一介书生更是一个市民的谢意:凡美好的东西,都应该尽可能地保留下来。

2012.8.6

从溜索上过江的傈僳族

在激流翻滚的怒江峡谷腹地,全国唯一的怒江傈僳族自治州福贡县马吉米村的203户农户715个村民,分布在江东江西的两岸山坡上。22个自然村的贫困群众大多居住在生产生活条件极差、开发难度大的半山区、深山区和高寒山区,全村耕地面积406亩,人均0.5亩,2010年人均有粮332公斤,人均年收入1031元,是云南省最为贫困的村庄。2010年8月上海对口帮扶资金300万元给这个村注入了发展的活力,上海合作交流办公室帮助实施了马吉米村的路面硬化、扶贫产业和社会事业等建设。从此,马吉米村和上海市包括市民结下了不解之缘。昨天上午,沪滇两地联合采访报道团记者赶到该村共同见证了这里的变化。

一位上海大姐抚养两位老人

陡削的上坡台阶,记者拾级而上,有点累。上海援建的马吉米村活动室里,堆满了全国各地包括上海寄来的衣物和学习用品。

外面墙上挂着自发到此的好心人的捐款捐物的图片。曾在该村连续四年担任农村指导员的年轻副乡长张晓东指着这些照片讲述了一个个动人的故事。当记者问起上海市民关爱傈僳族时,晓东说:上海云南知青的子女从网上捐款,并从淘宝网购买了许多花卉的种子寄到村里。果然,睡莲还长在活动室门前的水缸里,紫藤爬上了房子的外墙。最为感人的是,一位热心的上海大姐每月出资300元,自愿抚养两位傈僳族老人直到他们去世为止。

靠马驮往山上运空心砖

怒江流经126公里的岸边,找不出一块足够的平地能让傈僳族村民建房集中居住。在马吉米村,记者独自爬上陡峭的山上去察看当地的民居,只见一幢断壁残垣的房子门窗洞开,里面已经无人居住,这是亟待修缮的危房,但许多傈僳族家中真的没有一分钱。

下山,邂逅两匹瘦马。山上有农户要建房修房,两位搞运输的傈僳人正在往马背上绑扎一块块空心砖,装满六块砖然后上山,赶一个小时甚至更长时间的山路,只赚3元钱,令人唏嘘。

不过,帮扶资金到位后,这里的情况有了根本性的改观,他们在帮扶中学会了种植云黄连400亩、草果400亩,还有人利用山里自然条件的便利开始养蜂。傈僳族人民在全国各民族的帮助下一定能走上幸福之路。

出行溜索连通江东江西

我们在瓦贡公路上驱车,最后停在了怒江边马吉米村马嘎组的岸边。怒江发源于雅鲁藏布江南麓,右边江西是高黎贡山山脉,左边江东是碧罗雪山脉。昨天赶巧,江西的黑毛猪被收购要运过来,猪被绑住,人则坐在猪的背上。黑毛猪临宰还要多遭一份罪,过江时恐惧的猪四肢不敢动弹,惨烈的叫声叫得让人心疼。我们站在江东的此岸,看着彼岸的人畜一溜过来。刚落地,受惊的黑毛猪就乱窜狂奔,幸好被人死死摁住。

抵近细瞧,加上当地人解释,才知道过来人用绳扣缚身,手上捏的是"溜绑",到达彼岸时靠手上的一把草作"刹车皮",减缓溜滑的速度,最后停下。近距离亲眼所见,着实让人感到惊险、刺激,手脚发软。这给傈族人出行带来极大不便和风险。江西的农产品要运出来,甚至江东有农民的耕地在江西要耕种,都要靠溜索溜来溜去。在现场,沪滇联合采访报道团带队的上海市合作交流办王靖处长动情地表示:今年来不及做计划了,明年一定要想办法筹措资金百万,帮助马嘎村20多户80多人建造一座桥。

2012.11.20

圣莫里茨：陌生而神秘的地方

到瑞士已是庆幸，能有机会一睹这个欧洲首富乃至世界顶尖的高福利国家的人情风貌。及至被告知：承蒙瑞士国家旅游局安排，我们将前往圣莫里茨作一短暂的体验式采访，实话实说，没有一丝窃喜。那是因为：圣莫里茨对于我们而言，毕竟是一个陌生而神秘的地方。

一如"最美丽的风景，总在人迹罕至的偏僻处"，风姿绰约的圣莫里茨，亦如是。午饭后从伯尔尼出发，车子在颇有秋天凉意的山区里蜿蜒行驶。一路颠簸，傍晚时分，赶到下榻处，是当地最奢华的五星级 kuLm 宾馆。车下来进去，没有常规的大堂，只有一个很小很小的招呼客人的局促空间，这就是前台，不过一条走廊，一个招呼客人的地方。我注意到了一个木头的靠背椅，一只高凳子，还有一张像布满皱纹似的老脸一样的矮桌。这是 1856 年宾馆开张时保留到今天的"文物"。右首进去，那才是雍容华贵、富丽典雅。负责办理入住的小姐专业、礼貌，没有什么声音，稍候片刻，然后递给我们一行三个人三张房卡。每人都是厚厚一叠，精致、漂亮，就此而言，与我出差无论国内国外都不同。

第二天，我们去游览圣莫里茨小镇。导游是五十开外文静瘦弱的欧利文。圣莫里茨由两个小镇组成，巴莫和多苏，大多数人都住在多苏，因为那里才更多是原住民的所在。欧利文对圣莫里茨的一切了如指掌如数家珍。站在大街上，我们再看整个圣莫里茨才知道，它是一个高山疗养的胜地，它的位置远高于其他地方，好像是被上帝之手用一个"托盘"把它送到了离太阳很近的高处，一年四季阳光充足，322 天不下雨，植被好，周围还有雪山，空气洁净更是令人神清气爽。这是一个概念，而细节就只能听欧利文的解说了。圣莫里茨最早被"发现"是英国人的作品。这里的夏天可以想见的美丽，冬天也可以玩，而世界上的人类原来都是信守冬季是蛰居不出的岁月。英国人喜欢打赌，1856年，建造在海拔1856米上的kuLm宾馆发出别样的邀请：如果冬天到这里来玩得不好，我们免费。觉得好就住下，不好房间费用报销。结果，英国人来了，一直住到来年四月。喜欢玩的英国人从此发轫了冬季旅行从圣莫里茨开始。kuLm宾馆是当地历史最悠久的建筑，kuLm就是顶端的意思，整个瑞士用电灯是从这里水力发电供应kuLm开始的。圣莫里茨的水源充沛，水质之好也是闻名于世的，富含矿物质的水源，在3000多年前就享有盛名了，它对人体很好，当地称它为"万灵水"，还有益于帮助生小孩。下坡途中，有一斜塔，不是设计失误，而是整个山体在移动。上面有一钟楼，那是1147年的产物，斜塔对面也有一座宾馆，这是kuLm宾馆老板的儿子于1896年建造的。

　　路边，有一座我们看来不无粗糙的生铁铸就的雕像，那是勇敢者的象征，肚子前面一块滑板，在高处凭借速度和重量向下滑行，时速可达130公里。这项"肉包铁"的滑板运动始于1885年，雕塑是在该运动100年后立的纪念碑。现在国内外马路上都可见到的滑板无一不是体现人们希望"加快步伐"的愿望。圣莫里茨海拔高，阳光好，曾经举办过1928年和1948年的两届世界冬季奥运会。始作俑者，还是英国人吧。进入冬奥会场地，山上偏僻的寂寥处，全然没有了当年的热闹景象，门口冷冷清清只有几辆滑雪的赛车停着。我们跟着欧利文先生走在滑雪场的赛道上，听他的讲解。想起那座雕像，我们脑海中浮现出滑行者的英姿。欧利文坦言自己不敢，但是他儿子试过，穿过两边的森林感觉好极了，就是危险，不能刹车。他讲了一个故事，去年一位在高速中的英国人滑行者，冲下山时，一条腿伸在外面，到了山下发现自己的一只脚没有了，人们马上帮助去寻找，送到小镇上的诊所居然接上了。这不由人不佩服，这是一种什么样的医疗水平啊？!

　　傍晚，回到kuLm宾馆，再度感叹这个世界顶级富豪度假的地方，一点不显山露水，门面包括进去的第一感觉平平淡淡到"寒酸"的地步。也许，这里不需要张扬，它是一直处在奢华中的人寻找隐秘安静的地方。所以，它非常讲究私密性，车到了，客人下来，然后由前台经理带到上面的房间。我隔壁的房间是212房间，我在阳台上可以看见它的比我的更宽敞的阳台。我羡慕它是想象在那里打任何拳都有足够的空间。后来，在瑞士国家旅游局一位主管小姐的陪同下，由饭店公关部的一位女士引领，我们参观了整个宾馆的主要设施和场所，包括进入212房间。里面是一个很大的套房，书房非常典雅，一天是2.2万瑞朗。原来，我住的房间是这个大套房的组成部分，比如随从或者秘书之类，两边可以开门走通。在阳台上，朝圣莫里茨湖张望，无疑最佳的角度就是212。

在6楼，我们看了先后化了7000万瑞郎装饰过的房间，都是淡雅素洁的一种，钱"贴"在了看不见的墙上。灯光也是柔和祥瑞的，当然顶上的灯具勿庸置疑属于华丽高贵的那种。现代与古典的结合，所有材料取自当地。这是一种自信更是一种原则，舍近求远没有理由。

从上到下，在地下一层电梯门开处，一座被镂空的岩石是借势而造。游泳池的厕所是不加修饰的两扇木门。里面绝对富有创意，水帘、绿树，地下两个脚印等你踏上去。我们都说好，瑞士国家旅游局的小姐听了就问：有人吗？在得到没有的回答后，她也进去参观了男厕所。

一楼，两边墙上挂着许多神像、油画，甚至一些古朴的家具，也排列在靠墙的下面。这是常住客把家里的东西放到度假的宾馆，以便自己享用。久而久之，成为一种摆设了。人不在了，东西还在。源此，各种家具越积越多。这个宾馆就像一座城堡，大得无法想象，还有一个多功能厅，可以举办结婚、庆典等活动，德国贝克汉姆在此完婚。

餐厅，在深深的最里面。我一脚踏进去，服务员和用膳的先生们似乎都用好奇的眼光打量着我。后来，我退出，饭店的公关经理介绍，餐厅是一个很高档的处所，要求带领结，坐的位置越靠外就象征身份越高。进来时，客人会在红地毯上站一站，有人来接，服务员和你说话的时间越长越有面子。

我下榻的房间，正面对圣莫里茨湖，蓝色幽静的水面宜人深思：这样的山水我们也有，甚至比它更好，只是这么一种远离尘世摈弃喧嚣的宁静，我们却无法复制。在超级富豪享受的宾馆里，进进出出，都是"正常人"，乃至我都没有看到一对老翁带着小蜜年龄相差悬殊的客人。还有，财富在全球都无疑是一个永恒的主题。但是未必见得拥有财富你就永恒了，恰恰相反。我们不仅没有一丝艳羡，而且心态坦然。如果说掩饰不住也有震撼处，确实，有两个故事让人吃惊又憾然。

　　一位入住饭店的意大利客人，最后有两个星期的房费付不出了，这位仁兄就把开来的一辆劳斯莱斯作抵押，并约定来年入住时再赎回去。第二年，他又来了，赎车，钱付掉了，车却没有开回去，不要了。这是宾馆的公关经理亲口所述，我们没有理由怀疑这件事的真实性。财富，就在要与不要之间。还有一个就是：饭店的老板由于健康原因，委托当地的一位总经理经营 kuLm。一旦老板去世，那么现任总经理就是他的继承人。财富，太多了，就是属于社会的了。我们还在追求金钱，但在大洋彼岸的最富庶的瑞士，这样有关财富的故事，告诉我们的却是放弃的结局。

2012.12.9

"我活到100岁是没有问题的"

4月30日下午三时半,像以往一样,我坐11号线地铁去桃浦看望凌老师。此前,《男人之歌》书出之时,小凌老师嘱我送一本给凌老师:"他不一定看,主要是让他高兴高兴。"那天大宁绿地回来,晚饭后我即去桃浦。其实,我早就应该去看凌老师了,春节中一次,中间竟然没有再去过。除了遵师之命,内心还是有点愧疚的。所以,当敲门不应,打电话无人接,我就执意今晚一定要等到凌老师回来,或许他去外面吃饭了,原本我想一学"程门立雪"的,就在凌老师下面的门口等。一个多小时后,家里仍无人应声,我发短信求助于凌亮姐,她也打了好多电话,没人应。我动摇了,加之凌亮姐也力劝,于是回了。

鉴于上次教训,我先去电凌老师家中,没想到,他一接电话就听清楚了,知道是我。及至看见凌老师,感觉他的气色更好,精神头也足,这也得益于春天里人的身体状况总要比冬天更要好些的缘故。

凌老师一见书,噢!有点吃惊的样子,随后去找放大镜,继而说:"不得了,现在侬是老师了。"你看,凌老师很幽默。接着,我们聊了一些东西,主要是顺着他老人家的思路信马由缰说去,陪陪他。不料,凌老师却并不是喜欢东拉西扯的人,有顷,他竟然有感而发地背起了荀子的《劝学》:"君子曰:学不可以已。青,取之于蓝胜于蓝;冰,水为之而寒于水。木直中绳,輮以为轮。其曲中规,虽有槁暴,不复挺者,輮使之然也。"至此,凌老师稍一停顿,又赞曰:"像荀子这样的先哲都是特别的人,说的话很有道理。'物类之起,必由所始;荣辱之来,必象其德'"。这些都是警句,今人恐怕也忘得差不多了。

如今,凌老师已是九七高龄,但是,他仍在学习,我看见他的一本《荀子》

里面还插了好多特殊的书签,那是一包包吃下来的咖啡的小袋袋。他的"学不可以已"的精神是我们弟子都应该学习的。看书和打拳,必定是相辅相成缺一不可的,然后还要研究,习武也是追求真理的过程,得之就是得道。

尔后,凌老师再次说出了让我感到振奋的一句话:"我有信心,我活到100岁是没有问题的。"见过许多人当然那些都是耄耋之年的长者,但是像凌老师这样底气十足的还真的没有。说到小凌老师准备为他出一本百岁贺诞集子,凌老师淡然一笑,竟未接过话头,我不知他听清楚没有。但是,我们也应该为他一百岁的华诞做点什么具体事情。想起来了,朱宏滨好!我听董建良说起宏滨曾有想法,叫上一些人帮凌老师家里打扫打扫卫生。还有,新猛师兄也好,曾经搞了一个轮流去探望凌老师的值班表。凌老师百岁是我们弟子的福份,因此,我们沾光了,只要你是凌氏心意六合拳和六合八法的弟子,时间越久你会愈加体验到这一恩泽,授人以渔,能不回报乎?!

千里之行,始于足下。宏滨兄弟如带头,我也一定报名参加。当然,如果恢复值班制度,我也参加,作为机动、后备都可,不过规定多少日子里去探望老师一次,我绝不会少。

谢谢!我们师兄弟姐妹们。以此共勉。

2013.5.2

就让我有这篇文章吧

入夏开始炎热的一天：6月16日。这也是从美国传入中国的父亲节。人到中年，难说事业有成，就是生活安定，如果父亲还在，那是一种幸福。

父亲这个称呼，说简单也简单，说复杂那就无法说了，我以为，只要是为人父，能够承担起家里的责任，就可以了，这个年头，要求似乎不能太高，但也不能太低了，那是底线。

父亲这个名词，耐人咀嚼。我从小到大，一直觉得父亲是了不起的。他不善言语，也没有什么温柔举止，这更让我感到父亲的男子汉的威严、本色。一个人拿74元工资，养活一家老少七八口人，还有南汇祝桥老家的祖母每月也要汇钱过去。父亲在家里，特殊的地位，绝对的权威。年少时，很朦胧，不知道什么崇拜，但隐隐约约感觉父亲就是家中的顶梁柱。

日子渐渐好过起来的中国人，节日也多了，自己的不忘，还引进了外来的许多节日。其实，过去的中国人，每天都要拜见高堂大人的，还要磕头请安。后来就慢慢地改革了，看见父亲叫一声，非常的简化了。我成家后，一度离父母很近，那时最大的好处可以骑自行车每天经过那里，我下车把撑脚架子一敲，停好，然后坐在门口路边陪退休的父亲聊聊天，很享受的。父亲喜欢抽烟，我那时还不会，否则，不缺烟的我应该和父亲发来发去，那才好玩有趣。我很笨，父亲沉默寡言，其实也不尽然，他和老同事在霍山公园里闲扯，也有很多话的。这个秘密是我发了一篇《做裁缝的父亲》的文章，父亲那天突然问起此事，并说是东风时装公司的老同事告诉他的，父亲自己不识字，但会讲洋泾浜英语，解放前他经常为避难在霍山路的犹太人做西装，并和他们交了朋友。

我错以为父亲不爱说话，并且感觉自己有点像父亲，也是内向的，后来职业使然，我变成了"能说会道"之人，当时竟然没有想到说点外面精彩世界的有趣事情给他听。

自从父亲在80岁那年去世以后，我的心头就好像缺了一角。现在偶尔驱车或徒步经过霍山公园，胸中都会涌起无限惆怅，多陪陪父亲，那么容易的事，为什么就没有去做？是不懂事吗？还是不知道孝心？似乎都不是。今年5月27日，上海艺术人文频道《寻书香》栏目播了《名记者的男人之歌》，一开始放了父母和我们子女的合影照，拍照的地点就是霍山公园，那是文革中侨居日本福冈的大爷叔回来探亲，用的是135照相机。我感到些许欣慰的是，平凡的父亲在去世18年后上镜了。节目播出前一天夜里，我做梦父亲来了。再往前，今年清明节扫墓，我在新书的扉页上恭恭敬敬地写好"朱林根陈林英父母存念"的字样，放在墓前，烧香磕头，难道是父亲泉下有知赶来了。

父亲13岁从南汇祝桥出来，当时祖母想到隔壁家去借一碗饭让他吃饱肚子再走，然而在饥饿年代，借一碗饭而不可得，13岁的少年最终饿着肚子来到上海学生意做裁缝。父亲虽然离开家乡，但那里还有祖母、哥哥和妹妹。他们相互依托、支撑，都为温饱而挣扎。在三年自然灾害时期，父亲的哥哥、我们的老伯伯朱水根从祝桥挑了100斤的糠麦，差不多走了一天才赶到提篮桥，助我一家度过饥馑岁月。现在想来，这也是我父亲的功劳。今天是父亲节，人家有老爸，而我没有，就让我有这篇文章吧！

2013.6.17

沉思在澜沧江边

清晨,我在大堤上练习"水浪拳",有一小时许,正大汗淋漓之际,有霏霏细雨飘忽,滑爽切肤的感觉,兴致盎然。未几,密集的雨一阵紧一阵袭来,套路没结束,继续操练至全身湿透,昨未入池参加泼水节,今日补课了。那是2012年6月10日,我在西双版纳的澜沧江江边。

雨来时,我看见对面一字排开的山上雾气蒸腾,笼罩得群山朦胧依稀。山脚下澜沧江光滑的水面失去了涟漪的肌理纹路,一团团绷着脸严肃地向东流去。一曲唱罢,我是打拳收势,雨却渐渐小了,一会停了。江边无人,我换了衣服,凝视着仿佛近在咫尺的对面的景物开明而清晰起来。高耸的鲜艳楼房下面的傣族寨子的屋顶,还有屋檐下面豁然洞开的窗户。那水啊,浑浑厚厚却清清爽爽的可持续永无尽头的流溢而去。

我在江边伫立。我想念着昨天邂逅的一位50年前来到这里的河北老汉。他至今在江边坡地上种着一些菜。问了下江边种菜上来的妇女,她知道那河北人但不知道他住在哪一个单元里。早起人等勤劳人,即使缘悭一面也已萍水相逢,就让我在心里和笔端记住他吧。

我原来准备问个究竟,现在只能想象着,当年瘴疠之地,初来乍到的河北汉子比后来的知青更早,他沿江开荒种地,一天喝掉四只热水瓶里的水。还有,他舀起澜沧江里的河水挑到街上也卖钱,这也够传奇的了。他传递给我的不啻是信息更重要的是启示,中国那么大,天涯何处无芳草,只要勤劳就不会饿死,照样可以活得很好。人在埋怨现实时,是否想过另辟蹊径寻找自己的一隅之地呢?

9时20分许,太阳出来了,我走下大堤与澜沧江水作肌肤相亲。一块毛巾丢下去,湿漉漉的捞上来,擦把脸,凉津津的滋味令我顿时眉清目秀顷刻心知肚明:这是长江的三分之一,我们国家最负盛名的江河之一,不说首席也该资深了吧!水势浩大的澜沧江没有理会我的俗气兀自奔腾,我回过神来,看着须臾远逝旋即涌来的滔滔江水,既有惆怅也有些许欣慰。来时匆匆,别也依依,美丽的澜沧江,也许不能一生两次同时拥入你的怀中,但在祖国的别处我也一定能够同你再次见面。

　　我站在江边的鹅卵石上,我吮吸到江水呼出的气息,我一凡身肉胎在此承接着四面八方风云际会的洗浴,但愿我的今天和明天能够有益你与他。风畅快地吹,人尽情地想,高速流过的江水,因为充沛而把来不及纳入河床的水挤向岸边,这不是摒除更不是抛弃,仍然在同一条河流里。此时此刻,我由此萌生出一个新的想法,不是说境由心造吗?最高尚的享受是花钱买不到的。比如你腰缠万贯但是缺乏情致和修为,心中便体会不到这种彻底融化无我舒坦的张力,山与水,天与地,物和我,谁和谁,一如澜沧江水去而复始,所不同的是,人将老去唯物依然。

　　我佩服今年70岁的河北老哥,今日是无缘再次见面了。我猜想他的坚守还有一段不算凄美至少也是感人的爱情故事。他的妻子是傣族,他们是"团结族"。他说,他刚来时,对面有野生动物,可以听到老虎的吼声,土地肥沃,随便种点什么下去就可以生活得很好了。现在,他经常回去,他说河北不远。哦,我想象着他回到老家时自豪的模样,西双版纳就是他的名片。

2013.8.9

漳州行到最美处

今年五月小长假,到漳州,看一个城市的生态文明,听一个城市的未来构想。

三日上午,有人陪同去看郊野公园,何谓郊野?那是与城市不搭界的地方,或者说它就是自在生长的地方。漳州人把它拉进来了,变身公园,它没有围墙,出入其中,无需购票,乃至一抬脚跨一道门坎之劳也免了。

呵呵!一条蜿蜒流去的小溪叫棕口溪,这是郊野公园的起始点。我们沿着河边进去走走停停。大红紫薇绽放路边,龙眼树站满了平地土丘,"停车坐爱枫林晚"的感觉也有了,但没这个福份,我们只能"掠夺"式的饱览一番,就走。同行人中有一位取景的导演发出感慨:这里的苗木有点凌乱,摄入镜头不好看。而我认为这里的景致已经很美了。执政者没有刻意去强求整齐如一的所谓美,他们保留了农民的土地和他们的种植权,使农民田园里的收成不变,只是在外表和景观上稍加"美化"和"改良",这是政策之大美,和谐之大美。

铺好路,石子路旁置条凳,岸边修栈道,搭亲水平台,市民和学生纷至沓来,郊野由此变公园。而且,得益于此,农民的苗木有出路了,荔枝有销路了。

稍后,一行人驱车赶到凤凰山,但见鸡母石上刻写的三个大字。山不高,纵步登顶,须臾之间,放眼眺望荔枝海,葱郁得势处,间或有白色和灰蒙蒙的工厂和建筑,斑驳点点,也有被蚕食之虞。幸好,2010年,漳州市人大提案保护荔枝海,才维持了今日所见之现状。

到了下午,畅游国家级自然保护区虎伯寮一行才叫享受。地处偏远,人迹罕至,却是一个令人能够抛弃杂念的南亚热带雨林。森林蓊郁如盖,与世隔绝,对天也不例外。寂静无声,唯有蝉鸣一路伴行。虎伯寮多的是藤,藤的壮观无比和缠绵不已堪称之最。走啊走,藤如人工铺设管道在身边不离不弃,爬啊爬,有一藤竟然绕过三座山还追随着我们。山间小路不平坦,被阻原因仍是藤,千缠百绕的藤压断了树,才使暗无天日的上空露出了一丝光亮,但在地上我们只能跨过去。藤压断了树,引起树木死亡,但除非挡道,护林人员会去处理。不然,生老病死,优胜劣汰,一切正常,这里的管理方法是无为而治。

虎伯寮有一棵镇山神藤,自然生长为一座门框状。花皮胶藤,很多植物学家来了说:别处没有。到了护林人员老林的嘴里,就说成这种藤是世界上没有的,西双版纳也没有。这么牛!让我这个好歹三度前往西双版纳的资深游客吃惊不小。其实,作为一个植物盲,我实在也没有看出它的与众不同,只是觉得这个植物王国里的藤,兵多将广,数不胜数,大!

另一雨林奇观是板桩根,红梻树长得高大时,以800年的身躯可以一柱擎天。但有例外,它原本应该往上长的不幸变成了倒下的一块横截面,像打桩那样牢牢地扎根在大地上了。它也是枝杈被藤缠断、枯了、烂了,但是它不倒,能站直多少段身躯哪怕只有一节节,也要挺立。板桩根不是美感而是精神,被推崇、被树碑供人瞻仰。

山,进去出来一堂课,最后的感悟是高高兴兴地走出丛林,豁然看见山下平地与湖泊,绿草如茵,彩蝶纷飞,你可以想象天上人间所有的好事,由大汗淋漓至蓦然凉爽,令人直呼:快哉!

社会在发展,城市要建设,漳州行,我看到了一个现象:人间与自然的美,更多的是保护。好!

2013.8.13

人追海宁潮

海宁有潮不断来　初五开演"追钱潮"。

　　海宁潮又称钱江潮,其势磅礴,其阵壮阔,早已遐迩闻名。但是,这里有个误区,许多人以为海宁观潮只是一年一度的盛事。其实,海宁潮最为壮观是"八月十八潮",并成为明清以来民间传统的观潮节。在平时,海宁仍有潮,据称全年有140多个观潮佳日。昨天大年初五,下午2时过后,来自上海的8辆大巴士游客见证了这一事实,并在沿江外的公路上驱车开演了一回"追钱潮"的活动。

　　14时58分:盐官景区观潮胜地公园。来自上海和浙江当地的1000多人凭栏远眺。来了!人群中有眼尖的惊呼。平阔的江面上,远远的,"一线潮"奔腾有声呼啸而来。前头是银色的水珠联缀成一条白练,后头有棕黑色的浊浪不断地骑上白练的肩膀,黑白相间,分明有别,这就是"一线横江"的天下奇观。15时零3分,转眼间,大潮声若闷雷滚过天际却在脚下一涌而过,感觉中似有"哗"的一声漫过鱼鳞海塘,正楞着,卷走所有脑海中一片空白。望着远去的争先恐后的潮水,忽然想起追回头潮,于是在招呼声中赶紧上车,抬腕看表,15时35分,20公里路,刻把钟车程就到了滨江路,众看客一路小跑,三五分钟后,人齐刷刷地定定地站在了盐仓的水泥堤坝上。15时40分,又见"一线潮",白练由远而近,如山涧滚石,峡谷穿风,更似一条大坝临空筑于水中。大伙凝神屏息等待回头潮。

　　15时45分:"一线潮"砰然有声地撞上浅滩、堤坝,潮打非空城,击中皆铁壁。水柱飞溅,恰似无数头棕色皮毛的雄狮在发怒;蓦然回首,其状又如泳池健儿触壁之后返身插入水中。须臾之间,江面上有许多水的山峰耸起,峡谷落地的造型。

  16时过后,潮退人散。一路返回上车准备回沪,一路顺坡而下走向村子。潮汐一天都有两次,但潮汛却随着月亮的盈亏变化而每天不同。因此,海宁潮也是一日两次,昼夜间隔12小时,当地人语,每逢三十至初五,十五至二十,都是看点。今年海宁此番"追钱潮",在自然中追的是钱江潮,但巧用谐音,其用意不言而喻。正如一位中年男子说得好:现在有什么不能说的,财富不会从天上掉下来,"追钱潮"中让人看到勇往直前的一种精神,从而使人在创造财富中受到鼓舞。哎,这也许是近悦远来百看不厌的海宁潮的魅力之所在。

2013.10.7

四十年：期于和等待一瞬间

暌别四十年之久，国庆长假的6日晚上，我们从小学到中学同窗十年10个人，终于坐下一起吃顿饭了。文革时，人际关系畸形，我们男女同学之间是不说话的。岁月蹉跎那个快啊，转眼间，不期然而然，我们开始怀旧了。

1973年11月27日，我从建江中学毕业分配到上海市第二建筑工程公司技校。拿到粉红色的通知书，浑然不知学校性质为何物。只听同学的"大老粗"父亲振振有词的说，那是培养工程师的地方。入学以后，才知道那就是造房子，我学的是扎钢筋。

毕业分配，有人欢喜有人怨，疙瘩至今没有解开的，还有。我很庆幸，我的心结早已释然。我很幸运地遇到一位开明的领导杨凤鸣，从市建205工程队调出。1982年，我又从上海胶鞋六厂调到金陵中学。不久，学校有人去外调，找到了我中学的"证明人"班主任谢天振老师。其时，谢天振老师从建江中学考上上海外国语学院的研究生以后留校做了大学老师。那年头，青工都要外调，属于人人过关吧！问题自然没有，旧情却复萌了。我校的总务处主任张山祥大哥向我透露此事说，你的老师很好，他很关心地询问了你的情况。

就是这么一句话，钩沉起我对逝去的岁月的怀念，激起了我去看望谢天振老师的愿望。从此，我和谢天振老师联系上了，因为有点"生分"，来往不多但是没断过。

回想起疯狂的年代疯狂的举动，我们都有过，那是造孽。刚进中学的班主任是归陈祥老师，一位忠厚长者，头发已经花白，我们逃学、缺课，他赶到舟山路的弄堂里苦口婆心的劝说我们，可是竟然有人撩他的头挞。"知昨非而今是",按照我现在要打抱不平的性格,那时我是一个可耻的旁观者。当时,建江中学73届16班是全校最有名的捣蛋班,50多个同学大多数住在狭长的舟山路上,长阳路到霍山路的舟山路过去是犹太人到沪避难居住区,如今是上海文化风貌保护区之一,我们在长阳路的北端,舟山路到昆明路的一条弄堂里。大名鼎鼎的提篮桥监狱的隔壁。当时,年轻有威严的谢天振老师做了我们的班主任。

那天晚上聚会,谢天振老师还联系到数学老师张宁、语文老师蔡寿春,他们也来了。我们"后舟山路"弄堂里的19个小学到中学的同学可惜只来了一半,师生畅叙离情怀想过去,唏嘘不已。席间,孙源亮接通了另一位同学的电话,但那位同学却不想与谢老师通话。是喝了酒,孙源亮道出原委,那位同学对当初毕业分配很不满意,他认为自己品学兼优应该到更好的地方去。心存芥蒂,至今难以释怀,那个年代给我们留下的后遗症还没有消弥。

师生之间有误会,同学中也有故事。有一位女同学刚进来时,我都想不起她的名字了。不久,我就发现了她倔强的性格仍象过去,说着说着,她竟然指着斜对面的男同学揭出了当年的一件事,住在楼下对面的男同学的母亲有一次赤脚上楼去"监视"她的家里情况,她的父亲是资本家。这位男同学没喝酒,很镇定,我原以为他读书少文化差一点,却不料他说出了一句很有智慧的话:"那个时候,人的脑子都坏掉了。"

既解嘲,又释然,世事洞明,也是学问。

当年,我们颠顶、懵懂、不辨是非,随波逐流,都曾经有过。谢天振老师有威信"压得住",我们才不至于走得更远。敬酒时,我一句"如果不是您,我们也许变坏了"。谢老师听了以后开怀大笑。我又对张宁老师说:"我不是您的好学生,数学没学好,吃了很多亏。"我们毕业后当校长的张宁老师也对我说了一句话:"你当时不大响的。"正是,我很惊讶四十年后他对我还有那么一点印象。谢老师告诉我,蔡寿春老师后来做过虹口区教师进修学院院长,是一位颇有造诣的语文老师,我只记得他为我们班级上过课,可能就是代了几节课吧,他举止洒脱、说话幽默,一手板书更是大小错落高低有别,我是记住他的字然后想起他这个人的。我把自己写的两本书恭恭敬敬地呈上,说:"蔡老师,这是我的课后作业,请您教正。"他欣然接过并说:"我听罗新玖老师提到过你,就在报纸上注意你了,我看见过你写的文章。"就象在课堂上听到老师表扬一样,我很高兴也很感慨,罗新玖老师一直教我们语文课,他仿郭沫若书法的一手钢笔字和板书,写得崎岖团结,韵味十足。可惜他年事已高眼力不济晚上出行不便,更因为这一次我们组织匆忙未能接他到来。我啊就在想他了,也许,事后得知聚会一事的罗老师,会轻吟出"甚矣吾衰也,怅平生,交友零落,只今余几"的诗句来。若此,我一定要说:NO、NO! 罗老师,我们牵挂您,一定会来看望您!

  时光倒流,岁月闪回,中学里的人和事,都到眼前来,经过大家记忆的合力拼接,从破碎到完整、从模糊到清晰,变得很近了。是夜,从美国归来省亲的原来班上的英语课代表周颖雯是座中同学最兴奋者。

  我们的班主任谢老师有理由骄傲并陶醉,因为我们都在感叹,在那个动荡的年代,还有那么多那么好的老师,这是我们不幸中的大幸。也是酒多了酒精作用使然,我袒露心声:谢老师和张老师、蔡老师过来,我没有告诉大家,那是想给大家一个意外的惊喜,但也确实害怕有人知道了会不来,结果表明,这种担心是多余的。重温过去冰释前嫌,举杯敬酒无比融洽。四十年的期于和等待,仿佛为的就是今晚这一瞬间,我们都说出了自己的心里话。

  转而感慨,那个动荡的年代,那么有学问的老师。事后,谢天振老师这样解释,虽然遭遇文革,但是解放后17年教书育人的积淀还在。谢天振教授本身就是上海外国语大学的博士生导师,是国际知名比较文学家与翻译理论家,中国比较文学译介学的创始人,年近七旬,精神头不减当年,一年要飞50多次,在国内国外知名大学进行学术交流活动。他说,他还有很多事要做,很忙。此话一出,我感触很深,同样属猴大我一轮的中学班主任还没退休,还在工作,我更没有理由放下自己的笔。记者现在于我是身份,将来于我是爱好,记录自己敏感的内心和社会精彩的片段将是我一生的追求。

2013.10.13

老杜鸭鸭，孜孜矻矻

世上事，怪，有时怪得自己都不信，作为动笔杆子的记者，采访农口系统包括跑崇明近20年，竟然没有写过他一个字。不是不认识，10多年前崇明农产品到香港展销，我们一见如故，很谈得来，以后就像老朋友一样，我有时会打电话给他，他逢年过节也会送老杜鸭鸭产品给我。我想写他了，他不是谦虚就是王顾左右而言他了。岁月如梭，一晃光阴就这么过去了。我熟悉他，但又好象有点陌生，那就是老杜，老杜鸭鸭产品的掌门人——杜俊德。

等到春节前拿到崇明绿联会推荐的"诚信企业"名单表格，看见第一行就是"老杜鸭鸭"。这次，我下决心去采访了。坐在办公室里，我仔细端详着我所认识的老杜，像、又不像，其实人还是那人，不过他的思想却越来越丰满了。老杜老杜，孜孜矻矻，一生都献给了"农"字事业。他的企业，诚信播四方，是崇明众多农产品企业中一个代表。他聪明、不乏幽默，睿智，却又大度，是崇明人的一个缩影。

一脸憨厚，说话实在，却极富哲理。说他是农民，长相是，谈吐像个哲学家，而且都是来自生活中的道理，你推不倒他的"立论"。

农业企业不能老嘎（上海方言：意为骄狂），做农业不是一个好产业（我知道他做的艰难），享受补贴，因为穷，所以要补。但补也是补一个窟窿。做农业思路要对，那样才是锦上添花。所以，企业一定要练好内功。上述大白话，就是老杜对我的开场白，好！

76届初中毕业，顶替到浦东商业公司，半年后就是金桥百货商店经理，再后来是公司团委书记。闲话少讲，1992年有一位伟人在南方巡视讲话后，当年的小杜不安份了,折腾来折腾去,有过成功也有过失败。跌打滚爬,一路走来,最终小杜变老杜。

老杜好,这个资格就明显老啦。其实,我这说的不是废话嘛!草创时代,老杜鸭鸭有养鸡场、孵化场、屠宰场、种禽场、饲料场、食品加工场,当时六个部门都很小,但是形成了一个产业链。也算一条龙,有点抗风险能力。不能把所有的鸡蛋放进一个篮子里,老杜信这个,还说,东方不亮西方亮,只要有一块地方赚钱我就可以活起来了。

呵呵!我还在一愣一愣时,老杜话锋一转,说:你知道吗?我很喜欢做傻乎乎的东西,实打实,不打一点折扣。做食品,有的人会心动,用一点添加的东西附加值高,但多少总会影响口感的,我不心动,甚至连这样的念头一闪都没有。企业最大问题是在内部建立标准化体系,质量才有保证,市场才有信誉。我现在的产品都是回头客。

老杜不说话时,笑眯眯的,一开口,滔滔不绝,勿容置喙。我只能听——我对农业有很深的了解,农业是农民做的,企业很难做农业。还有,不创新永远找不到门路。我的六只小部门,现在变成了农民、合作社、公司、市场四大体系。我这里,农民赚的是打工钱,合作社赚的是组织钱,公司赚的生产钱,开店赚的是商业钱。利益分离,各自为阵,我是标准的农工商。

完了,采访结束。老杜又像个农民,嘻嘻哈哈地拉我到食堂里去吃饭了。崇明的菜新鲜,这一顿饭,有滋有味,胜过我许多饭局宴席……饭毕,老杜说,不回办公室了,这儿的太阳好,就在这里坐吧。嘿!我也觉得,农民式的享受挺好的。

2014.1.29

我的悲情与诗歌

马年春节,我又收到了1300多条祝福信息,幸亏,除夕已经填好了《水调歌头·贺岁》一词,群发覆盖,还有拾遗补缺的,总之,大年三十晚上到初一中午,我就守着手机忙不迭地发来发去,肇始心情大悦,完了如释重负。"每逢佳节倍思亲",作诗填词酬答朋友成为我的惯例,从来都是原创,所以大家记得,有的朋友没收到还会来短信索取。

喜欢诗歌,始于我还是一个悲情的青年时代。有照为证,我20岁时站在虹口公园鲁迅墓前,瘦长的个子,上唇间淡淡的胡须,两只手掌捏住垂落在丹田,这是一个初出茅庐抑或刚踏上社会的青年与他的崇拜偶像的合影。

1976年,我待分配,在家,无业也无事。白天,我到东海电影院旁边的阅报栏去,看完,往前走到提篮桥转弯是霍山路,再从舟山路慢慢蹭回家。后来,我买了公园月票,到虹口公园、和平公园、杨浦公园去,走走看看,坐下来就写诗。回家时,感觉再也不是空空荡荡的,很充实。这样的日子过了没多少时间,我经同学介绍,到外滩去打拳,每天一早从家里步行到黄浦公园,跟孙祖领师傅打螳螂拳。二三年后,我又改投能文能武的心意六合拳名家凌汉兴先生门下学艺,更是受益终生。不知不觉间,我在文武兼修了。虽然那时没有意识到,于今一想,颇感欣慰。假设,我只是一个会写写东西的文人,就不会有以后人生的一点点精彩,反过来,如果没有诗歌,我又怎么能从"宁为百夫长,不作一书生"的豪言壮语中提升出它的血性含义。

现在我才知道,古来文豪多习武。李白仗剑走天下,陆游也学过武术,至于岳飞、辛弃疾、文天祥更是众所周知。

陡然增添底气。但是,我对诗歌的兴趣日浓,不仅是自由诗,还有古典诗词。其时,我已读了许多当代诗人臧克家、郭小川、艾青等作品,还读了家里的一本《乐府诗选》,它从哪里来,我至今都不知道。另外一本《唐诗一百首》几乎被我翻烂了,上面有我的眉批、加注。开卷就是骆宾王的《在狱咏蝉》,下联一句"露重飞难进,风多响易沉"似乎特别能激发我的悲情。我也喜欢孟浩然《过故人庄》"开轩面场圃,把酒话桑麻",诗情画意的意象深深地刻印在我的脑海里。不虞20多年后,这一场景竟成为我以后采访时的常态。还有就是2009年7月,我用20天时间穿越南疆北疆,看见高速公路上到"轮台"的指示牌,心中涌起一股莫可名状的激越,很想很想到"轮台九月风夜吼,一川碎石大如斗,随风满地石乱走"的地方去,那是埋藏在我心底多少多少年的向往啊!我到成都,有空就会去杜甫草堂坐坐,喝喝茶,晒晒太阳,想想中学时背诵杜工部,很遥远,可是一代诗圣草堂遗迹就在眼前!真是令人匪夷所思。

走笔至此,我要收回飞出去的思绪再次飘落到1976年。我白天到东长治路上虹口区图书馆翻阅那本《诗词韵律学》,年代久远,是否这个书名我都不甚了。只记得图书馆工作人员说,好象是珍本,除了上海图书馆有,就这么一本了。我拼命地啃读着,还用钢笔抄下了诗词的韵部。

现代和古典,都是我所爱。"四人帮"粉碎后,我在人民广场的书法展览的橱窗里,突然看到我写的那首诗被书法家抄写在上面。那是悼念周总理的四句现代诗:"人民广场悼旗升,升起人民爱和敬,狂风漫天吹不落,旗杆竖在人心中"。我想,这应该是参加虹口区工人诗歌组的作品,不知怎么上了橱窗,当时,这个发表的规格也是不低的。1977年4月,我进入市建二公司205工程队,在五角场一带造房子扎钢筋,趁着休息的空隙,我抓紧掏出纸笔涂鸦,一首又一首自由诗,烈日下或寒风中写就。但是几乎没有发表过,当时认为这些诗太消沉、太阴暗。公司里一批老三届的哥们也有喜欢诗歌的,而且是格律诗,自然也填词。我记不起是谁引荐的,我进入他们的圈子,拿出自己的诗词,他们看了很惊讶,当然也有称赞的。

往事越千年。没有,2004年我第二次进藏,独自回来,在拉萨贡嘎机场上,坐在机舱里,俯视着被白雪皑皑覆压的群山,以及山谷中纤细蜿蜒的河流,情不自禁地写了三首七绝,还发给朋友,很享受的。原来,不再年轻的我自从进了报社，就很少有这样的闲情逸致了，拉萨登机等候起飞那段时间，正好不经意让我重拾昔时爱好。

最初诗歌的萌动源于悲情，最后被激发出来的却是豪情。我现在那些诗作可以作证，没有悲悲切切，有点寓意都是催人奋进的。我想，这也许是时代的映射，或许还是朋友们喜欢它的缘故吧。

附：
水调歌头　贺岁
冬暖问何故？
我欲谢青天。
人间热比寒好、
惊悸过穷年。
些许雾霾不计，
最忌仍将温饱，
遍地见炊烟。
举箸品尝处，
庆幸九州圆。

富足了，
莫忘苦，
内复原。
"三高"遗恨、
堪咒荒诞顾影怜！
几度翻云覆雨，
一往情深故旧，
每念觉安然。
谋事没高低，
马到自扬鞭。

2014.1.29

魂牵梦绕独龙江

到过很多地方，唯独那一次，我们离开时，担心车出不去，那就只能等到来年六月雪化时，才能回到外面去。果然，前面唯一通向外界的普卡旺吊桥因为又被撞而在抢修。一行长长的车队，蜿蜒在村庄里的小路上焦急地等待通过，直到天色已晚时分，我们的车轮子终于碾上了铁索桥。云南贡山独龙族怒族自治县的领导也长长地舒了一口气说，你们是今年封山前最后一批进入独龙江乡的外来人，天冷一下雪就要被困在大山里了。

2012年11月1日早晨，普卡旺村口空旷的水泥场地上，警笛声声，催促出发。当天的采访行程满满当当，我们上海和云南部分新闻单位联合采访报道团要深入上海援建的普卡旺村、腊配村的农户家中实地采访独龙族人的生活状况。昨夜，我们两个人睡在7幢2号一间木头房里。寒冷的天气，加上潮乎乎的被子，我们只能穿着棉毛裤就寝。房间里没有网络、打不通电话，我们只能早早就寝。房间外，百步之遥，就是喧腾不息的独龙江的澎湃水声，它一刻不停地敲打着远方来客的耳鼓。我几乎一夜无眠，倾听着它的窃窃私语，心里默想着独龙族顽强的生存力量。他们蛰居大山，有半年大雪封路与世隔绝，诚可谓是"不与秦塞通人烟"，然而，独龙江公路进行改建，高黎贡山隧道也在打通，届时，独龙族最终将一年四季完全融入祖国的怀抱。

醒来，清冽的天气寒气袭人，我们有点兴奋，终于可以一睹"中国西南最后秘境"的独龙江族人生活的情景了。跨越独龙江两岸的吊桥经常坏，路也窄不好走，出行不便。我们下榻的普卡旺自然村离孔当行政村有5公里路。虽有车辚辚开道，下来也要走一走。第一站看到的让人欣慰，普卡旺村13户人家都已住进了 80 平方米的新居。房子是中国人最为依赖的情结,安居工程保持了独龙族原来的风格,一幢幢崭新的房子比肩而立。我们走进房子里面,也感到宽敞舒适,卫生间、厨房一应俱全,以前旧居下面养猪上面住人的习惯从此革除,老人和小孩可以分别睡在三套室里。

最好的叙说是新旧对比。我是独自一人来到后面的山坡上,脚下是碎石粒和烂泥土,尘埃飞扬。我小心翼翼的低头走进一间低矮昏暗的老房子,憨厚又腼腆的主人普光明告诉我,原来老人住在地板上的左边,右边住着他和妻子、小孩,当中一块地方是烧饭和活动的场所。不消说,吃喝拉撒都在这么一个狭窄的大约 20 平方米房子里。现在,这一切都将成为历史,代之而起的是一种全新的宽敞住房。

看新房哪怕不是自己的,心里也是挺享受的。我们再往前行,来到更大的有 43 户人家的腊配村。站在一条水泥路上,我们朝斜坡中矗立的一排排新房瞭望,背后有山的靠垫,还有满眼翠绿的树林,有 30 户人家住进了两层楼新房。我们拾级而上来到路边高坡上的人家,一位独龙族妇女见状,马上唤来了自己女儿当翻译。小女孩吴松花叙述,她家老少五口住这一幢两上两下的房子,平时种点农作物、搞点家庭副业,一年有四五千元的收入。她家原来的旧房子就在新房子的右下面,茅草屋顶破板房,如今只是被偶尔利用烧烧饭。

帮助建房还要促进生产。我们接着走,在腊配村的丙当小组的蔬菜大棚里,当地推进项目负责人说,外面的人租这里的地,一亩一年给村民 1000 元,还要让他们来打工,工资也不便宜,一天 60 元。深山里的生态环境是猪和鸡快乐生长的天堂,加上有菜田可以喂食,形成了一个互相依托的生物链。这种原始状态下养殖出来的独龙鸡,卖 60 元到 80 元一只还供不应求。三年了,帮扶的人要走了,但是他们要把大棚管理技术教会农民,还要帮助当地人建立销售渠道。

一天紧张的采访结束,已是下午四时,我们急急地往外赶,当地人说,这天气说不准,一旦下雪我们就出不去了。曾有一位军分区司令员刚上任就进山,却被大雪封山回不去了,硬是等到半年后雪化了天晴了才回到自己的岗位上。这是一个真实的故事,往事不再,它已成为历史,或者说是一段佳话吧。

出了普卡旺吊桥,车在独龙江公路上蜿蜒而行,在高黎贡山和独龙江夹峙中,又见垭口。翻越雪山,这里经常发生塌方雪崩,是整条独龙江公路上最为险要的地方,只要封路,就是半年,期间外界与独龙江乡联系的唯一通道就完全被阻断。前两天,我们进来时,上午10时30分许,车队在独龙江公路上等了一个多小时,前面修路。这条路修了两年,因为这里年降雨量达4900毫米,差不多天天下雨,而雨季又不能施工。我们下车鸟瞰莽莽苍苍的原始森林,这里鲜有人迹,山下有野牛、野羚羊、狗熊,还有熊猫。工人们挥汗如雨在路面上铺柏油,压路机来来回回不停作业。精瘦精瘦的杨师傅,个子矮小,面色黧黑,一问,他是白族,干这一行已有10多年了。他说,从下面一直到上面,汗水没有干过。山上,我们还遇到了一位独自行走的独龙族姑娘,她读书读到初中,最远只到过自治州首府六库。因为交通闭塞,独龙族很少有人外出打工。

再到垭口,两天之后,天气却已经转冷了。高黎贡山隧道正在施工,黑黢黢的山洞张开大口,武警官兵加紧打通6680米的特长隧道,当时已经打了1150米,对面打过来是3000多米,洞顶净高是4.5米,两车道净宽7米,隧道一旦交付使用,那时就再也不用走垭口那段弯路了,直接穿来过去还能够节省17公里山路。承建工程的武警交通第三支队的宿营地建立在被填平的坡地上,周围找不到一块平地。冬天,下一场雪可达2米厚,需要及时铲除才能避免屋顶被压塌。我们遇见了项目总工程师韩新平上校。他是湖北人,2010年11月进场,次年3月开工,进来2年了,129人的施工队伍,没有人去过最近的贡山县城。我们从六库进来时,沿着山间峡谷逶迤前行,坎坎坷坷路,摇摇晃晃人,如临深渊如履薄冰。有过亲身体验,知道韩新平说的实在,他的妻子只进来过一次,以后他再也不让她冒险了,"约会"的地点都是在外面的六库镇。

转眼两年多了,获悉高黎贡山隧道马上就要打通了,这又使我想起为打通隧道而付出汗水的武警工程师韩新平和战士们,独龙江公路上铺柏油的白族工人杨师傅,还有许许多多我都不知道他们叫什么名字的建设者,他们是打通高黎贡山隧道的英雄,改建独龙江公路的功臣。独龙族人民世代居住于此,生活艰辛,却不离不弃忠诚地守护在国境线上。此刻,他们的付出也终将得报,云南上下努力,上海人民支持,铺一条不管刮风下雨,也无论降雪的畅通之路,通向遥远的独龙江乡,串起独龙族人,实现云南乃至全国人民的一个伟大梦想:决不让一个兄弟民族掉队!即将成为现实。

2014.2.11

幽默应笑我：解围又解嘲

人生总有尴尬事。一笑了之，谈何容易？此时，或许唯有幽默才能化解窘境，它是一种智慧，是一种正能量的"另类"表达。

转基因现在是一个沸沸扬扬的话题。这令我想起了2007年10月13日，当时本市农业条线组团去德国参加世界食品博览会。15日下午，我们赶到慕尼黑造访当地一家环保组织。会议室狭小局促，没有气派，桌椅简陋比快餐店稍好，场合却是很正规的。负责的那位德国人很胖，但一开始就非常认真，让我们也不由得严肃起来。

代表团照例介绍上海农业的发展情况，并与主人作了交流。那次我是唯一的随行记者，似乎不说不好，我的开场白是："你们所从事的工作是关乎整个人类的卫生食品和身体健康的伟大事业，我向你们致以崇高的敬意。"接下来我提了两个问题：环保组织的经济来源；政府在制订政策时会不会倾听你们的意见？他们一一作答，似乎并没有感觉到经济来源会影响他们工作的价值取向，而且非常自信他们的影响力，尽管他们是民间组织。

临结束前，德国负责人很认真地提了一个问题：你们对转基因食品怎么看待？不料，不是搞专业的我方负责人说：我们这次到欧洲来，就是来向你们学习转基因技术的。这个牛头不对马嘴的回答显然出乎德国人的意料之外，他们一时莫名紧张起来。我方一位农业专家赶紧解释：我们国内只有棉花才搞一点转基因。但是，德国人还不放心，他们紧追不舍地追问：棉花絮是会飘扬的，怎么保证旁边的农作物不受影响？

较真与失误，互相牴牾，会议室里没有声音了。这时，我要求发言，我说：

"中国人对于转基因食品的态度大致可分三个层次。一是我们的下一代是坚决不让他们吃的；二是像我这样的想多活几年的中年人也是不吃的；三是七八十岁以上的老人如果他要吃那就吃吧，即使有副作用，那时生命的终点站也差不多到了。"很显然，翻译是称职的，只见刚才还非常严谨的德国人，此刻听完翻译之后都禁不住地笑出声来。解围了！德国人终于就此罢休。

当然，在此补充说明一句，我说的话，是调侃，不是对老人的大不敬。现在吃不吃转基因食品，首先应该告诉消费者，就是耄耋老人其实也有知情权选择权。

幽默不是正面抵抗，更不是绝地反击，我认为，有时候它能友善地有限度地传递心声，它是捍卫自己的尊严又不伤及别人的润滑剂。

幽默真的好，有时解嘲又解围。那次，电梯里人很多，我遇见现在当了领导的昔时文友。寒暄之后，我说：什么时候，我们出去聚聚？谁料到，他面露笑容戏说道：好啊！你肯定是带我到中南海去喽！我一愣，旋即回答：你是经常去的，我嘛，也就是带你到郊区的农家乐去玩玩。

最后一句话，我是有底气的。因为，我是跑郊区跑农业条线的记者。虽然跑不出什么成就却跑出了感情，同时也跑出了我为人行文的准则。我国现行农产品有三个标准：有机食品、绿色食品、无公害食品。所以，我有时也坦承地告诉别人："在这个大环境下，我不可能是有机的，也不是绿色的，但一定会做到无公害。"呵呵，符合出厂标准，做到无害有益，这是马年对"属猴"的我最起码要求，再也不能低于这个标准了。

2014.2.16

西北边屯第一连

那天中午,说好不喝酒,在水库边吃鱼。席间,有人提议来几瓶啤酒吧。这也无妨,但是一喝不能罢,不胜酒力的我,又没有著名诗人艾青的智慧,朋友曾经劝他啤酒多喝点没关系,艾老却说:"不,喝多了,它也是有脾气的"。果然,我准备上车离去时,农十师185团工会主席端过来满满一碗白酒,这是新疆当地对宾客的一种礼节:上马酒。喝不喝,没商量,我只能双手捧起一口闷了。

车离开185团向下一个团部驶去。喝多了,已到"一羽不能加"的我,哪禁得住一碗白酒下去在腹中翻江倒海,昏昏沉沉一路颠簸到184团,下来看见满地的葡萄有心欢喜却无力采摘。

虽然醉了,不过我始终没有忘记北屯。2011年8月底,来自上海的一行人马,站在新疆生产建设兵团农十师185团第一连门前的广场,向右侧直视过去,前面两丛翠绿的爬地松,簇拥着当中一双酷似眼睛的"留白",它们之间相隔五米。当地人语,30公里长的沙漠,奇妙的就长出了这么两块绿色的坡上草地,这就是北屯边境上有名的"眼睛山"。

一连驻地中间一条道路通到山脚下,两边是整齐的营房,四周空旷安静得没有一丝声响。34户人家驻守在这里,一块石碑上刻下了这首诗:"我家住在路尽头,界碑就在房后头,界河边上种庄稼,边境线上牧羊牛"。

他们是边境线上的忠诚哨兵。最感慨是1988年阿拉克别克界河暴发了特大洪水,改变了喀拉苏河的流向,按照国际惯例,如果不让洪水重归故道,喀拉苏自然沟将成为新的国界,那么,自然沟以西55.5平方公里的疆土将成为邻国的领地。185全团1000多名民兵,13个昼夜全力抗洪,终于迫使决堤的洪水回到原来的河道去。

无边寂寥的天空下,还有令人感奋不已的事情。在一连最前沿的边境桑德克民兵哨所,我们随马军武登上瞭望哨,举目四望如今太平无事的分界线。个子不高的马君武和妻子张正美两人从1988年在此驻守边关,两个人照样每天升起国旗。从北京到此挂职的徐副政委问马军武张正美去过北京没有,当得知他们没去过,马上答应安排他们成行。现在,马军武张正美的事迹广为人知,马军武也成了几度赴京开会领奖的名人了。

那天,回到团部,我们请人找到了留在新疆的上海老知青,74岁的顾伸方和69岁的付梅英来了,他们是夫妻,叙说了1963年刚到这地方,没有房只有地窝子。团里至今还有许多地窝子,一半露出地面一半在地下。从一无所有到开荒种地,这里变成了大粮仓大菜园。生活在这里再也没有当年风刀霜剑的砥砺了。老俩口住两室一厅60多平方米的房子,加起来4000多元的退休工资。那一年,老知青50周年聚会,两个人加上付梅英的同学,成了三个人的聚会了。但是,老顾说,人虽然一批又一批走了,自己心里从来没有动摇过。家里人多,房子小,回去干嘛?!

老顾昂起头,朝着门外看,说:50年建设得这么好,如果当初没有我们这一批人,国家的边境就不稳定,现在,新疆真的蛮好了,我们感到自豪。爽朗的老付也说,自己是被一首"我们新疆好地方"唱过来的,现在真的是好,大米多的是,馒头、面食为主。1970年她第一次回上海,途中辗转历尽艰辛,到家瘦得像猢狲,爸妈看到都哭了。

忆旧却是欣慰。如今185团像个伊甸园,衣食无忧。晚上的广场人流如织,跳舞唱歌,各得其所。

一杯上马酒,乍看之下是边疆人火一样的热情,我觉得它还蕴藉着其它一些东西。我蜻蜓点水到此一游,临别时没有理由拒绝它,别管它有多么烈性甚至伤身,喝了,同样包含了我对驻守北屯的每一个人的认同和赞美。

两年多过去了,我端起来的那碗上马酒,有时候依然在眼前晃荡。西谚:人不可能两次跨进同一条河流。不过,此身如有可能,再去北屯特别是185团,哪怕还有逃不过的一杯上马酒,我也愿意,仍然会毫不犹豫地一饮而尽。

2014.4.13

最美的风景是渝黔隧道里的风枪

在这个喧闹的城市中憋屈得太久了,连几十年养成的每天早上去公园里的晨练习惯,也因为时不时的雾霾来袭而中断。只有,尽管是马不停蹄的采访,我还是非常乐意为之。再忙,在车上,毕竟还能一睹祖国的大好河山。

中铁上海工程局承建的渝黔铁路一段,正是高铁建设进行时。在云贵高原深处,群山连绵的顶上,我们驱车前去,初始不解为何现在还有警车开道,等到了一个拐弯连着一个拐弯上去,右面是山体,左边就是深谷,更有那么几次,狭长的山道遇到交换车,特别是载重的大卡车挡住了道路,前面的交警下来一次又一次指挥我们的考斯特慢慢通过,这才理解,开道不是摆谱,而是引导。

行车安全得到保证。但是,有人被转得头晕了,我却不然,一生中早已习惯了被转来转去的滋味,它不妨碍我仍能顽强地从中欣赏江河的奔腾流淌和山峦的叠秀出彩。沿途被誉为神州第一弯的72弯,那是出发前大学新闻系毕业的中铁上海工程局党委工作部部长曹景超对我们的描绘。不过,说一句实话,我没看清或者说没记住,相反有些怀疑:是曹景超先生为了吸引我们前去作艰苦的采访而把"导语"写得好吧!及至到了山上一块突出的开阔地,说是"观景台",然而,这个没有异议大家都认可了。高高的山顶上,可谓是我平凡人生中最惬意的纵目远眺,远处是云贵高原连绵的群山,继而我收回目光,久久地注视着山下深谷中一条条细长的依稀可辨的小路。渝黔铁路指挥部负责人告诉我们,那是因为山高坡陡、沟谷深切,没有路,大型机械无法下去,只能先修便道,然后靠肩扛人抬把施工设备运到打桩处。他用手一指:山谷中的一个带安全帽的人，站立的位置就是一个桥墩打桩的地方。

从贵阳到重庆的渝黔高铁施工段山，16公里有9条隧道要打通，2公里是山谷要架8座桥，地理学上山区范畴的诸多难处均在此地集中显现。一位参加过青藏线施工的老铁路说，青藏线自然环境差，但路不难走。这里的路难山险，比青藏线艰苦。遵义市桐梓县是红军走过的地方，曹景超写下的"忆往昔，株六复线崇山峻岭铸就钢铁国脉；看今朝，渝黔铁路长征路上再唱英雄赞歌"的这幅标语，被挂在横空出世的山崖上而愈加显得大气磅礴。这支"铁军"已是两进云贵高原了。从株洲到六盘山铁路复线，再从今天的新渝黔铁路，他们为国家的发展和提速作出了巨大贡献。再往前追溯，它的前身是抗美援朝中"打不垮的钢铁运输线"。老渝黔铁路从隧道延伸出来，时速仅60公里。从桐梓到贵阳要4个半小时，遵义到重庆也要六七个小时。新渝黔铁路上的高铁建成后时速可达250公里，届时将打造出遵义、重庆、贵阳一小时城市圈。

我们接着下再上去，有幸进入正在施工的梨树坪隧道，手持风枪的工人们半身泥浆半身水，我们再也无法靠近了，巨大的轰鸣声压倒一切，欲问而不能。一位青年工人，想来他也是好奇吧！蓦然回首，一瞬间，我看清了他的那双清澈明亮的眸子，并就此镌刻在我的脑海里，无法抹去。出来，在指挥部我执拗地索要到了他们的名字。谭礼军，33岁，杨光明，31岁，56岁的杨运海、50岁的朱立三，张先贵、徐勋政、杨大伍、杨运和，他们来自山西省紫阳县。另一位是杨光勇，30岁，来自河北邢台巨鹿县。

可是，隧道中那一双明亮的眸子是谁？我对不上，但是，无论是谁，反正是他们，酣战在渝黔铁路梨树坪的深邃的拱形隧道里，手执风枪，用生命和汗水为我们勾勒出一幅永不磨灭的施工图。当宏图挥就渝黔铁路贯通时，他们都是不该被人遗忘的"绘画者"——来日，我们惬意地坐上渝黔高铁浏览云贵高原包括"72弯"的美丽的那一天，要记住，风枪也是最美的风景。

2014.4.30

听世界冠军谈球想到拳

听亚萍谈球

邓亚萍说,她打每一个球,都是迎上去的,正好整个身体对准来球,挥拍击球,手臂并不用多少力,靠的是丹田发力。她还说到了中国女队现在的步法,因为"天下无敌"的光环掩盖了自己的缺点。一定要跑到位,整个身体迎上去并靠丹田发力,这不是我们的心意拳的步法吗?丹田发力也不正是我们的捣劲吗?丹田发劲,难怪个子矮小的邓亚萍雄踞"乒坛一姐"宝座达17年之久。在车上,我请教邓亚萍如何对付长胶,这是业余选手普遍碰到的难题。邓亚萍说,发奔球,然后先轻轻提拉一板,等他回过来,再发力打。此外,邓亚萍还说,长胶一般只能推,但是到了她那里就能进攻了,这就让对手吃不消了。更有一招是,她能在触球前的一刹那,改变击球的方向,从而使对手无所适从。我想,这也恐怕是邓亚萍长盛不衰的绝技吧!

到了神户向阳中学,我们中日之桥乒乓团中的张华和吕建国,他们分别打过北京军区队和南京军区队,也算是专业退下来的,他们打表演赛。向阳中学的学生们整齐有序,安坐不动,给人留下深刻印象。

接着,邓亚萍辅导小运动员。马场玉子是兵库县女子乒乓冠军。据在神户赶来的两位中国乒乓教练朋友介绍,马场玉子家境贫寒,父母为了全力培养她打乒乓球,全家省吃俭用,每天吃豆芽作小菜,在经济发达的日本竟然也有困难家庭,这着实让我们感到意外。邓亚萍听了以后,更是有心从乒乓理念到具体技术都详细地传授给她。马场玉子打球非常刻苦,邓亚萍看她把球拍往后再发力击打,当即指出:这也许是你们的教练问题。邓亚萍发现,日本乒乓界普遍存在这一问题。邓让她马上改进,迎上去,再打。果然力量不一样了,"打得死人了",这是另一位高手的评论。事后,邓亚萍说,我是听了关于她的介绍,再看了她打球还有灵性,就多教了她一点。

这里有个小插曲,我看既然是辅导嘛,我和队友叶坚秋也拿出了乒乓板过一把瘾。其时,徐寅生在旁边台子辅导小球员,他站在球台左侧,要求小球员每拉一个弧圈都要把脸转过来看他,妙!因为看得到徐寅生的脸了,就说明你的动作做到位了。当然,手腕还有往里带扣的动作。这种教法实在是高明!

相邻嘛,几天下来,也熟了。徐寅生过来辅导我,叫我击球时往上,结果一个个暴冲球就在我的拍下打出来了。徐寅生看了连连鼓励,还说,你这样就有大将风度了。

还有一个近身球,我退步慢了,身体失去中心,勉强打出去,却有"人仰马翻"的窘态。徐寅生立马指出,这个不行,打球时人绝对不能往后仰,这使我突然想到小凌老师经常批评我们打十大形和水浪拳出现的毛病,这是同一个道理。

同行中还有谦逊的前上海女子乒乓球主教练花凌霄先生,他培养出曹燕华、唐薇依等国手,资深,但是低调。处处走在后面,合影也是如此,对于我们更是一点没有架子。也许熟了,我对他讲到自己看见邓亚萍正手击球时,小臂和胳膊松得很,一板一板来,回出去非常漂亮。邓亚萍的松,也是绝了,她说在打球时,脑子里只有球,不紧张,就松了。她还回答过我们,关键时刻,怎样控制场上情绪,她只说了一句:不要想比赛以后的事情。业余选手中其实是打过专业的高手吕建国,邓亚萍就指出他正手拉弧圈的小臂可以,但是大臂还是太紧。她这么一说,我们也恍然大悟。此后,花教练忽然给我讲到,邓亚萍的手腕以上不直,有点弯。我就有点奇怪了,那国家队教练为什么不纠正?花教练又说,这不是原则问题,教练有时也要看情况而定,一般的问题,可以不说，但原则问题一定会说。

世界冠军，可以说当时天下第一，独步乒坛，但也并非完美无缺，没有瑕疵可挑，然而，花教练一席话，让人明白：事情总有例外。这也正如我们拳术中有人拳架子很正，实战时却不行，也有的架子差一点，动手能力倒很强。一样道理。

晚上，在出生中国留学生的实业家郑剑豪的剑豪大厦里，兵库县产业部部长和神户市市长出席了晚宴。郑剑豪先生致欢迎词，讲得很理性很动情。神户方面发言感谢中日之桥乒乓团特别是邓亚萍到向阳中学辅导学生。"看着学生们高兴满足的神情，我们也替这些学生高兴，"一位日本朋友如是说。这里补充一点，我的心意六合拳师弟金晓庆曾于2004年为郑剑豪先生拍过上下两集专题片，此次说起，十分感慨。

次日上午，日本媒体又报道了徐寅生、邓亚萍等一行在向阳中学辅导学生的消息。

这次作为新民晚报记者参加中日之桥乒乓团，日本HNK在报道时把我们每一个成员的姓名、供职单位和身份都一一报道出来，这使我很感慨，一般我们这里也就是主要的提一提，余及一概省略，人家不一样，尊重每一个人。

安倍晋三参拜靖国神社、挑起钓鱼岛争端，但是，两国人民之间还是要通过各种渠道进行交流，因此，中国公共外交协会派出了常务理事邓亚萍和另一位文化专员从头至尾参加了所有的活动。我打赢了球，还得到了徐寅生和邓亚萍的指导，特别是与邓亚萍谈球而想到了拳，真是莫大的收获。

2014.6.7

本届世界杯，我们看什么？

假如一个球迷成了植物人，昏迷20多年，如今醒来后，却又不幸恢复了记忆，看本届世界杯，遍地找不到中国足球队的身影，他会不会再次昏迷呢？

说得好好的——2000年进奥运前八名，2002年进世界杯十六强。这原来是过去的中国足协制定的十年计划。世界杯开赛的当天早晨，我翻看自己的报告文学旧作《中国少年足球队留学巴西之路》，没错！就是这么写的。谁来为这句大话负责？如今已找不到任何一个人了。球迷啊球迷！为什么受伤害的总是我？

别了，中国足球，也包括世界足球。

2002年，我们在巴西去看约热内卢体育场。空空荡荡的，感觉就一个字：大。在高高的看台上，一位白发苍苍的老人就那么坐着，接受来自世界各地球迷的"朝圣"。原来，他是这里的退休职工，曾经无数次见证了巴西足球的辉煌战绩。如今，他凭借自己的经历告诉远道而来的游客，其实也无非是说一些贝利等巴西足球明星的轶事而已。那时，面对他，我已经不是一个体育记者了，与足球也无关了。1996年3月23日，我们一行体育记者在首都机场贵宾休息室迎候兵败归来的国奥队，主教练戚务生一脸沮丧一语不发。也许是为了安慰失利者，就在那个场合，当时的中国足协常务副主席许放宣布：中国健力宝青年足球队又要出征巴西取经，肩负起中国足球冲出亚洲的重任。看眼前巴西球场退休职工的那种意满志得的样子，又联想到我们一位主教练的神态，两者相比，真是令人汗颜。

从1994年起，我做了两年体育记者，自然有报道足球的机会，甚至还担任过上海球迷协会副秘书长的经历。1996年春季,我住在北京国际饭店的新民晚报记者站里,连续采访准备去巴西集训的中国健力宝青年足球队。我几乎采访了所有的队员,他们中的许多人读书很好,非常懂礼貌,还有为国争光的信仰。以后,主教练朱广沪再次率队远赴巴西,学成归来,正是国内足球俱乐部方兴未艾之际,这支留学巴西归来的队伍不久解散,队员分赴各个俱乐部包括八一足球队。虽然球员的身价上去了,但是足球的水平下降了。国家花了很大的力气,一支很有希望在世界足坛展示中国足球风采的队伍,各奔东西,再也没有聚集起来,这也是我心头一直未解开的迷。

我不做体育记者了,回归一个球迷。然而,没有中国足球队的身影,我就很少看比赛了。今天凌晨,世界杯揭幕战巴西与克罗地亚,前者是一支伟大的球队,后者是世界足坛的黑马,如今已是任何一支球队都不能小觑的劲旅。

又是一种不幸,朱广沪"客串"担任这场赛事的解说,明显的偏爱遭到电视观众"吐槽"。朱广沪热爱巴西,可是,场上没有中国队让他可说,他不说巴西还能说什么呢?当然,他也犯糊涂了,你是在电视机前解说,不是看台上的球迷。

本届世界杯,我们除了看热闹,是不是也应该看看自己的脚下,走的是七歪八邪那叫什么足球路子啊?!

2014.6.13

舟山路上老邻居

六月末的一个星期天,萝卜头退休了,请我去吃饭。他发短信称:"六弟:邻居聚会机会难得,不见不开心"。其时,我们还在浙江仙居横溪瑶林农庄。一早起来,大雨滂沱,估摸着去神仙居也是云里雾里看不见什么,于是大家决定取消,直接奔上海回家。我因此窃喜,终于不误晚上相聚一餐了。

萝卜头的大名叫沈金星。他们一家和我们一家只隔了当中皮鞋店。我的父亲开裁缝店,他的父亲开"元亨"鲜酵母店,是做馒头发面粉用的。萝卜头的父亲一人开店,养活全家,母亲则负责看店零售。他的父亲个子矮小,却每天要走路送货,把鲜酵母送到附近乃至很远的单位食堂去。他痔疮厉害有时出血。我读中学时,经常串门去和他聊天。有一次,他跟我说了一句"一人向隅,举桌不欢"的成语,我觉得很好。他有文化,其实只读了小学。

读小学时,大我两岁的萝卜头是孩子王,我们跟着他玩,他点子多,从小就聪明。文革爆发,只有六年级的萝卜头,竟然怀揣几块钱去外地串联了,这只有中学里的红卫兵才能享受的待遇却让他混上火车了。我们还在读小学,红小兵的级别只能戴臂章读语录,坐上公交车"宣传毛泽东思想",才有一次得以免费乘到我家隔壁同学阿四的姐姐所在的大学。这位姓杨的阿四同学后来搬走了,他的名字好象叫杨建勇,不知对不对,但他的大姐给我们买了几个白馒头我记得清清楚楚。

聚会那晚,金星的大哥金元、二哥金山来了,我的二哥四福、三哥五弟也来了,三兄弟对三兄弟,这样的聚会盛况很"奢侈",以后将消失,不会再有了。试问谁家还拿得出三兄弟?!金元是进疆的老知青,很活络,回沪后另辟蹊径,在五角场开了一家鲜酵母店,安居乐业,其乐融融。席间,他有点"表功"地对我说,他过去经常带着我们一群小孩玩,经提醒,我想起来了,确实如此,那时玩得最高兴的是国庆节观灯看焰火,我们徒步结伴从提篮桥走到外滩去,一路上的兴奋难以言表。至于到乡下其实也就是现在的大连路控江路捉鱼虫,偶尔想起,也是前朝尘事了。我和金星、金元玩过,最后我大一点了还跟他父亲玩了,谈谈国家大事或者人情世故,我和我家与他们一家几乎是天天见面的老邻居,即使到了现在也割舍不断,这就是萝卜头一条短信就让我上心的缘故。

当然,我也不能忽略在座的其他邻居,伯平是和我二哥玩的老三届那辈人,他的父母前几年已经去世,二老都活到了96岁,很好。伯平的父亲是有修养的人,戴一副老花镜,坐在自家门前的小花园里看报,我搜索记忆唯剩下这点印象了。等到伯平说,他的父亲有时看到我在报纸上的文章就会告诉他:六弟又写文章了。这一细节让我非常感动。可敬的老人,还关心着自己弄堂里出去的孩子,于今我唯有这几行字聊表缅怀之意了。

退休是人生的一个拐弯,但也可以照样前行,萝卜头和我说他想重开"元亨"鲜酵母店,理由是鲜酵母发酵做出来的馒头,是没有任何添加剂的好东西。他父亲做的面包是当时避难客居舟山路的犹太人所爱。如果能恢复这个传统工艺,再让感恩的经常前来踏访舟山路的犹太人后裔过来看看,一定很有意思。因此,我也想到了我逝去的父亲,父亲过去是提篮桥一带闻名遐迩的红帮裁缝,犹太人也是他的常客,不识字的父亲还能够说几句洋泾浜的英语。可惜,我们这一代已经无人继承更不可能开店了。

2014.7.3

酸楚中过滤出来的幸福
——国庆是我们一代人的集体记忆

国庆的要义

一个国家的独立日、解放日被称为国庆。以后,每年都要举国欢庆。然而,国庆首先应该是"家庆",只有人民感到幸福了,才能上升到国庆。

我是1956年生人。童年时代不期而遇饥馑岁月,印象深刻。因为吃不饱,饥肠辘辘的感觉是常有的事。但是到了国庆,还是吃得饱吃得好的,其中大半的原因是母亲会持家的功劳,她绝不会让我们子女在这个祖国大庆的日子饿肚子,她自觉地在维护这个国家的威严和荣誉。也许,说大了不好,但是,我清晰记得菜肴中总有一只鸭子炖什么汤的,至于芋艿、毛豆子之类,也有,总之,这一天从中午开始就很丰盛,可以吃到晚上。

我在国庆那天是过上了好日子的,由此,培养了从小爱国的情愫。一年中大多数的艰难日子也不在意了,关键心中有了一个盼头,过节就能吃上好的,特别是国庆的吃还蕴含了一种特别的意义:新中国。告别吃不饱穿不暖的日子。这里说到穿,于是搜索记忆,有没有穿什么新衣服呢?好象有,大概也是白衬衫加上卡其布兰裤子。但可以肯定不是每年都有,那个时代要管吃管穿,"双管齐下"都管好,不大可能。但这一天,必须干干净净迎十一、欢度国庆,是肯定的。我还想起来了,国庆前的大扫除,家家户户出人,把一条窄小、狭长的弄堂搞得清清爽爽,很舒服、很受用。我从小起就参加这样的大扫除,因而受到大人们的夸奖。于今回想起来,这也是爱国行动。爱家、爱弄堂、然后上升到爱国。我们这一代就是这样过来的,简单、实在。没有什么虚头,好就是好,都是做出来的。

国庆,人的想法和做法,都与祖国有关联,社会风气,人际关系,无一不在告诉我们,尽管那时还是孩子,但是我们知道,在家里,要做一个好儿子,在弄堂里,要做一个好孩子,在学校,当然更要做一个好学生。

时至今日,反观吾身,好也好不到哪里去,但是,绝对不坏,即使有点坏,但也坏不到哪里去。我们那个时代的人,有底线、有良知,有礼义廉耻,不会溜须拍马竟至于无耻之尤。人,做到将近退休,心,依然坦荡得很。对于宵小之徒,可以嗤之以鼻,乃至公开鄙视。

思来想去,国庆的要义,首先是温饱,没有这个前提,何以国庆?"仓廪实而知礼仪",那个时代,两者都有,至少国庆节假日,没有饿肚子之虞。

国庆的欢乐

国庆是一个国家最重要的生日。"不知老之将至",我状态很好。但是,毕竟有许多事淡忘了,唯有国庆盛况,那真的是排山倒海有之,撼人心魄有之,激情澎湃、欣喜若狂,等等,一切美好的感觉都有,特别是心中的自豪感、幸福感,无与伦比。国庆成了我生命中最有声有色的珍贵记忆。

家住虹口区提篮桥,从小在那里玩耍,每一条马路、每一条弄堂,都留下了我们这些孩子的翻墙、奔跑的痕迹。

就是国庆这一天,我们穿戴整齐,不再乱来。那时国庆节就要游行,大卡车上,敲锣打鼓开道,后面工人阶级穿白衬衫蓝色吊带的工作裤,整齐划一的步伐,看得令人心醉。大工厂的工人是时代的骄子,我们向往的对象。浩浩荡荡的队伍一一走过,大饱眼福之后,中午回家美美地饱餐一顿。下午在弄堂里走来走去,说说笑笑,晚上继续,吃饱之后,好戏来了,我们相约去看放焰火,提篮桥没有高房子,清清爽爽真真切切的各种焰火礼花腾空而起,让人看得如痴如醉。更多的时候,我们是结伴而去,走过外白渡桥,看一眼上海大厦亲切雄伟的身姿，然后来到桥下的外滩，涌入熙熙攘攘的潮水一般的人群，在这块当年是如今依然是上海最经典的地标里，享受海洋涌动的幸福，天空璀璨的骄傲。我们的每一声欢呼，都是兴奋的喝彩，都是对伟大祖国的由衷热爱。

国庆的祥和喜幸，这是、这是、那个年代全民享受的福利待遇。童叟无欺，一律平等，皆大欢喜，欢度国庆。"不患寡而患不均，不患贫而患不安"，古人语是对今朝最好的诠释。

国庆的伤痛

歌舞升平，为智者和理性所不屑。国庆也有刺痛，毋庸讳言。大概是1969年或许稍后几年的国庆，文革方兴未艾，而我，少年不知愁滋味。偷着把大哥新买来的永久牌自行车骑出去，从提篮桥到外滩。那时没有禁令标志，只要有路就可以骑车过去。我骑得不亦乐乎，看见红灯就施展屏车技术，一个来回，竟然脚不沾地。读初中，我的车技就那么了得，于今想起，不可思议。

就是那一次，我也有心中的悲哀。当我从南京路往外滩回来时，上外白渡桥时，一个年轻女子突然从桥上纵身往苏州河一跳，现在知道，大概过俄国驻沪领事馆如今是苏州河与黄浦江分界线新建闸门以外的地方才叫黄浦江，总之，她跳了下去，不知何故，却是国庆的不谐和音。这是我所亲眼见到的，至于事后看到听到的自杀之类的事就更多了，在我眼前一晃跳下去的身影，以后很长的日子里一直深深刺痛了我。

国家有难，百姓遭殃。

但是，正如一个人，身体状况有健康也难免有生病的时候。文革结束，拨乱反正，改革开放，中国追梦，一转眼，中国经济高速发展已在世界之林占有举足轻重的一席。如诗、如梦，于今都到眼前来。

抚平伤痛,更觉和平稳定之珍贵。也因为有了刺痛感,我对国庆的理解更加深刻,对国家的热爱不减丝毫,反而愈加提升。

国庆的期盼

时间进入 2014 年国庆,这是让国人充满新的期盼、让世人拭目新的一个佳节。中国强大了,人民怎样富起来?一部分人先富起来已经不再符合现今全国人民的意愿。

反腐的疾风,刮到了一些贪官,特别是他们的内心惶惶不可终日。今年的国庆因此也有了更新的含义。不再是如同过节一般的喜庆那么简单了,我的精神层面有了更高的渴求。不过,冰冻三尺,非一日之寒,要慢慢来,又不能太慢。

在喜庆祥和里有刺痛,同样,在期待盼望中有希望。人心思安、向善,物欲横流中,正义犹在。好些年前,我在采访顾村建设工地时,一位老总就告诉我,他给包工头提出的一个要求,一定要在五一劳动节时给农民工吃肉,那天中午,这位老总亲自到建设工地掀锅盖看下面是不是红烧肉。还有一位当过联合国科教文组织的中国官员、浦东张江开发区负责人的老总,也讲了同样的故事。他对老板说,你赚了那么多钱,你一定要让农民工兄弟在节日吃红烧肉。那一天,果然,红烧肉随便吃,这让那位老总非常高兴。多少年后,我采访他,他把这件事当作自己的得意之举告诉我,眉宇间,洋溢出来的是莫名兴奋。"世无英雄,遂使竖子成名"。贪官横行,遍地成灾,而我们,对于正面的褒扬不到位,不认为是新闻,这也是让人心日益不满加重的原因之一。

两位主抓、重抓红烧肉的老总,都是共产党员,尽管世风日下,人心不古,但是,好人从来没有缺席过,他们依然在行动,或许有的事确实小而又小,可以到忽略不计的地步,然而,他们没有放弃,秉承着一个做人最起码的良心,这就是黑暗里的光明,贪腐中的廉政。

上述两位老总,让现在中秋节都不敢发月饼给单位职工的所谓领导,应该汗颜。不是一定要吃那个月饼，共产党人特别是领导干部的担当哪里去了？左的东西依然会沉渣泛起，影响党的威信。党的各级领导机关，从来没有说过中秋节不可以发月饼给职工，是谁在这样"卖力"地执行这样的没有过的"规定？"

我由此想到国庆，如果没有一点点物质的注入，清水寡汤的大庆之日，还会留下深刻印象吗？

国庆的异想

国庆年年过，早已习以为常。2009年的国庆则不然，我是在意大利维纳多近郊的一个宾馆中度过的。因为时差关系，我们当地时间凌晨3点就起来，看天安门广场阅兵式，当看到胡锦涛同志乘坐红旗牌敞篷轿车从金水桥缓缓驶出来时，"独在异乡为异客"的我，胸中升起一股难以名状的神圣感觉。今年国庆前夕，我再次到黑龙江五常市采访五常大米收割情况，特意前往珍宝岛前去凭吊旧战场，原来我想叫上二军大一位当年参加过珍宝岛战斗的将军教授同往，聆听他对昔日的回忆，可惜他未能一起过去。可以说，新中国成立之后的每一场战争、战役、战斗，都为保卫祖国付出了鲜血的代价。

国庆，如今要说心中最想要的东西，我希望再看到中国真正腾飞之日，看到伟大的中国再次恢复或者重新举行一次规模盛大空前的国庆游行，就在上海的马路上，一展畴昔辉煌景象，再享国民欢腾待遇。

2014.9.26

听王武教授谈吃蟹

——兼记松江黄浦江大闸蟹由来之断想

每年都要吃蟹,不以为然,随便吃吃。自从去年在松江三泖黄浦江大闸蟹产地,有幸与上海海洋大学王武教授一起吃蟹后,感觉自己不仅土,甚而掺有一点野蛮。蟹是吃的吗?不是,它应该是品的,品蟹才对,才不至于浪费和糟蹋这一人间美味。

本月12日,黄浦江大闸蟹开捕,又见王武教授,我连忙认错:答应了一年还没有写出来的吃蟹文章。其实上次我与王武教授不是同桌吃蟹,隔桌观之难免遗漏,这也是我迟迟没有动笔的原因。今则不然,坐在王武教授左边,看他一个步骤接一个步骤做示范,清清爽爽,没有什么不明白的。宴罢撤席,临别,他与我道别,说:"我欠你一顿蟹。"我心领神会,答:"我欠你一篇文章。"

蟹如何吃?且慢!先介绍一下王武教授的来头:农业部渔业科技入户首席专家、上海海洋大学教授。吃蟹的吃相很重要。看王武教授的吃法和示范,其实还有一种文化在。一蟹在手,辨别其壮与乎?看脐背部是否鼓胀膨出,后盖越是凸显欲裂说明越肥。动手,先脱后脐,再揭盖,随后卸掉两螯,除蟹腮,蟹身上两边白乎乎的絮状东西。紧接着,掰下一只蟹脚,用其尖尖的细爪去挑蟹身顶端的三角形的蟹胃,此物大寒,不能食也。这些功课做好,人也早已馋涎欲滴。还有一个动作,至关要紧,就是用嘴咬破"中庭",然后动手扳蟹一分为二。如果直接扳,蟹黄会飞溅到旁人身上,那就真的是很尴尬了。

蟹已被肢解,吃什么?首先吃蟹黄和蟹膏,趁热吃,鲜美无比。一分为二的两段肉身吃完,紧接着吃蟹壳里的东西,冷了就不好吃,所以要抓紧吃。王武教授拆蟹壳里的肉,堪称经典。左手大拇指和食之顶住蟹壳两边,右手大拇指顶住蟹壳外面,用力推进去,肉与壳分离,这一绝招很妙,管用。

现在,我们许多人都是先掰蟹脚吃,留着最后吃蟹黄蟹膏和蟹盖里的肉。这似乎是贫穷年代遗留下来的"做人家"吃法,但实在错过了吃蟹辰光。

蟹即体无完肤,悬念全无,可是,王武教授下面还有一招又一招,令人叹服。蟹壳的屁股后面吧,他用蟹脚耐心的挑开,又露出一块黑黑的东西来。把它置于蟹背之上,王武教授说它是"法海",并称传说中的"法海"和尚因被追捕逃到西湖,看见大闸蟹满地乱爬,心想何不附着在此物身上,结果进去不出来,就这样了。有人吃蟹,快完了,王武教授关于怎样吃蟹的话题还没说完。最后一招,绝无仅有,从小出身在阳澄湖畔的王武教授把一只蟹肢解后做成蝴蝶结状,粘在墙上,还不掉下来。"法海"是传说,而蝴蝶结则是真的,出身在阳澄湖边的王武说,小时候,有钱人家就是做蝴蝶结粘在黑漆漆的大门上,谁家的多,就说明谁家富。他的家也有不少蝴蝶结,不过,现在失传了,没人再弄这种雕虫小技了。

黄浦江大闸蟹"掌门人"、上海鱼跃水产合作社总经理朗月林听了,大为赞叹,但是学不来,胡乱吃完了蟹。我戏称其"养蟹是国家队,吃蟹是生产队",众皆大笑之。但是,王武教授嘱其一定要挖掘蟹文化太有道理了。他说,在青浦的崧泽文化和良渚文化都挖掘出蟹壳。我看到广富林遗址是挖出了稻谷的遗痕。王武就鼓励:去找找看,广富林应该有痕迹,人类的祖先是先吃蟹再种稻的。现在如此,远古尤甚,松江三泖水草丰茂鱼兽渊薮之地,黄浦江大闸蟹一定有其更久远的历史,于今恢复养殖,结果大快朵颐,但是,还有一种蟹文化,也亟待恢复。

2014.10.21

在飞机上看天空看大地

2014年12月1日,我从法国巴黎飞回上海浦东。在飞机上,往外看,夜色浓重,墨赤黑一片,没有灯光。或者是黑色素的浓度比例实在太强大了,以致地面些许灯光也被笼罩而倏忽不见了。及至黎明,大地灯火阑珊,次第分明,勾勒出一座城市的轮廓边际,仿佛有个大框子,里面的灯光正努力地挤眉弄眼向天空表示自己的存在。

从天边的一抹红霞到白纱般的轻盈飘过,下面的倏已被遮掩,只有大块大块的云团的的缝隙间,才偶尔露出地面的部分建筑、村庄和道路。啊!我的祖国,早安。

城市的灯光是最有力量的证明。它的存在,它的蓬勃,它的生机,尽在其中。特别是高速公路,蜿蜒如一根扯不断的顽强的伸展到远方的带子。正遐想着,忽然机翼下漂来一簇簇疾飞的云雾,顿失大地。厚重的一团团如棉絮般的云,生生地在半空中一隔,天地就此两别。渐渐地,天怒放而大明了,远处天际那层浅浅的一线光晕还依稀可辨,而此时,我的眼睛累了,不想再看下去了,于是闭目休息,却满脑子的是天的光明与伟大,多彩而生机盎然。

还有半小时落地,座位前的屏幕上,飞机的箭头还未到南京。突然,舷窗外光芒万丈,恍若比飞越西藏高原还要更壮观更宏阔的雪山之巅。云簇拥着云,一动不动地屹立稳如磐石,一任斧斫刀砍而岿然。远处也有,浅浅的洼地,石灰池一般,还有氤氲之气在升腾。一道道沟坎似的忽高忽低,或许只是视线的屈光的缘故,无关自然。

飞机上的播音响了,漫长枯燥而又生动的空中飞行马上要结束了,想落地的念头压倒一切,什么都可以不要,只要降落、回家,万事足矣。一层层厚厚的云团如此整齐,似乎要铺满飞机跑道一样的绵长,又似乎柔弱无力却又情深意切的要挽留空中的飞行物,滞留、不愿离去。此景可依,但是我心照旧,去意已决,是大地的终究要回归大地。虽然天空,永远是人的梦境和怀想之处。降落间,抬望眼,云峰突兀,山腰际的岚烟已然可见,还有仿佛挂满冰雪珠子的树连着树,齐刷刷地尽现于眼前。江山如此多娇,已为人识,而天空中的壮美和惊艳,让我这个飞得不算太多但也着实不少的空客游子管窥蠡测,见一斑而知全豹也。

飞机轻轻地提起自己庞大的躯体,踏浪无风,开始下滑,这是又一次承载天空之梦的短暂别离,我们落地,它还要起飞,永无休止,只有它才是天空的常客、天空的知己。方留恋处,又见机翼下面的白云也,孤悬一座飞来峰。再远眺,有鸥鸟飞快,仔细辨认之,乃是一架刚起飞升空的航班,向云端深处插去,我目送其远走高飞,人未下机,却遇起飞,情何以堪?

人,其实也是不断起飞的物体。远古时代是心在飞天,如今搭乘飞行器任尔东西南北。落地不动等于终结,唯有起飞才是生命的永恒规律。

离大地越来越近了。阡陌纵横,那是道路,灰色的房顶,建筑与厂房,一齐都到眼前来。上海浦东这块热土,我无数次的降临其间,今又是,我来了。

2015.1.4

崇明老白酒不冲头了

第一次登岛采访,那是10多年前的事了,在靠近长江边的崇明前哨农场,因为不知老白酒的厉害,又经不住劝,喝了不多但也不少,最主要那时我不谙酒性,稀里糊涂的喝就喝吧,结果喝出了事情。一路回来,车尚未到南门港摆渡口,已然吐了三次,把车身都弄脏了。当时为什么事已记不起来了,喝多了,不过醉酒的窘态至今难忘。

自此,惧怕老白酒,心生敬而远之的情愫。好喝,但是后劲大,畏首畏尾,只能浅尝辄止。还有更好笑的是,新疆朋友到崇明,一看老白酒,这叫什么酒?喝,最后醉了个稀巴烂,口中酒气冲天,身子瘫软如泥,最后连第二天飞机也上不了,只能退票。

说了自己和别人的醉态,可见崇明老白酒威名远扬了吧!这是它的后劲大,崇明人说容易上头,而市区人则说冲头。

其实,老白酒还真是好东西。它用米做的,每天少喝一点有助养身。对崇明700名90岁以上长寿老人有过一次调查,结果95%以上的老人都喝自酿的老白酒。崇明老白酒有别于一般白酒和黄酒。据考证,它的历史有700多年之久。这一点,崇明的上海农家酿酒有限公司的俞建荣先生很有见地。他说,冬天,外面下着大雪,一个暖锅是热气腾腾的羊肉,就着老白酒,这才是古已有之的崇明风俗。酿酒,他是高手,继而说道,葡萄酒和老白酒都是低度酒,前者是水果做的,且是舶来品。后者可不一样的,它是上海本土的酒,纯粮食酿制,无任何添加剂。"农本"崇明老白酒选用上等糯米,崇明本地酒药和经过反渗透过滤加工的水,经发酵而成,它以米香突出、酸甜适口、酒质醇厚、酒液晶莹透明、风味独特而享誉海内外,是一款地道的纯粮食酿制酒。

　　为什么"农本"老白酒比农民家自酿的酒品质好,且不上头？俞建荣解释道：首先,他们的每瓶酒都要经过灭菌处理,一是杀掉空气中杂菌；二是要杀掉酵母菌。其次,他们严格把好两个关：一是把好酿酒用的原料关,酿酒的原料为水、米和酒药。二是把好发酵关,控制好发酵温度。最后他们出厂的每瓶酒中都掺入一定量的陈年酒,这样一来,"农本"老白酒就不上头了。果然,他的酒窖里储存着许多经年陈酒。

　　关于老白酒,还有一句话：烈酒伤侬,米酒养侬。在讲究养身提倡健康的今天,重读"绿蚁新醅酒,红泥小火炉。晚来天欲雪,能饮一杯无？"倍感温馨。

2015.1.8

飞往欧洲的空中

这一次,乘坐法航飞往巴黎。网上订座我要了靠窗的位置。从上海浦东出发,经南京、合肥、郑州、太原、西安、包头、乌兰巴托、新西伯利亚。我很满意座位前的屏幕,在万米高空上,有时看得见,也有时看不见,11个小时还要多一点的枯燥飞行,有影片有音乐,我只看飞行路线图,无论到哪里了,飞机的位置都明明白白告诉你,没有打闷包径直飞到目的地,把人放下就完了。

知情权,在天空中也没有被忽视。

时间是去年10月28日,进入初冬了。大地上还有绿色的田野和树林,更多的是浅黄色的坡地和草原。天气很好,目力直达地面。南方尚有绿的生机,北方却已是一派枯黄的苍凉景致了。依稀能见蜿蜒纤细的河流,坦白曲直的公路,还有网格状的大块农田,矗立一方似的建筑民居。飞过去,慢慢地一个由南至北的地理变化与地貌特征的图像显露无遗。

出境了。穿过乌兰巴托下面的沙漠地带,岩浆状的表层,白花花黑乎乎的空无一物。再往前,进入俄罗斯的新西伯利亚,豁然开朗是一大片郁郁葱葱的绿洲了。我努力往下瞧,有一条白色的绸带似的东西曲曲折折,这就是地球上最珍贵与生命直接有关的河流了,它滋润万物,水不断流,命不该绝。尔后,依次为莫斯科、圣彼得堡,我拼尽眼力寻找公路、汽车、建筑,试图发现地下一切有生命的蠕动和迹象。

我们平时知道有海平线、地平线,殊不知有天平线。天边有霓虹、彩霞、镶嵌在白云尽头的上方,金灿灿的没有一丝一毫遮拦的世界,美艳至极。此景只应天上有!

坐在飞机上,身体被托举到一个很高很特别的地方,眼界自然也高了,看出去的东西也不一样了。平展的白云,轻盈的淌过寂静的大地,繁华的城市,鸟瞰白纱般的云影下面挨个现身的田野、村庄、大山、沙漠,还有森林,无一不是恍若仙境。

长途飞行,在空中,仿佛没有了国界,只有一个天。飞了很久很久,困了就用瞌睡来解无聊。但是,醒来,我仍精神头十足的俯瞰大地,寻觅我浑浑噩噩在大地上没有的新鲜感觉。有时,需要几个钟头,才看见下面绿色影子,以及挥洒其间的细微的河流,或是看见光秃秃的群山之间的白色道路,我想找到它们去了哪里?终于我见到了,有一条路是通向远方山顶上的,开采,矿山,我似乎为自己在一万米以上发现了大地下面的一个秘密而窃喜不已。毕竟,天上的判断,很难验证,这一回是确定了,我有点陶醉了。

飞机是凌驾于白云之上的。看远处、身旁、机翼下的大团大团的棉絮般泡沫似的云,块垒一样层层叠加,厚重的完完全全阻隔了与大地的关联,看它纹丝不动没有一点表情的状况,有点担心飞机怎么穿透下去降落跑道。然而,这只是外行瞎操心罢了,尽管困难重重但是办法多多,飞越、绕过、扶摇直上抑或跨跃俯冲,一眨眼,穿破云层的飞机就逍遥自在大展身手了,轻轻触地的一瞬,它便平稳的拥抱大地了。而此时,天空中的游子泛起感想,每一次归来,都是对上苍的感恩,交织着无限眷恋与依依惜别的情愫。

天空,再见。我会再来!

乘飞机到天上去看美景,这是我近年来产生的念头。当然,我尽可能地不放过每一次飞行的机会,让熟视无睹倏忽消逝的身边美景,成为我生命中美好的记忆。天空是我经常去作客的地方,白云与我已经稔熟了,甚至我和颠簸震颤的气流也多次交手,从害怕到习惯,最后有点烦都轻蔑它了。不过,它们说真的都是我朋友,几乎每一次,哪个也没缺,它们都是我的朋友,陪伴左右和我一起无数次飞过美丽的天空。

2015.1.23

一只热水瓶

"风萧萧兮易水寒",知青插队岁月,心寒于水。冬天,一只热水瓶,是清晨的慰藉,夜晚的依傍。那天早上,现在我称师姐的零二,因病住在县医院。早上起来泡开水,发现热水瓶被拿走了。每天要洗脚擦面的,缺了热水瓶就没法过日子了。同样生病的上海知青毅龙,每天过来聊天,平时泡开水也是他包了。当时,零二火了:搞什么?你也帮我去拿一只热水瓶过来。

毅龙虽然有点迟疑,后来还是硬着头皮,去拿了一只别人的热水瓶过来。没想到,不多久,隔壁床位的一位五十来岁的中年人,突然放声大哭,撼动整个病房,连长长的走廊里也听到了。人们惊愕,一问,原来他的热水瓶没有了。他是重病之人,又是一个农民,如果要赔的话,也要几块钱,丢失了热水瓶,未尝不是一个打击。好在医院的院长闻声赶来,当即表示不追究,并且又给他配了一只热水瓶,风波总算平息。

事情过后,毅龙悄悄地告诉零二,他知道是谁拿热水瓶了。零二立马责问:那你为什么不说?毅龙坦诚不敢,对方人多,怕说了被打。零二一听更来火:你这么没用?以后我帮你介绍一位拳师。

更没想到的是,三天后,那位患肝硬化晚期的病人走了。这件事,让零二姐自责了一生。她说,虽然不是我的责任,毕竟无意中伤害过他。还有,热水瓶风波之后,毅龙就盯着零二要她介绍拳师,其时,她也忘了,后来,零二姐还是帮他介绍了拳师,竟是名师,就是她的父亲。

多少年过去了,零二姐可以不说,没事;还说,这就是人性的光芒了。

去年岁末,我们相邀去崇明的农家乐。山东苍山的金花是个爽快热情之人,零二姐看见一窝小狗,非常喜欢,想要一只带给父亲。可是,要与不要,她又纠结了,她想换掉父亲家里的那只流浪狗,眼前的小狗很可爱,不喜欢养狗的我也觉得能接受,但零二姐又怕已经养了多年的流浪狗被遗弃。最终,她决定领养金花给的小狗。然而,就在小狗被抱走放在后备箱时,母狗找来了,跟在车后头头转。零二姐一看,又不忍心了,提出,是不是下次再说,在母狗没看见小狗被抱走的时候,再带给她。其实,她就是不能目睹动物的生离死别的情景。抱狗之事不了了之。但是,那只热水瓶,她一直记在心里。这就是有人会忏悔,有人却隐瞒的缘故了。

2015.2.26

三进西藏

越野车停在樟木宾馆门口,我的心里就嘀咕起来,进去一看,果然,第一次进藏就是下榻此地。不过,那是上一个世纪九十年代末,算起来,暌别十六年之久,2014年9月15日,终于,我又来了。

平生有三次进藏记录。第二次进藏,限于拉萨,因为随长征医院朱有华教授为藏族同胞兄弟做一例肾脏移植手术,正是2004年的冬季,外面冰天雪地,道路打滑,不能出去,就在拉萨附近转悠。

人不可能两次踏进同一条河流,这是西方哲学的一个命题。流水依旧,人事已非,其中深含寓意,我们暂且放下。这次,第三次进藏才是重返,或者说部分与全程"复制"了第一次进藏的所有记忆。从日喀则出发,穿过拉孜、萨迦,进入聂拉木,最后到达樟木。再度入住樟木宾馆,我在大堂门口靠墙的沙发上,那次是1998年11月3日傍晚,如今,我坐在相同的地点和位置,又拍了一张照片。

当晚,用餐后,长征医院曾力教授就拖我上了当地的出租车,夜探边关友谊大桥。在当地藏族小伙子的方向盘下,羊肠小道如同一马平川。穿过树木葳蕤被枝干覆压挤占的小路,途中还要通过边防检查,到了,原来中国与尼泊尔的边境线,印象中就是一条界河,一座桥,一根栏杆,一条烂泥路,关口有一简陋连平房都算不上的门岗。当时,我从这里通过去尼泊尔巴尔比斯小镇,中午在一家饭馆还吃了当地的手抓饭。现在,友谊大桥已经设卡边检,不能进,只能站在大桥旁眺望对面的星火闪烁的山坡,上面停满了各种卡车,一如我们聂拉木的山间路旁排队等待通过的贸易集卡。

探路归来,订好车子。翌日清晨,藏族小伙子带来三辆车,出发,奔友谊关,一座美轮美奂的口岸新镇跃然眼前。一条界河水流湍急,飞溅而去,旁边建筑物的墙上攀援的猴群与人共处。接着,我们返身而去,寻找318国道5300公里的界碑,从昨晚到今天,问了许多人,终于找到,就在回来路上的悬崖边。

　　回了,人多,有说不值,从日喀则开那么长时间的车,走那么远的路,算起来1000多公里的路,换来的就是住了一个晚上。其实,到西藏,景色就在路上。想昨天傍晚时分到聂拉木境内,正是雨季,车子驶入康明桥洞,瀑布飞流,水汽缭绕,一派蒸腾,树木茂盛,有别于一路过来的裸露苍凉。是的,樟木依然道路逼仄,雨天压抑,而我不以为然,两次来到这里,毫无怨言,有的是感怀、感恩、感奋,上苍的有意,朋友的热情,遂成天下此等好事。

　　在山谷间的泉水流经处,一个拱形的弯势,上面有座桥,背后是大山,我想念第一次进藏为我们开车的藏族青年尼玛旺堆,他有一双凹陷有神的眼睛,沙哑带着颤音的喉咙,路上一边开车一边歌唱,从来没有停止过,就在这里,我和他合影留念,瀑布从高高的峰顶倾泻而下。物是人非,尼玛旺堆,我的藏族兄弟,你现在驾车开往何处?

　　我们一行车队,不全是越野车,不能上珠峰,只能抱憾在珠峰脚下远远观望、猜测、问讯。一块珠峰公园的大门楣已经树立起来,有位道班工人开着压路机车过来了,他说20多公里处拍摄珠峰很清楚。当年,我是在无路之路的乱石堆上驱车到珠峰大本营的,如今不去没有怅惘,因为很可能再去就会抱憾而归。

　　余下的路,尽是苍凉底色。回来经过拉孜,停车检查,我特意问讯了边防站长也是拉孜县公安局长,他竟然知道前任局长达娃的名字,只说他调往日喀则安监局之类的单位,很多年了。那时,因为定日县援藏干部翻车事故,只有我一人执意前往要跑遍上海援藏干部工作的地方,达娃局长和尼玛旺堆两人一路陪我从日喀则再到江孜、定日。达娃还是神枪手,途中伏在碎石子地上打到了野鸡。

当然,此行西藏和长征医院朱有华教授一起,在西藏军区总医院院长李素芝少将的安排下,最高兴的是见到了10年前移植肾脏手术的藏族两兄弟:弟弟顿珠多吉和哥哥坚增欧珠。如今,他们非常健康生活也过得很好。最感慨的是,出了贡嘎机场不久就上高速钻隧道。还有,遍布西藏全境的山谷间无处不在的高高耸立的电线杆。不说沸腾,至少不再静默,西藏活了,欣欣向荣的一个高原边疆魅力四射。

2015.3.2

附:西藏行诗二首

七绝

雅江开阔潺湲去,
壁立群山拱卫中,
凑近太阳双颊烫,
紧随千里是苍穹。

注:去珠峰脚下规律,途径曲水县色达村沿河路,遂有此吟。2014.9.17 傍晚

七律

一梦醒来意若何?
十年可忆尽搜罗。
襟怀世界飞天少,
心想苍生仆地多,
即使凌云终落土,
不枉立志应长歌。
冯唐白首无须叹,
非也蹉跎自在过。

2014.9.11—17第三次进藏

周转人看周转箱

出国,看的最多的竟是周转箱。

始料不及,转念一想,自从地球是个村,世界就连为一体了。人流和物流,都要周转,飞机轮船汽车装人,纸箱木箱塑料箱装东西。去年11月底,飞机把我运到巴黎,火车再把我转运到比利时,考察欧洲农业最新发展趋势。

我,就是一个周转人。

见到邀请我去考察的菲利普董事长,在简洁干净的办公室里,喝了咖啡,他就亲自带我们去参观。说是合作社,却大气磅礴,恍如国内央企。不过也难怪,这是欧洲最大的果蔬专业合作社,蔬菜老大,水果第三,未来5年将再用35万平方米的扩充场地,一举建成欧洲农产品最大的拍卖中心。菲利普先生雄心勃勃,他时要把海关、检疫等全部"装"进来。前面一溜仓库进货、储存,租借给大户,后面是木头包装和塑料周转箱。

我们一行在仓库里边走边看,同时听菲利普先生不停地介绍,合作社的框架是:4500个小股东,百分之百的股权都是生产者所有,每一个股权都一样,每一个股民都有投票权,董事会都由股民选举产生。股权是一个架构,参与的会员能享受到整体的销售等便利。合作社定的标准比欧洲的还高,生产的方式必须是环保的,生产的食品有营养价值。这里更讲究生产环境的平衡,白天用太阳能制冷居多,晚上再用电力。当然,合作社每年220万欧元的研发经费令人赞叹。品牌质量、新的培育方式、病虫害防治,以及产品本身的储藏寿命,等等。

无论硬件软件,其实,合作社本身就是一只硕大的周转箱。

第二天,我们去参观清洗周转箱的一家企业。周转箱分为固定与可折叠式两种。一条长长的本身就是周转的流水线,塑料箱子经过工业水的冲刷,最后一道是生活饮用水的洗涤。可折叠式的周转箱更妙,当中两个插销自动收拢,一小时可以清洗7500只箱子,这里有150万只周转箱,清洗消毒后供租赁,欧洲6个主要果蔬生产国,使用统一的标准箱7亿次,果蔬、水产、肉类包括奶制品都要装进严格消毒的周转箱。

下午继续,看大箩筐似的周转箱。我意不必,大小有别,理则一也。可是,头发花白稀疏的博文先生,孜孜不倦地爬上爬下,卖力地走过了一条又一条流水线。看着看着,忽然意识到这是周转人看周转箱,自己也被装进筐转来转去,停不下来了。

翌日,我们又赶到阿姆斯特丹去看荷兰花卉交易市场。硕大无朋的室内到处堆放着等待起运的鲜切花,来回穿梭的电瓶车川流不息,勾勒出一幅美妙动人的百花缤纷穿梭图。那位荷兰朋友介绍更绝:这里的周转箱如果排队,可以排上500公里一直排到巴黎。整个花卉市场有150000平方米,比摩纳哥一个国家的面积还要大。

最为稀奇但也十分普遍的是,欧洲的农产品都是经过拍卖完成交易的,可以坐在拍卖会场对着屏幕按键,也可以坐在家中收看参与拍卖。让人感奋的是,欧洲农产品拍卖中心的电脑系统已由菲利普先生与上海西郊国际(利旺生)拍卖中心合作,纳入一个系统,可以互动,今年,上海的农产品将正式下水通过网上拍卖。

呵呵!周转箱是实物,那个互联网,才是最最厉害的周转箱,转到东转到西,欧洲与中国,没有地理意义上的千万里路程,中国和欧洲农产品交易的日子不远了。

归来,菲利普先生的合作社送我一只小箩筐似的微型周转箱,这是礼品,很有创意,蓝色,简洁而精致,里面放名片,正好。睹物思人,感慨良多,作诗一首,兹录于下——

欧洲十日

七律

横飞西北莫斯科,旁落欧洲麦肯罗。
比利时值秋索寞,法兰西正夜蹉跎。
风情可忆他乡色,肺腑遵从本地摩。
此去归来今又是,人生周转似陀螺。

2015.3.10

建江,建江!

1973,距今过去42年了。建江,就是我的母校建江中学。作为73届(16班)的初中毕业生,自从离校之后,再也没有来自母校的任何消息。突然,曾经住在同一条弄堂的小学和中学的同学彭清刚电话告知:5月30日上午,建江中学73届毕业生在海宁路上的金米笋大酒店聚会。谁牵头的?不知就里的同学语焉不详。但是,建江、建江!这一生中都不能忘记抹去的母校,她只那么一下轻轻的、轻的不能再轻的撩拨,让我在接到电话的两天里,再也不能平静。然而,16个班级的同学怎么可能聚集起来?

当天上午,金米笋大酒店3楼一个大厅,满当当的几乎没有空隙。我们班级的同学,大多沿着一条舟山路居住,以当中的长阳路为界,分为南北两部分。毕业后,绝大多数人再也没有联系,别说相见不相识,就是我隔壁两家的邻居女同学也认不出来了。大家互相询问,有的人与名字对上了,有的依稀记得名字,还有的就在眼前但名字与人都记不起来了。即使如此,我们(16班)49个同学来了还不到一半,同在一个城市,陡升"人生不相见,动如参与商"的感慨。说起发生意外和因病去世的同学,更是令人唏嘘。有人告知,机灵勇敢的徐康民,毕业当了水手,原来还有一个星期要结婚了,却在船上作业时因为碰撞而落水溺亡。2001年,我为著名摄影家陆元敏先生配文先后在大陆与台湾出版的《怀旧苏州河》,其中"水手"一节中,我曾经不无伤感的写到这位"个子矮小灵活,脸庞清亮可爱"的中学同窗。

其时,我在大厅里走了一圈,试图从中发现面熟的人,但是,时间太长了,看见隔壁班级的同学竟然没有一个想得起来的。认识的,只有当年同班同学了。42年的岁月洗濯，容颜已改，轮廓还在，最为有趣的是，同学年轻时怎么脾气性格，到现在仍然是旧模样，感觉就是好玩得很，因此不生分，反而增加了许多亲近感。

42年，东西南北，我们重新坐在一起，这个吹响集结号的人尤其了不起、了不得！我们从未想到也根本不敢奢望的事，一瞬间，如今都到眼前来。

11时半，主持人上台，拿起话筒，请在外面休息的老师进场，这时，全体鼓掌。一声"老师，你们辛苦了"！掌声雷动。42年，恍若就在昨天。老校长、班主任依次入座，25桌人，济济一堂。组织者还安排了学生向老师敬献鲜花的仪式，场面感人。我们众星捧月般的围绕在上海外国语大学教授、博士生导师、著名翻译理论家谢天振老师旁边，正是这位昔日强有力的年轻班主任，"管"住了曾经是建江中学73届中最捣蛋的班级之一。如今，无论畴昔是听话还是调皮的学生，都对他非常亲切。除了谢老师的人格魅力，还有就是真诚，那个年代，动荡虽然，老师没有放弃，他们过去所做的一切，都是为了今天的学生好。现在，他们可以毫无愧色理所当然的接受学生的鲜花和掌声。

悄悄地，我在找人，看见外面挂着序列表中第8桌上有罗新玖老师的名字，可是，抵近一看，好象没有，是我不认识罗新玖老师了吗？我返身问谢天振老师，他告诉我，罗老师身体不好，眼睛也不行，到了楼下却没找到三楼，又回去了。我有点黯然神伤，最后从组办者那里要到了罗老师的手机。我走出大堂，拨通了罗老师的电话，向他致敬。那时，我爱上语文课，他应是我的启蒙老师。

回来，举目望去，我们这些60岁的同学，绝少白发苍苍者步履蹒跚者，不仅健康，精神面貌也很好，比起父辈那个年代，我们幸运多了，这难道不是社会的进步吗？我们赶来，就是为了向老师道一声好。我们还年轻的另一个标志，就是聚会发起人和组织者的能力，他们借助微信群和互联网，召集起16个班级的几百名学生，42年后，我们终于有机会向老师表达迟到的但是依然崇高的敬意。

2015.6.4

迪拜之"烫"

六月于上海,初夏,但在迪拜,已经滚烫了。出机场,便有一股热浪袭来,不是局部性的,而是整个人被蒸腾着的感觉。

来接我们一行用了奔驰车,它开头,然后给沿途观光的游客,一座美轮美奂的新兴之城。建筑高大上,但远不似上海那样栉比鳞次,楼与楼之间,空隙很大,目力所及甚至可以一望无垠。想想也对,如果这个在沙漠上建立起来的新城,再被钢筋混凝土包裹得紧紧的,人怎么透气啊?!

抵近市中心,入住喜来登,在五楼就能放眼望去,这个城市远方的轮廓边际。眼下的通衢大街,车辆穿梭,井然有序。进了1509房间,我临窗眺望收寻风景,迪拜缺水挖了不少人工湖,至于绿化,稀稀拉拉的,更属珍贵的稀罕物。据说在这里养活一棵树一年要花费3000美元。我由此想到第一次进藏采访,时任西藏军区山南军分区司令的金毅明曾经说过,1969年他们当兵到西藏,在4000米以上高原种活一棵树,就是一个二等功。十年树人,百年树木,树比人贵!迪拜亦如是。

迪拜的早晨,酷暑难耐。我每天起来锻炼,找到了在阿联酋购物中心商场的一个供工作人员出入的边门,前面勉强有一块空地,最主要是门右侧有树和绿荫,正好遮住半个太阳。左侧是建筑工地,与我早年在市建二公司扎钢筋一样,太热了,迪拜的工人也像我们当年一样出早工。铁管子碰击和落地的声音是另一种晨曲,可晨光太厉害,照得我大汗淋漓,于是我只能戴着草帽打水浪拳。

迪拜是在沙漠上建立起来的,去城外沙漠冲沙成为一个保留节目。我们乘坐丰田陆地巡洋舰赶到郊外,沿途所见,突然明白,迪拜没有郊区,外围就是沙漠。到了,轮胎先放气,然后转道沙漠进去。沙漠中,有风吹过,吹皱一座沙丘的表层,细纹似的轻纱漫溢过来,很美的样子。然而,比之我2009年7月6日穿越塔克拉玛干大沙漠的境况,又差了好远。那种飞鸟尽,万籁俱寂,唯一自身的躯壳,灵魂似乎也被自然抽吸干净的感觉,从此再无。眼下这个冲沙,也远比不上新疆的惊险,沙漠面积不如新疆大,况且我们敞篷的吉普车,比他们有车顶车窗的所谓陆地巡洋舰也要刺激得多。我们吉普与沙漠悬崖,车头突然直愣愣的垂直往下掉,如同坠落万丈深渊,车上人特别是副驾驶座上者无不大呼小叫,但是,没事。我们无一辆翻车。

因为沙漠,所以追求绿化,刻意开湖。也因为热,迪拜造了一个大型滑雪场,里面冷!与外面组成一个冰火两重天的奇观。

四夜五天回来,上海也很热,不过比迪拜那种逼人的热浪好多了。迪拜之行,留下迪拜之"烫"的感觉。上海有郊区,有大片的农田和水系,这是上海的福祉。不虞第二天得以采访市农委主任孙雷先生。他说,城市太强大了,把郊区压扁了。但是,上海鉴于有6400平方公里陆域土地中3000平方公里土地被硬化了的严峻现实,上海决定今后不再增加建设用地。郊区还有76万户农家,1000多个村庄,300万农民住在农村,建设美丽乡村就是为了城市安全。

联想到上一个世纪50年代,我上半年出身在江苏南汇,下半年变成上海南汇。当时中央把几个县划归上海管辖,就是为了向上海提供副食品供应基地。到了现在,如果把这些地方也不加节制的开发,夫复何言?!所幸,现在我们150万亩粮田和50万亩菜田,终于有了名份:保留没商量!如今,我写此文,也是意在用迪拜之"烫"为上海降温。

2015.7.1

从上海到洛杉矶

轻轻地,我走了,但我离不开你的牵挂,你的思念。从上海川沙一段幸存的古城墙上,俯瞰下面一条微澜起伏涟漪荡漾的护城河,她娴静优雅、端庄秀美,到江苏南京六朝古都遗存下的夫子庙旁,亲近桨声灯影下依然婆娑迷离的秦淮河,她开阔大气、平展坦荡。我回味着沪苏两地傍晚吹来的一阵阵凉爽的风。

风总要吹走的,吹去又来,虽不是原来的风,但总有一种思念,像雨像雾,来了去了,都在心里。一任护城河含情脉脉,听凭秦淮河暗流洗濯,她们隐没深处,不曾褪色泛白,附着岂止是肌肤,简直是经脉血液,流啊流,我不知其始终,此刻,只觉得在周身流淌,循环往复,永不干涸。

这种感觉,是9月10日在南京乘坐东航班机飞往洛杉矶途中产生的。我终于明白,我走得再远,也走不出你的视线,你的胸怀。这就是我的祖国,包括吹拂我的那阵风。

飞机上,我的思绪也被带到万米高空,翻飞翱翔,不曾停息。中国时间晚上7点半,美国却是深夜,我没有一丝睡意,人的躯体再无远足的可能,打开头顶上一盏阅读灯,拿出派克笔,沙沙地断断续续响到天明。纵然我不能写出千古绝唱,但也有一些情愫需要从我的笔尖下倾泻逸出。隆隆的发动机的轰鸣响彻舱内,大地不会听见,但是我的心声一定有人知道。年轻时,我在江湾五角场的建筑工地上,利用中间休息每天写一首诗。杨浦公园里,我的诗伴我走过最灰暗的日子。也因为有诗,我的心里充满了阳光和自信。那时没有雾霾有人却制造阴翳,那时也没有人工降雨驱除尘埃,我用张兆年老师送我的"永生"牌铱金笔挥散了心头的无数烦恼。

时差不是那么容易调整的,我执拗地没有把中国时间拔到美国时间上,夜里 11 点半,我向我的故乡道一声晚安!离开祖国,才知她的可爱;辞别家人,更觉亲情重要。蓝天白云之下,降落的不是吾国吾土,而是异域他乡,我的心却被风筝般的绳线系于我的祖籍地浦东南汇祝桥。

窗外,已是满天霞光,新的一天开始了。双向的国度,专一的意念,我在中美两地时空穿梭来回。打开手机,屏幕显示美国当地时间,我的手表照旧停留在中国时间。虽然一落地,我就是"客场"了,不免生分尽管已是第二次到美国,古诗有云"行人弓箭各在腰",而我只是手中一支国内年轻朋友赠送的派克笔,造访他国书写汉字情感。

熬过一夜,不觉疲乏,何况机上已打盹二三次矣。睡觉是人的躯体的加油站,而思想活动无疑是这笨重的家伙的发动机,飞机降落了它也不能停!

步出机场,下午就去游览洛杉矶,此地的繁华没有打消我心中的念想——中国其实很美,只要川沙护城河增加水动力,让她流起来;只要南京秦淮河水质再好点,水面会清澈。如此而已,祖国依然可爱无比,愈发美丽,而且不可替代!这就是一个游子想要吐露的心声。

2015.9.13

太平洋东海岸一瞥之断想

9月11日傍晚时分，我随中国摄影家首批赴美采风团一行到美国圣巴巴拉海滩，国内从青岛到广西以及其他许多地方，类似海滩着实见过不少。因此，初始不以为然，及至驻足沙滩有顷，我竟然渐渐看出许多名堂来了。

这里的浪，激越澎湃，并未见异。浪头从远处汹涌而至，先是黑森森地犹如一堵墙，旋即从幽绿色到白花花翻卷飞溅，打在岸边，四处漫溢逼向上面的沙滩。水中，嬉戏的孩子有弯腰有低头躲避冲浪，与此映照的是他们身后的鸥鸟，俯冲掠过海面捕食鱼类。惊涛拍案的隆隆声响彻海边，卷起无数的浪花一拨又一拨地上下翻飞起舞，歇息、返身、回收、憋足了劲，再打过来，呵呵！人生若也有浪潮如斯，不达目标誓不罢休，何愁不能成功焉?!

思之念之，所谓高潮迭起，唯有大海才能做到，它只是一个习惯性动作。而人的拼搏努力总有泄气的时候，一切胜利者，内心深处该有多么强大的追求动力在支撑?!

太阳下山了，灼热感慢慢消失，人好受些了。但是，沙滩上晒太阳的原住民却收起帐篷和躺椅，回家吃饭去了。生活在离海边很近的他们，很幸福。海滩上没有一个叫卖的小贩，没有一丝商业气息，真正的没有干扰的惬意休闲。

圣巴巴拉海滩看人，圣西梅恩岸边则是观赏海豹。这里的海豹也是幸福的！一潮一潮的海浪波涛打过来，它们舒服地躺在沙土里，顽皮地用双鳍把细沙拨弄到自己的背脊上。一会，它们又爬行了，因为胖，且是柔若无骨的样子，从上朝下，我清晰地看见它们的脊背上肉一耸一耸地往前拱，此景颇似荀子《劝学》中"故不积跬步,无以致千里"的佳句。甚至海豹白肚朝天的慵懒的形象,都让我横生我国书圣王羲之"东床坦腹"的联想。

海豹,当地华人说这是一种"象"海豹,盖言其体躯之大也!我站在海边高高的大堤上,闻到了一股浓郁的海腥味,是否也夹杂着海豹的体味,不得而知。

不过,看了海豹,如果忽视了海中站立礁石之上的鸟,那么肯定就是一个不可原谅的过失,乃至就此庶几可以定性为目光短浅了。我是看见海上酽酽的礁石了,远望一派黑森森的景象,其中一块最大显眼的石头上面,站着三只鸟,就像雕像站岗放哨的兵捍卫着自己的尊严,它们是这一片海域的冷冷的观察者。当人移情别恋于丰满也好臃肿也罢的海豹时,它们不为所动,更重要的是它们没有放弃展示自己美丽的努力和表现。

我们在岸边,行走至稍远处,突然发现一座鸟岛。一排排的海鸟贴着水面列队飞行,靠近那个小岛其实就是礁石,它们不是停落在上面的,而是密密麻麻的插在岛上,蔚然而成一片黑压压的森林,一动不动,它们就是树,就是森林。起飞,它们又变成撑开天空的伞,降落,它们却活生生的美化成一幅海上礁石群鸟图。

濒临太平洋美国西海岸一瞥之断想,就是人与动物和谐共存的感慨。

2015.9.16

秋天：飞往洛杉矶的航班上

秋天，在飞往洛杉矶的航班上，我心猿意马，神来气旺——

因为你的喜欢，写作成了我生命中的唯一亮点；因为你的提醒，写作注定是我此生的不二选择；因为你的期待，哪怕前面是地雷阵，万丈深渊，我都义无反顾，毅然决然，一往无前。

我手中的笔，已伴我走过生命中最重要的旅程，我曾经写下无数行瑰丽壮美的诗句，驱散心头的无数烦恼。走到今天，我是工兵，排雷；我是愚公，搬山；我是阳光，除雾；我是东风，吹散一切乌云。

遥想祖国，思忖大地，你到家了，喝一口茶，准备吃饭了。所有的旅行，都是拉开一种距离，我飞得再远，也是为了回望。在家，真切，在水一方，那是祖国，永恒的情愫，亘古不变。在报社11楼乒乓房里，打球，渴了，一杯白开水下去，凉爽无比，美好瞬间，难与人说。饿了，一餐家常饭，饥不择食，饱腹填胃，幸福无比。一位百岁老太曾经告诉我这个采访者："做人就是为了吃饭，吃饭就是为了做人。"还有一位原来的市建七公司的董事长王先生也对我说："做好人，做好人；做好事，做好事。"前一句是目标，信仰，后一句是过程，结果。这样的智慧，我只有臣服，臣服还是我的幸运。我是记者，唯一可以骄傲的是，每天都有机会向人学习，而且不受空间跨度大和时间距离远的影响。

一件事，过了，还能勾起满腔怀想；一个人，别了，还能激发专心思念。神奇丰富的情感，魔幻般的复活，幽灵般的出现。机上，我要了两罐啤酒，微醺之间，笔走千山，神飞万河。牵挂，心有灵犀，再远，也能牵手，端起饭碗，碗里有我的影子和容貌。尽管，它只是大脑皮层的一种反射，有影，有魂，就有了一个活生生的人。

我思念起虹桥港的纤细绵长,婀娜多姿,还有那高架的蜿蜒,水泥路面似一张白皙的脸,老在我眼前晃悠,不曾须臾离去。我作为自身生命的个体驾驶员,无论睁眼还是闭目,你的音容笑貌,宛如眼前;举手投足,开朗活泼。还有那个广场,今夜是否依然人丁兴旺,找一僻静之处,练习拳操,四肢的摆动,躯体的舒展,然后一张汗涔涔的脸,仿佛沾了一天的露水,濡湿了双颊,也像是大山的雾气,缠绕飞升,最后定格在你的身上。一层层薄薄的霜被汽化并降落包围着你,于是,铅华尽退,全是秀美肤色的本白展露无遗。

现在,来自祖国每天早晨和晚上的微信,止于飞往洛杉矶的航班。但从心里发出的信息没有中断,寂静之中,可以自我感觉像心电图一样有嘀嘀嗒嗒的声音。同样,我也在试图接受你的波动,相距遥不可及,隔开天与地的错位,一种为相逢而作出离别的铺垫,是惆怅酸涩且带有甜蜜兴奋的期待,他日归来,一定炽烈,更加持久。

那个村庄,久闻其名,第一次进入是在秋高气爽的夜晚,宁馨静谧,俨然一个郊野公园。一条长凳,足矣,要不是有汽车来往经过,可以长坐不起。河边的木栈道,更有离开喧嚣遁入世外亲近河水的奇效,让人心醉不已,久久不忍离去。走走停停,每一步都有绳索羁绊,心想留下,时间不能,纵然再次光临,此时此刻的美妙就要中断。只能哀叹,光阴留不住,河水不断流,惟有记忆的碎片——怀念地粘贴在这里的树下、凳上、河边。

飞啊飞,具体不知飞到哪里的确切上空位置。但是,美国时间已近深夜。空姐早就关上舷窗,有人躺下,而我没有一丝睡意,对祖国的思念,全都物化为具体的实有的一个最亲近的人。我想,爱国不是一句空话,如果没有乡愁,没有眷恋,纵有满满溢出的情意,又如何盛放,哪里是着落点呢?

那么,也许有人好奇地要问:这个人是谁呢?答:就是你,或者她,甚或就是我自己。

飞机上,不知外面是白天还是暗夜,机舱里的窗全部拉上闭合严实,犹如女孩子做面膜,遮住了脸。我摁亮了头顶上方的灯,就像面膜中顽强地透露出来的眼睛……很久很久,哦!终于拉开窗,一如揭去面膜,清新明亮的光芒涌进机舱,新的一天开始了。而我的祖国我的家乡,亲人们就要入睡了,愿你们睡得踏实、安详,没有烦恼,一觉到天明。

　　机上,我没睡,困了,打了几个盹。我从中国来,我怕自己睡着了,把那些美好的记忆与温馨丢失在异国他乡,我要将那些事那些人的所有美好完整无缺的带到这片土地,使我在这里的两个星期始终有一种归属感依附情。

2015.10.8

感恩成都

再去蓉城,距上次采访上海援建都江堰一年成果回顾,已有整整四个年头了。那时,我不满足于听都江堰的澎湃水声,当中抽空去了成都。时间再往前推,就是汶川地震后,我随东航去华西医院报道他们派出的"爱心使者"护理伤员的新闻。可见,我与成都,一点不陌生,不说熟稔,至少也有一种老友故旧般的来来往往的情感,放不下,离别久了,还想去看看。

这次到成都,更有太不一样的感悟。在虹桥机场,我再次看见,两位身穿机场工作服的后勤保障人员,站在跑道边上,向着飞机当然也是向着舱内乘客挥手致意。我蓦然感动起来,为什么,平时会对这个细节无动于衷?其实,每一次飞行,都有人对你挥手道别,为你祝福平安。不能因为他们是工人,平凡而普通,我们就可以忽略了,念及此,须臾之间就有了感恩之心。

进入市区,看见成都是一座"慢"城市的广告。慢!我就是奔它而来的。可是再慢,时光不会倒流,如果能,我一定还要去看望王家佑老先生。和蔼、睿智、豁达的忠厚长者,我在他家里,第一次也是最后一次见到了他。他叫我凑近他,高度近视眼的他突然说:"你是思想者和运动员。"我当时没问,初次见面,他何以知道我生命中的两个特征与爱好?当时,我是受沈善增老师的委托去看他的,我带了几包好烟给他,不成敬意,他非常喜欢,还对前来请他指导修改博士论文的学生说:"你看,他从上海跑来看我,这就是缘。"

可惜,我是有缘没份。大凡人们都喜欢听好话,我自然也不能免俗,但是,王家佑老先生不一样,他是不会轻易说奉承话的,何况对我一个陌生的后辈更无这个必要。现在,我想释疑却无解,竟然也有"访旧半为鬼,惊呼热中肠"

的慨叹了。作为中国道教研究所副所长、三星堆考古挖掘现场总指挥，王家佑老先生学识渊博，我认识他实属荣幸，当时觉得，以后到成都又多了一个念想，那就是可以到他府上喝茶聊天，当然更多的是讨教和学习。没想到，八十岁的他早早去世了。刚刚心想着喜欢他，不虞从此天地永别。上苍如此吝啬，人生憾事，莫过于此！那次见面，他嘱我回沪后就把我写的书寄给他，还说自己眼睛不行，但会叫学生念给他听，而我一直没有寄书过去，除了浅薄怕见厚重，还有就是我实在不忍心让他在我身上耗费时间和精力。甚至，我回来写过一篇《成都之恋》的散文记叙那次见面的情景，我都没有告诉他，实在是不应该。他的一句评价，其实可以看作是老先生对我的勉励，我却没让他看一看我的文字，哪怕一篇短文。

　　斯人已去，相比缘悭一面，我毕竟还是幸运的。转而一想，再去拜谒杜甫，也是人生一大快事。更喜结伴而行的年轻人也背过唐诗喜欢文学。

　　是日，正是国庆节，看过草庐遗迹，走过花径湖边，顿生逡巡不前之意，方留恋处，意欲重温旧梦，寻找露天傍绿的茶室坐下，好作沉思遐想之举，我有好多文章就是这样构思出来的。奈何，前尘旧事，于今不再，询问后才得知，怕茶室影响游人关闭了。太粗暴太武断，我记忆中的一缕温存也被斩决了。如今，虽说朝发夕至，毕竟千里之遥，我不禁从心底呼唤：杜甫啊杜工部！你说："盘飧市远无兼味，尊酒家贫只旧醅"，我不敢奢望与你对坐把酒，可是，我远来叩拜，难道连一杯茶也不能赐喝吗？

　　哦！无处落脚那就只能走，走啊走，我看见，还是你《客至》里的"花径不曾缘客扫，蓬门今始为君开"的柴扉前，有人设摊公然推介所谓茶道。哼，我要报告城管：园内茶室被关掉，草庐前面乃至屋里喝茶这才叫不妥。杜甫啊诗圣，我要为你鸣冤叫屈，他们攒来银子，不会投入你的腰包。你一生困厄艰苦，贫寒清廉，生前死后，洁身自好，却有人胆敢借你的门面大做生意。

　　胸中有愤愤然不满意，且行且思索，花径之湖边，还算清静，微微荡漾的涟漪，能诱发我心底久违的诗绪吗？自觉不能也不敢！我只是绕湖一圈走去，试图寻找当年诗人留下的蛛丝马迹。有，那潺湲流溢过来的丰盈之水，令人寻思和猜测,它是一如既往还是几经改道,都这样,泱泱涣涣流啊流,流过来,我们接得住吗?为民疾苦鼓与呼!由此想来,我是怕应羞见杜甫,哪怕是他的雕像。

  作为诗圣杜甫上一回的辉煌,是1250周年的纪念大会,现在,杜甫草堂只是一个景点了吗?我不信,至少我不能这样认为。结果,我的思想负担加重了,我愧疚自己的一生碌碌无为,真是应了乐府诗中的那句话:"百无一用是书生!"

  尽管如此,杜甫的诗歌毕竟给了我年轻缺钙时的学养,虽然感恩,我无以为报可能抱憾终身了。在此,我只想说《茅屋为秋风所破歌》中的那句:"南村群童欺我老无力,忍能面对为盗贼。"今人大可不必纠结,即使是劳动人民的孩子,作出此举也属家教不严,何须代为杜甫难堪?再说,杜甫的另一首七律《又呈吴郎》中留下的诗句:"堂前扑枣任西邻,无食无儿一妇人。不为困穷宁有此,只缘恐惧转须亲。"同样身处困境的杜甫,他对劳动人民流露出来的真挚情感不容置疑。

  别了,杜甫!即使没有喝到草堂的茶,下次还要来,看看你我也知足了。我还要感恩的是,这次带了都江堰市政府赠送的"感恩金卡",凭此一路绿灯,真的终身免票。还有,同行的年轻人的敢于诘问,自以为读过背过唐诗宋词总比现在的青年强一些,结果我也是出了洋相的,即时纠正,那是我随身带了那本被我年轻时就翻烂的《唐诗一百首》,让我温故知新,是谓感恩,也不为过也。

2015.10.10

生命的气息

11月初的一个周末上午,下那么大的雨!去。走进我熟悉而陌生的共青森林公园,面对迎迓游客摆放的各色菊花园艺,心里却腹诽:你们绽放得太艳丽了,我是来寻觅公园的前身——共青苗圃的蛛丝马迹。

原来土得掉渣的共青苗圃,就是一排排人工种植的大树。四十多年前,建江中学73届16班的一帮学生穿行其间,少不更事的我们用树枝抽杀癞蛤蟆取乐,因其长相难看以为是害虫,也因为无所事事而浪迹苗圃。那时劳动,吃住在苗圃。泥泞的土路上,高高的树林中,有打不完的癞蛤蟆。现在想来,当时生态有多好。但是我们表现不好,有负于共青苗圃的一片滋养之情。不久,同学间发生了一起打架事件,我也被卷了进去,劳动提前两天结束,撤回市区。后来,班主任开家长会时对我大哥说,本来想包送我去外国语学院的,因为打架而被中止了。不知为什么,这件事大哥前几年才告诉我,不过,我没有一丝懊丧,我依然庆幸自己选择了母语写作,它给了我太多的快乐感和荣誉感。一如当年我大爷叔想要我去日本,那巴拉巴拉东渡成为时尚的日子里,我在五角场一带做建筑工人,身上一把扎铁用的不锈钢钩子,还有一支永生牌钢笔,干完活闲下来就写诗。现在想起来那都是幸福的事情。

后来才知道,母亲对共青苗圃非常熟悉,在围垦时她曾去参加义务劳动。2006年,共青森林公园50周年,有人组织一帮作家去采写,我欣然前往。到了一看,不是苗圃是公园了,花香鸟语依然在,只是癞蛤蟆很少见了。有点怅惘但是无奈,昔时模样已经不复可寻。但是,这次二度采访共青森林公园,别说下雨,就是下铁,我也要奔那里的气息而去!母亲去世已有十个年头了,但是，近六十年前，母亲在此留下围垦建设共青苗圃的步履，这也是她和我，母子两人在世上的唯一除生活外还有着劳动交集的地方。不神圣，但牵挂！今天，靠近江边承接空旷，大雨中笼罩下的幽微会不会有逝去的闪回？

雨，越下越大越紧密，我带了一把折叠伞，撑着走过纪念林最后避雨落脚在湖边亭子。无数个圈点布满水面湖上，有飒飒的声响和鸟儿的啼啭，它们是喜欢这一派清新的雨世界的，更应天籁之邀来伴唱，那是欢乐，声声入耳，于我却是一支苦涩的悲歌。

站立湖边，有飘飘洒洒的雨点不断侵猎亭里，沾湿我的衣衫。久因于此不是办法，索性迎着风雨向外走去。置身雨天之下，我才想起有多少个风雨交加的日子里，母亲一人撑着油布伞深一脚浅一脚的独自前行。整个一条军工路，长得别说一眼望不到尽头，就是坐车也是颤颤巍巍的要颠簸好一阵子。母亲当时应该和我的老爹奶奶住在卢家桥村庄，就是现在的黄兴公园，她常常为了省下几分钱的车费徒步去军工路上班，母亲做过许多工作，但是固定的很少，好象临时工居多。有时候上中班，发两个白馒头，她自己舍不得吃带回家中。饥馑的岁月里一只实打实的白馒头，远胜今天一桌丰盛的酒席。边走边想，往事不堪。由是明白，菊花那些事，布展也好插花也罢，乃至园艺匠心独运，归根结蒂，没有森林哪有这些花丛那些草坡?！共青森林公园的前身是共青苗圃，于今留下的只是一片与我记忆相去甚远的当年围垦植树的纪念林。

下午，雨过天晴，我回家走上二楼，看见晦暗斑驳的木扶手，母亲曾经是拉着它一步一步往上爬楼梯到家的。十年生死两茫茫，不相见，天天在！木头扶手，这上面应该还有一些雪泥鸿爪吧？纵然销蚀痕迹，但在我的心上笔尖，母亲的气息始终在我的血脉中流动，更在我的念想中永生。

2015.11.20

在美国看摄影家取景

雾，蒸腾笼罩着金门大桥。中间一根柱子顶端隐没不见，桥身朱红的颜色清晰可辨，一目了然。来自中国摄影家协会的一干人马，齐集于此等待日出。俯瞰着江面上缓缓的涟漪静静地淌过，瘦削精练的中国新闻摄影学会副会长郑石明先生预言：拍摄大桥，有雾已经很不错了，不可能十全十美。伫立许久，太阳终于露脸了，出来一闪，转瞬逝去，只有桥面上车轮碾过的隆隆之声不绝。开阔的江上，再度起雾弥漫水面，没有船只，只有水自流去。过后，清点战利品，抓拍到太阳底下金门大桥者，仅有一二人。

山，还是那些山；树，仍是那些树，内华达山脉蜿蜒一路走来，在优地美胜公园里峭壁耸立。山谷中的树林，似曾相识，不同的是，身边都是老外，才醒来，这是异国他乡了。

2400米的海拔，下车，天气骤冷，人有点涕泗涟涟了。一样，风景也因此变得冷艳、俊美了。一团大块的云雾盘旋在山顶上，来自上海的摄影家种楠没有径直奔向它，而是迂回包抄寻找一个最佳角度"出击"。在悬崖边上，他蹲下身子，让镜头贴着崖边的石头，焦距掠过一片绿色的森林，然后摁下快门，于是，一幅美轮美奂的山岚云烟图赫然摄入镜中。

艺术，忌讳平铺直叙单刀直入，有时需要一种事先预设的看似无关的东西来铺垫衬托，达到一种天然浑成的境界。新闻，崇尚简洁，文学却不能这样，包括摄影，也是如此。单一的，纯粹的会显得呆板，更可怕的是它暴露了拍摄者的趣味和内涵。

冷峻，是自然界打的一个寒战，人，差点受不了它。有顷，天空出太阳了，山上一下暖和起来,这又是大自然伸了一个舒坦的慵懒的腰。须臾之间,大地又放射出许多光芒,心情惬意皆来自于温煦的暖意。

远处的山峰,裸露出白色的脊背。对于眼前次第显现有点稀疏的树林。浙江籍女摄影师郑幼莲告我,拍树,要虚实相间,近处的树真实,而远处的树因为光线变得虚幻,一近一远的构图,正好相得益彰。走出林子,我们来到盐湖边上停下脚步,但是天上的云彩在走路,所经之处,下面湖的颜色也随之变换。这一派安谧之中的湖面的细微不同,不静下心来仅单凭肉眼是觉察不到的。

风,浩浩地吹过,我手中的笔记簿一页页的被吹翻,最后连身体都有些站立不稳了。但是,我记住了美和美的获取,是靠不懈地追求,近乎苛刻的努力,才有可能、仅仅是可能达到目标。也许,又应了那句老话:结果不重要,过程就可以了。真的吗?不否认这有点伤感甚至悲戚,然而,不如意事常八九,有此近距离追求美的经历,庶乎堪慰一生了。

于是,继续,欣欣然又奔下一个景点而去……

2015.10.21

中美之间张扬与内敛

在美国15号公路上,前面一辆普通的小车,车后玻璃上贴着"我要结婚啦!"顿觉稀奇。结婚是个人的事,干嘛"广告"天下让人知道。北京籍的导游齐进开车上去,靠近小车,我们看见了,开车的还是一位美女,车里座位撒满了红色的同心结。她也发现了我们的追寻,竟然还隔窗向我们打招呼。

我们的车,与隔壁车道的姑娘并排或前后错开行驶。我们的话题,却始终围绕着她进行。个性的开朗,至于张扬!美国人,齐导说到,你看他们,不管胖的瘦的,美的丑的,富的穷的,一律自我自信,旁若无人。所谓气宇轩昂,莫就不是如此吧?!内心深处的东西,写在脸上抹不去,慢慢溢出来,堵不住。

走吧!我们的车,终究离结婚"广告"车渐行渐远。

继而步行在旧金山渔人码头的路上,瞥见一位男士在为女友拍照。女友笑盈盈地坐在石头上摆好姿势,男士对准焦距,不料想,一个过路的姑娘跑过来站在他女友的背后,还伸出手指做了夸张的动作,更绝的是,姑娘的男友一看,奔过来又站在她的身后,同样伸手做了一个相似的造型,三人重叠一张照,拍下来了。其实,他们素不相识,只是觉得好玩,想玩,就上去了,浪漫也好,率性也好,这些个美国人真好玩。

在一号公路的山上,我们甚至看到了活生生的"拔苗助长"的美国版。两位美国姑娘双双把自己盘结的头发往上拔起,成竖立状,是怒发冲冠吗?看着她们开心地大笑不止的样子,才知道她们在表现自己,张扬自己的青春美丽。这不正是中国摄影家赴美采风团所要的镜头吗?他们抢拍抓拍,两位姑娘报以莞尔一笑。

人人都有自己的青春岁月,奈何韶光易逝,有的美丽丢失了找不回来。

当晚,我突然感到肚子不适,这是从未有过的事情。此时,通过微信,中国摄影家赴美采风团的随行医生兼摄影发烧友的王大姐过来了,给了我两种药,嘱我吃下去,并说马上好。果然,一夜没事,第二天早上5点我就出门去锻炼了。王大姐人好,热心仗义,每次我们饥肠辘辘去拿自助餐,她总是留下看东西,一定是等我们拿好了她才去挑选自己的食物。几乎天天如此顿顿这样,真的很不容易。

更不容易的是,今年65岁的她,20年前丈夫去世,此后有人向她示好,她却谢绝了。写到这里附带说一句,其实我不想这么说,怕伤她的心,当然还有自尊心。但是,我实在为这位性格开朗跑过10多个国家的医生大姐感到有点可惜。她应该有更好的人生和生活。事实也是如此并且已经证明,她有这个潜质。她说,她感谢上海,是上海让她得以游玩世界。房市好的时候,她买了上海的房子,抛掉后赚了30多万元,她就拿着这些钱到处玩,她很想得开,她也很会玩,比起同龄人无疑是幸福的。

她为我拍照,拍完说拍不好。我说,你拍照时脚下都没有站稳,怎么拍得好?她一听,恍然大悟。但是,还有一个事不知她明白没有,总之,我是把话说到底了。

不善于表达自己内心真实的想法,是中国人的内敛,也是缺陷。它无关语言能力,与性格压抑有关。按照王大姐的条件,她应该活得更好,孑然一身,终究不算完美。倘如有个老伴在夕阳西下时,牵手漫步,此情此景,不是更加令人欣慰吗?

我想起在车厢里同我们挥手致意的美国姑娘,她用个性的张狂向我们渲染自由奔放的气息,无论何时何地,追求幸福,都是不可阻挡的人生的第一要义。中国的王大姐们,努力永远不晚,失之东隅,收之桑榆。祝福你们!

2015.10.22

纪实

挽弓当挽强

上海,你要知道它的繁华,那么,就请你到南京路上走一走。每天,每天,熙来攘往的人群,总是拥挤不堪;每分,每分,流连往返的游客,简直难以胜数。

可是,一切都是那样有条不紊秩序井然。

呵,我亲爱的朋友,当你看见身穿草绿制服,佩戴国徽的人民武装警察,在大街小巷值勤巡逻,你联想过没有?也许,你会说,这不是生活中常见的事情吗?你会觉得,这很平凡。

呵,朋友,我要告诉你,就在这个平凡之中,武警战士所作出的努力,和付出的代价。

这里,我向大家介绍武警上海总队的武术队。

武警上海总队武术队,自八四年九月十六日成立至今,在社会上的影响越来越大,在武术界也越来越受到重视。

今年三月,在广西南宁举行的中国人民武装警察部队首届武术散手表演赛上,武警上海总队武术队获得团体亚军。

五名武术运动员,一名获一等奖,两名获二等奖,还有两名获三等奖,是参赛代表队中唯一的运动员全部获奖的武术队。散手运动员郑忠夺得六十公斤级的桂冠,武警上海代表队还被评为精神文明队。

今年四月,在上海市传统武术比赛中,武警上海总队代表队夺得散打项目的四个冠军,一个亚军。在武术比赛建树更多,一共获得二十多个冠亚军。

今年上海首批公布的一级武士只有六名,男运动员刘江、李斌榜上有名。

其余的队员，全都获得了二级武士的称号。

人们也许会惊讶，在短短的一年半里，武警上海总队武术队就能取得如此成就。

"宝剑锋从磨砺出，梅花香自苦寒来。"武警上海总队武术队建立以来，时间紧，任务重，队员们有时连星期天也不能休息，逢上节日外出表演，更是寻常之事。他们每天要进行六小时大运动量的训练。训练中，鼻子被打出血了，抹掉再练，脚摔伤了，皮破血流，包扎一下，照样练。甚至女队员遇到例假，也只能适当减少运动量，但决不允许躺倒不练。他们是运动员，但更是战士。所以，他们特别能吃苦，特别能战斗。

正如他们的教练孙剑群在一次向武警上海总队领导汇报会上所说的："我们所取得的成绩，是真正靠运动员流血流汗换来的。"

武警上海总队，担负着全市的社会治安保卫重任。作为它的武术队，自有特色，别具一格。他们更加注重实战，崇尚技击。这里，我们可以从教练员孙剑群的身上，看到整个武术队的精神风貌。

八五年四月三日晚上，上海体育馆内，人头攒动，黑压压地爆满看台。体育馆中央，一张正四方形的擂台，以无比的魅力，吸引着上万名观众。人们的视线，汇合成一束火热的聚焦点，注射在它的头上。

昨天，也是在这里，香港泰拳代表团选手小试锋芒，使上海观众约略地欣赏到泰拳剽悍的风格。也许，泰拳实在厉害，不宜出招；抑或，他们配对表演，手下留情。总之，上海观众没有看到想像中的泰拳。不唯如此，更重要的是人心：希望在泰拳面前，有我们大陆的人站出来，同他比试。是的，在这块出现过霍元甲、王子平的土地上，人们有理由这样期待和要求。

看台上，各种声音此起彼伏，表达着一个共同的愿望，他坐不住了，他站起来了。他从运动队席位走到主席台前，通过上海武术馆（筹）馆长曲金铭转达香港泰拳代表团：他，要求上擂台同泰拳手交流。

表演赛，没有这样的按排。况且，来者不善，善者不来。他，就是武警上海总队武术队教练孙剑群，今年三十岁，四方形的脸上，有着典型的男子汉的坚毅轮廓,两眼一股英气,用武术界的行话来说,属于"好斗型"。香港泰拳代表团没有应诺,然而,他执着坚请。终于,双方约定,明天下午三时,在香港泰拳代表团的下榻处——锦江饭店谈判。

现在,是武警上海总队武术队的陈明辉站在擂台上。可容纳一万名观众的体育馆里,没有一丝声响,人们凝神屏息,翘首等待。

其实,比赛是下午三点,在锦江饭店里就已经悄悄地开始了较量。

当时,孙剑群坚持要求进行友谊比赛。香港泰拳代表团推说他的身体太"棒",言下之意,他们没有同级别的选手,无法比赛。于是,孙剑群选了前卫体协的陈明辉上场。香港泰拳代表团仍然要求,希望比赛后举双方的手,表示打平。在场的有市武协副秘书长周元龙,拳证人是武术界的前辈蔡鸿祥。周元龙出于同香港的友好关系考虑,劝他就此作罢。孙剑群尊敬前辈,但他不依,既然是比赛,就应该有个输赢。何况,是香港泰拳代表团来沪设擂台表演。

比赛开始了,香港泰拳手陈志达即以凌厉的腿法连连出击。个子瘦小的陈明辉几度被创。看台上,传出一片轻轻地吁嘘声。陈志达进攻得手,更是放胆而来,一记飞腿,陈明辉急忙用垂直肘去封,肘关节处,竟然被踢掉一块皮,好个陈志达,不愧为香港泰拳选手中的佼佼者。

可是,陈明辉很快顶住了陈志达的攻击。他闪过陈志达踢来的边腿,还他一记正击腿,陈志达立刻向后倒去。观众席上,响起一片热烈的掌声。擂台外面,武警上海总队武术队教练孙剑群紧锁的眉宇也渐渐地舒展了。

与此相反,香港泰拳代表团席上的气氛紧张起来。有人禁不住用粤语高喊陈志达:"用膝盖,暗伤!"懂粤语的赛场工作人员,急匆匆地走到孙剑群的身旁。本来,谈判时双方约定,不能用肘膝,以免重创。比赛太激烈了,达到了白热化程度。陈志达开始发恨地使出绝招,用膝盖猛烈地攻击陈明辉。孙剑群也耐不住了,他站起来在擂台下大喊:"引出来打!"

陈明辉不愧为优秀的运动员,头脑冷静,能控制自己出腿,接连踢中对方。

腿法，正是陈明辉所擅长。刚才，他所以不用，是以己之短(拳)，制敌之长；现在，他所以用了，是以己之长(腿)，克敌之短。陈志达，完全陷入了被动挨打的局面，形势一边倒。看台上，欢声四起，偌大一个体育场，在声浪里颤悠。

比赛结束的哨音响了。当裁判举起获胜一方陈明辉的手时，孙剑群也不能抑制地站了起来。虽然，现在被举起的不是他的手，但只要是中国大陆的手，无论是谁都一样。再说，他作为教练，有权分享胜利的喜悦。

记者找到了孙剑群。

记者问："你怎么会想到要上去比赛的？"

他回答："香港和大陆，同是炎黄子孙。既然他们从泰国学成归来，同我们交流，作为武术发源地的中国，就应当有人站出来。因为武术的根源，毕竟是在中国。"

同武术中的直冲拳一样直截了当，这就是孙剑群教练的回答，也是武警上海总队武术队一贯的风格。

武术水平的高低，一个重要的检验标志，就是搏击能力的强弱。武警上海总队，是担负社会治安保卫的轻骑兵。作为武警上海总队的武术队，还有普及武术，传授技艺的任务。因此，他们特别注意加强散手格斗的训练，所以，在各种比赛中，武警的散手项目一直是强项，在社会上、武坛中，为人所津津乐道。

今年春季，为了提高部队执行任务的战斗素质，武警上海总队司令部举办了散手训练班，邀请了我国武坛名宿，安徽大学副教授蒋浩泉先生前来执教。集训队的七十多名战士，都是从连队里挑选出来的武警战士，他们学成之后，将成为部队的骨干力量，并通过他们，把武术推广到基层中去。

武术队教练孙剑群，尽管要带武术队，但是作为集训队的教练之一，他又要同蒋教授一起担任教学训练，为集训队战士授课。他希望，武术的种子，撒满在基层连队里；他期待，武术的鲜花在武警部队中遍地开放。

武警上海总队武术队，从开始名不见经传到现在颇有声誉，犹如一支新军突起，令人瞩目。

各种比赛,接踵而来;许多邀请,应接不暇。亚太地区青年访华团到沪,他们要去青年宫表演联欢;日本武术团体抵申,他们要去切磋交流。纪念五卅运动,沪西体育场有请;为睹武警风采,曹阳二中相邀。

可是,他们没有陶醉在赞扬声中。他们的目的,永远不是表演。作为武警战士,他们想得更远。武术队经常下放到基层连队去示范表演,让更多的武警战士了解和掌握武术这一有力的武器,为保卫四化建设,维护社会治安,发挥出更大的作用……

入夜,一辆辆摩托车睁大着雪亮的眼睛,驶进市区,路上的行人,感到了安全,甜睡的居民,享受着静谧。敬礼!英勇的武警战士,因为你们,生活才会如此安宁,如此和谐。

1984.1.10

上海神探老端木

市公安局一位同志曾经对我这样描述,他要捉案犯,就在车站、码头等卡子上布置多少人,假如谁没有做到,他会声色俱厉地问你,下面的人响都不敢响一声。清晨,他坐车出去,果然,他的轿车上午归来,案犯已被同车带回。

他有这样的本事.他有这样的威信,他的生活,就是侦破无数错综复杂和扑朔迷离的案件。他的姓氏,在上海在江南乃至在全国的公安战线上都有一种传奇的效应。他就是上海市公安局原刑事侦察处处长端木。

他坐在桌旁的一张藤椅上,语调平缓地说:前几天,一位记者要来找我,我谢绝了。我的处里也有几位爱好文学的青年说要写我,我对他们讲,你们把自己的工作做好就可以了。

他根本不要出名。长期以来,他自我封闭,不对外开放。我们得以叩开他的房门,殊非易事。

他说:搞刑侦工作的人,最懂得同群众关系的重要。如果抓错一个人,就会影响他一辈子。

是故,他不向权威让出真理。

60年代初,一家橡胶制品厂发生撬窃案,全厂职工当月工资七八万元全部被窃。市局一位副处长率领刑侦人员赶到出事地点。现场旁边的围墙倒塌了,砖石之下发现了部份赃款。据此,副处长断定是厂里人作案。这时,有人反映,门卫周洪树形迹可疑,扫地时眼睛老是盯着围墙那里望。

可是,端木在勘察现场时发现,如果是值班门卫作案,有一条路可以直接过去,根本不用推倒围墙,至于有人反映周的异常,更是不足为信。

端木坚持自己的意见,同副处长的推断产生了牴牾。那年月抵触领导就可以成立一条罪名。结果,端木被冠以身为队长、不和领导合作的错误之名而停职一星期。这时,闸北区发生凶杀案,端木才被"解放"出来去破案。

不久,端木因患结核病住院治疗。副处长来看他,告诉他橡胶制品厂的案子破了,是一个曾在该厂做过临时工的人干的。

端木表面不为所动,内心非常感慨,自己的判断是正确的,自己的坚持也是值得的。周洪树被放了出来,公安部门为此做了好多善后工作。他在和我交谈中,反复强调不能轻易抓人,抓错了,周围的人也会骂公安局,影响政府威信。

为此,他不为舆论左右判断。

三年自然灾害时期,普陀区发生一起"儿子杀老子"的新闻,报上刊登之后,此事似乎已成定论。

事情经过是,一个收旧货的老头子被害。儿子下班回来,上楼看见父亲已经倒在血泊之中,一把匕首插在心脏部位。他去拔刀,这样,罪犯的指纹没有发现,他的指纹倒是确凿无疑的留下了。

市局的一位处长带队去破此案,好几个月下来,案情没有取得任何进展。这时,分局的刑侦队李队长想到端木,打电话问他。端木碍于处长挂帅侦破此案,自己不便去看现场。但是,他在电话中对李队长说:你们区已经发生类似的两起案件,此案要联系起来看。还有,一定要再仔细勘察现场,一般来说,杀人凶手总会留下蛛丝马迹的。

李队长按计行事,果然在五斗橱脚的上面发现一枚指纹。正常情况下,人一般不可能碰到这地方。取样后,经技术鉴定,该指纹系一个刑满释放分子留下。此人被捕后,交代了杀人犯罪事实。

不为舆论所动,对于刑侦人员来说,不是一般认识的小问题,而是生死攸关的大事情。

他说,我搞了几个平反的案子,感到自慰。

当时,他不给同行半点面子。

文革后,端木参加疑难案件的复查工作。崇明新开河有位姑娘,男友是北海舰队某潜艇上的军官。正当这位军官归来探假之时,姑娘突然失踪。第二天,姑娘的尸体在新开河水闸上被发现。经法医鉴定:溺死。解剖之后,法医又鉴定颈部有扼伤。

当地刑侦人员调查时听到有人反映,姑娘的未婚夫手上有被抓留下的血印。甚至出事那天晚上,有人看见两人一起往海边走去,并听见海边传来喊救命声。

手背血印,颈部伤痕,海边呼救。公安人员就判定为这是一起先扼杀,再推入水中的他杀案。

端木复查此案,深入群众进行了大量细致的调查。

事发前,姑娘反常,开插秧机也开不好,并且常常眼睛发愣。再经了解,姑娘家里有遗传精神病史。

分析结果表明,姑娘是在触电,接着绳勒,尔后淹死的三个过程中死亡的。法医鉴定颈部有伤,可以认定是姑娘在落水前碰撞水闸所致。

端木带人到现场去做实验,派人在海边大声呼喊救命。结果,远处的人根本听不到一点声音。

端木再把扎紧的成捆稻草用力扔向长江,一瞬间稻草就漂走而无影无踪。

一旁的新开河派出所老所长也证实,他在此地当了20多年警察,从来没有看到有尸体从长江外面漂进来。

如果青年军官先扼死姑娘,再把尸体抛入长江,那么,人们是不可能在水闸里找到被害者的尸体的。

正确的结论总要经得起推敲,端木办案习惯滴水不漏。

端木身长一米八零,形象高大。他说,我的外貌,使我避免了一起被袭击的事件。

那还是大跃进的年代。白茅岭农场枫树岭分场。一位五十开外的老头被害。他即将刑满释放,平时稍有积蓄,100多元吧!案子久侦未破,尸体已被埋葬。端木去后,起坟验看尸体,系柴刀砍伤,尔后绳子吊起。柴刀,附近村民家家俱备。一根绳子有多少纱线?哪里出产?端木手提小马灯,穿过黑蒙蒙幽长的小树林,走村串户,终于查得这根绳子为四川广德县生产。

疑点落在与被害人来往密切的四川广德籍的劳教犯身上。破案之后,端木还为分场干警讲了一课。

返沪不久,枫树岭分场来人看他,告诉端木,案犯在审讯中,交代了曾几次伏候在小树林中,手提利斧,想从端木背后下手。因为罪犯矮小,慑于端木的高大,惟恐一斧不能致其死地而反被捉拿,他才未敢贸然行凶。

作为刑警,高大只是有利的身体条件,智慧才是更重要的素养。

郊区塘里发现一具女尸。经验尸,无伤。县公安局治安科作为失足落水处理,尸体已经火化。家属不服,状告市局,端木下去调查,发现该女生前与一男子有不正当关系。家属称其溺水前曾托那个男子买缝纫机。经验,判断,端木作出决定,立即指挥刑警常规操作。塘里的水被打干净之后,皮夹子发现,钱已被掏走。另有一只布鞋,男的,且落水时间不长。

经查,那个男子习惯穿布鞋,再向他的姐姐询问并给其辨认,她说这像是娘做的。为此,刑侦人员奔赴新疆让其母亲认定。之后,刑侦人员又在附近塘里找到一只相同的鞋子。

水落石出。案情明了。罪犯骗钱到手,脚踢受害者下水,用力过猛鞋子同时坠入塘里。于是,他索性将另一只鞋子也扔进附近的塘里。

屈死的冤魂得到了抚慰。凶手终于没能逃过法律制裁。

端木侦破了无数疑难案子,他却简单地只用两句话概括:动脑筋、认真想。

可是,我们却分明感受到了这个人的高大,不仅仅在于他的身躯,更在于他的心灵,在于他牢记自己是人民的卫士,是剑与盾的统一体。

端木以破案而树立起来的威信,有时也会幻生出一种神秘的光晕,使罪犯构筑的顽抗心理防线最后趋于崩溃。

汪家弄一位蒋氏妇女,六十几岁,肌肤容貌保养较好,像三四十岁的人儿。年轻时,她是出名的美人,曾作为美丽牌香烟的广告模特。她被发现死于独居的小洋房里。

怀疑目标最后聚焦在原该管段的户籍警周明华身上。理由有三。一,他熟悉情况;二,他有作案时间;三,勘察现场时他来了。这事照理同他没有关系。

侦破过程中,区分局刑警队长感到压力很大,周明华做过分局团委书记、分局长助理,经过党校培养,是未来的分局长候选人。这时,市公安局政治部给予有力的支持。

裘副处长主持审讯。由于案犯也是吃了多年的公安饭,精于此道,作案现场没有留下痕迹。如果在规定的拘留期限内,审讯没有进展,那么……

他扬言要上告。

这时端木处长亲自出场了。端木高大的身躯走进审讯室,锐利的目光盯着周明华看了好长时间。然后,他才站起身,掼下一句简短而有力的话:你做的事,我们都知道,你自己考虑。

说完,端木走出审讯室。端木一走,周明华的心理防线顷刻间瓦解了。他交代了自己全部的罪行。

对此,端木只是淡淡地说:他虽然在公安局干了十几年,却从未见过我。他对我也有一种迷信,以为我无所不知……

他在解释,似要说明,他是人,并不是神。

这毫无疑问。但是,透过这一现象,我们可以窥见端木处长对于犯罪分子有着一种无坚不摧的自信与勇气。正因为此,他在数十年的侦破生涯中,立下无数战功,为公安干警在人民心中铸造起金色的剑与盾之丰碑而添加基石。

时隔两年,往事历历在目。他端坐在硕大的藤椅上,以轻淡的口吻叙述侦破的案例,用强调的语气表明自己的思想,人民警察必须保持同人民群众的鱼水关系。

他说,外国电影里有人不理睬警察的镜头,中国不要搞成这样。

这句话,令我沉思良久,顿觉意味深长——他将接待我们的采访,当作一次对外宣传整个公安刑侦工作的窗口。

刑事侦察,这是一个特殊的职业,却并不是局外人瞳仁里的那么多神秘。他们完成任务,往往要付出难以想象的艰辛劳动,甚至要用生命和生命的一部分代价来换取。

端木就是典型。他曾为公安部举办的公安处长进修班授课,沈阳刑警学院、上海公安专科学校等地的讲坛上也都留下他的身影。他为了破案,足迹更是踏遍祖国各地。

谁能想到,这位身高马大的魁伟男子汉,五十年代曾使杀人犯望其项背而心怵,如今却身患多种疾病:脑血管痉挛——供氧不足,心脏病、低血糖、胃切除五分之三。一次,端木行进在青岛的路上突然晕倒在地,幸亏同行扶起急送医院。

他,现在虽然已退居二线,却仍然关注和顾问于公安事业,把毕生精力奉献给人民。

我,祈愿这篇文章,能够传导出人民卫士内心的闪光点。

1994.1.10

残躯的超越

引 子

一辆红色的电瓶车,沿牯岭路往东驶向汉口路……

时间:1988年8月24日。驾车的是位中年残疾人,黄浦区牯岭路街道办事处副主任。此行,他又将踏上一个全新的岗位。

他拄拐艰难地迈过生活的一道道门坎,已整整三十个年轮,如今他成长为黄浦区民政局副局长、区首届残疾人联合会理事长。和所有的普通残疾人一样,他最初的愿望只是站起来,像健全人那样拥有一份正常的生活与工作的权力。

他战胜了人世间的种种艰难,以强者的姿态登上了社会与人生的舞台之后,萌生了超出常人的想法,作为一种传统文化的现象,吴忠伟的境界也就上升到"达则兼养天下"残疾人的高度。

上任之初三把火

他走进了一个全新的领域。

区残联的大门外原来有三级台阶,残疾人的车进不来,那些重残者有的靠工作人员背进来,有的就只能坐在椅子上再让工作人员抬进来。一杯杯热茶冲好之后,放在残疾人的面前,可是他们不敢喝,不是不渴,怕喝了要解手。

这里的厕所原来是正常人使用的,残疾人如厕就困难了。

区残联当是残疾人之家。吴忠伟上任之初的三把火,便是把门前的三级台阶改成斜坡,厕所蹲位变得宽敞了,助理人员可以帮助重残者同时入内;区残联还买来12辆轮椅车,组建起自己的"迎宾车队",重残人来到门前可以坐"直达车"进家。

对此,吴忠伟解释说,残疾人由于生理原因而有许多特殊的要求。一些健全人看起来似乎是无关紧要的鸡毛蒜皮之事,对于残疾人,则像道道关卡,处处受阻。我们残联的工作,就要尽量地去满足他们的需要。

吴忠伟的话题扯到了区残联5年来的运转上。他们帮助中途失声的聋哑人进行手势培训,满足了聋哑人之间互相交流感情的需要;聘请一流的专家、教授,为盲人推拿医师上课、培训,从而使其中的14位盲人获得区卫生局许可开业和上岗资格,成为自食其力的人;就是对许多失去劳动力的残疾人,也让他们挂靠在残联开办的集体事业里,领取经济补贴……

吴忠伟作为一个依靠拐杖才能移动下肢的残疾人,完成这些"动作"所要付出的,超过正常人几倍、几十倍。

一举一动总关情

残联成立伊始,吴忠伟就提出一句口号:"对老年残疾人要有孝顺之情,对同年残疾人要有骨肉之情,对幼年残疾人要有抚育之情。"

乍看之下,这是一组漂亮工整的排比句,但要真正做到"三情"谈何容易。

只读过两年书,后来靠顽强的毅力拼到黄浦区业余工大中文系毕业文凭的吴忠伟,为了实现这个目标,拖着残疾之躯到处奔波,竭尽所能帮助那些在生活中有特殊困难的残疾人,令健全人也为之感叹不已。

胡崇德,原来独住凤阳路488号2楼9平方米的亭子间,四肢中仅有一只手是好的。住在楼上多有不便。他写了一封信给残联说:一年365天,上楼下梯,自己都是用衣服在揩地板,从来没有穿过一件干净衣服。

吴忠伟接信后坐轮椅车去了,他抓住楼梯费力地爬上二楼。胡崇德正在生病,在床上提出要求,把房子换到楼下。本来,这并不是吴忠伟的职权所能办到的事。然而,吴忠伟答应了。接着,为了实现这一诺言,他开始了漫长的马拉松式的联系奔波。区房管局局长非常重视,批条给牯岭路房管所予以解决。吴忠伟紧接着又去找该所所长和管理员。房管所也难呵,他们没有分房权,至于调房,那也要等机会。事情到此,可谓仁至义尽,但吴忠伟决心帮忙帮到底。他凭以前在牯岭路街道工作过的老关系,到处托人:如有合适的底楼房子请马上通个音讯。此后,吴忠伟时时把这件事放在心上,为换房不知跑了多少地方。终于,天遂人愿,吴忠伟得到新昌居委会支部书记提供的消息——有一间合适的底楼房子,在房管部门的支持下,将胡崇德的房子换到了楼下,不仅有了煤气,还大了 2 平方米。

残疾人生活是艰难的。不久,胡崇德赖以"出行"的手摇车坏了,这就意味着他又要回到以前靠屁股下面放一只小凳子才能"摆渡"走路的方式。吴忠伟闻知又请人把他送到轮椅车厂,请师傅定做一辆适合他使用的手摇车。

照顾,对于残疾人,不是一次,而是一生。长征医院征地,胡崇德被动迁到泰兴路。他新居的房门前有一级台阶,上街沿下来又有一级台阶,苦于行走不便,胡崇德把求助的希望又投向黄浦区残联,按说这管辖范围已不属黄浦区。吴忠伟又一如既往倾注热情,赶到胡崇德所在地区的有关部门联系……

贫困残老奉若父

古人曰:老吾老以及人之老,幼吾幼以及人之幼。这句话在现实生活中,出现频率之高,相关形容之多,已经无以复加。然则,这并不说明这方面的工作做得多好。

敬老爱幼,吴忠伟既不是蜻蜓点水,更不是虚与逶迤,他扎扎实实地为此不懈努力,有时还要牺牲自己的部分利益。

周云山,原是上海儿童文学作家,1953年因说了几句话的问题,被发配到大丰劳改农场。后来迁回原籍丹阳。文革中,周云山被作为"反革命"揪了出来,绑在树上一天一夜,待放下来时,手脚麻木,不能走路。有人还说他装死,用脚踢他,他摔了一跤,脚断了,从此落下残疾,万般无奈之下,他到上海来投靠亲戚,在亲戚单位的宿舍里栖身。

周云山到黄浦区残联,他的辛酸身世引起了吴忠伟的无限同情。吴忠伟先是把他安排在区残联下属单位,破例每月发给60元,但只能解决吃粥,周云山不是本市户口,无法享受民政补贴,为此,区残联又请公安部门帮助,但是没有房子还是报不进户口。周云山又来找吴忠伟。吴忠伟瞒着妻子,偷偷地拿出户口簿,让周云山报进浦西新昌路一个小间。吴忠伟还掏钱给老人买了两个月60斤计划大米。自己却吃议价大米……

不久,这个被"扫地出门"、在古稀之年又终于回归申城的残疾老人,终于领到了身份证、70岁以上的老年优惠证,并可以每月领到90元的民政补贴,加上吴忠伟安排的挂靠单位也每月发给他60元,境况好多了。老人感激地说:"吴局长,我没有什么亲人,你待我这么好,你就是我的亲人。"

超越区界举善事

黄浦区残联有效的工作,多次见报,名声在外,它的工作有时也就超出了区属范围。

华山路有个小朋友,叫吴为姿,因脑瘫留下后遗症,不会走路,父母在香港,由姑妈姑父抚养。小为姿一天天长大了,姑妈姑父背不动他了,想买辆车,但跑遍上海也没有合适的,不是太大就是太小。他的姑父姑妈在报纸上看到黄浦区残联工作的事迹后,就试着来联系。

华山路不属于黄浦区,但吴忠伟想起自己的童年,因为不能走路而被学校拒收,他是一定要帮助吴为姿的。他拿出自己原有的拖车,请浦东的汽车零件厂聋哑人师傅做垫子,装踏脚板,装推把,装"万向轮",又把车子重新漆了一遍,赠送给吴为姿小朋友。解决了"行"的问题,吴为姿小朋友高高兴兴地坐上手摇车去读书了。

松江县有一位残疾老者,也是慕名写信到黄浦区残联来。老人76岁,年岁大走不动了,想买一辆旧的手摇车。有人说,黄浦区的事都来不及处理,松江又这么远,算了吧!可是吴忠伟说,能够帮忙就帮忙。在一次残疾人会议上,吴忠伟通报此事,恰巧有一人新买了机动车,旧的手摇车搁在家里也累赘,于是拿来,修好,再通知老人出来试试。老人搭了乡办企业的车出来,一试,正好。接着,一个要付钱,一个却婉拒,相持不下。吴志伟只得居中斡旋,最后老人付了30元,意思意思。回到松江,老人仍感动不已,特写信给文汇报,希望予以表扬。

结束语

对于吴忠伟,我以为大可不必将他去比保尔、比张海迪,尽管他有着与他们相似的奋斗经历。

因为,吴忠伟就是吴忠伟。他的现在,是由他过去的特殊的苦难历程成就的。他所获得的成绩和荣誉,是靠残疾之躯奋斗出来的。他的工作出发点,都已深深地烙上了他的人生价值的印记。在担任区残联理事长的近5年里,他经常工作到晚上八九点甚至更晚,很少有一个整天休息的日子。由于双手拄拐,如今两臂较疼,发病时每天晚上要涂一种松筋油才能入睡……

1964年,吴惠伟作为共青团全国九大代表,在人民大会堂受到毛泽东、刘少奇、周恩来、邓小平、陈云等老一辈无产阶级革命家的亲切接见。

1991年,作为全国残疾人之家先进集体,吴忠伟代表黄浦区残联受到江泽民、李鹏等中央领导人的接见并合影留念。

现在,面对采访,吴忠伟由衷地对笔者倾述道:"我也是残疾人。离不开党和国家的培养,我是在人民的爱护下成长起来的,我要把党对我的关怀转移到每一个残疾人的身上。"

　　我很感动,但我不想以"掷地有声"来形容这句话。我看到的是吴忠伟背后墙上的一幅书法作品:"人道廉洁"。

1994.4.20

第一街的故事

在举世闻名的南京路每天会发生许许多多的故事,这是几则关于拥军的小故事,听来使人深思。

去年七月,有位残疾人摇着轮椅在恒源祥店门口来回逡巡。这个举动,被细绒柜的营业员顾锦菁发现了。她判断:他是想进来购物,因为不便而犹豫。于是小顾绽开春天般的笑容,上前和蔼地询问顾客。当得知他是二等残废军人,小顾的声音更加亲切:"解放军同志,你想买什么?我为你当参谋!"

残废军人显然被感动,连声致谢。在小顾热情周到的介绍下,他称心如意地买下了三斤绒线。接着,他又请小顾再挑选一件适合自己穿的羊毛衫。小顾根据他的体型、肤色、年龄选择了一件圆领男开衫,旋即到经理室联系打折优惠售出。返身出来,小顾又为他到收银台帮助付款,最后,她将绒线、羊毛衫一一包扎妥贴,送交残废军人手上。

这一切,令残废军人感激万分。他或许是保国而负伤,或许是因公而致残,在祖国的大后方,包括最繁华的南京路,他受到了最崇高的优渥。

"恒源祥",作为沪上的名牌老店,几乎家喻户晓。然而,"不以善小而不为",恒源祥在拥军中扎扎实实地做好每一件"小事"的态度,同样具有震撼人心的效果。

吴良材眼镜公司,百年老店,以"高、难、特"一应俱全的眼镜配制而饮誉全国。

1993年7月,中国人民武装警察总部政委张树田来店要求配一副远近兼看的眼镜。张政委的光度上光是三级近视二级散光,下光十2.50,吴良材眼镜公司没有这种材料,国内同样阙如,要配镜只能到香港去进货。这种塑料镜片很贵,但是公司没有犹豫,抱定即使无利也要为将军配好这副眼镜的宗旨,毅然进货配制。不久,这副特殊规格的眼镜送到了将军的手上,"吴良材"用行动谱写了一则拥军的佳话。

如果以为只有将军才能享受优待,这就大错特错了。

"军人优先"的牌子赫然醒目地竖立在服务柜台之上。是军人,都优先,包括优质、优价。概而言之就是"三优服务"。

海军某部队张士华同志在吴良材优先配镜后,因为没有现存的规格不能当场取货。"吴良材"用最快的速度为其配制,结果,张士华同志人回到部队,眼镜也追着寄到了部队。

将军和普通士兵,一样受到拥军待遇。类似例子,不胜枚举。

朋街服饰公司在店内悬挂明文规定:现役军人凭证9折优惠。那天,来了一位女军人,看中一件1600元的裘皮女大衣,若按9折优惠,让利辐度太大,怎么办?公司领导聚首众议:9折优惠,没写什么除外,岂能失信于军人?这件裘皮女大衣也就应该照此办理。一言既出,驷马难追。

公司领导果断拍板:9折售出。

无独有偶。今年3月5日,一位中年女军官在中联百货公司看中了一根金项链。她试探地询问能否9折优惠。内行人都知道,黄金毛利一般在7%左右,9折出售金项链那就意味着亏本。公司经理陆佩娟认为军人既然要求优惠,公司就应该予以充分考虑,于是按9折减去449元卖给她,亏本部分204元则由公司内"双拥"基金支付。

这就是发生在南京路上的动人故事。商业竞争掩不住拥军风采。

上述事例,不是偶然,而是必然。1992年7月,在黄浦区委、区政府的领导下,区双拥办和区商委组织在南京路上市区商店推出首批"军人三优"(优先、优质、优惠)的服务窗口单位54家,次年7月,再次推出55家,现已有109家商店参加创建南京路双拥街活动。

"朋街"的党支部书记傅彩云说:"我们把双拥工作已列入党政考核之中。军人三优,天天如此。"店里有一条奇特的规定:营业员必须认真做好进店军人的三优服务,用他们的话说,"给你做好人,不做,扣奖金。"

中联百货公司,地处西藏路口。经理兼支部书记陆佩娟针对目前军人收入不高的情况,制定了10项免费措施和一项优惠政策。她发现南京路上打电话难,打长途更难,于是设立了免费供军人打国内直拨电话项目,军人外出一般不带雨伞,遇到下雨,店里向军人免费出借雨伞,军人不便外出购物,可以电话定购,义务送货,免费邮寄……

南京路,已经成为军人购物天堂。

改革开放之后,南京路的面貌焕然一新。沿街商店的传统特色配以豪华绚丽被誉为不亚于世界水准的玻璃橱窗,可谓好马配好鞍。但是,更有一种风采令人难以忘怀,军人优先,在这里有着实实在在的内涵。黄浦区的双拥工作流行一句话:"军人付出的是青春,我们付出的只是热情。"

"培罗蒙,半个多世纪的骄傲。"我觉得她最可骄傲的是这家"朝南坐"的名店,对于军人,始终给予军人优先的服务态度。人民饭店,逢年过节,职工们就将烧好的精美菜肴送到住在长征医院的解放军病人的床前……

今年,总政一位分管双拥工作的干部无意中进入"朋街"买衣服,开始他也没有在意那块军人优先的牌子,然而当他优先购物之后,又受到了优惠的待遇,为此他十分感动,大加赞赏。

谁说上海人精明不高明?双拥工作也在上新台阶,出新思路。"人立"有一招绝活:他们将好八连请进来,让官兵了解市场,体验改革开放的大好形势。军人站柜台,军人为军人实行三优服务,这一举措落到实处,也促进了一般顾客对商店的信任感。"人立"说:"星期天,军人站柜台,只有300平方的店堂,日营业额增加了2—3倍。

霓虹灯下的哨兵走进商店站柜台,这是一个时代的变迁。

军人是祖国的栋梁,新时期经济建设的安全保障。黄浦区的双拥工作有宏大的战略构想:到年底南京路沿线商店全部实行挂牌"军人优先"服务,藉以提高职工的素质,推动全区的精神文明建设。

1995年,南京路将向世人展现出崭新的拥军风采。

1994.8.15

访亿万富翁朱伯舜

一

七月,"城市热岛效应"使大街上行走的平民的最后一丝尊严在炙烤中荡然无存。

在烈日下,我骑自行车赶到南京西路,已经一身是汗。在华贵的"88总汇"门前,我从未有过的产生了犹豫:我要见的是一位美籍华人亿万富翁。我估摸着乘坐电梯到六楼一号包房时,可能脸上的汗珠尚未干,假如不断涌出,坐在那位身穿一袭黑色西服佩带领结、举手投足皆彬彬有礼的长者面前显然不宜。我担心这种强烈的反差会影响我们之间平等的交谈。

幸好,一进大厅,我就被秘书小姐告知董事长正在接受推拿。我把身子拥进宽大舒适的沙发里,正好歇口气。时间一分一秒过去,久等有些无聊,不免心生埋怨:你很忙,可我也不是闲得无事可干的人。

大约半个小时,中等身材、步履稳健的朱伯舜先生过来表示歉意地说:"对不起,让你久等了。"

望着眼前风度优雅的长者,听到这句富有人情的招呼,我心里感到平衡。毕竟,他是一位大忙人,不仅担任着美国共和党亚裔共同主席兼台湾支部主席、台湾久福国际投资集团总裁、香港纽士威国际集团董事长,还同时应邀兼任北京大学、中国人民大学、复旦大学、华东师大、厦门大学等国内七座重点大学的顾问教授与客座教授。他往来于美国、台湾、香港、中国大陆之间,平均十多天就要飞一次,被誉为"空中飞人"。

难怪,刚才秘书小姐叫我稍候,还说:"董事长昨天很晚才睡,太辛苦了,所以要按摩一下。"

我还听他的高级顾问介绍:他不喝酒,不吸烟,也不喝茶,只是啜饮一口矿泉水。晚上10点就不再出去。他不跳舞,不上卡拉OK等娱乐场所。

坐下之后,他十分和蔼地与我交谈,一点也没有高人一等的傲慢。他缓缓地讲述自己的观点,也耐心地听我的提问。期间,不断有人来找,他都吩咐秘书转达:"我有客人,要谈点事情,请他们等一会。"

目睹此景,我感到慰藉,刚才产生的那种贫富悬殊的自我意识,其实只是一种条件反射的心理障碍。他已年近七旬,财产逾亿,却保持着俭朴的生活习惯,又坚持勤奋的工作,无论从辈份与地位,还是从繁忙的角度看,我等他都是应该的。

第二次接触,我内心就产生了一种冲动;我要写他。将这位不寻常的"世界性中国人"写出来,无疑会是一件很有意义的事情。

二

他的精明,给我留下了难忘的记忆。

初次见面,双方作了礼仪性的了解包括试探。他客气地说:"首先我对本家老弟来写我表示欢迎。"末了,他竟问我:"我不知道你有什么要求?现在可以提出来。我不喜欢事先不讲到了当中或者结束时再提条件。"

鄙人供职的报社,收入本来不菲。更何况,除了稿酬,我从不指望写作以外还有什么好处。我沉着地回答:"我来只是想把文章写好,这是我喜欢的事情,至于什么要求,我猜想你指的是经济方面,这根本是不可能的。"

他听了,微微颔首。我思量,心里掠过一丝悲凉。显然,他非常了解大陆情况,可是,对我而言,只有谢绝馈赠的例子,还从来没有"索取"的纪录。

可以说,大陆记者很少因为经济困难而需要补助的,但某些人的心灵确实需要帮助。

同时,我为朱伯舜所表现出来的商人的智慧所折服。他身世清白,乐善好施,在香港,他连续五届被推选为香港东华三院总理,这家香港最大的社会福利机构拥有120间医院、学校、养老院。他在大陆时,看见《新民晚报》上刊登了一条六个老兵每人捐款百元给安徽一个失学中学生的消息,立即寄去5000元请报社转交。该用当用,不该用的你叫他掏钱恐怕一个子儿也不会得到。这也是许多成功商人的基本素质。

他和我谈论关于金钱的问题。他说,一个人只要有1000万元一生也就足够了。你有再多的钱,但1000万元以外就不是你的,你用不掉这么多钱也就碰不到它。那不过是一种数字的标志,或者说是一种安全感。我本人,在美国、台湾、香港等地,拥有和投资的企业不说,仅自己的楼房就有十多幢,每幢几百万乃至上千万元,只要其中一幢,我这辈子也够用了。

谈到财产,他说:"穷不过一代,富不过三代。有本事可以创业,我的一个儿子两个女儿他们自己都会赚钱。我的儿子世界各国到处飞,很会做生意。如果他们没本事,再多的钱传下去也要败光。做人总有一个追求,有的人很富有却成为金钱的奴隶,而我绝对是金钱的主人。我觉得把钱留下去最好的方式还是投资兴办文化教育事业。"

寓居香港的著名女作家程乃姗曾经问朱伯舜:你在心灵深处,认为自己究竟是什么人?朱伯舜不加思索的马上回答:"我是丹阳人。"不唯如此,他的母亲张锦老太太第一次赴美探亲时,他唤来三个从未到过大陆的子女一齐用国语大声背诵:"我是中国江苏省丹阳市丁家坝村人。"

朱伯舜说得很实在:"老祖宗是不能忘记的。"

咀嚼之下,感慨良深。笔者采访高级宾馆、三资企业时,常常遇到中国白领对自己同胞的轻慢,这些沾了"洋气"而忘了"土根"的青年,比起朱伯舜,真用得上荀子《劝学》中的一句话:"不登高山,不知天之高也;不临深谷,不知地之厚也。"

三

朱伯舜对故土的感情，至老弥深。他于1929年出生在江苏丹阳的一个小村庄里，幼时家境贫寒，10岁时随父母移居上海。1945年，他进入上海中国新闻专科学校，后转学上海法学院(现并入复旦大学)、厦门大学。曾做过上海《国民午报》的记者。

50年代，朱伯舜在东京拓植大学深造，获经济学硕士学位，后又成为美国杜威大学法学博士，马耳他国爵士。他从政、经商，还接任陈立夫在纽约的《华美日报》董事长一职，1963年，他又应台北中国文化大学之聘，担任教授六年之久。他会讲英语、日语，也能讲广东话、闽南话、上海话。

1989年12月与1990年5月，朱伯舜先生与陈香梅女士两次组织率领美国、台湾、香港的企业家到中国大陆进行贸易考察，先后受到江泽民、李鹏、朱镕基等中央领导的亲切接见。目前他在大陆的投资已超过4亿美元，项目分布在上海、江苏、福建、广东、东北。他的举措，也推动了台湾、香港的企业家向大陆投资。

唐人诗云"少小离家老大回"，访问大陆期间，朱伯舜重返故乡丹阳的含义则是双重的。他不是徒长年龄，而是腰缠万贯"大"了起来。这使他能够轻易地重续少年时的美梦。

在上海读中学时，朱伯舜借绰号"李小开"同学的脚踏车玩耍。聪颖过人且大胆顽皮的朱伯舜拉住过往的有轨电车跟随飞驶，引得小伙伴们一阵羡慕。他归来后，同学们纷纷再要借"李小开"的车时，遭到拒绝，刚才受到优渥的朱伯舜出了一个主意，叫每个同学集资一角洋钿，凑足数目到老虎灶隔壁的车铺去租辆脚踏车玩2个钟头，等星期天下午到他家弄堂口集合一起去。小伙伴一听群起响应，朱伯舜则脱下头上的罗宋帽装钱。不一会，钱就凑足了。旁边沉默不语的"李小开"生怕自己被孤立，上前央求朱伯舜说：不要去租车了，还是用我的车大家白相相算了。朱伯舜听了，心里好不得意。这时，有同学出来提议：租车的钱，买东西大家吃。忽然，有个念头闪过朱伯舜的脑海。他两手一拍请大家注意,接着说:乡下小学堂的柱子要坍下来了,因为缺钱没办法修。我们少吃点零食。把这些捐给乡下,也算做件好事。说完率先把自己口袋里的角子全部倒了出来。"李小开"一看,奔向家里将他的储蓄罐也捐献出来。

"好样的,有钱出钱,我永远不会忘记你,"朱伯舜拍拍"李小开"的肩膀兴奋地说。

回家后,朱伯舜如英雄凯旋将装满角子的罗宋帽交给父亲。父母惊问:钱是从哪里来的?听完儿子的话,儒雅的父亲许久才赞叹一句:孩子,你做得对。随后。父亲清点零钱。竟有30多元,离修缮费还差10多元。父亲用几张整齐的大票子换下零钱,又从抽屉里拿出10元钱补上。

朱伯舜在一旁看得心里甜滋滋的,口出狂言对父亲说:"爸爸,我长大了一定要挣很多钱,给丁家坝村盖一所漂亮的学校。"

也许,这是朱伯舜少时的"希望工程"。相比之下,他现在出手阔绰的赞助一掷千金堪称"大亨"级了。他没有使少年时的誓言落空,也没有忘记对小伙伴们许下的诺言。

回到大陆,他有感于家乡的落后,针对大陆严重缺少既懂外语又谙通经贸的人才,决定用大陆投资所赚的3亿元人民币在自己的家乡丹阳市丁家坝村创立"伯舜文化中心"。这是一座外语外经贸大学。建筑面积4000平方米,总高度为45米,全部为现代化电脑电化教育多功能大楼,预期在1996年可全面启用。

1992年10月12日,奠基礼在丁家坝村过去小学堂的原址举行。朱伯舜把50年前的小伙伴包括当年的"李小开"从上海请去参加盛典,并让他们住进当地最高级的丹阳宾馆。

常言道:救急不救穷。而救穷莫过于振兴教育,只要提高全民族的科学文化水平,中国人才能真正地走向世界。朱伯舜希望将来有更多的年轻人学好外语,掌握经济贸易的知识,同外国人做生意。

他还嘱咐我:"你的孩子,将来一定要让她学会外语,这是世界性的语言工具。"

我十分感激,这是肺腑之言,也是一生闯荡世界建功甚伟的智者的经验之谈。

四

在轻松随和的氛围中,我充分领略了朱伯舜的魅力。他有句名言:"不要做世界的中国人,要做中国的世界人。"回味采访过程,不禁恍然大悟。而且,"空中飞人"的自身实践就是一个最好的注释。

时间过得很快,秘书小姐不断来报有客求见。我遂起身告辞,他坚持送我,经过隔壁敞开大门的2号包房,两位金发碧眼的外国人正坐等接见,朱伯舜扭头向他们说"sorry",然后做了一个送人的手势。我请他留步,他执意把我送到电梯旁,直至电梯开门又关好才返身离去。

对我而言,采访不仅是工作,而且也是写作的前期准备。作为采访对象,有的只是一晃而过,有的却能思之再三。像朱伯舜这样地位显赫但平易近人的风范,尤其是他对金钱的阐释与态度,在当前物欲横流的世界里,无疑具有警世作用。

1995.12

啊，球迷

哪里有足球，哪里就有球迷；哪里有球迷，哪里就有疯狂。

近年来，上海和山东球迷的疯狂可谓在南京决战中达到之最。虽说1995年12月9日，上海申花队在上海虹口体育场与济南泰山队争夺1995"超霸杯"以1：0战胜对手，报了在1995中国足协杯南京决赛中输给泰山队的"一箭之仇"，但是南京决赛中所掀起的球迷热潮依然在许多人脑海中留下深刻的印象，值得追忆，值得回味。

足球之所以成为当今世界最具魅力的"第一运动"，盖源于每逢大赛它动辄就吸引数以万计的观众为之血脉扩张，情绪亢奋。球迷们摇旗呐喊、鼓劲高歌，甚至包括疯狂，这也是足球有赖于此而风行寰宇的原动力。

1995年11月26日下午，进入冬季的石头城突然沸腾起来。开赛前一小时，南京五台山体育场水泥阶梯上用塑料板铺就的简陋凳子，因为受到过度炽烈的热量而变得发烫。1万7千只座位，除了主席台左侧估计有1200多山东球迷所占据的北3号看台以外，环绕全场的看台四周几乎全是上海球迷。或头扎布条标语，或挥舞各色彩旗，或口吹塑料喇叭，成群结伴的上海球迷一举一动都在尽己所能地宣泄心中狂潮般涌起的情感波澜。

五台山体育场挖山凿成，依坡兴建，看台外高球场内低，其状恰如一块凹陷的盆地。造型之独特，全国属罕见。看台背后有一条环形水泥路可以通向全场各个区域。缘乎此，大批武警伫立在道口紧张地戒备防范。密切注视着一簇簇涌来走去的球迷动态。3点半，南京警察牵出6条大狼狗在球场两边逡巡，这大概是继去年甲A成都赛场之后再次出现的镜头。看台上间或有嘘声传出,然而,绝大多数球迷对以安全为出发点的"弃人用犬"这种威慑手段表现出克制。稍后,两队戴白色头盔持绿色盾牌的数10名防暴警察进入场内,分列球门两侧。

这时,热血沸腾的上海球迷不可抑制地开始呐喊,"申花必胜"似裂石穿空、惊涛拍岸的声浪席卷全场。人数处于劣势的山东球迷,突然打出事先准备的一条硕大无比上书"泰山"两字的蓝布横幅平展在看台上,仿佛一座不甘被云海遮没的险峰突兀在群山中间。

坐在主席台对面9号台的前排座位上,我举目环顾,四周看台竖起各种球迷协会的旗帜连绵不绝,层层叠叠的人墙对足球场形成铁壁合围之势,坡陡台高,黑压压的球迷居高临下仿佛产生俯冲之势。

一、球迷行动:陆海空三路向南京挺进

95甲A联赛。上海申花势如破竹,以10连胜的骄人战绩和提前两轮荣膺冠军的无限风光,使申城因此轰动,全国为之瞩目。

上海逾万球迷奔赴南京,很少有人怀疑申花队再夺足协杯成为中国足坛两项最高赛事的"双冠王"。

上海波特曼大酒店有17名球迷分水陆两路向南京开拔。一彪人马是星期五乘火车出发,另外8人因为当班,等到星期六下午才匆匆地去十六铺码头搭乘江申118轮驶向南京。

身穿奶黄色风衣的彭雷,20多岁,脸色白皙,举止文雅。他是酒店四季餐厅的领班,平时工作繁忙,每天上班从上午10点到晚上9点。这次出来之前,他们曾为了补买一张球票几乎兜遍了半个上海,最后从朋友处弄到一张内部票。

决战前夕,上海第三五金商店张磊斌一行6人,也是费尽周折终于搞到球票前往南京观战的。至于像上海电工机械厂这样效益不是很好的单位也有60名球迷不惜一掷几百元赶到南京。

上海天厨味精厂工会主席顾家忠、副主席赵士昆双双带领厂里包括6名

女性在内的 50 名球迷到南京观看申花队与泰山队的决赛。他们是在厂里许多球迷"如果不组织我们自己去"的要求下,从安全考虑出发才由工会出面组织大家一起去的。他们还书写了"佛手擂战鼓,申花定夺冠"的横幅标语,准备到五台山体育场为申花队助威。上海建筑防水(集团)材料厂厂长王旭东则毫不隐晦地告诉记者,他本来从不到球场,因为受单位里球迷感染,觉得大家有这个要求,在可能的条件下应该给予满足,这次他率领 30 名球迷前往南京观赛。

来自上海嘉定开缝纫店的个体户小金,他关了店门从嘉定到人民广场,然后坐地铁到新客站。他买了一张黑市高价票,又掏 35 元钱从小贩手中买了一条"申花必胜"的布带扎在头上把自己"武装"起来。来自上海浦东新区川沙镇的服装个体户谢建文,更是别有一番豪情,他说,就是有 10 万元的一笔生意我也不做。全家爷娘兄弟、妻子小孩都是球迷。他为看这场球停 3 天生意,与球迷朋友一路侃球直奔南京,心中的愉悦难以言表。

高水平的足球比赛,已经成为球迷心向往之值得庆贺的狂欢节日。25 日,记者在胶州路上的敦煌茶艺馆与朋友一起喝茶,邻座的 3 位青年不时离座频频电话与外界联系:"球票搞到吗?"

万人奔赴南京,交通是一个大问题。企业走向市场,长江客轮也参与竞争上岸招徕乘客,公司业务科觑准铁路、航空乘客爆满的时机,发一艘专船送球迷去南京看球的大胆计划应运而生。

二、"申花球迷号"堪称第一船

11 月 25 日下午,十六铺 4 号码头江申 118 轮船舷一侧,头戴红色"万宝路"联赛球迷帽的铁杆球迷们敲锣打鼓,迎送一拨拨人马上船赴宁。

3 时整,被命名为"申花球迷号"的江申 118 轮满载着 1200 多名球迷启碇驶离码头。在中国的航运史上,为球迷去看球赛而发专船这是首次,"申花球迷号"堪称第一船。为此,上海长江轮船公司副总经理贾德志在前舱会议室里对球迷代表说："我也是球迷,祖传的,这次跟船和大家一起去看足球,为了保证客轮准时到达,我们下了死命令,不准晚点。如果误了看球,这艘船是要被砸掉的。公司还特意派遣富有航行与机务经验的值班船长、值班轮机长上船。"

掌声响起,这位已故"东华"元老贾幼良之子的幽默赢得了球迷代表的赞赏。接着,他被随船采访的上海电视台代表拉到甲板上去接受采访。我则随机采访了上海客货轮公司副经理楼锡成。楼经理和盘托出了当初的忧虑:南京这场球,为我们参与市场竞争提供了契机。但是,有两个风险,一是预订1000张球票卖不掉不仅要亏本,如果只有二三百人,船也得照开。除非100人以下才能放大巴士往南京。还有,11月份正是长江多雾季节,一旦遇到大雾,客轮就不允许过长江大桥。为此,我们也作好了准备,上海的调度正密切注视,如果发生大雾,就请南京金陵船厂协助,球迷将先下岸再登船厂派出的船由此完成"接力"运送。

晚上。江风飒飒,暮色沉沉之中的"申花球迷号"加速行驶,这样即使翌日有雾客轮缓行也不会影响登岸时间。

在船舷上,一位在市委机要局工作的姓尤的年轻父亲抱着3岁的女儿同往南京,记者问他是否因为家中无人带小孩时,这位先生出乎意料地回答说:"不是,我在上海也带女儿去虹口体育场看球。"记者问小孩要不要球票,怀中的小女孩抢先回答说:"小孩要啥球票!"一句话,逗得船上球迷大笑不已。在底舱,记者还遇到一位79岁姓刘的长者,他是由在上粮十库工作的孝顺儿子带来一同前去看球的。这位老球迷还向记者述说了1958年他到江湾体育场去观看来访的前苏联斯尼达足球队的情景。

次日下午1时,轮船抵达码头,却迟迟不见放客。广播中传来南京市公安局的电报:由于众所周知的原因,希望上海球迷不要悬挂申花标志,不要呐喊,不要挥旗。

球迷滞留船上,又有消息传来:为了防止车队受到袭击,上海球迷务必要严守纪律,不要声张。等安全抵达五台山体育场后,再悬挂横幅挥舞旗帜。

有人戏谑地说:"打枪的不要,悄悄地进城。"

下午2点过后。南京下关码头,警察林立,中间让出一条通道,上海球迷依次登上10辆客车,最前面一辆闪烁着警灯的小车开道,继之还有4辆警察乘坐的轿车,记者和随行的"东华"元老分别乘坐两辆中巴。一行车队浩浩荡荡地驶过中山码头转入热河南路穿过新街口。所到之处,沿途市民无不伫立观看。骑自行车的南京青年向车队呼喊:"上海加油!"有些开出租车的司机也不断举手作V状表示友好。

在转弯处,我们回首望去,一长溜车队每辆"爆棚"。横幅标语早已挂在窗口,甚至有旗帜从气窗里,"呕哟呕哟"的啦啦小调响成一片。刚才轮船上播送的"清规戒律",全被热血沸腾的球迷抛到九霄云外去了。

一溜车队,一路高歌。上海球迷由警车开道仿佛举行贵宾入城仪式。球迷们个个感觉很好,兴奋无比:"申花必胜!必胜!"喊声坚定有力,球迷充满信心。

三、上海球迷与山东球迷

山东球迷协会有整数700人于星期日上午乘火车赶到南京,然后抓紧时间去游览南京名胜古迹。他们分手时相约2点半在上海路体育场正门会合。另有一些山东各地自发赶来的球迷,总数估计1200多名。

南京五台山体育场旁边一条逶迤向上的路叫上海路。决赛那天,它真正成为名副其实的"上海路"。此前山东球迷协会曾经要求,包租10辆客车,环城一圈,以壮鲁军声威,结果遭到南京方面婉言拒绝。

上海路最为热闹是下午1点至2点半之间,沿线一带的所有饭店全部爆满,许多餐馆把桌椅排到门外,啤酒已经脱销,狭长的路上人满为患。警察努力疏导着一辆又一辆驶来的客车中巴包括出租车自备车。车上的球迷不等下来就开始挥手,车下的球迷也欢呼、鼓掌,颇有胜利大会师的情状。

足协杯鸣哨伊始,范志毅门前一脚劲射,赢得场上一半欢呼,然而,在上半场的4分30秒和28分钟时,泰山队先后各进一球,2∶0,并将此比分一直维持到终场。

球赛中,3号看台的千余名山东球迷齐声高歌。乐队演奏一曲又一曲,场下足球比赛,场上似乎进行歌咏比赛。一曲"西边的太阳就要落山了,微山湖上静悄悄"给人们留下了很深的印象。

山东泰山队荣获中国足协杯冠军之后,全体队员向观众鞠躬致意,球员涕泪横流欢喜欲狂,他们奔上看台与家乡的球迷抱成一团,相拥而泣,情景十分感人。

当天晚上,大多数(包括一支700人的队伍)的山东球迷乘坐南京开往北京的火车踏上返鲁的归程。山东球迷坐满了整整3节车厢。列车上供应啤酒,乘务员说,只要别弄坏车厢,你们可以尽兴喝个痛快。在场的一名山东大汉高勇事后在接受记者电话采访时说:高兴归高兴,社会公共秩序总要遵守。车上还有其他旅客,基本无事,山东球迷协会自我评价狂而不乱。

翌日晚上9点,在济南火车站里,山东球迷早早地从下午6点就开始等候得胜归来的泰山队,随行的乐队再次赶来奏响"迎宾曲"。

四、赛后

上海球迷在沉默中打道回府。

在一辆由宁返沪的大巴士上,球迷与旅游公司前来接客的人员发生了争吵。上海有个"1∶6球迷协会"(上海申花主场曾在雨中被广州队踢了个1∶6),每逢申花比赛,看台上就会树起这面旗帜。协会会员共有50多人,大多数都是20来岁的铁杆球迷。家住溧阳路1048弄的巫德宏,只有22岁。为看比赛,他常常通宵排队。小巫至今记得,为买申花与泰山的球票,他是冷得刮刮抖,咬着牙几乎是挺过了那一晚的寒风。东江湾路有人走过,不解地望着这些蜷缩着身子的"路灯下的宝贝"。如果要问为什么,那就是热爱足球,热爱申花。萧国钰,1∶6球迷协会的"秘书长",比小巫还小一岁。他在上海丝绸印染总厂工作,要上早中班。11月26日凌晨,萧国钰就赶去乘旅游公司的大客车了。他们原来准备订50张票,但人多票少,"三鸣"只给了10张,从另一家旅游公司拿到10张。于是,20个会员集体同往。萧国钰早饭也没吃,没想到大巴士开到半路抛锚,耽搁了3小时。最后总算拉到一辆较宽的大巴士,到南京已是下午1点多了。上海路上人山人海,热闹非凡,结果他们早饭中饭全都没吃。到了场上,就开始失球。等到终场结束,心里实在闷,就和旅游公司吵了架。

确实,如果申花赢了,那就什么事也不会发生。

有自备车的人没有这样的烦恼。王先生等一行8人乘两辆桑塔纳自备车驶往南京。王先生做汽配生意。刘先生搞碟片,其余人也都一业在手,日进斗金。这次南京之行,正逢周末,既看球又休闲,当然还有消费。是夜,他们住进一家三星级宾馆,双人房间每天380元,球票是黑市价每张150元。第二天中午,他们在饭店里边吃饭边侃球,周围的南京人也来一起聊天。这些"大款"们还挺有"荣誉感"。听到南京人夸上海人有钱,为看一场球跑到南京来,心里也是美滋滋的。可惜这种感觉没有维持到吃晚饭时。他们无心"恋吃",在宾馆里匆匆吃完饭,就回到房间,蒙头睡上一大觉,早上就驾车赶回上海。

不管他们是否称得上是球迷的代表,上海申花队胜了他们就有劲,输了就没劲。这种直感本身并无错,他们把一场足球比赛看作是人生驿站中的一次旅行。

任重道远的中国足球,需要一往情深、无怨无悔的铁杆球迷,需要胜不纵狂、败不泄愤的理智球迷。需要热情、公正、豁达的文明球迷。近年来紧张激烈、惊心动魄的球赛,造就了更多日趋成熟的球迷。不久前,在上海市足球协会,《青年一代》杂志等联合举办的上海球迷歌、啦啦歌征集活动中,不少球迷写信表示,要做一个永久的、合格的球迷,为振兴上海足球、振兴中国足球呐喊助威!

啊!球迷。

1996.3.20

中国泳坛的编外"后勤"

陈运鹏,这位昔日中国游泳队的总教练,曾带领麾下的游泳健儿在世界泳坛上夺取了无数的金牌,创造了惊人的奇迹。1995年12月,他退休了,退休后的陈运鹏又在干些什么呢? 1997年,金秋10月,八运会在上海举行。

游泳馆内,一池碧水,激溅起无数浪花。曲终人散,我采撷到了千重涟漪中一束有关中国游泳界权威、原国家游泳队总教练陈运鹏动态的闪亮的波光:

退而不休,这就是年过六旬犹如壮年的陈运鹏;

直言不讳,这也是秉性鲠直一语中的的陈运鹏。

他说,中国游泳运动员不要成为温室里的花朵,国内破纪录,不行,世界大赛拿金牌才是动真格。

一石激起千层浪。陈运鹏寥寥数语,犹如是给当今泳坛小将的一帖清醒剂,也是一曲献给中国泳坛的气势磅礴的奋进歌。

退休:返回人生新起点

现代社会生活,质量不断提高,最直接的事实就是人寿普遍延长。

1996年6月中旬,我在田林东路上一幢高层公寓里采访陈运鹏。乍见之下,这位年过花甲的"老人"一点不老,他声音洪亮,思维敏捷,世界泳坛的各项纪录精确到零点零几秒的成绩都储存在他的大脑里,不用多想,他都能一一精确道出。

这时,我有一种遗憾,为游泳界,也为当今整个中国。已故著名美籍华人朱伯舜曾对我说,国外一些著名的大企业的董事长都是七、八十岁的老人,因为这个年龄段是人生阅历、经验、知识的最高结合点。反观国内的一些高级人才却早早地退休,这实在是一种浪费现象。

在采访中,我对陈运鹏旺盛的精力留下了深刻印象。这样的人,怎么会退休?被誉为"世界科学训练之父"的美国游泳界前辈康西尔曼直至72岁时才于1990年退休。

现在,有职有权的人都希望能留任,哪怕捱几年。陈运鹏的坚决退休,简直令人不可思议。

按年龄界线算,1995年12月中旬,陈运鹏满60周岁可以退休了。然而,国人皆知,率领中国游泳队在世界游泳史上取得历史性突破乃至后来的累累硕果的陈运鹏,功勋卓著。当时,陈运鹏退休竟成为"事件"而引起世人瞩目。国家体委训练局局长李富荣专门找陈运鹏谈话,诚恳挽留。可是,陈运鹏认为应按国家政策办事,自己不能搞特殊变成例外。去意已定,陈运鹏一到60周岁生日就采取了一系列"断然措施":包括不再去运动员食堂吃饭,不再带队去国外比赛等。凡是作为教练所享受的种种待遇,陈运鹏一概"自我取消"。甚至,对于领导派他带队参加在巴西举行的第二届世界短池游泳锦标赛的"好意",他也坚持谢拒不肯领情。如果去巴西要在美国转机,陈运鹏便可与在纽约的三弟亲切会面。但面对这一"诱惑",陈运鹏依然恪守退休的行为准则。

终于,悬而未决的"陈运鹏退休事件"因为当事人的坚决态度而划上了句号。

回家:从池边到陆上

一个完全可以而且国家需要他留下来的人,却执意要退休。

当时,坐在陈运鹏家客厅里的我不禁充满疑问。但是,陈运鹏回答极为爽快,丝毫不用心计。他说:"我在游泳界时间太长。我在,会影响年轻人水平的发挥,中国游泳队靠一个60岁的老人是不行的。"

退休可以回家,但到上海来并不是享清福。

陈运鹏为自己重新制订了人生的坐标,他要在"赋闲"中显英雄本色,再破"纪录"。

陈运鹏在田林东路高楼里的一套房子不大,与其名声之大相比显然太小了。但他已经满足并且"安居"下来,坐在沙发上,他拿出了各种情报资料。在漫长的泳坛生涯中,陈运鹏结交了许多欧美同行,国外经常有最新的游泳杂志与资料寄来。由此,他了解了国外泳坛的最新技术与动态。

陈运鹏向我坦露心扉时说:"我在位的时候,许多运动员希望我带,许多教练要与我交往,许多地区要我去,许多记者要采访我,这究竟是我总教练的这个头衔还是真有才能?"

其实,这个问题不解自答。

陈运鹏退休的消息传出,国内和国外许多地方竞相邀请。陈运鹏一生有太多的机会,高薪聘请,出国定居。可是,他全部拒绝了。1990年,香港游泳队总教练戴维哈拉要离职,第11届亚运会后要陈运鹏前去接任,条件是年薪60万港币。面对丰厚的待遇,陈运鹏幽默地一笑说:"谢谢,我没这个福气。"1992年,台湾方面欲请陈运鹏帮助岛内训练,开出月薪5000美元的高薪,遭拒绝后,又与陈运鹏的夫人联系,依然未果。1993年,陈运鹏到新加坡、泰国,新加坡许以其永久居留证,泰国泳协主席、海军上将更是亲自接待。后来,陈运鹏应康西尔曼邀请访美时,康翁曾有意留他下来执教美国一所大学的游泳队。面对这源源不断的诱惑,陈运鹏平静地说:"国家为我创造了太多太多的机会,我的知识应该成为中国游泳界的共同财富。"

刚退休,10多个省市就竞相邀请他前去讲学。陈运鹏首先选择了河南。这个缺水的中原地区的游泳项目比较落后。他觉得应该帮一把。到那里,讲课5天,每个半天讲3个小时,还开了一次座谈会。河南方面原定安排他去嵩山少林寺等旅游景点游览,结果也未能成行。是的,陈运鹏就像一座游泳知识的蓄水库与给水站,无条件地让人汲取和开采。

退休。依然那么忙乎；退休，其实只是换位。

"八运"前夕和赛期,陈运鹏很忙,看比赛,他做统计提建议,甚至面对碧池一片大好形势依然喊出振聋发聩的一声:"不要做温室里的花朵。"

学习：人生永远的需求

陈运鹏健壮有力,思维敏捷,甫交谈,给人第一印象就是热情、直率。

他在总结从事游泳事业时说,有两个最深的体会。一是努力拼搏的精神,二是科学训练的方法。

作为中国游泳界的权威,他有着不寻常的经历:1951年,陈运鹏在虹口区新沪中学就读时,就获得了全市中学与大学比赛的100米蝶泳的冠军,接着又取得了该项目的市比赛第二名。后来进入海军游泳队,并为解放军队获得100米蝶泳全国亚军。再后来又晋升为国家队运动员,直到1965年1月改任教练,再到1995年12月退休,陈运鹏在碧池绿水间度过了辉煌和单调,灿烂而枯燥的31个春秋。

陈运鹏天资聪颖,思维又十分活跃,令人惊讶的是,他所有课目都是5分。连他自己也感到奇怪,于是产生了"读书这么容易为什么不好好钻研下去"的念头。班级里上生理解剖课,陈运鹏去借尸体,将被单往尸体上一裹就抱进抱出,浓郁呛人的福尔马林药水十分难闻,他却毫不理会,一个人把尸体抱上讲台,下课后又把它塞进自己的床底,晚上才把尸体送回标本室。

"书中自有黄金屋"。久而久之,陈运鹏养成了勤奋好学刻苦钻研的习惯,为他日后执教中国游泳队打下了坚实的基础。他培养出的杨文意、沈坚强等一批世界冠军,不仅受到国人的推崇,也使国际泳坛的顶尖人物刮目相看。

1990年,北京第十一届亚运会上,中国游泳金牌以23块的绝对优势远远超过了日本的7块,亚洲泳坛的格局完成了历史性的转变。

稍后,日本泳协主席、国际泳联副主席古桥亲自发函邀请中国游泳队总教练陈运鹏访日讲学。古桥在日本是一个家喻户晓的人物。第二次世界大战后,他在长崎作为一名日本运动员战胜了美国人并打破世界纪录,被视为日本的民族英雄。此前,日本就已邀请陈运鹏了,这次,中国有关方面对陈运鹏说:"古桥亲自来请,再不去就不好意思了。"

日本泳坛每年10月份邀请世界上最好的教练前往中央大学讲课。那天,容纳300只写字台的大礼堂坐满了日本全国游泳训练班的教练。陈运鹏刚要进去,就被陪同人员挡在外面。要他稍候,这时,全体教练起立,礼堂里响起了中国音乐,陈运鹏才被引领入座。晚上,在欢迎酒会上气氛达到沸点。一位日本教练首先发言,然后又带领大家一起"嗨!嗨!"地呼喊起来。不明真相的陈运鹏颇感惊讶,扭头询问翻译这是什么意思?翻译告诉他,那位教练先讲过去日本游泳怎么好。后讲现在中国游泳这样好,刚才则是呼喊"中国万岁!万万岁!"陈运鹏一听,马上要求发言。他真诚地说:日本教练很有能力,运动员也非常刻苦,科学技术又十分先进,中国愿意和日本一起共同前进,走向世界。这时,掌声雷鸣般地响起。经久不息,23比7,中国金牌远超日本,但中国却没有蔑视日本。在座的日本教练无不为之动容。

中国游泳的崛起,使世界为之瞩目。1991年,被公认为"世界科学训练之父"的美国游泳界权威康西尔曼邀请陈运鹏前去访问。

康西尔曼正在为著述《游泳新科学》一书做准备。他感到,缺少中国这一章节将成为该书的遗憾。

陈运鹏认识康西尔曼,始于1987年,当时他在奥良多带运动员参加比赛,只是简单交谈,但康西尔曼已对陈运鹏留下印象。1988年,汉城奥运会后,中国请康翁来给全国教练讲课,陈运鹏听课也讲课,他当时是中国游泳队的副总教练,康翁对陈运鹏的新观点、新理论很感兴趣。以后,中国游泳在世界上迅速崛起,更成为他后来邀请陈运鹏访美的原因。

康翁腿不好,如今出行都是坐在轮椅上。然而,康翁却是一个世界泳坛上的传奇人物。二战中他参加反法西斯战争,在法国上空他驾驶的战斗机被德军击落却幸运地生还。他是原美国蛙泳冠军,读完博士,在五、六十年代,他的训练方法曾影响全世界。陈运鹏当时是非常景仰这位世界泳坛权威的。

陈运鹏到美国后,住在康翁家中,和他谈训练,又和康翁一起到德克萨斯州奥斯汀市观摩全美大学生冠军赛。期间。陈运鹏与康翁的妻子、儿子坐一辆车。吃一桌饭,住一家旅馆,对此,陈运鹏感到荣幸与骄傲。青年时期的梦想,如今成为现实。

陈运鹏在了解了美国陆上训练设施后,回来后就向游泳队教练断言:"美国50米将不是我们的对手!"果然,陈运鹏的弟子杨文意在巴塞罗那奥运会上摘取金牌并破世界纪录,庄泳获50米银牌。

追忆当年,恍若眼前。陈运鹏很兴奋,他站起身,从书橱里拿出一本厚厚的外文书——康西尔曼所著的《游泳新科学》,其中有与陈运鹏的对话。足有四页。康西尔曼非常器重这位比他小一辈的中国朋友,他曾经问陈运鹏:你这么多的技术和理论,是怎么想出来的?

勤于思考,刻苦钻研,全身心地投入到中国的游泳事业中去,这也许就是最好的诠释。

后勤:事业成功的基石

如果说,退休后的陈运鹏仍在为中国游泳事业献计献策,甘当"后勤",那么,在家里,陈运鹏在夫人的后勤服务下,实际上自己已开始了做一些真正意义上的后勤工作。

后勤工作,其重要性不言而喻。

在中国游泳队时,陈运鹏朝南坐,他的夫人也在游泳队里的训练处。房间朝西。陈运鹏朝下可以看见她。叫一声她都能听见。她是搞资料的,拿到最新的就先给夫君。陈运鹏的有关数据、统计等都是夫人做的。

事业的成功离不开夫人"后勤"的功劳。对此。陈运鹏非常动情地说:买汰烧,都是她。我没烧过一顿饭,从来不做事。甚至有什么东西倒下了,我也不会扶。现在,我吃完饭,也收拾收拾台子,搞搞后勤服务。

当然,陈运鹏这样简单地做家务还是"低级别"的后勤。不过,他与夫人感情甚笃。夫人喜欢游泳,陈运鹏则每星期带她去游泳馆,并教她技术。陈运鹏仍然在家坚持训练。他说:"我心理上自以为是二三十岁,但年龄60岁毕竟不饶人。有几次练过头了,还拉伤了肌肉。"确实,和陈运鹏交谈、相处,你绝对不会感觉这是一个老人,他依然充满活力。

当然,刚退休后的陈运鹏也有一个角色转换问题,亚特兰大奥运会前,就一些技术问题,他认为周明应在4×200米的比赛中让乐靖宜。而全力去拼100米,因为国外达尔肯100米特别好。他说,以前我是决定,现在只能建议了。

尽管如此,陈运鹏还是安于这个角色。他对物质不奢求,自认为现在退休也过得去。前已述及他不会到国外去当教练。同时,一些生产运动器材的厂家请他挂名当顾问,一年也有几万元的收入,他也不为所动,予以谢绝。他说自己比上不足,比下有余,又从不挥霍。平时出行骑自行车,或乘地铁,很少打的。

"在一生中,国家给我的机会太多了。现在,我要把这些知识还给国家。"这就是陈运鹏热心接待登门求教的同行的原因所在。以致于一些教练在与陈运鹏交谈之后,由衷地发出"你不把肚子里的东西讲出来,带走了,真可惜"的感叹。

退休后的陈运鹏,有时间静下心来学习,不断更新知识,使地方队甚至国家队的教练也经常与他探讨,仍希望从他身上获得新的知识,这是对陈运鹏的一种信任,陈运鹏也感到欣慰,更觉得是鞭策。

为此,陈运鹏自信地说:"在今后相当长一段时间里,我相信自己能对中国游泳事业做点事。我有一条标准,别人如果从我身上得不到新东西,只是出于礼节性的尊重,那么,说明我老了,我把这些东西扔掉,真正退休。"

干脆利落,在家中,仿佛在训练场上,陈运鹏站起来做了一个有力的动作。

接着,陈运鹏又说:"可能再过几年,我才能过真正的退休生活。"

没有自信的人,是说不出这种话的。此时,已是傍晚,高层建筑外面的一抹余晖已斜照进来,陈运鹏略为黧黑的脸上洋溢出刚毅而有棱角的性格特征。

夕阳无限好,陈运鹏新的人生旅途已经拉开了序幕。

是的,采访陈运鹏至今已有一段时间,然而,他的风格品行却在我的脑海中留下了深深的印记,尤其令我感叹的是:人已退休,但他却退而不休,以一种强烈的责任感,心甘情愿地成为了中国泳坛名副其实的编外"后勤"!

陈运鹏,辛苦了。

1998.1

刘达临和他的性文化博物馆

印象中像所有传统的中国文化人一样,刘达临先生温文儒雅,一举手,一投足,及至开口说话,慢条斯理的无不体现出个人素养的深厚底蕴。确实如此,记者当久了,看到的人也多了,真正能从心底里敬佩一个人,殊非易事。除了被收买,或者为金钱所诱惑,记者的自我感觉也不差,那阿谀奉承的事毕竟为人所不齿。

今年1月底,我们乘坐出租车,先到淮海中路,然后将刘达临带上驶往近郊徐泾。1992年年初,笔者曾采访过他,当时他正在进行一场前所未有的2万例性调查。在淮海中路他的寓所里,这位沉稳的上海大学教授不紧不慢地说出了心中的宏伟计划。迄今为止,世界上只有美国人全赛做过1万例性调查,随后被视为世界性学史上的一个里程碑。刘达临在中国搞这项破世界纪录的2万例性调查无疑是一件石破天惊的大事情。

多少非议,几度难堪,这位堂堂正正的教授挺过来了。我能想象,那次采访之后,我写出了1万字的有关同性恋的纪实性文章。原来是给《广州文艺》的,当然首先可能是笔者才疏学浅,文章不够发表水准,其次也可能就是"同性恋"而未能见诸文学刊物。此后降格以求也是在广州的《周末画报》上占据两个整版的位置得以问世。

差不多6年了,刘达临教授越走越远,开出了私人博物馆,对我来说这是挡不住的诱惑。因为我了解他,打个比喻就是读了一本好书的上半部,还想接着看下去……

（一）

刘达临先生颇有学者的严谨态度。我们尾随着走进公寓的院落，踏上台阶准备登堂入室。但被他有礼貌地阻止了。"慢点。等一会我把牌子挂上去。"

我们正纳闷，他已取出了铜牌，上面用英文写着"DalinMuseum"，下面是中文地址。他指着铜牌说，平时人不在，挂着招人显眼。接着，他又客气地请我们进。对，应该这样，看一本书还没看清封面就翻到里页，这不是认真阅读的方法。

在玻璃盒内，沉甸甸地6本性大书仰面躺着，虽不动，却也引人注目。《性学辞典》《中国古代性文化》等，淡雅的封面装帧，颇有魅力地展示着这一全新领域的迷人风采。

楼上楼下共7间陈列窗，一千多件性文物，撩开了仿佛藏在深闺的千金的羞涩帷幔。

纵然见多识广，此刻，我们也叹为观止！

人类的性行为有三大主要功能。首先是快乐的功能，其次是健康发展的功能，还有就是生育的功能。在这个私人博物馆里，可以说是惊世骇俗地展示了我们老祖宗的性观点、性态度、性行为。一些秘戏瓷雕的图案与造型充分说明了中国的古人决非过去人们想像的那么古板、保守。勤劳智慧的祖先肯劳动也会生活。他们懂得如何追求生活的快乐，掌握了相当多的性爱科学道理。据此，刘达临认为，我国在汉唐之前还是比较开放的，只是到明清以后才出现了性禁锢、性压制。饶有趣味的是，而这个时期的言情小说却十分兴盛，表明了人的自然本性总是要寻找发泄与张扬的途径。

我国古书中有许多关于男女怎样获得性快乐的论述以及性技巧的提示。最为流行的有《素经》中的"九法"和《洞玄子》中的"三十法"以及所谓"九浅一深"等说法。

一只状如现今的"三泡台"瓷碗，刘达临拿在手中把玩，拎起盖子，翻过来让我们看，背面是一幅性交图，接着，他又让我们看碗的底部，又是相同内容不同姿式的合欢图。设想古人在品茗时，掀起盖子得一惊喜，及至茶罄兴尽之处,忽然有所发现,可谓意外偶得。如此,我们是否可以认为其"下作"矣?非也!"性"趣是全人类所共有的,也是上苍所创亚当与夏娃之后的人之天性。综上所述,我们的祖先既有孜孜以求乐此不疲的一面,同时也有比较含蓄、隐讳、藏而不露的特点,充分体现出东方人的优雅"性"情。

(二)

改革开放以后,相当长一段时间,全国各地终于开设了一门生理卫生课。当时还是冲破重重阻力的,于今一想顿觉滑稽可笑,认识自己身上的性器官,何罪之有?

与之相反,我国东汉时期在《白虎通》里就有记载,当时有一种"辟雍"的学校,贵族弟子自幼入学便要接受性教育。在民间,更有一种普遍流行的"压箱底"瓷器,外形呈水果状或船状,一分为二,合即闭,开即展,内为男女裸体交合。人们把它置于箱底,平时秘不示人。只有当女儿要出嫁前夕,为母才示之于女,启以夫妻之道。除此之外,还有一种"嫁妆画",我们见到了悬于壁上宽约五六寸,长约二三尺的这种画卷。上画男女交合之种种姿式,女儿出嫁时,新婚夫妻把画挂在帐中,"照此办理",所获自然不菲。

现年42岁的笔者观之,亦颇有"启蒙"之感。不唯此,连刘教授也坦诚相告:以前也不懂,只晓得男上女下一个动作。呜呼!是何人,把充满快乐的性生活"删改"为"例行公事"。古人尚且有性教育,今人难道因"文明"而几乎让生活"失传",这也是愧对祖先,不孝行为。

诚然,我们反对性开放,但是,夫妻之间的性生活完全可以安排得丰富多彩,趣味无穷,这样,性冷淡以及性生活不和谐而导致的离婚案也许可以大大减少。

难怪,许多人从市区来到郊区,参观刘达临的博物馆之后,深有感慨地说:不看不知道,一看吓一跳!原来自己是性盲。确实如此,试问,现今时髦的小姐出嫁,还能得到母亲"压箱底"式的"教诲"吗?有人说,男女之间无师自通,此话纵有一定道理,但也可以下此结论:"起点不高。"甚而再说白一点那就是

"动作枯燥"。久而生厌,小则影响生活质量,大可导致婚姻破裂,缘此可见,性教育还真不能小觑呢!

(三)

令人遗憾的是,这个性文化博物馆只能蛰居偏僻的农村,在闹市区根本没有它的立足之地。令人不解的是,刘达临曾到德国柏林、澳大利亚墨尔本、日本横滨,甚至到过中国台北展出性文物,台北还以"五千年来第一展"为题欢迎"老祖宗来台展性趣"。这些性文物的展出,使西方也颇感惊讶,对自诩为性开放的洋人,中国的老祖宗完全不输给他们,甚至比他们更高明。刘达临还讲了一件趣事,1995年6月在柏林展出,轰动当地,他到华人开的餐馆里吃饭,老板认出了他就是到德国来展示中国性文化的教授时,极力称赞他为中国人争了光,并说什么也不肯收他的钱。

现在,已进入花甲年的刘达临的最大心愿就是希望有人捐助基金会,在市区建立像模像样的博物馆,供客参观,给人启迪。

弗洛伊德在心理学著作中有"性活动推动历史前进"一说,吾不敢据此认为其"放之四海而皆准",然而也有点滴体会。10多年前,上海的第一家五星级宾馆华亭宾馆开张,笔者深入其间采访,前后大约个把月,不知怎的,每次去,几乎都被人告知,某某小姐嫁给外国人,走了。那时,我还年轻未婚,心里听了不觉怅然。其实,我那时位卑钱少,说老实话真的没有娶宾馆小姐做老婆的念头,可是听到这种消息就不舒服。中国漂亮的姑娘,为什么尽嫁给老外?用如今的话来说,也是一种"国有资产"的流失嘛!现在我明白了可以标榜自己这是一种爱国情愫。比如近年来不断看到外国姑娘嫁给中国小伙,心里也有自豪感。虽然被讥为"羊肉没吃到却沾了一身羊骚臭"也值得,这毕竟比中国姑娘远嫁异国他乡要好受些。

无独有偶,大教授也有与我同样的心情。刘达临对我说,有一件事对他刺激很大。那就是几十年前已作古的荷兰汉学家高罗佩,竟然捷足先登从中国的春宫画入手写出了洋洋洒洒的一部《中国古代房内考》大作。确实,这有点像夫妻做爱却让旁人瞥见一样,老外走进中国"房内",心里总觉不爽。"知耻而后勇",刘达临教授如今已有70多万字的性学专著,早已赶超其人,但是这些成果要走向社会成为国人所共有财富还有一段长路。限于国情,公开展览尚有困难,但正像"嫁妆画"一样,可以设立"少儿不宜"之禁区,对于成年人,完全可以不设防,它与"黄色"或"三级片"有天壤之别,前者是"邪",走向堕落,后者是"正",健康向上,明乎此理,这事也就不难办了。

仅以下列此事为证。一位60多岁的老妇人看了性文物后,特意写信给刘教授,以前她总认为性是污秽的,不屑尝试,至今独身,如今看了展览茅塞顿开,且大有相见恨晚之意,已萌生结婚念头。"失之东隅,收之桑榆",老妇人不幸中之大幸,还能赶上夕阳下发出的末班车,否则,不是枉活一世了。

现实生活中,老姑娘大有人在,即使是已婚妇女,"生在福中不知福"的也大有人在。据一妇联杂志调查表明,中年女性认为性生活是"污秽之事"的不在少数,更有老年人要求过性生活的却被骂为"老不正经"。我想起6年多前,采访一位同性恋女性,她说我根本不懂得女性与女性之间的快感,并自以为冰清玉洁至高无上。其实,她只是获取了某种快乐,远没有异性恋的千种风情。放纵不对,可是,自我压抑又好在哪里?早有医家告诫:影响身心健康。古人说:"少壮不努力,老大徒伤悲"。又云:"古来万事东流水"。由此可见,活上一世不容易,今人完全有条件和理由万般快乐,提高生活质量和性趣。

结束语

重访刘达临,他掼出一叠见报与杂志的文章,我不愿依样画葫芦,揣摩他的心思结合我的心得写下拙文,如有失敬与不能传达神韵之处,当请教授海涵。

不过,有一点可以肯定的是,刘达临教授身心双重从事着这项造福于他人与后人的事业。谨此,我以壮年的身份向这位前辈表示敬谢之情。

1998.2.11

足坛宿将刘庆泉纵谈中国足球

朱广沪不愿深谈,似有难言之隐

作为一名体育记者,我曾连续几年追踪采访健力宝青年队,与朱广沪结下了友谊。

1996年5月,我发表了《中国少年足球留学巴西之路》一文,对这支中国足球的希望之旅热情讴歌,期待有加。当时,我曾提到要保存这支队伍的整体性,不要急功近利,超前使用他们。可是现在,竟有一批我过去采访时结识的铁杆球迷责问我:你把健力宝队写得那么好,看起来也没啥花头!我竟无言以对。说心里话,我也是对健力宝队有点看不懂了,对国家队在十强赛上的表现更是不可理解。为了解开心头之谜。趁朱广沪在沪之际,专门采访了他。然而,结果却令人遗憾。

1997年10月19日上午,朱广沪来报社看我。我同他谈起昨夜十强战中的中卡之战,以及在世青赛和十强赛中几位健力宝小将的表现。朱广沪听了只是简单地说了几句,好像不愿深谈。确实,他有难言之隐,而就在1996年3月,他也是先在上海后到北京与我侃侃而谈,对他麾下这支健力宝队充满了自信。我问他,健力宝队能否像中国足协所说的,2000年进奥运前8名,2002年进世界杯16强?好家伙!当时的朱广沪竟然斩钉截铁地回答:"我想,这应该没有问题。"

真是此一时也,彼一时也。

同一天晚上,我应上海"一只鼎"球迷会老总张伟康之邀,在"文艺沙龙"与汪嘉伟、邓星夫妇共进晚餐。作为中国男排主教练的汪嘉伟,流露出希望企业资助国家男排的念头,因为中国男排计划到欧洲去训练比赛一个月,但经费不足。其时,中国男排刚刚荣登亚洲排坛盟主之位,回来不久,便"捉襟见肘"了。席间,朱广沪发来寻呼,约我晚上9点到远洋宾馆咖啡厅见面。我赶到宾馆,见到与朱广沪同来的还有"爱体营养口服液"的老总们。原来,朱广沪的爱人王莲芳曾因心脏不好,吃了由原国家副主席王震的保健医生沈正义开发出来的"爱体营养口服液"之后,心跳正常了,吃得下睡得着。后来,他们无偿送给健力宝队试饮,消困解乏,促进心脏供血,效果奇好。此夜,大家都祝愿朱广沪此番再赴巴西能给球迷们带来希望。朱广沪听了,只是微微一笑。次日,朱广沪率领健力宝小将再度飞赴巴西留学。

刘庆泉坦言:中国队是技不如人

我决心继续寻找打开心头之谜的钥匙。终于,我于去年11月26日,在上海大连西路一所工房里拜访了原中国国家队前卫刘庆泉先生。前年,就是他将成都"五牛队"从乙级队带入了甲B行列。

刘庆泉是一位技术型前卫,一见面就坦言健力宝小将的意识是可以的,但问题要有老队员带,健力宝小将欠缺的是技术,而不是体力。中国队之所以冲不出亚洲,也就是技不如人。他直言不讳地对国家队进行专项体能训练表示不解,因为体能是基础。就如进大学时必须有高中文化程度一样。

刘庆泉今年56岁,身高1米80,在中国足坛可算是一位具有传奇色彩的宿将。刘庆泉12岁时,在卢湾区龙华路小学打篮球。因为两个哥哥喜欢足球,他也就跟在后面踢着玩。1957年参加了区中学生足球队。教练是打棒球的台湾人林朝权。其间,匈牙利人于1953年创造"四前锋"的阵式(即两个内锋,两左右边锋,一落后中锋,再两前卫,三后卫),连续两次战胜老牌足球强国英国队,比分分别是6比3和7比1,打得英国人无话可说,匈牙利因此独步世界绿茵场。60年代初,刘庆泉加入了北京青年队(实际上就是国家队),与一批后来都是六七十年代国家队的年轻队友留学匈牙利。

在金边战胜世界杯前8名朝鲜队

1963年。刘庆泉与王后军调入国家队,不久出访阿尔巴尼亚,与阿国家队比赛1比1打平。

"文革"开始后,为准备参加在柬埔寨金边举行的亚洲新兴力量运动会,周总理指示:"运动训练要保证不受冲击。"当时,亚洲足球盟主是刚参加在英国伦敦举行的第8届世界杯进入前8名的朝鲜队。此前朝鲜队与澳大利亚队进行了争夺亚洲和澳洲唯一的一张入场券的比赛,结果朝鲜队以6比0狂胜澳大利亚队,夺得世界杯决赛最后一张入场券。朝鲜队不是人们想像中的作风硬朗,拼抢积极,而是十分讲究技术,内锋朴斗翼、中卫申永奎更是表现出众。随后,朝鲜队在小组赛中赢意大利队,平智利队,输给苏联队,结果以小组第一名出线进入前8名。而在8进4淘汰赛中,朝鲜队上半场曾以3比0零先,下半场却被葡萄牙打进5球而惜败。

在那年金边举行的亚洲新兴力量运动会上,朝鲜队无疑是强队。中国队作了认真准备,守门员是胡之刚,中卫是高丰文、戚务生,徐根宝是左后卫,内锋是陈家根,金正民是左边锋。左前卫刘庆泉在下半场25分钟时,从中场将球过顶转移给右边锋王后军,王后军空切下底传中,这时,刚传球出去的刘庆泉在中场开球区全速冲刺到12码禁区外,陈家根想顶这个球,刘庆泉大叫一声:不要顶,漏过来给我!刘庆泉抢在对方中卫防守之前将球冲顶进网。全场观众沸腾起来,报以热烈的掌声。1966年,来访的刚果等非洲球队,都纷纷败于中国队脚下。

1970年国家队恢复训练,虽然因"文革"冲击,国家队的训练受到很大影响,但当时的国家队员都能自觉训练,球技没有荒废。迟尚斌、蔺新江、李宙哲等年轻队员补充进来,容志行来了几个月不久又走了,直到1972年才重返国家队，一直到1982年退役。林彪事件之后不久，周恩来总理很快指示：体委要全面恢复训练。1972年2月，年潍泗、任斌、张俊秀率国家队驻扎在江湾体育场，晚上睡在大教室里。2月里共28天，倒有26天下雨，特别冷，取暖设备也没有，每人只发一件棉军大衣御寒。就这样，队员们天天在雨水里泡，坚持训练，全队的技战术水平有了很大提高。这在不久之后在虹口体育场迎战朝鲜二·八队的一场比赛中得到了充分反映。

二·八队其实就是朝鲜国家队。当时，中国队捧出433阵容，后卫线是左后卫徐根宝，右后卫相恒庆，中间是戚务生、王杭勤，前卫线上是刘庆泉打后腰，还有李国宁、迟尚斌，右边锋是李宙哲，左边锋是容志行，中锋为王积连。这是一场势均力敌的较量，开始中国队1比0领先，后被扳平，第88分钟时，刘庆泉在30米开外一记抽射，球直飞而去挂角入网，最终中国队以2比1战胜朝鲜二·八队。

摩洛哥队球员连声赞叹

1973年，中国队以新老结合的阵容出访科威特、坦桑尼亚、赞比亚、塞内加尔、摩洛哥，赢多输少。摩洛哥国家队其时曾进入过世界杯前16名。中国队坐了23小时飞机到达拉巴特，紧接着又坐大巴士赶到卡萨布兰克，立即与摩洛哥希望队（国家青年队）比赛。上半场，人还好像坐在飞机上，晕晕乎乎的，结果0比1落后。下半场中国队醒来了，连进三球。随后，中国队访问该国好几个城市，接连战胜几个地方队。再回到首都拉巴特时，中国驻摩洛哥大使设宴款待，摩体育部官员出席并提出在首都加一场球赛，由摩洛哥"国王杯"冠军队（摩没有国家队）出战，这支"冠军队"并没把中国队放在眼里。下午4：30比赛，中国队3：45到球场做适应性准备活动，而摩队员则开着汽车三三两两来到赛场。不料，开场仅10分钟。摩队就被中国队连捣两个洞。摩队急了，逼得很紧。这样一来，中国队灵巧的技术淋漓尽致地发挥出来了，小范围漂亮的二过一、三打二，使摩队员抢不到球，人也踢不着，结果以1比4

惨败。赛后,摩队球员连连赞叹:"没想到中国人有这么好的球!"

中国大使馆的同志也十分高兴地说:"球赢下来,我们的工作也好做了。"

张俊秀说:这是中国最好的前卫

不久,中国队备战在伊朗进行的第7届亚运会,与伊拉克、朝鲜、印度(第六届亚运会第3名)分在一组。庄则栋当时任代表团团长。朝鲜原来提出要打平,庄则栋请示周总理,获得同意。但到了比赛当天早晨5点,朝鲜却又来人说,随便打。

一开场,朝鲜队就打了中国队一个措手不及,最后中国队以0比1输给了朝鲜队。接着,中国队以7比0大胜印度队。与伊拉克比赛时,在终场前五、六分钟,守门员将球托到对方球员脚下,结果以0比1败北。回国途中,中国队两胜科威特,比分分别为2比0、2比1,随后又连胜新加坡、泰国、香港联队。尤其是香港队是第一次同内地比赛,特邀英格兰、苏格兰、澳大利亚、新西兰等5名外员助阵,却仍以2比5败于中国队的脚下。

当时,刘庆泉在国家队,技术属于上乘。前两年,在沪西体育场,张俊秀指着刘庆泉对上海的一群足球记者说:认识他吗?这是中国最好的前卫,是你们上海人。

有人作过统计,现在甲A队员在赛场上跑动为6000米,而刘庆泉那时已达到8000米。良好的体能,使得刘庆泉如今还能以56岁的"高龄"与成都"五牛队"的弟子们进行分组对抗练习赛。

周总理指示:一定要拿下这场球

1975年初。中国足球队出访越南。此前,1963年刘庆泉到过越南,他看到越南球迷为了看球甘愿卖掉身上穿的衣服作盘缠。1974年,国家队在伊朗参加亚运会。来访的越南人民军足球队在苏联教练指挥下,从北到南,连克北京、八一等劲旅。他们还扬言要横扫中国。当越南人民军队到了上海时，周总理指示，一定要拿下这场球。最后，上海队发挥出色，阻止了越南人民军队连胜的势头。此番中国队前去访问比赛，含有"复仇"意味，中国队从海防、青化到谅山，一路横扫，一口气拿下了前6场比赛。最后返回到河内，同越南国家队进行最后一场比赛。赛前，武元甲、范文同先后接见越南国家队，发誓一定要打败中国队，并许以队员获胜后每人奖励一套意大利高级西装、一支高丽参。与此同时，中国驻越大使符浩也前往叮嘱国家队，一定要赢。大使馆武官还说，八一排球队来这里与越南队打成一比一。越南就不肯再打下去了。其实中国排球水平要比他们高得多，所以这次足球赛无论如何也要赢。

中国队虽然有很大压力，但技术过得硬，心理没问题，上半场就连下三城；下半场，输急了的越南队一见我们拿球就飞铲，使中国队的前锋没法踢，场上的火药味很浓，简直像打仗，但是中国队与越南队巧妙周旋，终于将3比0的比分保持到终场。输球后的越南队员痛哭流涕，久久不肯离场。而兴高采烈的中国队则回到大使馆，美美地享受由大使宴请的丰盛晚餐。

中国足球是有希望的

1977年，刘庆泉回上海带教青年队。李中华、秦国荣、朱有宏、郑彦等均出自他门下。尤其是秦国荣，虽然体能差些，但其灵性则有当年刘庆泉的影子。1982年，刘庆泉到毛里塔尼亚当援外教练，先带青年队，后带国家队。1984年，他在市体校竭力将朱广沪从虹口区少体校调来。1989年，他发现了祁宏，使上午落榜的祁宏得以下午能继续参加选拔测试，免遭淘汰。他带教这批年轻队员直到1992年。

最后，在谈到中国足球几经波折出路何在时，刘庆泉意味深长地说："说一千，道一万，归结为一句话，结合中国足球实际，引进世界足球先进技术等一切有利于中国足球发展的东西。切莫妄自菲薄，走出一条中国特色的足球道路来。中国足球是有希望的,这希望可能就孕育在蓬蓬勃勃的甲A联赛中,孕育在成百上千万的青少年足球爱好者中。"

1998.3.20

英雄落难不落泪

引　子

　　门前这条路,很宽。他是看着它由窄变宽的。他在此已走了四个多春秋。现在,他正从建工医院出来,乘车回家。这位脸色灰黄的汉子碰到怀抱婴儿的妇女和步履蹒跚的老人,总是主动让座。车上,常常有人向他投来尊敬的一瞥。不过,无人知道他是刚刚在医院做完六个小时的"血透"出来,身体尚处于极度虚弱的状态之中,并且,他还面临着随时可能到来的死亡威胁……

　　世界上,最宝贵的也许是生命。经过血与火的洗礼,今年三十五岁的陆少锋比普通人更理解她的含义。

身陷困境不居功

　　每个人,都有一种生存状态。改革开放经济发展使上海这个大都市的居民基本上已无温饱之虞。可是,也有例外。1998年12月10日上午,记者几经周折,才找到了宝山区淞南四村。在一间两室户的房间里,记者看到了"家徒四壁"的生动注释。没有粉刷,没有家具,仅一只破旧的五斗橱,衣服就挂在铅丝上。还有两张床,并排置放在居室中间。这套房子是陆少锋的一位战友帮助借的,价格极其便宜,每月50元,不仅如此,物业公司还在其他方面尽可能地给予他照顾。这里距陆少锋做"血透"的建工医院还算方便,他很满意,但内心又非常希望自己借住的地方能固定下来,因为房子一旦有买主看中就要搬出来,他已经搬过五六次了。

陆少锋是崇明堡镇人,1984年报名参军来到当时战火最密集的法卡山。一座山,两面坡,构成了敌我双方对垒的阵营。一年班副,两年班长,陆少锋历经大小战斗数也数不清了。在前线,他度过了五个春秋。最危急时,他作为野战军突击队员,咬破手指写血书,枪林弹雨建军功。但是,陆少锋觉得比起班上牺牲的6位战友,自己实在算不得什么!其实,陆少锋在部队立过一次三等功,得到军区嘉奖一次,团、连嘉奖10多次,获得优秀共产党员、优秀班长等荣誉。一个人不居功自傲,但他为祖国曾经作出奉献,人民是不会忘记的。

历经磨难腰不弯

陆少锋从来不以特殊病人自居。1994年1月14日,陆少锋在崇明堡镇医院查出患有肾功能衰竭尿毒症。原来,在部队时他就患肾炎住过医院,由于形势紧张,他未做彻底检查就返回前线了。回到家乡后病情恶化,他必须一星期到医院做两次"血透",每次费用是430元,钱像流水一样流出去,家里1万元存款很快告罄。他所在的村办联营厂倒闭了,无处报销,为节省钱,他十多天不喝一口水才去做一次"血透"。由于两肾皆已失去功能,不能排尿,身上奇痒难忍,躺下不行,睡更不行,他只得趴在崇明家乡的屋外桌子上打盹,结果,夏夜里的蚊子咬得他双腿肿胀连鞋子也穿不上了。还有一次,他对母亲说,如果再借不到钱,我就不回来了。年过花甲的母亲扶着门框失声痛哭。

陆少锋的父亲在59岁时突遭车祸身亡。令陆少锋欣慰的是,他读三年级的儿子非常懂事,在学校里是一个品学兼优的好学生。他的妻子张锡娟,这位纯朴的农家女自嫁给他后就从来没有一句怨言。同样,为了积攒每一分钱给他治病,几年来,妻子和他一起每天只吃两顿饭。尽管如此,病魔仍无情地向他不断地发起进攻。当然,他不会投降,仍在作顽强的抵抗。但是,依靠他一己之力毕竟难以跨越这一道生命的关卡。值得庆幸的是,在他生命最需要帮助的关键时刻,上海的新闻媒体伸出了援手。1992年元月,《劳动报》连续报道了陆少锋的事迹,无数的好心人奉献出自己的一片片真情,当时就募集到14万元交给建工医院,专款专用,让陆少锋做"血透",以维持生命。

如今,4年多过去了,这笔费用也已经用得差不多了。他至今仍然十分感念数年前华东电力公司那位70多岁的退休老人,为了省下车钱步行几小时,却向他一次捐赠400元。他更感激许许多多的生活情况也并不好的但高尚无私的捐献者。陆少锋认为,自己只不过曾经是普通一兵,实在承受不起人们赐予他太多太多的恩惠,他不能再"麻烦"大家,他只是在想:能不能参加和补办合作医疗保险来解决自己昂贵的治疗费用?

世上还是好人多

生命是一首歌。为了不让生活中的好歌断弦,陆少锋昔日同生死共患难的战友们纷纷解囊。还有许多素不相识的热心人——有领导、有将军、有私营业主,更有一大批普通工人甚至下岗工人也向陆少锋伸出了温暖的手,大家怀着一个共同的心愿:让美好的生命之歌唱下去,直到永远。

陆少锋刻骨铭心的是,当年担任虹口区区长的黄跃金同志一次就捐助他2000元。同样令他不能忘记的那个日子是1996年8月11日,他的妻子为了生活到"舒乐"开出租车,一位30岁出头的乘客听到崇明口音就关切地问:你一个女同志怎么会到上海来开出租车?当知道了陆少锋的处境后,这位名字叫周隽的凌昌实业公司总经理一下子就从皮包里拿出200元做车费,另外拿出5000元给陆少锋买营养品。临别,周隽还郑重地留下名片对她说,如果你想到我的公司来工作,我会给足你现在的工资。一星期后,张锡娟来到"凌昌"干后勤,除了月工资1000多元,周隽还另外每月补助她500元。1998年12月16日上午,出生于军人之家的梁瑛小姐第一次见到陆少锋就拿出2000

元表示慰问。梁小姐回家后又打电话给外地的父亲,这位少将要女儿继续打听换肾需花多少钱,从而考虑进一步帮助这位退伍军人。

1998年12月26日上午,记者来到建工医院血液透析中心,陆少锋躺在床上正在做"血透",一星期两次,这是无底洞,更何况,陆少锋的医疗费用分文无处报销。也许,他生命的唯一希望,就是换肾。

历经折磨,陆少锋的身体日渐虚弱。在右手腕上,做"血透"留下的两个洞宛如一元硬币那么大,凸出而显眼。做一次"血透"需要6个小时,有条件的病人结束后有家属接,甚而可以"打的"回家。陆少锋是只身一人挤公交车回去,在车上还要用左手摁住右手腕的洞,否则血会喷涌而出。他现在真的很需要钱,钱能救命,钱能减少他许多痛苦。然而,就是在这样的情况下,令人实在难以想象的是,他和妻子张锡娟还是咬牙还掉了几万元的债。说这话时,陆少锋有点兴奋,似乎忘记了自己的危险处境。此刻,我无言以对,只能由衷地从心里发出无声的慨叹:这就是做人!

如果说,4年前陆少锋在濒临绝望的时候,得到了许许多多热心人的帮助,因而渡过难关;那么,4年后陆少锋再度遭到死亡威胁的关头,我们更有信心和理由相信,他一定会获得全社会的关注和重视,从此走向新生。

1998.12.30

阳光下的洗礼
——几代人在西藏的奉献故事

引 子

1998年10月24日傍晚,我抵达成都,准备作人生的一次重要起飞,将自己升腾到一个前所未有的高度——进藏。逗留蓉城三天,尽是阴霾天气,心情并未因此晦暗,我急切地盼望像列车穿越隧道一样,很快就会豁然开朗。

到了10月27日上午9点,当飞机降落并滑行在两旁光秃秃灰蒙蒙的大山之间的跑道时,血脉陡然为之亢奋:我心向往之的神秘的西藏之行开始了。

西藏的高原,苍凉而险峻。常常是坐几小时甚至半天的越野吉普车,窗外却看不到一棵绿色的树,只看见贴地而生仅有一点水份就能存活的那种叫刺柴的植物。于是,我们每每感叹并从心里发出疑问:人是怎样在这里生活的?缘乎此,我们不得不钦佩藏族同胞在如此恶劣的气候条件下繁衍生息,他们以自己的存在证实了西藏是中国的领土。因此,我们同样感念那些为西藏的稳定和发展而作出不朽贡献的无数汉族同胞。

一

进藏之前,我反复提醒自己不要忘记带两件衬衫。这是一个行将就木的老人所期待的。上海第二批援藏干部、拉孜县县长宋惠明在沪出差期间对我说:他是十八军老战士,已经"死"过几次,组织上也早已为他做好了一副棺木。现在，他最后的愿望是能够穿着上海产的衬衫走向另一个世界。

我记住了。由于仓促，在上海来不及办理，到成都后，我特意在下榻的全兴大酒店旁边的太平洋百货公司挑选了两件上海康派司衬衫带进西藏。

1998年11月6日上午，我们来到拉孜县城的张龙福的家。这是一幢典型的西藏民居。白天，在4050米的高原强烈的阳光照耀下，屋子里十分暖和，老张坐在椅子上，依然戴着一顶黄军帽，神态安详地叙说起自己的一生。

开诚布公，老张是不说假话的。他首先更正自己不是十八军老战士。因为，1955年以十八军为主已改建为西藏军区。如同晚一年参加革命就不能享受离休干部待遇一样，张龙福也不想沾十八军的光。他是1956年参军进藏的。他随部队驻扎在樟木，第二天下雨，5月的西藏是雨季，山上仍然结冰。新兵初来乍到就去修扎木大桥。樟木气候湿润，但山势险峻，张龙福和战友们在悬崖峭壁上搭竹木架子，天雨地滑，7个战士一下子掉到万丈深渊去，连尸体都找不到。张龙福于今说起，仍然嗟叹有声。他是幸运的，仅仅砸伤了腰和手。七八月份，张龙福又随部队开拔到拉萨备战。他身体瘦弱却是重机枪手，80公斤的一挺机枪，还有一支五四式手枪，加上救急包，每天背负着爬山训练，身上的棉衣、衬衫都全部湿透。孙子兵法云："以不战屈人之兵为上乘。"当时，离拉萨25公里的达孜县有一万多土匪跃跃欲试，但是看见解放军这支威武之师的凛然气势，也不敢轻举妄动了。内地人到西藏来，生存都艰难，当兵就更苦了。早上天未亮起床，出操，然后洗脸、吃早饭，再上山。下午回来，每人要背80斤柴禾，有专人逐个过秤，少了第二天再补。晚上还要轮流站岗。

经过十多天的进藏体验，我已有充分的感性认识可以作出理性推断了。有一次，我在拉孜提着手枪去打野兔子，看看不高的一座山，我想翻过去，却是气喘如牛，最后只得坐下歇息。此刻，我望着眼前矮瘦的老张，崇敬之情油然而生。张龙福这一代人，他们在严酷的自然环境中，生命的体能已经承受到最大的极限了。也许，他们更多的是依靠当年的一种精神，支撑着从戎戍边的信念。

老张的故事，如果仅限于此，那就不足以为传奇了。他顽强的生命，就像高原上连绵的群山,飘逸悠远,一望无垠地向前延伸……

1958年,已调入西藏军区警卫营的张龙福,聆听了军区王副参谋长的动员后,就地"援藏",脱下军装转入地方。不是当干部,而是做工人。他被分配在青藏公路管理局下属的一个厂,先加工木板子,后调去当伐木工人,这种艰苦,你没到过西藏简直无法想象。一天走二、三小时的路,带两个馒头,中午就在山上捡点柴烧一壶开水吃饭了。直到太阳也要落山了,他们才收工。第二年,他又被森林公司叫出来,备战、挖沟、修碉堡,发一支步枪,一把大刀。艰苦的生活,动荡的岁月,张龙福走过来了。此后,他被选拔到干部训练班学习。1960年5月,他到日喀则地区工作,在拉孜县就蹲了二十多年。

张龙福升干部了。最早在日喀则地区条件最艰苦的"两巴一岗"的中巴县工作,接着到萨迦县任粮食贸易公司副经理、经理。张龙福当官,依然两袖清风,落下一身毛病。萨迦海拔4500多米,吉隆只有2000多米,为联系工作,老张频繁往返两地之间,从高到低,由低升高,这对身体都是一种压力,尤其给心脏带来的反应更大。当时只有27岁的张龙福,从此就得了心脏病。他不仅把自己人生最美好的一段青春年华都奉献给了西藏,而且连自己在成都的父母先后去世也未能回家尽孝。这个故事,不伟大,但悲壮,难佩服,惟同情。人,谁无父母双亲?如此处理,实在无奈!但是,对于张龙福来说,他在尽忠与尽孝的两难选择之间所表现出来的高风亮节,我们除了慨叹,还能说些什么?

1962年,尚在萨迦县工作的张龙福接到来信,父亲病故。回成都在当时是不可能的,即使赶到家里时间上也来不及。远在海拔4500米的西藏高原,张龙福彷徨焦虑,仰望近在眼前湛蓝湛蓝的天空,真想做一只翱翔的鸟飞越群山万壑。然而,理想必须降落在现实上,他第一次向组织求助,想借200元钱寄回家,安葬父亲。没有财产抵押,只有信用保证,他准备卖掉手腕上的一块表,再卖掉身上的两件衣服,凑满200元为父亲搞一副棺木。但是,这样的要求在当时连组织上也无法帮助解决,县商业局的一位科长只是提醒他:不要影响工作。张龙福一听,马上表态:父亲虽死,但这是我个人、家庭的事,而工作是党和人民交给我的任务,请放心,我不会影响工作。结果,他的父亲是借了外祖母的一副相当好的棺木才入葬的。最后卖掉两套毛料衣裤才凑满200元,他把钱寄给弟弟。然后由弟弟到很远的地方去拉回木料,重新做一副比原来更好的棺木才了结此事。直到1978年,已在拉孜工作的张龙福又接到家中电报,母亲也去世了,他也只能寄些钱去表示一份孝心。

张龙福进藏至今已有41个年头了,是整个拉孜县年龄最大的留藏汉族干部。在漫长的生涯中,他当过工农商学兵,做过县计委主任、商业局长。"文革"中,他竟也未能幸免,作为"走资派"受到冲击。现在,他的生命已完全融入西藏这块土地。他在1966年与藏族姑娘吴坚结婚。1968年两人到成都新津县,妻子吴坚皮肤发痒,胃也疼得厉害,奇怪的是一回到西藏身上所有的不适症状全都自行消失。老张未尝不想回到家乡去,事实上他也试图作过努力,1970年他特意选择季节好一些的日子10月份回去,仍不奏效。他的妻子一天到晚生病,3个月的假期没用完,就走了。吴坚一回到拉萨,病没了,精神也好了。1974年,张龙福有了第二个孩子,已办好成都的户口,但孩子同样不适应在内地,不得已,又迁回西藏。如今,老张已患上肺心病,他也无法回去了。身体好些时,他仍吸烟,两天一包。我想,这不是陋习,而是一种生命对死亡的蔑视。1995年退休后,他曾有两次休克要走了。如今,在温暖如炽有点发烫的阳光下,老张一手执烟,一手做着手势,他说要向西藏军区的老政委、井冈山时期担任毛主席警卫排长的谭冠三学习,谭政委死在西藏埋在西藏。老张也要家人在他死后抬出去烧了,如捡得起骨灰就放到雅鲁藏布江去。

我不知道,也没问,老张是否想让骨灰顺着雅鲁江一直流到他魂牵梦萦的家乡去?他不能叶落归根,但是些许飘零的尘埃也算是一种寄托吧!

握别张龙福,我感觉到了像大山一样苍凉的手,高原一样醇厚的情。因为,我知道这很可能是永别……

二

西藏是一块十分圣洁的地方,也是一块空旷无边引人遐想的地方。

从拉孜到樟木,我们的丰田越野车尽在悬崖峭壁间盘旋而上,光秃秃一律呈铁灰色的大山上长不出一点寸绿来。中途翻过聂拉木县城,顺势逶迤而下,海拔次第降低,突然发现远处山有绿水见流了,我们刚才还被太阳长时间炙烤而干旱的心田开始拥入一棵棵树,一蓬蓬草,千瘪的胸膛便注入了氧,渗进了水,激活起来。

西藏的特点,来来往往一条路,别无选择。隔一天,我们按原路返回,与来时形成鲜明的反差。越野车从下往上开,太快了!须臾之间,葱茏的秀色被抛在了后面,往前看山坡上连浅黄色的植被也不见了。只有山坳里的参天大树,虽已枯死,没有片叶,但从山脚下挺拔上来的躯干仍然指向穹苍,它们一棵连着一棵,像城市里的电线杆那样排列有序,这是不屈的意志在作顽强的抗争。

常言道:大自然中,人会更加感到自己的渺小。可是,我不这样认为,空廓而凄清的大山之上更凸现出人的伟大。

在西藏,有幸采访山南军分区司令员金毅明大校之后,我愈发坚定了人非渺小而伟大的信念。因为,有志者最终没有屈服于大自然。

1969年2月,金毅明与从上海嘉定来的1002个新兵一起进入拉萨。67届初中毕业当了一年农民的金毅明喜滋滋地穿上了军装,却不料这一走竟然走到世界屋脊西藏来。他与单杰一起被分配到158团6连。次年到亚东县修筑从亚东到顶嘎的公路,在冰天雪地里,这个江南水乡来的上海兵饱受磨练。一年后,金毅明随部队坐大卡车连续行驶17天才从西宁到日喀则。接着再乘一天车抵达拉孜县。像张龙福这一代老兵一样,金毅明所在的野战部队一面在山上训练,一面从山下搞柴火,当时这种感受,金毅明至今道来仍不加掩饰:在西藏当兵,实在太艰苦了。最难忘是1971年,金毅明所在的部队在边境线上连续不停地走了1000多里路。在摄氏零下30度~40度的雪地里,第一天就在海拔4100米之上从嘎拉跑到帕里。40多里路,跑到天黑下来,半个班就在一块黑油布搭起来的帐篷里睡下来,大清早,起床行军一小时,再烧开水吃。背上7天干粮,4天生米,加上子弹,手榴弹,7斤半步枪。班上的一名大个子上海兵刚到宿营地,摔下背包倒下去就蒙头号啕大哭。生性开朗的金毅明就嘲他:"侬真戆,到也到了,侬还哭啥?"

1972年,部队在拉孜办集训团,金毅明担任教导团教员,从此迈入了从军生涯的新开端。

西藏群山连绵,人烟稀少,我在西藏所接触到的印象最为深刻的就是人们很少说假话,藏胞如此,汉人如此,可贵的金毅明已经身为一个军分区的大校司令员,仍然谈吐随和不失率真性情,他说:我从当兵的第一天起,就从来没有想过会当到今天这个官。确实,主观上他不想当官留在部队,客观上他在部队一天就要站好一天岗。金毅明的军事素质十分出众,这也注定了他的一生就是成为职业军人。在驻守边疆从戎三十载的岁月里,他立过3次三等功,多次评为五好战士,在代表西藏军区参加成都大军区的大比武活动中,他荣获全军区斗刺第二名。此外,他与枪弹有缘,轻重机枪、自动步枪,拿在手上,300米半身靶、200米胸怀靶、100米头部靶,打起来准得不得了,是一个特等射手。手榴弹能够掷出50米开外,现在他还能摔到42米。

金毅明从一个士兵成长起来做到军分区司令员,他毫不隐晦地说,自己曾想转业,但一而再、再而三还是留下来了。1983年,金毅明32岁就是正团级。1993年,他任旅长时曾向军区司令员周文碧少将提出转业。当时,他的女儿在成都要读高中了,也是军人的妻子部队在日喀则,而从小照顾他女儿的岳母又去世了,一家人分成三个地方,大人可以克服,小孩终究让人牵挂。周司令员对他说:你是副师级干部中第一个正式提出要转业的。你回上海,条件肯定比这里好,但部队也要有人带。一席话,说得金毅明不吭声了。从此,他再也没有提出过转业要求。前几年,尽管福利待遇较好,但是也有干部想走,金毅明就现身说法开导他们:允许个人有想法,但不能影响工作,个人必须服从组织,当一天官就要带好一天兵。现在,他的部队干部队伍思想稳定,很少有人再提什么要求了。

对此,金毅明十分感慨地说,现在的西藏,自然条件也在变,过去一年四季棉袄穿在身上根本脱不下来。如今这里的气候也明显变暖。物质更是丰富,应有尽有。去年他到上海休假,特意去看望了7位上海兵的父母亲,告诉他们不要再寄东西,那里什么都有。

解放以来,祖国在前进,西藏也在发展。其中,也包括像张龙福、金毅明这样几代军人的奉献在内。战时打仗,闲来建设。金毅明当旅长时曾经率领1000多个战士、2000多个工人在林芝地区米林县的贡布岗,在上无片瓦、下无寸地的乱石滩上,建造起一座相当规模的小城镇。一个司政后,一个办公大楼,一个工兵营,一个通信营,三个直属连,一个大礼堂,一个仓库,一幢家属楼。部队撤走后,这里移交给地方就成了米林县的政府所在地。

这一浩大的工程,从1987年底开始仅用了一年就竣工了。当时西藏自治区党委书记胡锦涛、成都军区司令员傅全有都来看过并给予高度评价。《解放军报》的记者曾经准备采访金毅明,但他实在太忙了,直到笔者采访他之前,金毅明边疆从戎三十载的动人事迹还从未有过哪怕片言只语的报道。甚至,我们上海也只知道有个单杰,却不知道还有一个在西藏当军分区司令员的金毅明。

当年,从上海来的1002个嘉定籍新兵,如今只有金毅明和单杰仍然留在西藏。他们,是上海人民的骄傲!

采访归来,回到山南地区泽当镇。这里是历史上公认的藏民族的发祥地。现在,镇上一派繁华,有美发美容,彩扩商店,卡拉OK,大饭店,火锅城……老实说,我们初来乍到这里,实在大大出乎意料。其实,西藏也有繁华地区和江南景色。

西藏是一个圣洁而神奇的地方。现在,她不仅吸引了不少中外旅游者,还有越来越多的年轻人自愿到西藏来工作,甚至准备在此扎根生活一辈子的。

我到樟木从聂拉木边防检查站签证到尼泊尔去,意外地遇到了一位为我们办手续的武警中尉李天文。甫交谈,即得知,他是边防检查站里的"援藏干部"。去年9月,他从河北廊坊的武警指挥学院毕业,全校只有两个西藏名额,家在山西大同的他坚决要求报名到西藏工作,为此,站里的战友们都称他为

"援藏干部"。无独有偶，我们在樟木宾馆还碰到了一位叫张峻的青年服务员，今年26岁。他还没有出生的时候，1960年他的父母亲作为国防科工委的军人就来"援藏"了。如今，退休的父母已回到南京，可是生在拉萨长在西藏的他，已准备永远留在这块土地上了。高中毕业后，他曾在1992年至1994年在北京工作过两年，但感觉上总不习惯，这也许是生理上，心理上，抑或两者兼而有之的缘故。反正，他最后毅然决定回西藏。现在他属于西藏旅游开发总公司，樟木宾馆是总公司下属单位，他暂时在此工作。我问他是否准备一直在西藏，他说有这个打算。他还透露已有对象，是一位在拉萨工作的藏族姑娘。当地人叫藏汉结婚生的孩子为"团结族"。看来，长相斯文的张峻是注定要有一个"团结族"了。

我们在山南地区的泽当镇街上散步，不意邂逅两位说上海话的西藏军区士兵。于是上去亲切地与他们攀谈。原来，他们是去年12月1日进藏的上海兵，一位叫顾峰，23岁，松江区小昆山人，从上海农学院毕业后工作两年再当兵的。另一位叫曹强，今年20岁，是南市区人。他们都是隶属于西藏山南军分区的战士。一个在边防一团，一个在二团，去年刚到山南地区，高原反应强烈，而部队训练却艰苦强度不减，边境地区缺水，最难忍受的是3个月没有洗过一次澡。在我们的下榻处，两位上海籍战士坦诚地说：一方面感到不能辜负上海人民的期望，一方面又确实有点难以忍受高原的艰苦环境。这时候，军分区司令员金毅明下基层知道这些情况后，就耐心细致地做我们的思想政治工作。以后又经常关心我们。同时，我们也惊喜地发现，金司令员也是上海人，他从1969年入伍进藏至今已有30个年头了。当时的生活条件、气候和环境等远比现在更加艰苦。金司令员的教诲，使我们受到了很大的鼓舞，如今，我们已经完全适应了这里的部队生活。最后，这两位面色红润看上去很健康的战士说出一句极富哲理的话，称他们"当兵三年，受用一生"，还要我们转告上海的父母亲和家乡的人民，他们一定会安心地在西藏服役，戍边保国，当好一名合格的战士。

在亚东县，我看见一支部队走来，就上前询问有没有上海兵？有！排长热情地叫出一位战士。我很兴奋,不仅是"老乡见老乡"。到西藏后,我自己觉得情感在悄悄发生变化,藏族同胞热情善良,他们像高原上的空气那样洁净,还保持世上难得的一片古道热肠。我希望有更多的上海人、内地人到这里来,为西藏做点什么。

  进藏前,我采访了正在成都开会的中共西藏自治区委员会常务副书记郭金龙同志。他说,根据中央第三次西藏工作会议精神,全国人民都在支援西藏。对于西藏来说,她保持边疆的稳定就是对祖国大家庭的回报。此外,她艰苦的环境为内地培养干部使人的精神境界得到升华,提供了一块基地。

  这绝不是一句泛泛之谈,而是对于献身西藏的人一种恰如其份的评价。

  不到西藏,你无法体会她的宽厚与博大。

  到了那里,我看到了一个活生生的真实的西藏。

  回到上海,我头脑里依然挥之不去的全是西藏的影子:大山、河流、还有刺柴。

  直到今天,我还是常常怀念在西藏坐越野车奔驰在高原上的雄壮感觉。

  西藏之行,将成为我人生中的一笔取之不尽的永恒的精神财富。

  上海援藏的日喀则地区的城市规模,堪与内地相比。拉孜的气派,江孜的恢宏,定日的苍劲,亚东的精致,无不给我留下难以磨灭的深刻印象。

  西藏的今天,是由藏汉两族几代人的努力与奉献才建设起来的。

  西藏无论是过去、现在、还是将来,都永远和内地连在一起。

1999.1.4

刑警"803"：重案支队长刘道铭

他睡下，却醒着，只要有案情。哪怕深更半夜。都会在第一时间内赶到现场……

刘道铭的生活作息表，完全无条件地服从案情的需要。

作为刑警，别无选择，一切为了破案。重案支队长刘道铭，更是如此。因为被害者已经永远长眠地下，但只要有刑警在，就要为每一个屈死的无辜而不辞艰辛地去破案……

近年来，上海市公安局刑事侦察总队重案支队，在支队长刘道铭率领下以善打硬仗而著称，取得了平均破案率高达70%以上的好成绩。1993年则达到82%的新高度。在13起杀人碎尸案中侦破11起。

人们常说："电影是一门遗憾的艺术。这是因为没有一部电影在拍摄完了之后达到十全十美的境界。同样世界上也没有一个国家的破案率能够达到100%。但是，缺憾并不妨碍人们对于百分之百的追求，相反，激励着一代又一代的奋斗者为之不懈努力。

1994年和1995年连续两届获得上海市"东方卫士"称号的刘道铭如是说："只要还有未破的案子，我们就没有骄傲与满足的理由。"

他知道，要达到破案率百分之百是不可能的。但是，他确实想侦破每一个刚发生的案子，至少，尽可能地多破案，这是他一生中梦寐以求的最大的愿望。

在第一时间赶赴案发现场

破案是专业技术非常强的一项特殊工作。刘道铭深感自己责任重大。他的前任端木宏裕、张声华、谷在坤都是很有名望的神探。道铭认为自己的水准还未到达前任的高度,所以他花的力气比别人大。发生案子,有100只就跑100趟,只只到现场。这也是当年老端木的经验,在第一时间内赶到案发现场。否则,隔了两三天再去研究案子那是破不掉的。

1991年,道铭的妻子在马路上突发心脏病,被热心人送往医院。远在金山县破案的他,匆匆地赶回来看一看,就告别妻子又去工作了。

1993年11月28日,南京路西藏路发生20路电车爆炸重大恶性案件。其时,道铭正带着女儿在淮海路上为她买衣服。突然,身上的BP机响了。道铭反应奇快地拦下一辆出租车,拿出钱请驾驶员把女儿送到家中,接着,他再拦下一辆车迅即赶到案发地,并在半小时内调集起17名侦察员进入现场工作,为迅速侦破此案赢得了宝贵的时间。

最难忘的是1995年元旦,道铭在浦东侦破一起杀人碎尸案。此前,他的女儿哮喘发作,住进了岳阳医院,但侦破进入关键阶段不能脱身,当接到妻子带着哭腔的告急电话,道铭马上驱车火速赶到医院,映入眼帘的女儿脸色发紫,呼吸困难,已经生命垂危。此时此刻,看着心爱的女儿气息奄奄的样子,这位铁骨铮铮的硬汉子,再也控制不住感情的闸门,泪水奔涌而出……

男儿有泪不轻弹!何况一个堂堂正正的刑警队长。刘道铭,在心里一遍又一遍地谴责自己。可是,女儿抢救过来后的第二天,他又好像忘掉了一切,义无反顾地奔向浦东去破案了。

在一支队有个规矩,只要有案情,哪怕深更半夜,也必须在案发第一时间内告诉刘道铭。有时为了掌握案情而不影响家里人。道铭常常是睡在客厅的沙发上。接警就出动。

办案时的"第六感觉"

从警三十多年来,刘道铭在"803"这个大本营的办公桌抽屉里,依然珍藏着两本发黄且破损的笔记簿,上面记载着他过去参与破案时一些老领导、老干探分析案情的真知灼见。无疑,这是道铭最初步入破案生活的"原始积累",伴随着他一步一个脚印走到今天并趋于成熟。

勤奋,善于思索,这是道铭身上的两大优点。道铭自述,在1993年前,他接任一支队支队长甚感吃力,车辆装备、人员调度等,困难重重。此后,案子破多了,讲话有用了,搞业务就是这样。然而,在采访时以及从道铭一生中所破的无数案子来看,我不得不提出,"天赋"二字。确实如此,就像同一个教室里同一张桌子上的两个学生,一起接受同一位教师的上课和指导,但学习成绩却相距甚远。何故?这就是理解力的差异,感悟力的深浅。

刘道铭的妻子乔宗宝,原是徐汇区土产杂品商店的副经理。她对丈夫由理解到自豪。她说道铭身上有一种"破案兴奋症"。只要一接手案子,他工作起来越辛苦越高兴。在家里,儿子女儿受他影响,全都成了"业余侦探",有时还会着父亲分析、推理。乔宗宝说,道铭有这个本事,凡是他讲能破的案子,果然就破;难破的案子,最后来破。如此一说,又让我想起"灵感"。这种靠人完全钻到里面去所产生的姑且称之为"第六感觉"的东西,有时确实表现出一种神奇来。

道铭的女儿,原零陵中学学生刘俊玉在一篇《我的爸爸是刑警》的作文中这样写道:"作为一名刑警队长,对他来说侦破案件是任务,也是使命,更是责任。每当遇到重大案件时,我常见他凝神坐在灯下一口接一口地抽着烟,苦苦地思索着,似乎这浓浓的烟雾中可以寻找到破案的捷径。握在手中的笔始终在纸上涂写着什么,看似胡乱涂鸦,又好似找到了工作的突破口。吸烟、写字、沉思,伴随着爸爸度过了一个又一个春夏秋冬。艰辛的工作无情地在爸爸的额头上汇聚成了一道道纵横交错的皱纹,与日俱增的白发,也昭示了他超常的脑力付出。而一旦有了破案的思路,他便会不分昼夜一刻不停地赶到单位,召集人马开始讨论研究,分析破案。这一系列动作会在几天内完成。大功告成之后,爸爸的脸上才会挂上笑容,一扫多日的阴霾,此时,也是我们全家最高兴的日子……"

刘道铭勤于思索,善于分析,犹如深山老林里的一位精明猎手,总是能在蛛丝马迹中发现线索。

在侦破上海一起连续4次上门强奸杀人案中,刘道铭就是靠发现来"智取"案犯的。1993年,闵行一新村里,案犯从工房的水落管子下来进屋对姑娘实施强奸时,被害人拼命反抗并抢过罪犯手中的刀将对方划出血来。刘道铭赶去侦破,有没有其他线索可以丰富破案的途径呢?他果断地从被害人遭窃的一张邮政储蓄单入手。由于这张储蓄单是单位里买的,因此调查前后的号码就可以知道中间被窃的号码。于是顺藤摸瓜一查,钱已被提走,但身份证号码要留下来,罪犯很快落网。

像技术发明、文学创作,这个借鉴在刑事侦察系统破案时一直被沿用。

1995年3月15日,上海发生建国以来首例"邮寄炸弹"案件。某公司董事长兼总经理在办公室里收到一个邮包,幸亏爆炸装置发生故障才未酿成事端。初始从社会关系入手,破案陷入困境。刘道铭介入后,果断地提出:能用该公司材料组装邮包炸弹的人,一定是具有化学知识和无线电技术,同时又有权可以领到过酸钾、铝粉等原料的人。于是所有疑点集中到该公司技术开发部工程师徐某身上。很快,案情水落石出。徐某因为结婚分房无着落,上班炒股被批评而欲行报复。

刘道铭破案时作风深入,一丝不苟。最典型的例子莫过于他所破获的一封匿名恐吓信。罪犯寄给某航空公司一封信,索要50万美元,并扬言不达到目的就要炸毁客机。接案后,刘道铭反复端详此信,终于从中看出破绽。原来,在信的结尾有一处模糊不清的"压痕"。罪犯在写这封信时不小心留下了写上一封信时的"压痕"。经仔细辨认,隐约可见署名孙康的字迹。当时在场的侦察人员传看后都感到兴奋,但最早发现这个线索的刘道铭却出奇的冷静,他还不放心,执意要送技术部门再行检验。有人认为这是多此一举。然而,经高度精密仪器检测。得出"压痕"的字迹不是孙康而是黄德康。案犯很快由此落网。

抓错人不但使无辜者蒙冤,更是让作案人逃脱。这是双重失误,达不到惩治犯罪的目的,反而助长了犯罪倾向。由于工作细致,刘道铭带领的重案支队没有发生一起抓错人的事故。

智破杀人案

"刑警803"一支队作为重案支队,对付穷凶极恶的杀人犯占了他们所破大案要案的相当比例。

刘道铭始终记住前辈的这句话:欠一条人命是耻辱。

同样,在历尽13昼夜艰辛侦查,一举攻克"8.21"虹口嘉兴地区杀人碎尸案中,也充分显示了作为一个主心骨的刘道铭的坚定不移的品格和精明过人的自信。

1997年8月21日晚9时许。一外地拾荒人员在虹口区辽宁路244号附近河边的垃圾桶内,蓦然拾到用蛇皮袋包裹的人体尸块,于是向嘉兴警署报案。

刑侦总队接报后,吴延安总队长、王军副总队长立即率领一支队、刑科所侦技人员赶赴现场与虹口分局宋孝慈副局长汇合,并马上组织进行现场勘查。

垃圾桶内,发现共有两大包用蛇皮袋、塑料袋并印有"优质食品"英文字样的马夹袋等包装的女性人体尸块7包。分别为左右上肢(指甲上涂有大红色指甲油),左下肢(膝盖骨以上部分肌肉被剔下,脚指甲上涂有紫红色指甲油);现场还检获一只带血的白色绣花枕头套。

很快,法医尸检结果表明,尸块为同一被害女性,缺头颅及右下肢。死者年龄20岁左右,身高1.6米左右,体态矮胖,阴道口松弛,处女膜破裂无形。似性生活较频繁,然无生育史。死亡时间一周左右,分尸工具为刀具,系被室息死亡后分尸。

于是,一个以刑侦总队为主,在虹口分局联手配合下的联合专案组迅速组建起来,并以虹口嘉兴地区为重点,辐射乍浦路、提篮桥、四川北路、新港、欧阳地区开始侦查。同时,以现场为中心对附近区域进行"地毯式"访问、搜寻,注意发现头、右下肢和寻找目击者,对包尸用的蛇皮袋、塑料袋、马夹袋进行分析、研究,力争找到这些物品的流出地。此外,通过新闻媒介查找死者身源。

侦查工作正在夜以继日进行之时,一位老太前来报告:22日上午8点30分许,有一个三十七八岁戴眼镜的男子骑助动车到现场,将一鼓囊的白色蛇皮袋抛入垃圾桶内。专案组闻讯立即赶到现场,取出白色蛇皮袋发现内有马夹袋装的人体右下肢。经尸检认定此右下肢与21日晚搜取的女性尸块为同一身体。侦技人员当场从马夹袋上获取了几枚可疑的指纹。

据此,专案组根据目击者提供的犯罪嫌疑人的大致体貌特征展开了侦查。同时,8月23日在《新民晚报》登出寻找身源启事之后,专案组共接报36个失踪人员情况,但经核查却无一与死者特征相吻合。

人难寻,物却在。"山重水复疑无路,柳暗花明又一村。"专案组对包装物、遗留物的查证工作获得重大进展:蛇皮袋上印有"无锡县前洲染织厂"字样及号码。这无疑是漆黑的山洞中照进来的一线曙光,25日,侦查人员赴无锡在该厂翻阅了整整两麻袋的旧发票后,终于查明这批产品由上海工艺品进出口公司委托无锡生产,其中还有7包货物是发到天水路90号的上海针织帽厂。进一步工作后,又证实该厂确实进过这批货物。而且包装的蛇皮袋上的字样与现场发现的装尸蛇皮袋上的字样完全吻合。

目标已经接近,接下来就是挖出杀人凶手了。刘道铭带领侦查员到上海针织帽厂,在130多位男职工中摸排。当时厂里有一个观点,认为这蛇皮袋很可能是扔出去让外面人捡到的。刘道铭对该厂支部书记、保卫科长说了两点:一是尸块离厂近;二是袋是你们厂的。当时,刘道铭凭职业的敏感发现了该厂销售科科长许理正在会上汗水嗒嗒滴,果断地把他带往警署重点谈,可是经目击者辨认又予以否定了。

难道搞错了？但直觉告诉刘道铭就是这个人。8月28日，刑侦总队副总队长倪瑞平邀请了刑侦学会的一批专家与专案组人员对此案再作会诊。这时，专案组在外围查证工作中，找到了现场遗留的纸板箱。经查发现，此箱系浙江宁波出口商品包装纸箱厂生产，根据批号又查明此箱是从宁波加和帽饰品公司发往上海的。

线索一旦接上，脉络就十分清晰。

上海针织帽厂与宁波加和帽饰品公司有业务往来，宁波公司在上海黄浦区虎丘路105号有一办事处。顺藤摸瓜，发现办事处负责人梅丽娟系许理正妻子，而且在该办事处找到了与现场相同质地、批号的纸板箱。

"对象"跳了出来。

9月2日晚，专案组领导及一支队支队长刘道铭采取措施将涉嫌人许理正传唤到刑侦总队。许矢口否认，审讯没有进展，加上许理正的指纹与现场作案指纹相左。到此，按理说可以排除许理正作案的可能了。但是，刘道铭不信，他坚持认为许有重大犯罪嫌疑。有人说：如果是他，你道铭是火眼金睛了。

专案组将许的十指纹、掌纹再次送技术部门鉴定。然后反复对比，最终由技术人员确定有5枚指纹与现场包尸的马夹袋上获得的指纹同一。原来，又发现第一次做指纹时照相版左右反掉了。对此，道铭只是轻描淡写地说：我只是把最后一道门守住了。结果，凶手未能逃脱法律的制裁。

许理正在交代中自述：他是在大统路附近的一发廊内搭识被害人的。此后，被害人与其"纠缠"不清。8月19日晚，许与被害人在虎丘路105号再次"纠缠"并发生争执，许将被害人推倒致头部撞桌角而死亡。为了隐匿罪证，许残忍地用菜刀将其分解成7块，次日令其科内雇的工人将蛇皮袋、白色塑料袋等包装物送到虎丘路105号。许将尸块包装后再打电话叫这个工人踏三轮车运到上海针织帽厂仓库存放，而头颅则被他抛往长宁区遵义路一带垃圾箱内，同时把被害人的随身金首饰等物品藏于家中。

21日晚,自以为行动隐秘不被外人所察觉的许理正先骑自行车将一包尸块抛至离厂较近的辽宁路244号附近的垃圾桶内,次日上午又骑助动车将另一包尸块抛到同一地点。

抛掉了尸块,但抛不掉犯下的罪行。

有情有义真汉子

对案子对象负责。毋庸说,对亲人、对同事刘道铭更是关心和体贴。生活中,刘道铭是一位有情有义的大孝子、好兄长。至今,对于逝去的母亲,刘道铭内心深处怀着一种不可名状的负疚。他说:"如果当时我及时赶去,关心周到一点,老娘应该是可以再拖两年的。"

然而,作为刑警,身不由己,这也怪不得他,不能说是天意,也不能说是巧合,发生在刑警身上,这种事情的概率确实要高出常人许多倍。刘道铭的遗憾,正源出于此。

1997年11月23日。严寒逼近的申城上空下起了淅淅沥沥的连绵阴雨。刘道铭率领一支队的二十多位兄弟接警出发了。据报,有人扬言要制造爆炸事件,一辆闷罐车上有18个外地打工者正在回家的路上。呼啸的四五辆车子警灯闪烁一路追去,天上又下雪而且越下越大。为了18个阶级弟兄,道铭内心的焦灼早已驱走了身外的寒气。快!再快!

终于,截获了闷罐车,紧急处理,落实措施,到晚上2点,案情水落石出。原来,有人恶作剧谎报案情捉弄刑警,虽恼怒,但一颗悬着的心落地了,紧张然后放松,随之而来的是浑身疲惫。

这时,家中传来消息,母亲病危。道铭知道不妙,按家里分工,老母住院抢救,作为长子刘道铭负责联系医院,老母亲昏迷不醒危险时,也由他陪夜。接下来的事情都由兄弟姐妹分担。昨晚,老母亲晚上11点昏迷住院抢救,道铭正带领刑警出动无法床前尽孝。凌晨四五点,他赶到医院,老母亲已走了。

道铭喃喃自语:"我没及时去。如果子女花点心血,老娘应该是可以拖两年的。"

母亲远去那一天,刑侦总队总队长吴延安从繁忙的工作中赶来为老人家送行,此时此刻,刘道铭的心头一热,仿佛遗憾获得了补偿,失去得到了满足……

在"803"总部,重案支队是一支非常引人注目的队伍。全队 50 多人。道铭大小事情都要管。刑警的妻子下岗,他也要想办法安排,支队已为 5 个刑警家属安排了新的岗位。一位老同志出车祸,肋骨断,脾脏出血,道铭同 4 个队长轮流陪了 4 夜,还配备一辆车子,以便及时联系并保证抢救顺利进行。另有一位平时闷声不响的同志患胃癌,道铭与他只有工作联系,但对他关心备至。道铭说,这不是做一个人的工作,而是做整个队伍的工作,都是为了增强这支队伍的凝聚力。

一个人,"独善其身"不容易;作为支队长,"面面俱到"更不容易。

现代社会,是一个纷繁复杂和多元的时代。刘道铭,只是把所有的精力和时间倾注到他所钟爱的事业与角色上去了。他是上海刑警的一个缩影。

1999.3.2

英雄平凡亦感人

引 子

今天下午,为了悼念一位普通教工——毕磊,许许多多来自光明中学的同事和他生前居所的邻居以及曾经受过他帮助的人,不约而同地前往龙华殡仪馆,挥泪向这位在短暂的一生中做下无数好事的优秀青年作最后的告别。

1998年2月27日深夜,毕磊为了保护国家财产,与上门撬窃的罪犯进行了一场撼人心魄的殊死搏斗,身上留下38处伤痕,其中7处骨头被打碎、打折,鲜血流尽,壮烈牺牲,年仅34岁。如今,人们在惊叹他做出那种大无畏的英雄壮举时,更多的是怀念他帮助别人的感人事迹。

一、用真心为他人排忧解难

去年,毕磊遇害不久的一个下午,正是春寒料峭之际,淮海东路上的光明中学依旧处在一片压抑的气氛中。总务处副主任刘斌玲老师是一位性格直爽而刚毅的女性,谈到毕磊,她说着说着就哽咽起来……

是什么事情这样催人泪下?在采访中,记者不断想起雷锋。正如该校一份材料所写:"毕磊对待同事满腔热情,像春天般温暖。不论是年迈的老同志,还是体弱的小学生,不论是孤寡的老人,还是不幸的精神病患者,他都伸出热情的手,献出金子般的心,为他们排忧解难。"

学校里一位70岁的退休体育教师王文焕,脾气不好,离婚后一人住在小阁楼上。他到学校食堂买饭,由于身上气味难闻,别人都要掩鼻让开。他患病卧床后,平时十分注意清洁的毕磊,却不怕脏经常上门为他清洗、护理。老人昏过去,无人送他去医院,毕磊马上赶去为他穿好衣服。在医院里,医生误以为他是老人的儿子,还指责他说:"怎么搞的?这样龌龊的人还好意思送到医院来?"当听说毕磊仅仅是同事,医生也感动不已。毕磊为老人送饭菜、倒痰盂和尿盆。老人在家里过世,身边没有亲人,又是毕磊赶去料理后事,他给王老师揩身洗脸换衣服。

接尸车来了,楼梯窄小,老人身材高大,运尸工也感到为难,可是,只有50公斤重的毕磊却硬是把90公斤重的王老师从楼梯上一步一步背下来。周围的人感动不已,有人不知真相还一个劲地夸奖他是"大孝子"。

毕磊的真情打动人,而且打动了精神病患者。"三糕六糖",这是流传在光明中学的一则佳话。有位教工是精神病患者,动迁时,家中无劳力,毕磊前去帮助打包、拆橱、搬场。因为有病,该教工搬到浦东后,仍打电话来缠着毕磊去给他把拆下来的橱门再装上去。同事都厌烦了,但毕磊不声不响一俟有空就赶到浦东去。这位患病的教工乔迁后按"级别"分发喜糖时,全校只有校长与毕磊两个人受到最高礼遇拿到三块糕六粒糖。

最后,刘老师告诉记者:"可以说,毕磊在光明中学18年,没有一个教职工未得到过他的帮助。他对别人只有付出,没有索取。学校里许多人听到毕磊遇害的噩耗,当场就失声恸哭。"

二、把每个同事当作自己亲人

1999年3月8日下午,当记者欣闻光明中学接到市有关部门已经批准毕磊为"革命烈士"的通知后,立即赶去采访,再次走进总务处,这些与毕磊最熟悉的普通教工,全部放下了手中的工作,默默地围着桌子坐了下来。

会计宓俊率先说,毕磊最大的特点,他做好事从来不看人头,不管是领导还是普通职工,他一律对待。她情真意切地回忆起在总务处当外勤的毕磊生前对她的种种帮助——"我腿脚不便,心脏不好,他对我相当关心,我有时出去开会,车子坐不到,他就骑黄鱼车送我。单位里发东西,我拿不动,他就在晚上帮我送过来。值班时,他会从传达室帮我泡来开水,如果没有,他还会特地烧一壶水"。

女出纳员竺士恬说到毕磊,未语先咽:"他比我兄弟还好。80年代初,我独自一人带着2岁女儿住在低矮的平房,没人睬我,毕磊逢年过节来陪我。国庆节,他抱着我女儿到外滩去看灯。我丈夫从南昌回来,毕磊总是到火车站去接他。有时候,我探亲回来,出火车站远远看见毕磊,就觉得什么困难都没有了。我与丈夫分居整整十年,毕磊都是这样对待我。他对学校很负责,1982年,学校搭了一间简易房,要有一人洗衣服,毕磊去了,房子太简单了,四面通风,他生冻疮两只手像胡萝卜,都烂了,看了让人心酸,他却一声不吭,把洗好的衣服晾到学校的平台上。当时全部的报酬只有20元,他是根本不考虑钱的。我知道他把公家的财产看得远比自己的财产更重。没想到,为了这只银箱,他把所有的鲜血都洒在了总务处……"

这时,竺士恬情不自禁地哭出声来,再也说不下去了。一旁的朱正明补充说:"帮助别人解决困难就是他最大的乐趣。他把每一个孩子当作自己的孩子,把每一个同事当作自己的长辈和兄弟姐妹。"

医务室张老师的丈夫是国际海员,常在外公干。张老师的孩子从小到读中学,不管风吹雨打,都是毕磊接送的。张老师的母亲也是光明中学的老师,她认毕磊做干儿子,出事那天晚上,毕磊就是在她家吃的晚饭。

三、感人事迹来自点滴积累

沉默寡言的总务处主任张宝康对毕磊有着特殊的深厚感情。他是毕磊当年的班主任,以后是毕磊在校办厂工作的负责人,直到毕磊做外勤他又是总务处主任。

老张语调缓慢而凝重地说:"毕磊是个极平凡的人,他做的也不是惊天动地的大事。一开始,他留校时作为临时工只有18元,后来才拿到26元。当时做标本装木箱,因为四周必须固定,他就钻到里面敲钉子,一钉就是一上午,有时面孔都肿起来。然后,为了省钱,他还要用黄鱼车把标本送到北郊站发往全国各地。"

其时,张老师原来班上有许多学生做了个体户,生意做得也是不错的。老张曾经问过手脚勤快脑子灵活的毕磊:"你为什么不去做个体户?"他回答说:"我不想去,宁愿工资少一点。"老张又对他说:"学校是知识分子集中的地方,你在这里只能做最重的活。作为临时聘用的待业青年,要转正这个名额也可能不会轮到你。"

但是,兢兢业业的毕磊最终赢得了全校教职员工的好评与信任,一旦有了名额,领导马上给了毕磊。从此,他更加热爱学校,热爱自己的每一个工作岗位。10多年来,他一直以校为家,守护着学校的一切。在大修时,有民工将一些有用的物品与废品混在一起拿出去,他理直气壮地坚决予以阻止。所以,他在国家财产受到威胁的关键时刻,敢于同潜入学校撬窃银箱的罪犯进行殊死搏斗。作为外勤,学生受伤,他会马上掼掉饭碗,骑上黄鱼车送到医院去,还经常自己掏腰包帮同学买面包。至于帮助别人关心同事等,那就数也数不清了。在学徐虎时,他被广大师生亲切地称为"毕虎"。

四、做好事是终身不解的情结

一个人,孜孜不倦地做好事,总应该有一种信仰鞭策他,一种精神支撑他。3月8日晚上,记者来到宁海东路上毕磊的家,试图解开这个谜。与其父母一夕谈,终于找到了答案。

1963年6月21日,一对双胞胎降生了。由于先天不足,两个人生下来总重不到3.5公斤。这时,一位来打针的医生偶然发现其中的男孩不行了,于是指点他们到福州路上的宋庆龄基金会去申请帮助。一个月后,大孩子毕磊重了1公斤,可以活下来了。其父毕研刚至今认为:"是社会养大他的。"他还说,毕磊很小的时候,经常放学了也不回家,后来才知道他到乌镇路桥头帮人家推车子。其母张俊也经常教育儿子:"大起来,你一定要听党的话"。懂事后的毕磊也不止一次地对母亲说"妈,你放心,长大后我一定会跟党走,做好事"。没想到,这句朴素的话就此成为毕磊终身不解的情结。每年,毕磊都要到宋庆龄陵墓去瞻仰慈祥的宋奶奶,以此激励自己不断回报社会。

  毕磊所做的好事真的是几天几夜也说不完。活着,就要做对国家对人民有益的事情。今天,曾与我们生活在同一片蓝天之下的毕磊,虽然远去了,但是,他用年轻的生命和满腔的热血为我们的社会留下了不灭的精神。

1999.3.12

慷慨一曲在世界屋脊上

引 子

去过西藏,我印象中,他再也不是一个地名,而是一座兀立的褐色的山,在苍凉的高原之上,车行一日,有时可以难觅人影,甚至可以不见寸绿。

有时平展,有时崎岖,有时陡峭,一样都是无边无际。西藏,最令人生畏是缺氧,严酷的自然环境,由此笼罩上了一层层神秘的色彩。

1998年10月24日,飞机降落在成都,我即有一种进入前沿阵地马上临战的感觉油然而生。

当天下午,我采访了正在成都开会的中共西藏自治区党委常务副书记郭金龙。他对上海援藏干部作了高度评价。在西藏,素有"躺在那里也是一种奉献"的说法。采访之余,郭金龙戏谑地对记者说:"我不戒烟。如果戒了,那么属于我的东西就一样也没有了。"

在日喀则,地委书记平措说:"我们这里有几万个孔繁森。"言外之意,援藏干部个个都是孔繁森。我在西藏所见所闻,可以证明此言不虚。

在拉孜县,上海援藏干部、县长宋惠明动情地说:"在这里,什么都想开了。回到嘉定,我只要保持一个普通农民的身份就已经很满足了"。

一腔热血奔赴世界屋脊

上海第二批援藏干部于1995年5月20日进藏。根据中央第三次西藏工作会议精神,全国15个省市对口支援西藏6个地区和1个市。上海和山东负责日喀则地区。地广人稀,气候恶劣,西藏240万人口,人均耕地只有2亩。日喀则面积18.2万平方公里,125万亩耕地,海拔高,植被差。过去,边防巩固,社会稳定是西藏的主题歌。随着援藏干部的到来,把经济工作搞上去,奏响了新的旋律。从1995年5月第一批援藏干部到日喀则后,日喀则开始连续出现经济增长以10%的幅度上升。

有多少人,为此作出贡献,甚至还有为此作出牺牲。

林湘,上海第二批援藏干部的领头人,担任日喀则地委副书记。瘦削、文静的他,何以选择粗犷而近乎原始的西藏?

日喀则地委,是一幢三层楼的建筑。刚来第一个星期,为熟悉地直机关情况,林湘上下楼梯太频繁,引起关节发炎、肿痛,后来只能跷着脚走路,结果住进医院吊了3天盐水。于是,他才相信,到西藏一定要"慢"节奏,按自然规律办事,否则人一吃力就要生病。

6月中旬,西藏的天空阳光炽烈,林湘到日喀则两星期后第一次出远门,头戴毡帽和墨镜,路途遥远,充满危险,高山下的道路、桥梁常常被冲掉,有时候车子就在没有路的情况下开出一条路。从日喀则出发,两辆丰田越野车朝阿里方向海拔4700米的中巴开。第一天到4300米的昂伦,再到4500米萨噶,第三天到达500公里之外的中巴。太阳似乎要把人烤焦似的辣毒毒,坐在车上唇干舌燥心中仿佛有一把火在烧。每隔片刻,就要喝一口水润润嘴。车爬得越高头脑疼得越是厉害。到吉隆,要翻过5700米的马尼拉山。林湘的车在前,到了招待所,才发现后面张秘书长的丰田车没有跟上来,于是县里派车去找。原来,张秘书长的车子坏了,只要搭一搭电瓶就可以上路。然而,3个小时,在高原的荒山野地上无一辆车经过,张秘书长一行人在车里冻得刮刮抖,电瓶无电,车窗摇下来再摇不上去。他们虽穿着棉大衣但几乎冻僵了,幸好下午3点半县里派来的车赶到了。

每到一县,当地的县委书记、县长就在路上迎候,然后带援藏干部去看受灾的地方。这里连续4到6天没下雨,刚开过抗旱会议,又下雨了。雨一下便形成洪涝灾害,再开抗洪会议。一个自然村有10户人家房子被冲掉。西藏皆山,车在山坳里开,抬头看见许多房子就是在山坡上,如果遇到下雨引发泥石流,房子倾刻间就灰飞烟灭。因而在西藏高原经常可见一如古代遗址的断壁残垣。房子没有了,灾民们在帐篷里直不起腰,本来财产无多,受灾以后更是所剩无几。两部车子的六七名援藏干部见状,纷纷掏钱给藏民,地区机关干部人人捐钱,不到一月,捐钱最多者已是2000元以上。

路难行,七八九三个月,西藏进入雨季,山崩路毁泥石流,说来就来。每一次下乡,都是生与死的考验。经验丰富的驾驶员,在山里开车看前方,也不时抬头看旁边的山上,如有烟尘滚滚那么必有崩石下来。西藏的夏季有奇观,凌晨5点多出太阳,晚上9点多天才肯暗下来。林湘到吉隆调查研究,指导扶贫帮困工作,西县,西藏自治区的贫困县,人均收入不超过800元。这是一个高海拔的农牧区,因此提高农业产量,包括提高牦牛的存活率,小羊的胎数等。

进藏半年不到,林湘已跑了17个县级行政区。1998年11月2日,在日喀则地委办公室,林湘说还有2个近的可跑掉,他已跑了1万公里,足有一个月是在车上度过的。当地的西藏领导干部曾经劝他,刚来时不要多跑,尤其是听说他要到喜玛拉雅山山脚海拔4700米高的岗巴去,他们都为这位新来的年轻的地委书记担心。

西藏是古老的,但海底生长上来的山脉比较年轻,土质松软,不长寸绿。"一万年太久,只争朝夕"。林湘跑过了12个县后,就定下了援藏工作《大纲》。他的思路是首先提高日喀则人口的素质。当地入学率低,中巴县只有30%,中老年文盲或文盲多,定日县有80—85%是文盲。其次缺医少药也是一大问题。

日喀则地区广袤,但是险恶的自然环境下,人均耕地只有2亩,亩产200多公斤,大量人口集中在农牧区,城市人口仅有4万。发展经济,吸引农民进城。一幅未来的蓝图已在林湘的心中绘就……

林湘到西藏,是一种召唤使然。1997年7月,闵行区党政代表团到达日喀则准备去看望在江孜的闵行援藏干部。中午,第一批援藏干部、地委副书记徐麟在场,地委书记平措设宴招待。平措希望徐麟继续留任,上海市委组织部未同意。席间,平措不知怎的一眼看中坐在徐麟对面的林湘说:"下一批你来"。

世上事有时就是巧合。第一批援藏干部即将结束光荣的使命时,市委组织部长罗世谦两次找林湘谈话。林湘态度坚决,尽管他有心动过缓,身体复查两次才通过。进藏后,67岁的父亲胆总管结石,医生建议动手术。林湘远在西藏鞭长莫及,只能要求医生先保守治疗,等他回去后再做手术。妻子在市委党校,女儿只有9岁,读3年级。这位出生于虹口区,毕业于上海工业大学分在原上海县计委工作的年轻干部,援藏前还在英国诺丁汉留学一年,读的是MBA工商行政管理。且不说英国,就上海而言,也同样是繁华的城市,优越的生活。但在西藏,仅有一室居住,还有底楼的一小间办公室,外面也只有很小的一间会客室。

不到西藏,也许不知道什么叫艰辛。这里独特险恶的地理环境,让人有一种受煎熬的感觉。长期生活和工作在西藏,对人的意志是一种考验,对人的毅力也是一种检测。

生死关头藏汉原来一家

拉孜县海拔4050米。县委书记旺堆是一个很有水平的藏族干部,他的哥哥是亚东县委书记,两人从小就被送到北京读书,然后回来担任一方领导。

1998年11月2日,我们一行人到达拉孜,下榻在县招待所,几间并排的平房而已。但是,即使来了再大的官,也只能睡在这里。晚上,旺堆书记定要我们前去他家作客,喝一点藏补酒,一杯酥油茶。一直为我们驾车的尼玛旺堆还弹起了瑟琶,边唱边跳。旺堆书记也按捺不住心头的喜悦,即兴演唱了一首欢迎远方来的上海客人。

第二天早上,我们决定去樟木,这也是日喀则地区的一个国家级口岸。

临走,旺堆书记嘱咐我们绕道去定日县,先关照他们一下,再折返回来去采访他们。当时,拉孜与定日,只有卫星电话,线路极不稳定,有时根本就打不通电话。我在拉孜,打过卫星电话,只是凑巧通了一个,以后再也没有打通过。

出发!从一个县到另外一个地方,每次都是远行。我们的丰田越野车一路高歌挺进,不是尼玛旺堆的歌声,就是汽车里的音乐,始终相伴相随,没有停过。

车翻过嘉错拉山,一路是蓝澄澄的天,极度清晰令人不可思议。噢,没有污染的天空,原本是这样的。在5200米的高原上,我们下车留影,一会儿就冻得吃不消而逃上车。

我们的越野车继续前行。不料,在4900米的高度抛锚了。车子不能动了,我们想等待帮忙,可是罕有过往的车辆。最后还是一位道班工远远望见跑来帮助我们。折腾了近3个小时,冷得瑟瑟发抖,我原来穿皮鞋,想下车活动活动却不行,急忙上车换上高帮耐克运动鞋才感觉好受些。

路上,途经喜玛拉雅山,遥望珠穆朗玛峰,白雪皑皑,山峰壁立,那种神圣的凛然不动的威严,摄人心魄。

当晚10点半,我们夜奔定日,投宿珠峰宾馆。被告知,上海两位援藏干部、定日县委书记沈亚弟和县委办公室主任邵海云已经出去开会了。无奈之下,我们自己找到珠峰宾馆。已是11点了,宾馆经理是一位藏族同胞立即为我们安排住宿,并下厨房督促做菜。路上巅簸,日行300多公里,此时已近子夜,我们饥肠辘辘,一顿晚餐吃得津津有味,唇齿留香。

翌日早上,上路,到珠峰。与其说观光,勿宁说向往。中国登山队的伟大业绩是全人类的光荣,在那个年代曾打动了多少人的心扉。如今,路遇珠峰似曾相识,但是仍然感到征服珠峰的勇士功不可没,光照千秋。人生就是不断攀登,一种意志、毅力、目标。

我在车上戏说,西藏唱出来一个政协副主席(才旦卓玛),登上去一个体委副主任(潘多)。

在上海援藏的地区,数珠峰脚下的定日县最遥远,海拔也最高。林湘曾劝阻我们,不要在那里过夜,会吃不消的。一宿下来,果然头痛脑胀,连一位上海援藏的拉孜副县长也感到反应很大。

山路陡峭、险峻,通往珠峰有时根本无路。性能极好的丰田越野车有时就像船一样在碎石子上摇摇晃晃的驶过去。5200米的高处是登山队的大本营,山上有两个厕所。我们下来匆匆留影,体验着珠峰威严,结果遭到凌厉的寒风无情抽打,赤手空拳却好像登山队员那样背着沉重的氧气袋在行动,一步一艰难。下山后,见到两个村庄。天辽廓,山苍凉,车子下行已然看见一辆青海加长大卡车摔在山谷间。

回到拉孜,突然听到噩耗,定日县办公室主任邵海云翻车身亡。大家唏嘘不已。如果我那天打通电话,如果路上车子没坏,知道我们要去采访,他们就会等待我们,也许可以逃过一劫。

哎!仿佛一切都是天意。况且,天意从来高难问!

来自松江的沈亚弟和邵海云,11月4日上午10点从定日出发到日喀则,集中后第二天再到江孜去开会。下午1点他们车到拉孜,逗留片刻,2点多又出发,离日喀则还有5公里,坐在驾驶员身后的邵海云远远已看见山东大厦这幢高层建筑,于是兴奋地说:"我们到上海了。"

上海援藏在日喀则有4个县:江孜、亚东、拉孜、定日。日喀则是地委所在地,也是援藏干部经常集中开会的地方,因而就是他们的家。可是,邵海云话音未落,这辆跑了18万公里的丰田车突然向右甩出去扭不过来了。坐在副驾驶位置上的沈亚弟在2分钟前,就感觉到下面轮胎有杂音并抖动,当时以为是路上小石子。等到车子无可挽回的向右边斜着开过去,沈亚弟大叫起来:"怎么啦!怎么啦!"仅仅几秒钟内,坐在后面中间的县计委主任意识到要出事,他大叫一声:"书记啦!"接着前俯紧紧抱住沈亚弟,另一位藏族组织干事见状也上来连人带靠背椅子一把抱住,刹那间,车子连翻几个跟斗,摔在30米开外的地方。当过兵很有素质的沈亚弟急忙抱住头、膝盖,人像在风箱里一样,车子被压扁了。他的腰被车顶压了一下,幸好车子马上又翻过身去。否则,腰断无疑。

四扇车门还是好的，但玻璃全碎了。县计委主任从窗里被摔得窜出去。接着，驾驶员也从门缝里钻了出来，站起来，跑了两步，又倒下去了。这时候，沈亚弟处于朦朦胧胧之中。醒来时，他一人在车内，听见计委主任在不停地叫："书记啦！书记啦！"计委主任最急沈书记，他在车外连跑几圈，跑得很快。沈亚弟在车里看见后，想站起来，却爬不起来。他用右手招呼："主任你怎么啦？其他人怎么样？"主任回答："其他人一个都没有问题，你放心。"随后，主任叫他喝水，沈亚弟感到很痛，水都喝不下。这位瘦削的计委主任1992年也曾翻过车，当时一点没有什么，这次也是伤得最轻，他安慰说："书记，等会儿我和你打牌。"

这时，沈亚弟的脑子特别清醒，他看见方向盘、椅子全部挤扁了，收音机仍在响，他怕爆炸，从后面爬过去关掉了收音机。他的目光依次在搜寻，15米左右的邵海云趴在地上不动，年仅24岁大学刚毕业分来的郭宝华也趴在地上一动不动，开车的师傅嘴里、鼻子里都在出血。这位老实的藏族驾驶员一边用手打自己边哭嚎着："书记啦！出事啦！我对不起你啊！"沈亚弟用脚蹬开后门，爬出来就摔倒了。他挣扎着爬过去，大叫："邵主任，你怎么样？"一点回声都没有。沈亚弟把他的头翻过来，额角上有个洞。人尚在呼吸，脉膊已经没有了。沈亚弟立即着急地大叫起来："出问题了，出大问题了！"他接着爬到组织干事，再爬到郭宝华身边。他去翻小郭的身体，发现他的眼皮已掉下来，露出白乎乎的肉来。那位驾驶员的两条腿断了，却一直不停地自责，看见在地上艰难爬行的沈书记，他用双手拱拳向沈书记作揖："对不起不起，书记啦！"

沈亚弟是上海第二批援藏干部中年最长者，1952年生。这位坚毅的共产党人在意外的车祸面前，表现出一种令人钦佩的大无畏精神。在身负重伤人不能站立的情况下，他想到的是向组织有个交代，忍着身上的剧烈疼痛找来照相机，拍下了事故现场，他跪着腿，像战士举起手中的枪那样，拍下了6张照片。4张是翻车现场。正好有一辆车经过，他拍下了牌照，那辆车的驾驶员下车后，他又拍了一张。他对那位驾驶员说："师傅，我是定日县委书记，求你了,我们有几个人生命危险。"计委主任在旁边恳求。这时,藏民来了,又有一辆拖拉机,大家动手,把驾驶员,郭宝华扶上去。驾驶员大叫:"我的腿断了!"车要走了,沈亚弟急忙大叫起来:"这里还有一个邵主任,他伤得最重,快去救他!"说完,沈亚弟也许用力过度,倒下去什么也不知道了。

计委主任见状大哭起来:"书记啦!书记!"还有一位轻伤的组织干事又去找车了。到医院,沈亚弟被扶下去时,渐渐缓过神来。他看见医生在给邵海云做人工呼吸。有人看见他叫起来:"定日县委书记来啦!"所有的医生听了马上跑过来准备抢救。沈亚弟一挥手说:"我不要紧,你们快抢救邵主任。"接着,沈亚弟叫人马上打电话给林湘副书记,人们不知道号码,于是马上改打平措书记。

地委书记平措闻讯立即赶到医院,担任现场抢救总指挥。他指示,不惜一切代价,采取一切措施,把所有在家的医生,包括部队医生,全部请来会诊。

不久西藏自治区党委书记陈奎元派来一个专家医疗小组赶到日喀则医院。

4点不到翻车,4点15分,邵海云终告不治。这次车祸,一死三重伤,二轻伤。38岁的邵海云不幸殉职。郭宝华,腰脊盘压断,人昏昏沉沉的。40岁的驾驶员达娃次仁,双腿压断,但是手术很成功。沈亚弟,因为计委主任和组织干事两位藏族同胞挺身相救,3个人抱在一起,幸免于难,不久康复。两位藏族干部抱住沈亚弟,救了他,也救了自己,3个人抱在一起大大减缓了冲击力……

11月8日下午,在日喀则医院,从昏迷中醒来的沈亚弟,紧紧地握住了县计委主任的手,这位硬汉子激动的心情难以言表,他要求我们,拍下了这一劫后重逢的镜头。

在西藏,付出的不仅是岁月年华,有时还会有生命的危险。意外的事故,像谜一样无从解释。车子翻山驾驶员不抽烟。看见"蚂蚁堆"(一种由过路人用石头堆起的旨在保佑平安的小土丘)车停下,脱帽,口中念念有词:"桥,叔叔叔……。"大自然神秘的底蕴,毕竟不能一切洞悉,于是约定俗成,大家遵守。

11月4日车祸的这条路上,地势平坦,无障碍物,对面山上是天葬台。一个小时内,这块地方连续翻了3次车。原来陪我们进藏的拉孜县县长宋惠明,因患肺炎住院,看着一批又一批的伤员被抬进医院,他心里格登一下还以为我们在路上出事了。在此之前,天葬台上有只秃鹫降落在地委大院,藏族同胞因此传言:恐怕要出大事。

日喀则公安局交通队队长表示:这里经常发生车祸,要进行科学研究。

以我猜测,可能这里的地势有什么引力作用,一个小时在这块地方连续发生3次翻车事故,也真够玄乎的。不幸的是,邵海云还献出了年轻的生命。

人固有一死,他死得其所。他被追认为革命烈士,西藏自治区优秀党员,日喀则那天实况转播了他的葬礼。在事故现场天葬台下,柴禾堆在他的身体下面,这里的火化在当地是藏族对汉人最高的礼遇。

人在西藏,最大的感觉是身不由己。你有什么慢性病,在那里都会毫无保留地反应出来。一位上海去西藏慰问干部的同志,刚到拉萨机场,又被马上送回成都,幸好没有耽搁,否则这位患脑水肿的同志必定凶多吉少。还有一种肺水肿,感冒引起压迫肺部呼吸,3个小时得不到救治会死于非命。在上海,3个小时可以跑到任何一家大医院,但在西藏,你在千里迢迢的高原上,无法赶到医院就只能与死神拥抱。我们在那里害怕感冒,弱不禁风,援藏三年的上海干部还要战天斗地。有时,援藏干部回上海看上去很潇洒,其实外人有所不知,从高原到平原,有"醉氧反应",他们回来一次就是一次对身体的伤害。

谁无亲人?最牵挂是父母妻儿,但是,上海的援藏干部就像高原雪莲那样,站在那里顽强地生存,然后还要搏击风霜,笑傲天外寒流,为了迎接一个灿烂的明天。

1999.4.10

邓小平在江西的日子里

一位伟人远去了。

但是,他在那里留下的一言一行,已经成为空前绝唱,当代美谈。

从去岁8月到今春2月,半年里,记者有缘三下江西新建,耳濡目染,深深地体验到当地人民对领袖无比的敬仰和无尽的怀念。我因此从中强烈地感受到了他的人格魅力,以及他在困厄中所表现出来的非凡气度。

工人的怀念

2月4日上午,在新建县宾馆的304房间里,聚集了一批当年与邓小平最接近的工人师傅。

今年62岁的涂海庚,第一个打开了话匣子——

邓小平劳动时,离我最近,他做钳工,我修车。他每天从我身边走过。他虽然是首长,文明礼貌相当讲究。3年来,只要见面,他就说:"你好!"从8点半到11点半,他工作完毕,又经过我身边朝小门外走去,如果我抬着头他就会说:"明天见。"

老涂面色白皙,说这话时,表情很激动,沉湎于一种深深的思念之中。

黄文定接着说——

我们修理车间一共有6个小组,基本上是三四人一个组。邓小平分在涂宗礼修理小组。涂宗礼是党员,负责主修工作。我在隔壁小组。邓小平先是帮助清洗零件,用油洗,很脏,而且蹲在那里。他清洗的东西占了整个车间修理拖拉机的50%。后来,大家发觉这个工作太累了。他年纪大,工人们总想搞点轻便的活儿给他做,于是,车间主任陶端缙安排他加工轮胎螺栓。

在新建县拖拉机修造厂的3年里,不管数九寒天,还是骄阳暴晒,邓小平从南昌步兵学校那条连接厂里的小道上来回,他在前,卓琳在后,风雨无阻,总是按时到厂,没有请过一天假。

保护邓小平

1969年9月,在南昌柴油机厂担任技术员的余克均下放支援到新建拖拉机修造厂。

一个多月后的晚上,支部书记(当年叫厂革委会主任)罗朋开会告诉大家,厂里要来一个人是邓小平。大家统称"老邓",对他,不搞运动,不贴大字报。我们的责任就是负责他的安全。会后,罗朋还找余克钧谈话:这是党中央交给我们的任务,如果出了问题,不排除刑事处分的可能。当时,所有进厂的新工人也都受到这样的"关照"。

罗朋原是公安部的一位副局长,也是受冲击后被安排到新建县拖拉机修造厂这个只有80多人的厂里来当一把手的。他是老革命,解放战争时期他在晋冀鲁豫军区还是邓小平的部下。因此,他为自己的老首长修筑了一条"邓小平小道"。使邓小平原来要走出南昌步校再绕过来才能进入修造厂的这段路省下了。不仅如此,罗朋还在邓小平来厂的一周前,吩咐把厂里所有的关于打倒邓小平的标语全部撕光刷掉。在他的权限范围内,罗朋尽了最大努力保护邓小平。

余克钧回忆自己在修理车间当技术员第一次见到邓小平的情景时说,邓小平当时脸色比较苍白,好像是受过打击的。但厂里没有标语,没有大字报,不像外面那样轰轰烈烈,这是罗朋掌握得好。从厂里到车间,大家采取了许多措施保护邓小平。刚开始,邓小平原来工作的位置在大门口,打开门就能看见。以后,邓小平被转移到右面的小房子后面,用几个木柜挡住了他。

在修理车间内，还发生过一件事情。有人用100根锯条在地上拼写了"刘××先考之墓"。警卫黄文华看了怕有意外，就对邓小平说，今天不劳动，你先回去。到了晚上，罗朋召集工人开会。他说，今天厂里出了一件不大不小的事情，必须讲清楚。谁写的？是开玩笑，还是一个信号？我是搞公安的，早晚会知道，自己说出来没事，查出来就要处理。原来，这是一个实习的拖拉机手写的。事后他承认了。因为公路对面有坟有碑，他受了提示。那天他从库房里领东西出来，看见地上有锯条就写了想开个玩笑。结果，罗朋让他写了检查才完事。

还历史真实

有传言说，邓小平的钳工有8级水平。笔者就此询问余克钧。他说，邓小平当年在修理车间主要做过3件事，除了开始清洗零件活以外，一是他把圆的螺丝锯掉半个好定位；二是拖拉机门的挂钩，去毛刺，将它磨平使其光滑；三是攻丝绞架。他还说，不能因为他是伟人就故意拔高，把他说成8级钳工。至于一些文章中谈他有四五级钳工的水平，那也是不确切的。余克钧回忆道，刚开始，邓小平用的锯条断得很厉害。到后来，他的锯齿磨光也不断了，这是一般人很难做到的，他把锯齿可以磨得很短才换新的，这非常不容易。但是这也没有四五级钳工的水平。余克钧还说，邓小平说过，他也干过钳工，那是在法同勤工俭学时，现在眼睛不行了。他还说过"挫刀越小，活儿越细"的内行话。修造厂修理车间"邓小平同志和卓琳同志在此劳动的旧址"陈列室，迎面看见一张在全国广为传播的那幅"邓小平和工人同志们促膝谈心"的油画。余克钧同志认真说，这是违背历史真实的。当时的条件，邓小平属于"非敌非友"不能和工人们自由交谈。而且，他在车间劳动时，我们从来没有看见过他抽一支烟。他的烟瘾那么大，但能做到在厂里不抽烟，这说明他自我克制的能力是非常强的。当年油画作者曾来厂征询意见，我提出了自己的看法，不知道后来怎么还是画成这样子？

随着邓小平同志复出,以及后来小平逝世,新建县拖拉机修造厂几度成为舆论关注的热点。有些事情,由于当事人的缺席或张冠李戴,到后来,就变得面目全非了。

笔者见到的余克钧、涂海庚、黄文定、涂怀定、杨曾、杨敬泽、胡德仲、万宗于这些当年的职工,这么多年来还是第一次正式接受新闻媒体的采访。淡泊名利的科技人员余克钧,其女儿余阳是新建县教委教育电视台的记者,1997年春节前夕因随同采访希望工程孩子来沪过年与笔者相识。此后,笔者几次到新建,老余都讳莫如深,不肯置词。这次正值小平逝世两周年,秉着对历史负责的态度,他才讲述了这段历史,并帮助找来了胡德伟、涂海庚和黄文定等人。

邓小平离开新建回京之前,卓琳还到保姆缪发香家中告别,送了两斤肉、4包大前门香烟。卓琳还到其他几位熟悉的人家中一一道别。邓小平本人也曾到修理车间向工人们告别,但不像流传的包括报上载文所说,小平去车间发香烟送糖果,那不是伟人的举动。当时在场的涂海庚证实说,邓小平前来告别,20多位工人一直把他送到"邓小平小道"上。他的脸上看起来很高兴,但没有与大家握手。

1977年7月,熊廷禄和余克钧到北京参加全国农机化会议,住在郊区通县招待所,他们曾写了一封信给邓小平,等了3天,没有回音,就走了。结果卓琳接到信再来联系,熊余两人已离开了。在此之前,余克钧出差东北回天津老家时,也写过一封信到北京。当时只有京广、京沪两条线,回南昌都是26.40元的火车票。因此,1974年6月29日,余克钧接到卓琳的复信后,就转道再回北京。那天他就按信中的地址去国务院机关事务管理局。邓小平的秘书李德华出来接见。李秘书问:"你有什么事情,有什么要求?"

余克钧回答:"没有,我只是想看看首长。"

李秘书说:"首长有病,这几天正感冒。"

说起往事,余克钧很后悔,如果我坚持,也可能见到邓小平。他还申明,有的报纸说邓小平派秘书来看望我,这是错的。

以后，据报上载文说，邓小平曾经指示国家计委和江西省领导给新建县拖拉机修造厂以扶持。当时国家计委和江西省拨给该厂20多台车铣床，还有一台300吨的油压机，价值七八十万元。邓榕也曾经准备为该厂引进"降塑"项目，新建县一位领导证实确有此事，可惜因县里缺乏资金而搁置。

由此可见，邓小平不仅惦记着新建县拖拉机修造厂的职工们，而且作出了改革开放的决策，使全国人民走上富裕自强之路，这难道不是一种更深层的"回报"吗?!

1999.5.20

川报记者黄英采访甘苦录

引 子

中等个子身材丰满,颇具大家闺秀与风姿的黄英,无疑是同类都羡慕的有魅力的女人。但是,作为《四川日报》记者,黄英不这么想,她很自豪是自己的内涵。缘此,我从中窥见了一个秀外慧中女子的普通而又不凡的经历。

她很庆幸自己有一个好父亲。曾担任《四川工人报》摄影部主任、副总编的父亲黄尚信,人缘极好,对于女儿更是疼爱有加。黄英说,她十三四岁了,父亲还经常背她。她也能在500米之遥感觉到父亲正向家里走来。母亲李媛,原是省公安厅一处侦察员、刑警大队侦察员,属于新中国第一代警察。这个家庭以及亲属之间,都有骄人的文化、科学背景,欲说书香门第或有欠确切,但是丰富多彩肯定没错。

1981年,黄英毕业于西南石油学院,分在川南矿区小学教历史课。1982年,她又以全省第一名的成绩考入四川教育学院。期间,她调入省党校教语文、政治、历史、地理、数学。1987年,她调往《四川日报》社。不知怎的,这位贤淑端庄的女性成为该报《焦点调查》的记者,对于弱势群体的极其关注和深切同情,使她忘记了性别、危险甚至生与死,只身一人调查"威远保送作弊案",闯入仁寿县曝光非法开采事件,主持正义,为民申冤,最后赢来的些许荣誉,至今未能完全把她从心有余悸中解脱出来。然而,当时面对受害者、求助者,她是义无反顾的前行在暮色苍茫下、烟雾缭绕中。

以下,作者以第一人称"我"来写出黄英的采访惊险经历和当时真切感人的想法。

为了一个"落榜"清华的农家子弟

2000年8月27日星期一,平时上班是8点半。这天好象有预感似的我早早来到报社。8点刚到,我桌上的电话铃就响了。原来,我的一个通讯员在传达室,他叫我快下来,发生了一件事情。我们马上打的到长途汽车站,先到内江,再转车。那辆破烂不堪的长途车,为了拉客迟迟不走,在城里兜圈子。一个小时过去了,车才开。我有个病,一饿就要晕车,所以出差我就要吃许多东西。到威远,又是一个半小时。下车后,通讯员找来一辆三轮车,直奔县城。上车一问,三轮车夫竟然说,我知道你们要找的那个学生,他家就住在那个拐弯角的楼上,读书很聪明的,听说考上了清华大学,硬让人开后门给拽了下来,城里人都知道这事。

我心急火燎地要去找那位学生卿桃。他是威远县威远中学2000届9班一名品学兼优的毕业生。去年他高考的成绩:语文114分,数学123分,外语126.5分,物理141分,化学141分,总分645.5分,一举夺得威远中学头魁,威远县理科高考第二名。有关规定,省三好学生享受加分15分,这样卿桃的总成绩就达到了660.5分。在去年6月,他还得到了"清华大学优秀学生推荐表",报考第一志愿也是清华大学。8月14日,电视上公布了清华大学在四川的录取分数线为652分。当晚,卿桃全家沉浸在一片极度喜悦之中。老师、同学、亲戚以及邻居和父亲的同事,纷纷来电祝贺并登门道喜。几乎没有一人怀疑超过清华录取分数线8.5分的卿桃会跨不进那扇大门。

然而,真的是"贫贱夫妻百事哀",无权无势的卿桃父亲第二天就发懵了:电视上播出的清华大学在四川录取新生的名单中没有儿子的名字。这时,高智商的卿桃也竟然怀疑自己的加法运算能力了,他把成绩单拿出来用笔小心地重新算了一遍,没错。645.5分,当中没有省三好学生应该给予加上的15分。

卿桃感觉到问题出在省"三好"加分上,于是赶到县教委询问。一位股长递给他一张刊有"省三好学生"和"省优秀学生干部"名单的四川省《招生考试报》,同时告诉他没有被评上"省三好学生"。卿桃当然不相信,他仔细地在那张报上找到了威远中学8名省"三好"和5名省"优干"的名单,确实没有自己的名字。他还发现与他同时评上省三好学生的7班唐佳利也没有被列入省三好学生名单。取而代之是被威远中学称为"关系班"的高三(3)班的8位学生,他们一点也不客气地囊括了省"三好"和3名省"优干"的席位。卿桃没能享受加分15分的待遇,一场"清华"梦无情地被击碎了。消息传出,威远中学群情哗然,整个县城为之叹息。

几番抗争,一度绝望。在万般无奈之下,有人想起了新闻媒体,期盼舆论发挥监督作用,还普通学子卿桃及所有学生的公道。

刚进门,卿桃的母亲眼泪就流了下来,她哽咽着对我说:"你要给我作主。"卿桃的父亲更激动,他盼来了党报记者竟然跪了下来,卿桃的母亲见状跟着要下跪。我看了忙劝阻说:"你们千万不要这样!我能做的,一定会做。"我当时心里非常难受,一边安慰一边叮嘱他们:暂时不要说是干什么来的。

接着,我开始紧张地做采访笔记,对于卿桃究竟是不是省三好学生这一关键问题进行调查与核实。

卿桃是2000年4月在县教委通知威远中学评选当年省三好学生和省优秀学生干部后,先由年级各班同学民主推荐、无记名投票,然后广泛听取教师意见,最终由推荐评选领导小组裁定:他和7班的唐佳利同学一起评为省三好学生。不久,威远中学校长在一次全校表彰会上公布了这个评选结果。但是,此后那张荣誉证书迟迟没有发放下来。因为事关考大学加分数,卿桃和唐佳利从5月起多次询问校方,得到回答是你们放心,县教委已上报了省教育厅,证书早晚会发下来的。到了6月,学生要填报名单和志愿表,卿桃和唐佳利再次着急起来,他们找到校长询问"省三好学生"要填还是不要填。校长让他们填上。随后,这两张表由学校上报县教委,县教委审批后上报省招办,一切都是例行公事,中间没有任何异议。直至8月16日县教委在一份公函中也明确写到:"卿桃同学参加全国普通高校招生统一考试,为威远县理科第一名,加上应享受省"三好"15分照顾,达660.5分"。由此可见,在电视公布清华大学四川录取分数线和揭榜四川录取新生的一两天后,威远县教委仍然把卿桃作为省三好学生。

那么,究竟是谁让卿桃这个省三好学生却没有享受到加上15分的待遇呢?谜语是在7月26日的四川《招生考试报》上,威远中学的5名省"三好"和3名省"优干",这8位学生分别被"插入"到该县5所中学去,分散注意,不让省教育厅"目光集中"。谜底却是这些学生其中有分管教育的副县长、县纪委副书记、县公安局局长、县农行副行长、县委宣传部副部长的孩子和亲戚。

一位威远中学教师如是说:每年全县的省"三好"、省"优干"的推选工作,只是做个样子,以前还拿出几个名额出来做做门面,今年可是连门面也不要了。再看那些有着"皇亲国戚"关系的学生成绩,据威远中学高三年级第五、六期市会考成绩600名学生排名统计,刘某第475名和第259名;曾某某第441名和第310名;刘某第296名和第327名,其他同学在几十名之列,其中最好一位列第4名。这些学生未经学校推选却成了省"三好"和省"优干",被推选的卿桃和唐佳利竟榜上无名。

在那遥远和贫困的小县城,出一个状元多不容易。卿桃这孩子很孝顺,父母都下岗了,就盼他将来有出息,把苦日子熬出头。卿桃也够争气的,他一点也不自私,很可爱,是优秀学生干部,得过全国数学、物理、化学比赛奖,眼看着自己拼搏出来的一个美好世界刹那间乌云密布昏天暗地,情何以堪?我的心里也极其矛盾复杂。这些人太黑了,要做手脚但怎能明目张胆地干呢?真是太猖狂了。我当时还想,如果四川不能发,就往外发,一定要把这件事情翻过来。

卿桃一家已被这场风波折腾得筋疲力尽了。他们确实再没有什么办法来扭转一切了。8月15日、16日,县教委派人陪同卿桃的父母上成都找关系。到了蓉城之后,他们却要这对父母别出门,呆在房间里等候消息。在回家的路上,县教委一干部还做他们的思想工作:如果卿桃愿意读第二志愿,四年大学的费用,均由县教委想法拉赞助来支付。在有权人的手上,这些事情都能办到,然而卿桃父母没有屈从,他们坚持讨个说法,还他们儿子一个公道。8月16日,县教委试着给清华大学发公函,说是工作失误,弄丢了卿桃的省"三好",希望清华大学补招,可是,清华大学的一个录取名额又岂能是仅凭一张所谓的"公函"就得到吗?8月17日,卿桃随父亲到省教育厅,信访办一干部答复:只要县上报来的省"三好",省里都是批了的。8月19日,县教委安排卿桃母子一起去北京找关系。次日他们跟着县教委一行5人到北京进行活动,母子两人一切费用均由县教委支付。堂堂中国理科第一学府,当然是铜墙铁壁而无懈可击。所有的盲动纷纷失败后,一位分管教育的副县长颇感委曲地说,我们为卿桃的读书费了很多周折,尽了全部力气,为人民服务却被人说成没有问题怎么会舍得化大力?她还说,为了卿桃能被第二志愿录取,县里做了大量工作。事实上,卿桃的分数高出第二志愿北方交通大学录取线110多分。问题是,究竟是谁把卿桃的省"三好"换名了。从一位曾就读于威远中学、几年前考上北京大学的学生家长处得知,他儿子高考那年,学校出面让他儿子把省"三好"让给一个干部的孩子,只是他儿子没有未加分而落榜。其实,在威远瓜分省"三好"的事情在有权者的手上不知玩过多少回了,以至于发展到将本来公开已推选上去的也拉了下来。

  在威远采访到事情真相后,我马上和北京、南昌等五六家报社联系。我还叮嘱卿桃带上有关证件证明资料和照片去北京,并且叫我在北京的一个朋友去接他,给他一点帮助。他们采访并发了我写的稿子。

  我在威远活动了三天。住在一个很差的叫鸿运饭店。回蓉途中,我晕车了,吐得一塌糊涂。我原想熬夜把稿子赶出来。但到了半夜胆囊炎也发了。我实在不行了,想到卿桃一家还在眼巴巴地等着我的稿子,他们把所有的希望都寄托在我的身上,心里就感到负疚,于是我打去一个电话先告诉他们。休息一天之后,我振作精神赶写了两篇稿子交给主任。这时,适值全国大运会在成都召开,稿子一时搁浅。想到卿桃那里已经是火烧眉毛的事情,我往外发了,六七个传真,希望有媒体出来吁救一个无辜被害的落榜学子。时值李岚清副总理来蓉参加大运会,我委托本报一位摄影记者见机行事,递交卿桃有关申诉资料。后来他把信交给了教育部部长陈至立的秘书。但秘书说这还是交给一位副部长吧。卿桃母亲来到成都,我带她去省监察厅,厅长不在,一位处长接待了我们并宽慰我们说,他一定会把信转交给领导。

大运会一结束,我又去电省教委。据透露,内江市一位副书记去威远查这件事了。我打电话追到威远县纪委,接电话人称不知此事。我立即还以颜色,你们不知道,我就下来做《焦点调查》,这才唬住了他,忙说有这么一回事。我的稿子先后在外地和当地几家报纸刊发后,旋即引起了省有关部门的高度重视。最后,威远县的高考加分徇私舞弊案的多名责任人受到各种处分。遗憾的是,卿桃此生未圆"清华"梦。然而,他和父母亲属以及威远县人民欣慰的,只手遮天是不行的。下一次,他们还敢吗?

为了一个屈死的亡灵以及在死亡边缘的人

2000年6月的一天,成都天气正是闷热异常之时,报社门口来了一位告状者,名字也叫黄英。当然,接待来访包括告状者例行公事,可是,这位与我同名同姓的农村姑娘引起了我的兴趣。我马上请她上楼来,接过材料一看,这是非法开矿导致的悲剧,这位年轻姑娘的弟弟被炸死了,成为又一名不幸者。

第二天早上7点来钟,两个黄英从成都坐长途汽车出发,中午到达仁寿县禾加镇,在镇上吃了饭,赶到矿场,但见漫山遍野都是烟雾缭绕。接近前沿阵地,我故意再把头发弄得乱蓬蓬的,衣服穿得皱巴巴的,这样看上去像个农村大嫂,我取出照相机拍摄了一张现场照片,我的小包里还藏有一个小小的录音机。

小黄英很灵气,也很泼辣,非常能干。她配合先去找镇长。镇长一见她就来火了:你弟弟的事已解决了,你还要怎么样?镇长说完,用眼睛狐疑地瞟了我一下,小黄英见状就说我是她表姐。我故意搭话说,我表弟已死也没办法了,但你们是非法开采这样不行的。镇长一听不屑地冲撞道:非法开采又怎么样,我们都是这么开采的。

仁寿县禾加镇开采石灰石矿和兴建小石灰窑已有10多年了,这一带石灰石矿储量较丰富。当地农民纷纷在自己的承包地掏洞挖矿乱采滥挖,有经济实力的人则向农民购买"开采权",一年支付1500左右的开采费。如此一来,全乱套了。一座小山头竟有三、五个矿场,规模较大的矿场有钻炮机和拉矿的农用车,有时用工多达20人,每人每天平均采矿7吨左右。无序的乱挖滥采,造成许多严重事故。小黄英的弟弟就是殉难者,他在当地拿到了1万元的赔偿金,已是"卖命者"里获得最高抚恤金的人了。

我们"表姐妹俩"说好了往山上跑。那天下雨,地上泥泞不堪,到处飞扬的石灰粘乎乎的,我左脚踝关节一扭引发了旧伤,走路一瘸一拐的。我跟着小黄英继续往上去看石灰洞,山上的场面混乱不堪,非常骇人。我正吃惊时,忽然"咚"的一声炮响,吓得我差一点站立不稳而倒下身子。在小黄英弟弟遇难的石灰洞前旁边的简易棚,那老板看见她就问:"你怎么又来了?"她装出一副十分悲痛的样子回答:"我来看看。"说完,她机灵地走上去和老板东一句西一句聊了起来。我趁机慢慢绕过去钻进那个石灰洞。里面像一个房间大,有30多平方米,洞子很深看不见底。我小心翼翼地一边张望,一边取出相机拍摄,也许是紧张的缘故吧,我刚拍了一张相机就掉在满是泥浆的地下。我连忙捡起来擦拭相机的镜头,然后一张、两张接着拍下去。洞里时间不能呆得过长,我看差不多了就马上退出去。刚走到洞门口,老板也来了,看见我就大声呵斥,你进去干嘛?我装着好奇又害怕的样子,加上小黄英在旁边一个劲地说,这是我表姐,她从来没看见过采矿,就这样支支吾吾地让我们蒙混过去了。对面还有一个洞,我还想去拍。小黄英劝阻说,他们不让陌生人进去,要打人的。我就把镜头对好了,叫她进去并告诉她按钮位置。她很灵活,出色地完成了任务。随后,我俩又翻过一座山头进了一个洞子,里面很深很深走不到尽头,一股瘴气远远过来,真是让人感到毛骨悚然地恐惧。这些矿场为降低成本,不是从上面剥土或斜坡式开采,而是采取掏"猫儿洞"的方式,向矿层深处挖去,形成岩洞和岩腔,但竟然没有一处设有支撑架,岩石一旦垮塌,人命自然难保。就这样,一件件伤亡事故不断上演。

　　进入洞穴犹如虎穴,我和小黄英抽身退步,连忙赶回成都,一路上还庆幸不已。如果发生意外,结局难以预料。倒是小黄英,经过这次危险的采访,没有倦意反而觉得刺激,她说当记者真好玩。但最好玩的是,我回来后第3天,那篇报道在二版头条位置上发出了,署名当然是"本报记者黄英"。禾加镇疯狂的非法开采一经披露之后,旋即引起了省国土资源厅有关负责人的重视,那里久治不愈的顽症也得到了有力地"下药",当那些非法开采者看到"本报记者黄英"的字样,还蒙在鼓里说:哼,狗屁,她是什么记者。不过,我觉得小黄英确实做了一回"记者",根据她的机警表现,至少算做"实习记者"应该是恰当的。

2000.9.1

甘把此身献岐黄

引　子

嘉定,城中路,穿行在这条车水马龙的繁华大街上,过桥转弯,就是闹中取静的一条小路人民街。再往前去,由当代中医泰斗裘沛然老先生题匾的张建明中医工作室,就在这里悄悄地诞生了。

抵近发现,这条巷子不通,背对围墙,孤傲地坐落于一侧。

嘉定籍的原卫生部中医司司长吕秉奎曾说:中医已经到了唱国歌的时候了。

当代中医泰斗裘沛然说,现在出来的有些中医博士生、研究生不会看病,将来学中医,可能要到国外去学了。

嘉定区副区长夏以群女士对催生这个诊所倾注了极大的心血。她说,张建明开的是私人诊所,形式与其他私人诊所无异,但性质不一样,他是要恢复中医,振兴中医。

没有一家诊所的开办,会背上如此沉重的负荷。今年46岁的张建明,瘦削高挑的个子,戴着近视眼镜的瞳仁里,依然透射出一种逼人的光芒。他当仁不让慷慨道:我要把真正的中医这面大旗高高举起,让她迎风飘扬。

(一)误入"岐黄"初学艺

不是出身科班,更非源于祖传,张建明成为一名中医,乃是误入"岐黄"。

1974年,张建明接过嘉定县卫生学校录取通知书,哭了。人有理想,但那是个"分配"的年代。生性好动的张建明想读技校,再由此进入工农兵大学生行列。他甚至想过当邮递员,因为自己会屏车,穿街走巷施展一技之长也很潇洒。刚开始3个月,张建明情绪低落,虽身为班长,却只喊起立、坐下两句。沉沦之后是崛起,既然改变不了命运,那为什么不向命运抗争呢?他抱着"贴大饼也要贴出一个劳动模范来"的信念,开始拼。一本《中医学基础》,每人只能借7天。钻进去,便觉有滋味而渐入佳境。张建明的领悟力极强,等到还书时,他已把这本书的内容全部记下来。这时,张建明想起外祖父说的那句话,中医是很好的,古代是有钱人才能学的,学会了可以靠它吃一辈子饭。但张建明不满足于此,他更多地想到那句"不为良相,便为名医"的古训,在从医生涯中,他确实把手中的味药当作听令的将士,运筹帷幄,排兵布阵,从中享受到超乎职业之上的莫大愉悦。

　　听多了见多了,病人对名医良医感恩戴德的故事。但是,张建明反过来对病人奉若上宾的真情更加感人。刚毕业到卫生院,无人来看病,一般情况下,许多人会离开岗位,以躲避"野渡无人舟自横"的空等尴尬。张建明守住了,他不跑,埋头看书,他想总有一天会有人找他看病。果然,那天有人叫,他抬起头,却看见那人还是把病历卡放在了老医生的面前。原来,人家只是喊他一声。不过,他永远记住了,他的第一个病人叫顾琴芳。直到现在,张建明依然对她礼遇有加,只要她来看病都是免费。今年初,有个人来看病,张建明觉得此人有点眼熟,又想不起来是谁。一问方知,他本是村办小厂的厂长,上个世纪80年代后期,曾支持张建明给他报销了二三百元的买医学书款。张建明当即对他说,你看病不收费,现在不收,以后也不收。

　　"特殊"病人如此,对一般病人又怎样呢?张建明脱鞋赠袜,也是情义无价。那年夏天,张建明为病人切脉,感觉患者手腕冰冷,他就扭头去看病人,发现他光着脚。于是问:这么冷为什么不穿袜子。病人不好意思地回答:所有的袜子都露出了脚趾头,穿不出来。张建明闻听此言,不假思索地脱下自己的袜子叫他穿上,病人不肯,他一声命令道:"穿上"!下班了,非常注重仪表的张医生,赤脚穿皮鞋穿过大街走回家中。

更令人感动的是,5年前的一天早上。慈祥的母亲在他的怀里去世,悲痛欲绝的张建明几乎感到天旋地转。上班时间到了,想到那么多从市区和外地赶来的病人正等着他,好个张建明,抹干眼泪,安顿好母亲,依然出门去看病。

(二)崇拜生命出良医

嘉西乡卫生院,门前原来是一条泥泞坎坷的乡间小路。院里一棵老槐树,荫翳如盖,也许长了几百年,但有近30年,它见证了张建明治愈来自全国各地的无数疑难杂症病人。大树之下,必有奇人,这个简陋之处,因为张建明率先攻克哮喘、肺气肿等顽症,求治者络绎不绝,盛况空前。

奇迹产生了,张建明的事迹一经媒体介绍之后,更是应接不暇。1992年,他从早上8点去门诊,一直要看到深夜12点,等候在外面的病人睡着了,他还要出去叫醒病人。1998年,他竟至于一边吸氧一边看病,从早上8点半到凌晨4点才回家。此时,清洌的寒风吹过市郊大地,塔城路上异常宁静,上海一声鸡叫,嘉定可以听到。病人最多时,竟然为排队先后吵起来。张建明出去劝架,他动情地说,大家把世界上最珍贵的生命和健康托付给我,我一定不辜负你们的厚望,但也希望大家能配合我,让我集中精力看病。言未毕,他的眼泪夺眶而出,病人一见,全体起立向他鼓掌致敬。

长期超负荷的劳累,有一天,他终于趴在工作台上病倒了,是卫生局领导派车送他去医院。在病房里,他还继续为求诊者看病……。每天晚上,他坚持看书、思考,实在看不动了,就躺着继续思考,身体在床上倒下了,思想却在床上站了起来。

1992年,宜兴病人钱媛媛患上脊椎空洞症,这是世界性难题。经张建明治疗后,钱媛媛病情有所好转,但回去反复了,于是再度来到嘉定。考虑到此病一时难以治好,病人经济又拮据,张建明通过各种关系,帮她借房子住,为了治好这一"难得"的病例,同时生怕病人跑掉,张建明亲自上街去买锅碗瓢盘。而这些事,他原来是根本不屑去做的。病人在嘉定前后住了一年,结果轻松地回家了,现已生活如常。

对此,张建明说,我对病人之所以能高度负责的原因,现在已从一般的救死扶伤的道德层面超出,而是出于一种对生命的崇拜意识。这种意识的产生是源于我对中医事业全身心投入之后,才感受到了生命的精彩、伟大和神圣!

地处边远乡村,但是党和人民没有忘记这位人民的好中医。1992年,张建明作为唯一的中医代表荣膺首届"上海十佳中青年医师"称号。据说,当时有过争议,因为整个市里正规中医系统的没有人入选,那么,张建明是怎样当选的呢?这又是一个有点传奇色彩的故事。

在张建明中医工作室里,悬挂于壁上的一面"病人怕哮喘,哮喘怕建明"的锦旗,特别醒目。另一面是由91岁老太邵立斋赠送的锦旗也吸引了我的注意,落款是1992年3月。当时邵老太患类风湿关节炎,长期卧床不起,服张建明药后,恢复行动一如常人。92岁时,她带子携孙赶到嘉定向张医生致谢,也许,仅此还不足以表示全家的感激之情,邵老太的儿子天天去市政府门口等候,拦车向当时的副市长谢丽娟反映,那天因为要开会,谢副市长热情地接待了他五分钟,随后,谢丽娟在表扬信上批示:予以调查。市卫生局立即落实专人去了解,不久便充分肯定了享誉一方并且名播外省市的张建明的医德医技。

(三)由痴迷而入化境

乍看外表,张建明有点冷峻,那是思想者的典型特征。其实,他的里面深藏着一副火热的心肠。生活中,张建明是一个大孝子。母亲去世5年了,骨灰盒仍放在家中,张建明每天晚上点两支香,至今不舍得让母亲下葬。

作为一个乡间医生,张建明感到非常有幸,能够站在临床第一线,接触各种疑难杂症,这是中医不能离之须臾的土壤。"观千剑而后识器,操千曲而后晓音",如果脱离临床,那么中医本身的生命力也就会萎缩。一本《伤寒论》,张建明始终放在包里,他认为张仲景这本传世之作可概括为八个字:辩证论治、方剂辩证。

张建明发现,大量的风湿性顽症、肺气肿、糖尿病以及重症肝病、肾病等诸类病人,按照现在国家典籍上的用药剂量,效果均不理想,这是何故?又如:李时珍引用陈承"细辛不过钱"的观点,以后历代相传成为中医戒律。一钱折为今3克,然而张建明用细辛,四五十克常见,最高时几天用了1000克,结果也没事。

1992年,张建明出的一张大方子辗转至裘沛然老前辈手上。裘老一见,现在还有这么好的大方子?于是大加赞赏,老先生还委托自己的学生、当时《上海中医药学》杂志主编王若水先生安排约见张建明,及至晤谈,裘老更是感慨地说,没想到你这么年轻,我看你方子猜想你必当在60岁以上。交谈中,裘老告诉张建明,他用细辛12克,已不下几千例,从无弊端。一席话,更坚定了张建明勇于探索的信心。同时,裘老也对张建明赞誉有加:敢于继承,敢于创新,敢于用药。

张建明由此想到,古人说生麻黄不能超过30克,这个量是否与现在人们认为的那个量相符?他觉得有偏差,过去原始的量比现在要大,况且今天的药材非野生状态而多为人工栽培。加上气候、环境自然条件均已变异,量又岂能恒定而不上扬?中药有剧毒药,但有解法,这必须是高明的医生才敢用。中医治法总括约为八法,其中吐法和下法,以其作用峻烈而易滋弊端,故世医多所畏弃。

"痛下劈雳手段,方显菩萨心肠"。张建明善用重药。他创造的集几十味乃至百余味中药,糅多种治法于一方的"大方复治法",这一方式及形式为以前所未有。现代名医施今墨创立了二味药组成的"药对",张建明则发明了由多味药组成的"药队",诚如"韩信用兵,多多益善"之所谓也。

长期以来,人们有个误区,一般都认为,中医只能调理不能治病,尤其是不能治急病。错！记者曾听裘老讲述,当年他剧咳,至下半夜实在捱不过了,便自开数味药,服下去二小时后,一吐而愈。如今张建明中药退烧,比吊针快。快则二小时,慢则一天,几乎逢之必克。中医退热,不是"压",而是让它"发",发出来到最"热"时,一刀砍去如"腰斩"庄稼作物。张建明用峻猛方剂可在短时间内迅即退热。其实,再上溯至张仲景《伤寒论》,所治也多为各种急性病,如现在各种原因的发热病。

(四)甘把此身献中医

只有如痴如醉,才能大彻大悟。

张建明诊治病人时,由于用神过度,香烟一支接着一支,烟雾缭绕,张建明由此进入生命热力不可遏止和智慧灵感不断迸发的亢奋状态之中。他坦诚道,自己身患多病,体质甚弱,但一看到病人因我的治疗而从心底映出来的笑脸,我就感到了我生命力的澎湃和激情飞扬。

年轻时,张建明就立下远大志向。他每每因为思考入迷而走错家门、开错房门,还常常把烟灰弹入茶杯,等喝下后觉出怪味才反应过来。早年单位组织乘飞机到北京旅游,那时也没去过北京坐过飞机的他,自动放弃。他已能够自觉地把所有时间用来钻研中医这门博大精深的学问。他甚至有一个奇怪的想法,一年之中要是没有节假日而天天上班多好。他吃一顿饭只需两分钟。近20年来,他把一天当作两天用,放弃所有爱好,曾为校队的他后来再也没有摸过乒乓球拍。他有过人的毅力,却也为此付出了健康的代价。

生性好强,他自小就喜欢金戈铁马的豪放,他把中医领域视为决战生死倾洒热血的疆场。他与各种病魔包括死神对垒对决,他自称要在阎王门前筑起一道铜墙,让一切非正常死亡在此却步。

不止是用心简直是用"神",他为治病而身体每况愈下。其实,他比一般人更懂得健康的重要,至于如何静养调理他更是行家里手。但是,世上有许多事常常身不由己。他说,随着年岁的增长,技艺也会日长,我能为越来越多的病人解除痛苦。每念及此,我真的很怕死!究竟是为了不死或者晚死而休息呢,还是为了病人呕心沥血而早死,我不知道,我没有选择权,只有病人来定夺。那么,一切随缘听从自然吧。我知道,生即是死,死亦可为生。

他酷爱中医。10年前,有人就撰文写他,题目是《医痴张建明》。10年后,他更痴了,痴到物我两忘,除了中医是内行,其他生活常识都是外行的地步。

下面请看,这是他写的一封情书——"我在意念高度集中诊病下药的整个过程中,我真的感到我不是张建明这个人,而是中医始祖黄帝思维运作的文字表达者,一个抄方者和布道者。我被中医的神奇魔力深深吸引并为之入迷成痴,我不知道世上还有什么比中医事业更能兴奋我、愉悦我,她是我生命的寄托,是她让我的壮志、理想、智慧、才华和性格得以淋漓酣畅地发挥至极无遗。没了她,我不能活,离开了她,我活着等于死了!失去了她,我的生命尚存但没有灵魂成了一具躯壳。

真的,我生为中医人,死为中医鬼。

谢谢你,我无比深爱的眷恋的并甘愿为之付出全部生命的伟大而神圣的中医事业。

衷心感谢你,祖国我的母亲,你数千年的智慧造就了伟大的中医。"

他把振兴中医为己任,这就注定了他此生必定是一个苦行僧。今年非典肆虐,他以匹夫有责自勉,几度上书有关部门,力陈己见,出谋献策。为此,副市长杨晓渡亲自点将,让他得以进入上海传染病医院重症非典隔离病房参与会诊。

尾 声

当今中医学术严重萎缩,已是不争事实。现在的中医,特别是在年轻一代中缺乏追求者,更不要说"殉道者"了。身为中医却公开贬低中医也不鲜见,自己没学好没本事又有什么资格对中医妄加指责。

中医教学模式的失误,也为圈内有识之士一致认定。中医学的知识结构是以文史哲为主的,而中医大学的招生却多从理科类录取,于是大批以逻辑思维见长的人来学原本是以形象思维为长的中医。其实,中医既是生命科学,又是人文科学,同时兼具自然科学和社会科学的特性。

中医是极富活力和激情的,是科学又是关乎技艺的大学问。古时学派林立,名家迭起,而今全国仅用一种教材,中医的个性和流派又怎能充分体现出来。

今年89岁高龄的裘沛然老先生,早在10多年前就指出:"中医学知识是在数以亿计的人体上直接进行实验所获得,并且经历了几千年临床实践的检验而存在和发展的。"中医的科学性是不容置疑的,实践是检验真理的唯一标准。

中医学术尽管滑坡,但中医是不死的。在民间有更多像张建明那样的默默无闻的实践者,他们传承着中医的血脉,吮吸并保存着中医的骨髓。

中医必将发扬光大。因为那个产生中医的伟大国家的人民需要她,想念她。

2001.6.14

二下连云港　仗义写文章

今年8月13日、9月17日,我和胡展奋等两次到连云港,先后采写了《农民侦探悲壮前行》和《灌云暴力取证报告》,两篇文章先后在《新民周刊》上发表以后,均引起了强烈的社会反响。我们深知,有责任感、有正义感的记者才能赢得读者的尊敬和信任;有目标、有分寸的报道才能取得预期的效果和反应。

素昧平生,上海记者不辞远程前往连云港,为一个农民"打黑"英雄鸣不平,此事在《新民周刊》率先披露后,紧接着东方电视台派出记者沈立生前去拍摄了"打黑"英雄王生志的专题片。随后,《报刊文摘》、《大家文摘报》、《中国剪报》等多家报纸也转载此文。江苏电视台、江苏快报等当地媒体也行动起来,或拍摄、或采写,王生志"打黑"十年,历尽坎坷,自从我们打响"第一枪"后,他一下成为公众瞩目人物。现在,中央电视台记者也已介入,正收集材料准备将其搬上"讲述"栏目。

围绕王生志的新闻报道很快形成一个高潮。江苏省委常委、连云港市委书记陈震宁看见《报刊文摘》的转载文章,去电连云港市公安局长,要求作出答复。

通过此事的报道,使当地人民看到了新闻舆论监督的力量,对上海记者也产生了一种由衷的尊敬。新闻,我们常说"你找他,还是他找你"。窃以为,只有你找他然后他才会来找你。

一波未平,一波又起。今年9月15日采访王生志时我们认识的连云港市老作家江尧禹带人直奔上海。他们向我们投诉:灌云县公安刑讯逼供,无辜少女被殴。又是连云港！

那天晚上，《新民周刊》特稿部主任胡展奋、东方电视台专题报道部记者沈立生等，我们一起接待了连云港的来访者。

被殴少女纪海云未到场，但是有关材料特别是纪海云被殴后伤痕累累的照片，一下子让我们感到揪心。当时，胡展奋面对来访者渴求的眼神没有表态。我们出去一会，胡展奋说出了心里的最大疑问：警察说纪海云卖淫，究竟有无根据？从情理上说，如果真是卖淫，那么宾馆老板他来投诉，无疑是找棺材睡。虽然警察动用暴力应受谴责，但真要是卖淫被警察打了，这个新闻要"软"一些，读者对被害人的同情也要打折扣。

当时，胡展奋没有表态。但回家之后，胡展奋半夜去电连云港客人下榻处，他决定做这个新闻。第二天上午，连云港朋友又来报社找我，喜气洋洋地告诉我这个消息，我一点也不觉得奇怪。我很了解胡展奋：血总是热的，嫉恶如仇，夜不能寐，中宵起坐，慷慨出击，这都是符合他的脾性的。受此鼓舞，东视记者沈立生也决定去做这个片子。同时他们希望我也随同前往。我不能做这个新闻，但是多一个人去也是对伸张正义行为的一种支持。再说，此去连云港市灌云县，与第一次不同，我们无可避免地要与公安机关正面接触。

行前，我们曾颇费踌躇，与连云港"无怨无仇"，两次前往好像有点说不过去，不知当地会怎么想。赶到连云港，已是傍晚，我们坚决不让王生志出现在有关采访的活动中。他卧底"打黑"协助当地公安机关破案，现在我们有可能要批评当地个别民警的胡作非为，在这样的背景下，王生志来"协助"我们，显然是不妥当的。

晚上，从哈尔滨赶到灌云县的纪海云，来到我们的下榻处。面对胡展奋的采访机和东视摄像镜头，纪海云再次陈述了事情经过。她的55岁却显得十分苍老的父亲，如今听着女儿的叙述，再一次承受了心灵打击的痛苦，我坐在一边瞧见他脸上不断抽搐，最后他迸出一句话："这两个人应该马上下来，不能再让他们当警察了。"

采访结束时,我看到了一个非常感人的镜头,胡展奋非常有耐心地安慰纪海云:别怕,我们这么多人过来,就是来为你讨个说法。

成熟的记者,采访到十分的材料,可能在写作时只用六七分,不把话说绝,更不把无法确认的见闻变成铅字,以防授人以柄,使自己处于被"攻击"的境地。

第二天早上,我们先去察看了事发地点——苏云宾馆,并且在电脑上反复播放监控录像。基本事实清楚,我们稍作商量,直奔灌云县公安局。马局长显然措手不及,不愿接受采访,更不愿上镜头。这时,胡展奋的开头十分得体。他说,我们知道,公安打人,这是极个别现象,不能代表主流,但是影响很坏,我们前来采访,实际上也是一种"补救"行动,希望马局长能表个态……僵局由此打开。虽然马局长仍不愿多谈,但是毕竟表态了,并且多多少少还是回答了一些问题。接着,马局长要求我们不要报道,说这起案件是偶然的。先退出去的胡展奋机敏地又在隔壁找到一位副局长,他对打人事件也非常愤慨,认为它严重损害了当地公安民警的形象,并毫无保留地为胡展奋指路:最后一间办公室就是廖副局长。

采访中,谈话技巧是很关键的。一言不慎可以导致谈话无从进行。再说,廖副局长会配合吗?我们都知道廖副局长在殴打纪海云事件中所充当的角色。胡展奋故意不点破,佯装不知,先让他以一个局外人的身份来评说此事。廖副局长谈吐不俗,竟然马上表示愤慨。引出话题后,好一个厉害的胡展奋,迂回包抄,问他是否分管治安,再步步紧逼问他当时是否在场,气氛骤然紧张,廖副局长不再正面回答提问:而是一个劲地说你们可以到检察院去调查。

我们接着前去采访中医医院为纪海云诊治的医生。因为找人,在门口徘徊一会,有位叫任通花的妇女拉着我"申诉"。原来她刚才也在县公安局门口,找局长投诉。她让我看手膀上、背后被砍伤的刀疤,说被人砍伤后去公安局报告,当时接待她的民警离开一小时,一小时会发生什么事情?回来后,被关的是她而不是凶手。这个事情简直太荒唐了,不是亲身经历,简直难以置信。

任通花见胡展奋和东视记者过来了,说着说着扑通一声跪在地上了。我们刚要去扶她起来,却被摄影种楠一声喝住:慢!于是留下了那张罕见的"告地状"照片。看来,灌云县公安民警打人不是绝无仅有的。回想起在苏云宾馆采访时,就有人在门口拦住我们拿着材料给我们看。由于任通花这当街一跪,引来许多路人围观,话是越说越多,人也越围越多了,我看不妥,为防不测,比如可能被说成是"聚众闹事、影响交通"等等,连忙叫大家上车暂时撤离,面包车只得在县城兜了一圈,回到医院见人群已经散去,我们一行再进去找到了那位医生。

下午得知,我们离开县公安局后,马局长马上写了一份材料去找县委书记,具体内容不详。但县委书记不肯签字。接着,马局长在县公安局宣布纪律,任何人都不得接受上海记者采访。紧张的采访有条不紊地进行,中午一餐面条果腹。下午4时展奋、种楠和我三人先赶回上海。在火车上,展奋吃过晚饭就打开手提电脑开始工作,至深夜方才入睡。第二天清晨5点从火车站出来"打的"直奔文新集团,胡展奋以工作的勤奋,文笔的犀利,终于得到了最好的回报。

此文一经《新民周刊》登出,先是文新集团内部在食堂里、电梯里、办公室引起议论,在社会上更是好评如潮。胡展奋掌握分寸的技巧充分体现出来。警察殴打纪海云时,别人不在场,聪明的胡展奋就让纪海云来说,尤其是廖副局长一句:"我看她不会是江姐吧!"更引起广大读者的义愤。

新闻记者敢于碰硬,进行适当适度的批评,有利于法制建设,有利于公安队伍的净化。东视由于连云港市公安局来打招呼,节目没能播出。《新民周刊》发表后,被《报刊文摘》《法制日报》等转载。此后,灌云县不断传来消息,两个打人警察原来一个"取保候审"一个在宾馆暂时看管起来,不久被双双宣布逮捕。再接着,就是防暴中队长、指导员被撤职。最近,廖副局长也终于被记过处分。

9月8日中午,搜狐网站新闻中心主任丁振辉致电《新民周刊》胡展奋,询问此事最近动态。他说,搜狐已有4000多条评论,这是近年来少有的引起如此热烈讨论的新闻。新浪网、网易等也纷纷展开讨论。

《灌》文的影响是持久的,意义是深远的,我们认为,这样的舆论监督对当地公安下决心整顿队伍具有积极推动作用,对于此事背后问题的严重性也有一定的揭露。这不是凭感觉,而是凭事实。

我们的推断很快得到了证实。日前灌云县公安局副主任科员刘金杭来信。他写道:"所谓'少女纪海云被暴力取证'事件,虽是经媒体曝光后舆论哗然,但就此案的施暴手段、伤害程度而言,远不足以反映我县刑讯逼供的'水平'。经笔者调查,'刑讯逼供'之风在我县呈蔓延之势,现状令人极其担忧。"他还举了两个例子。颜士亮,男,34岁,穆圩人,被老虎钳拔掉脚趾甲。任梅。女,31岁,伊山乡人,被烷气打火机烧烤鼻子。对此,刘金杭表示可以公开发表,他愿负责任。

新华社9月27日报道,中央纪委副书记曹庆泽在北京要求,各级纪检监察机关要积极支持新闻媒体开展舆论监督,为新闻单位开展舆论监督提供帮助和指导。他还肯定了各新闻单位及时报道党风廉政建设和反腐败斗争的成果,揭露了违纪违法案件和不正之风,有力地配合了反腐败各项工作的开展。

《灌》文已在全国引起反响,《新民周刊》受到广泛好评。作为文新集团同仁,我们为此感到自豪,并为对此事出过一点微薄之力感到欣慰。

2002.10

李素芝：雪域高原"一把刀"

个人资料：李素芝，男，汉族，山东临沂市人。1954年生，1970年12月入伍，大学文化。现任西藏军区总医院院长，主任医师，兼任第三军医大学胸心外科博士生导师、教授、西藏大学医学院硕士生导师，全军科技委员会委员，中华医学西藏分会秘书长等。1996年3月被提升为总医院院长，2000年7月授予少将军衔，享受政府特殊津贴。

拿手术刀的将军

3600米以上高原的首例活体供肾手术于2月1日在西藏军区总医院完成。当天上午9时半，记者随同上海二军大长征医院的朱有华教授和王亚伟副教授进入手术室，只见一身戎装的院长李素芝少将此刻早已换上了手术服。10时整，李素芝先是和王亚伟一起开刀取肾，11时过后，他又从手术3室跑到手术5室，和朱有华一起移植肾脏……

事后得知，李素芝素有"多面手"之称，更有一些脍炙人口的传奇故事。去年7月，一位战士因为肺动脉出血而咳嗽不止，送到军区总医院抢救时，气若游丝，命悬一线，当手术医生正准备消毒时，李素芝赶到了，一声断喝：还消什么毒？说完一刀划开了病人的胸腔，迅速止住了出血点，战士的生命由此获救。还有，在西藏，脑水肿是致命的，得不到及时治疗就意味着死亡。但在很远的年代，李素芝就敢于开颅，硬是在阎王殿前拉回了许多战士的生命。

立志为藏族人民解除病痛

告别上海,进入西藏,28年前,一位热血男儿毅然选择世界屋脊;28年后,他被藏汉人民共同誉为雪域高原"一把刀"。

1976年,他以优异的成绩从解放军第二军医大学毕业,被留在了该校附属医院——长海医院当医生。半年后,风华正茂的他胸怀"好男儿志在四方"的理想,报名进藏,离开上海,成为西藏军区边防某团的一名军医,同时也成为同学心目中的"英雄"。

进藏后,每次探假,他在家往往只住上几天,随后就到军医大学的附属医院去进修了。他至今藏有许多笔记本,里面密密麻麻地写着他手术中偶然看到的、忽然想到的、自己认为重要的或者疑惑不解的东西。几十年来,他阅读了中外500余部医疗书籍,撰写了40多万字的读书笔记。

高原心脏病是西藏的高发病,为攻克这一顽症,解除广大藏族病人的痛苦,他从1983年开始进行动物实验。西藏条件艰苦,每一次实验,他都是用自己的工资购买动物和部分材料。有时为了一个准确数据,他昼夜守候在动物实验室,正是无数个春夏秋冬的辛勤劳动和艰苦付出,才积累了大量在高海拔地区做心脏手术的第一手资料。在兄弟院校的协助下,2000年11月20日,由他主刀成功实施了首例高原地区浅低温心脏不停跳心内直视手术,填补了西藏高原医学史上的一项空白。

西藏和内地不同,藏族同胞由于生活习惯的原因,血粘度很高,做心脏手术前,先要为病人放血,待手术完成后再把血回输到病人体内。

如今,医院凡有抢救病人,只要在,李素芝都会坐镇把关。

行15万公里路治万千藏民的病

1996年以来,李素芝本人共参加300余批次医疗队到拉萨、林芝、山南、那曲、日喀则等巡回医疗,行程15万公里,接受治疗和健康检查的群众、僧尼达210000万人次。

在一次先天性心脏病普查中,申扎县吉确一家5口其中4人患有不同程度的这种病,大女儿患有先天性心脏病房间隔缺损和室间隔缺损,二女儿患有风湿性主动脉瓣狭窄,受传统观念影响,他们都不肯到医院就诊。李素芝获悉此事,带领医务人员奔波一千多公里,几次上门反复讲述有病该治的道理,解放军医生的赤诚终于感化了吉确一家。他们都被接到医院,并由李院长主刀——成功地施行了心脏手术。

2001年9月,李素芝率领医疗队来到当雄县,入乡村、进牧场、钻帐篷,走村串户,送医赠药。公塘乡甲根二组白珍老妈妈患白内障多年无钱医治,李素芝亲自将她接回拉萨做了免费手术。当术后见到眼前的将军时,白珍老妈妈拉住李素芝的手,泪流满面,激动得一句话也说不出来。

相关链接:为解决一直困扰藏族同胞的先天性心脏病,李素芝费尽心血,历时20年,最终攻克了这一世界医学难题。就在即将成功之际,几名车祸危重病人需要他进行手术,家中传来母亲病危的消息,等他做完手术赶回家时,母亲已病逝3天了。他在母亲灵柩前守候了两天,心里惦记着早日攻克高原心脏病,又急急地赶回西藏。一个月后,他的父亲也因为患肺心病而去世,双亲先后去世使他悲伤不已,但是自古忠孝两难全,他强忍悲痛,继续投入到工作中去。他可以告慰父母的是,几个月后,他的实验获得了成功,他为无数藏族同胞带来了福音。

2004.2.9

为了藏族同胞兄弟的两条生命

——上海军医全力以赴确保手术100%成功

今天上午9时半,上海二军大长征医院的朱有华教授和王亚伟副教授来到西藏军区总医院,与该院院长李素芝少将和政委谭家钊大校一起制订手术计划。因为这是首例在西藏高原上进行的活体供肾手术,为了确保成功,军区总医院特地邀请朱教授和王副教授进藏做肾脏移植手术。

昨天中午,一到拉萨贡嘎机场两位教授都有一点反应,嘴层发紫,气有点急。李素芝少将亲自赶到机场迎接上海的两位专家。上车伊始,我们每人都服了两粒由西藏军区总医院研制的抗急性高原病专用药"高原康",另外又含了10粒复方丹参滴丸,效果很好,胆子也大了起来。昨天晚上,两位教授还去医院看望了坚增欧珠和顿珠多吉兄弟俩。当看到上海来的"金珠玛咪"军医,他们以及坚增欧珠的妻子次仁都留下了激动的泪水。坚增欧珠是山南银行的职工,去年7月发现尿毒症,以后病情加重,一直在做血液透析。其父70多岁想捐肾,最后其弟25岁的顿珠多吉主动提出捐肾,而且他的妻子尼玛曲珍也十分支持,但是哥哥坚决不同意,兄弟手足情,感天动地,最后全家一致决定,坚增欧珠才勉强同意了。不过,他们听了上海的两位教授的一席话,更是充满了信心。

此番进藏,一是为了节省藏族同胞的整个手术的费用,尽管军区总医院免去了移植病人的全部费用,但如果飞往上海仅机票一项就是很大的开支。二是内地进藏的人缺氧,西藏的空气含氧量现在只有56%,但藏族同胞到上海也会因为氧气太足而"醉氧",所以考虑再三还是决定请上海的军医进藏做手术。今天已经商定,如果没有意外就是上海教授没有高原反应或者说反应不是很大，那么手术将于明天上午 9 时 30 分进行，王亚伟副教授负责取肾，朱有华教授负责移肾，两台手术同时进行，一俟取肾成功之后，王副教授会立即进入移植手术室。另外，为了保证手术万无一失，届时手术室将充氧，一般情况下，整个手术为 2 小时，有氧气"保驾护航"，上海的教授和军区总医院的领导对手术的效果更加乐观了。

2004.2

附：进藏日记九则

2004 年 1 月 29 日　星期四　初八　晴

今天，是猴年新春上班第一天，我走了，到一个更远的地方去上班了：西藏拉萨。

用生命的代价去体现生命的意义，这是我本命年的口号。也许，说的过了，我没有那么伟大，甚至没那么重要，即使在那么一个小小的单位，都是如此。但是，这又何妨？这一点也不影响或动摇我孜孜以求去做每一件有意义的事情。我所做的应该给当事人带来快乐、福音，同时也给做好事的人以精神的鼓舞，当然，这一切都借助于我所从事的新闻工作。

早上 7 点过后，我就从家里出发了，赶到虹桥机场，搭乘上航的航班飞往成都。四川，一个好地方，我是"刘郎几度又重来"，却很少有机会好好玩一玩，除了那次失败的采访进藏未遂那一次。我在当地的友人陪同下去了九寨沟。

昨夜很晚回家，打球！临行之际，未能扳回连年败绩，心中甚为遗憾。

阿楹真够朋友，正如他所说，平时一年难得通几次电话，但有什么事都可以相互托付的。他和西藏自治区党委书记郭金龙转达了我要采访他的意思，郭书记非常敏锐地一口答应，并将安排自治区政府主席接受我的采访。同时，我已作好准备采访西藏军区副司令员金毅明少将，他扎根西南边陲 30 多年，又何尝不是一首动人的歌。

到成都双流机场，再进市区，已是中午时分。一时左右，陈德楹请我们吃蓉城最好的粤菜。海参扣鹅掌,味道不错。

下午,回星光宾馆休息。我担心第一次进藏的朱有华教授和王亚伟副教授。他们睡了一场午觉,而我躺了半小时被电话吵醒。索性起来打稿,感觉可以,文章不长,但是基调已定。

晚上,去吃成都小吃,量太多,变成大吃。喝一瓶啤酒,很惬意。

散步去,到成都步行街,走了一遭,也算玩过了。10点半过后,睡,不敢造次。进藏必须保持足够的体力,需要充足的睡眠。

2004年1月30日　星期五　初九　晴

4时20分就醒来,40分起来漱洗、整理行装。出门去,星光宾馆门外也是星光灿烂。拦一辆出租车,奔机场去。快得很,半小时就到了。飞拉萨,候机等放,转悠一会儿,买了一本《西藏之旅》,翻翻。

登机了,原定7时10分起飞,结果延误了半小时。不是坐在窗口旁的座位上,我没有看见第一次进藏时,山的连绵的褐色的苍凉,朱教授听我描述过却没有见到,很是遗憾。不过,前来接机的西藏军区总医院李素芝院长答应:回程打招呼,安排靠窗口的位置,以弥补教授之憾缺。

下飞机,又见贡嘎,一切都还是熟悉的。身为少将的李院长率手下一行亲自来接。递鲜花、送哈达,这是汉藏两个民族的最高礼遇了。我也跟随其后,一并享受。照相、合影,上车、出发,我和朱教授坐李院长的目前最新式的三菱4470往拉萨开去。

车上,李院长问起我同郭书记、金副司令的关系,其实,这只是我的新闻采访的关系,不过,至少也说明我的一点工作成绩。我同金副司令通话,李院长接过我的手机与他开起玩笑,两位少将互相插科打诨,毫无将军架子。

到拉萨,90公里路,西藏军区总医院则在拉萨旁边山脚下,100公里路一小时到了。原来安排住医院高干宾馆,后改为地方上的赛康大酒店,很气派,比拉萨宾馆好多了。定了一间套房,一间标房,朱教授不肯住,让我去,我觉得我更不该住,再说也没有必要,后来住了一个单间,挺好的,一张大写字台,可放手提电脑进行工作,夫复何求?!

中午一餐,极为丰盛,空运进藏的大闸蟹、鸡尾虾,都上了。喝了许多"成都红酒",味道很好,不醺人。

1时30分回房间,向目前报平安。2时入睡,40分钟后被短讯息闹醒。再一会,3时20分又来了,干脆不睡了,起来写进藏日记。

第二次进藏,感觉好多了,条件、气候都不一样了。

下飞机,即与顾老师联系,今天用。后来他又来电,本来放头版的,结果放到科教卫版,但胡社长非常重视此稿,要做一个头版头条,还要照片,这是我早就预料到的,这里有两个问题,一是谁去,二是经费支出,我不好意思让西藏出,那是贫困艰苦地区。

我决定找拉萨晚报的摄影记者帮忙,传回照片。同时,我告知阿楒住在赛康大酒店。

正打稿,6时整,部队同志送水果来了。天哪!这么多,怎吃得了。

晚上,在一家很高档的饭店里喝酒,院长李素芝少将、政委谭家钊大校、副院长王兴凯以及政治部主任、副主任等都来了。喝了许多,与张春才通了电话,和大校交了朋友并相约打一场球。

回家,难受,但是稿子打出来了,感觉还可以。

2004年1月31日　星期六　晴

昨夜1点入睡,半夜里空调关了,有点冷,怕感冒,欲盖棉袄上去,才发现上面的被子踢掉了。

早上起来,天黑黢黢的,开灯一看,8时20分,遂起床。顾龙来电称稿件写得好,写出了上海医生为什么要到西藏去做手术的原因,上头版了。胡总很重视这个报道,希望明天多写一点现场感,增加细节的描述,另外要求配发进手术室的照片,明天准备上头版头条。听了很受鼓舞,但是压力也很大。照片不是我拍的,要找人帮忙,而且我又不会传照片。

上午10点半,军区总医院院长李素芝少将到会,人称"多面手",他至今仍拿手术刀。王兴凯副院长主持会议,一房间人有10个穿军装的军官,还有几个外穿白大褂的军医和护士。朱教授和王副教授原来准备今晚就做手术,考虑到明天抢发稿需要当天的新闻,于是婉转地与他们商量,一句话就解决了问题。11时20分,去电顾龙,告以明天上午进行手术,他很高兴,竟然说谢谢。

会散后,李院长亲自陪同他的老同学朱有华参观大院,以及他的居室,将军一室一厅,53个平方米。令人惊叹!

中午去"梦中水乡"吃饭,陈德楹来电,郭金龙已关照秘书钟家霖去电秘书长金书波了。

饭毕,我们去看布达拉宫,煞是雄伟,上次进藏,失之交臂。此番登临,感觉与想象有些距离,但仍值得一看,许多文物都是稀世珍宝。车从后面上去到半山腰,再爬山,有点喘,但无碍,体质可以,今天已经没有什么反应了。

回到宾馆,立马传照片回去,在王应凯助理员的帮助下,传出去了,但不知对方刘开明是否收到。

晚餐,在宾馆二楼随便吃。再打明天的稿件,算是"预案",万一不行,发回去就是了。如有更好的,则临场抢稿,总之,必须打赢这一仗。

2004年2月1日 星期日 晴 拉萨

在游泳中学会游泳。早上7时20分醒来,正犹豫着是否要给部主任顾龙老师打电话,铃声响了。他要我先把"未定稿"传过去再说,另外照片没有收到,这让我有点担心。尽管上午还有时间,但是请藏族同胞新华社西藏分社摄影记者帮忙,他们很热情却很悠闲,急不出来。于是,我决定再试试。去电摄影部,经纪海鹰指点后,通过附件过去其实是很方便的。

有照片过去我心已定。昨夜是凌晨3时睡下去的,头有点胀。怕感冒,生病不是小事,发不回稿子却是大事,起来喝"板兰根茶",又吞服了两粒"高原康",准备今天上午抢稿。顾老师随后来电,胡总和徐炯要求多写现场感强一点的细节,最好有进手术室的照片,他们对这篇稿子寄予很大的希望。

在这里抢稿不是上海，困难重重，但是领导要求职业素养决定我必须完成。顾老师怕我一个人忙不过来，又知道我的打字速度不快，甚至提出请人配合我，我当即表示没有问题。每临大事有静气，同时具备应急能力，这是记者必需的职业素质。昨晚我已写了一个千把字的初稿，两位教授对于手术可能遇到的困难进行了预测，因此我心里有底，只是请新华社西藏分社摄影记者索朗罗布拍照没有把握。大家都忙，他能为我"抢照"吗？

9时半到现场，我理所当然地被特许进入手术室。两个房间来回穿梭，够忙的，而我必须在10时45分出去写稿，完成后还要有长途电话传回去。果然，索朗罗布要10时才能到，我打他手机，人来了但电脑没带，不能copy给我，我说服他他叫人回分社去取电脑。

10时，准备开腔，自治区常委、宣传部长苟天林到了，3号手术室耽误了10来分钟，我叫上索朗罗布到5号手术室为朱有华教授拍照。接着，我只能在两个房间跑，不断记下时间、进程，其实所有的手术都是一样的，但领导要求写出不同之处却是正确的，否则千篇一律的老生常谈谁来看，但难度就高了。王亚伟副教授手中的高频电刀在供者顿珠多吉的腹腔上划开，吱吱的声音里飘来一股肉的烧焦味。我记下了手术进行中的几个时间段，再跑到朱有华教授那里，昨晚他早早地躺在了床上，但仍未睡好，到2点才入睡，起来脸色不好嘴唇发紫，走路头重脚轻。

里面并无多少细节，现实总比想象简单。差不多了，我马上到隔壁休息室打开电脑写稿。一刻钟后，自治区主席一行人来到休息室，这里可以从电视中观看手术情况。人群熙熙攘攘，我顾不得了，头也不抬继续打稿。半个小时，我夹起手提电脑坐上越野车，赶回宾馆传稿，途中我一边走路一边去电索朗罗布，他说他的电脑还没送到。路上10分钟，我请驾驶员开得快一点，但西藏一切都是慢的，顾老师已经来电催过几次，否则报纸又要脱班了，并说昨天拖了很晚。我在车上就把电脑打开，找到文件，到房间插电源，还有5分钟，顾老师问行不行，不行就另外想办法了，他大概指上我的"未定稿"。我用手机与他通话，稿子很快传过去了，但照片来不及了，幸好昨天我已准备了两张照片。

　　传稿时候,军区总医院政治部高科林来电,自治区政府主席、常务副书记、常委宣传部长、副主席在开座谈会,让我马上赶过去。等我进会议室,里面人头济济,会开一半了,自治区党委会秘书长金书波对向巴平措主席、徐明阳常务副书记介绍了我的新民晚报记者的身份,他们向我致意,我站起来欠身还礼。今天这个会议,是在自治区党委书记郭金龙的指示下召开的,一台手术,关系到藏汉民族的团结,因而被列入整个西藏的一件大事,不到西藏在内地的人很难理解。其实,边疆无小事,西藏尤其如此。

　　我感到自豪的是,对这件事情的判断原来只是我的采访提纲,现在已被西藏的党政领导充分肯定,兄弟手足情引出藏汉民族情、军民鱼水情、沪藏两地情,四情并举,意义一下上升到很强的政治高度。

　　出来,我主动上前把自己的名片递给向巴平措主席和徐明阳常务副书记。简短地聊了几句,很快采访完了。

　　上车,王英凯助理员等着,再去手术现场,继续采访。顾老师来电,今天上头版头条,但照片是否用,我就不知道了。

　　手术一直到14时45分才结束。自治区宣传部长苟天林和自治区副主席吴英杰始终在观看手术进行的情况,期间,徐明阳常务副书记还来电询问情况。王学凯一声"手术成功",坐得满满的一屋子领导、记者全都鼓掌:祝贺西藏第一例活体供肾手术圆满成功。

　　朱教授出来,脸色不好,手术中已吸过氧,还是不行。接受记者采访,领导慰问,热闹了一阵子,但朱教授显然很难受,身体欠佳。

　　在医教部的安排下,我们又来到"巴国布衣"吃饭。酒是喝得太凶了,也怪,在上海我不碰白酒,但这里喝了许多竟然没醉,酒量好象还是有一点的。什么缺氧,都忘了。除了酒气,更有豪情,装孬是不行的。

　　李素芝院长是"多面手",将军上手术台开刀,这也是佳话。不过,他低调,作为军级干部宣传是很慎重的,我也不能勉强。越高级的干部,越要配合,不然还是不写为妙。

15时30分坐下，吃饭，"第一"已经诞生，自治区领导个个关心此事，西藏军区司令员和政治委员委派后勤部唐部长前来观看手术情况。大家又喝酒，我也高兴，赵春华来电说头版头条配了两张照片，连称蛮好蛮好。接着建明也来电称：贵哥可能要上去了，真的，老好老好。报道成功，我也主动讨酒喝，让将军敬我一杯。你们一直祝贺手术成功，报道成功也要庆贺一下。我想，这就是记者，他也有自己的成功喜悦。18时30分，自治区常委、宣传部长和副主席请两位教授与我一起出席庆功晚宴。

苟天林部长说，今天的手术是西藏的一件大事，自治区的常委讨论了关注这台手术以及怎样宣传的规格。他称活体移肾成功将在西藏历史上留下重重一笔，它为藏汉民族团结情、军民鱼水情、藏沪两地情谱写了一曲凯歌。

晚上不敢多喝，回来还要写稿。结果，11时开写，到半夜2时半完成，两篇千字左右的消息和通讯。上床，没有睡意，看看书，3时才睡下。幸好一个人住，否则影响别人，我也不方便。

2004年2月2日　星期一　晴　拉萨

今天应该可以放松了，但也只睡了5个小时，朱教授要走了，来打门，把茶叶给我留下了。我穿衣送他们到楼梯口。副主任晓然来电，称稿件写得都太长了，可能是长了一些，但内容还是有的，采访向巴平措主席，我认为这是报纸的份量，稍长一点又何妨？写得很辛苦，能够发出来，心里依然是甜甜的。我不知道这是"幼稚"还是激情。其实，从年轻时开始投稿，发过几十万字的报告文学、纪实小说，在各种文选刊物上发表，甚至在解放日报"连载小说"版面上都发过，比现在的"豆腐干"大得多，但至今对新闻报道有感觉。不成熟是我努力去写新闻的动因。

晓然的来电，使我无法再睡，但心里高兴，稿件要用，这是对在外记者的最好犒劳。很奇怪，进藏以来，每天只睡五六小时，可是精神反而很好，并且喝了许多酒竟然也无事。说实在的，出来累，但还是比在家轻松，我喜欢宾馆的房间，主要是那张写字台，拧开台灯，打开手提电脑，感觉是在写作。

上午10时许早餐,然后有王英凯助理员陪同上医院,去看了藏族兄弟俩,情况非常好。我与坚增欧珠聊了一会,又在顿珠多吉床前停留片刻。憨厚的小伙子,已婚有一子,实在看不得哥哥那痛苦的样子,去年7月主动提出捐肾。昨晚,我也悄悄地捐了1000元给他,由她的嫂子转交给他买点营养品。因为他是农民,没有收入。我出来没多带钱,我只是向他表示敬意。

出来,山南地区银行的副行长顿珠以及次旦来探视兄弟俩,西藏电视台昨晚播了三条消息,他们都知道了这件事。他们照例向我敬献哈达。

回宾馆,写日记,喝茶抽烟,好不惬意。下午2时过后,我和王助理去龙泉去吃火锅,挺好的,比上海的味道强多了。拉萨啤酒水质清冽,非常爽口。三人小酌,不是大吃大喝,心情放松,随情任意。

下午4时许,睡一会吧。径径来电,问房子事,我觉得也可以,但一下全付现金,有点困难。

晚上,就在宾馆里吃点家常菜。随后,我和王助理去布达拉宫广场散步。走走停停,了解到驻藏部队官兵的许多情况。

回房间,又写稿,兄弟俩恢复很快。用了很大劲,写了许多细节,但是文字还是长了一点,不忍割弃,长就长吧,让编辑来斧正。一直到凌晨3时才决定入睡。

2004年2月3日　星期二　拉萨　晴

早上7时20分,马开元来电,吵醒难受,接着给部里打个电话,说明一下,文章长了一点,晓然指出领导部分可以不写,这个意见是对的。但我在外,又没上网,没看到本报自己的文章,惟恐有所遗漏。有了可删除,没了就一时无法补上。

为了解坚增与顿珠的最新情况,我再次赶到医院,自己感觉有点像探望亲戚一样,碰到山南银行副行长顿珠(藏语事业有成的意思)和次旦,大概因为我来之前曾与坚增的妻子次仁通过电话,他们据此断定我促成了此事,所以对我非常敬重,正如人们所说,你对藏族同胞一分好,他会还以十分情。

11时，我与坚增进行了简短的交谈，又了解到一些情况，有的还应当更正，和藏族说话很吃力，表达和理解会发生歧义。我急忙打手机回去纠正，顺便也是试探稿子是否录用。

上二版，未上头版，也不能完整"上场"，想到昨晚写得那么辛苦，心里有些失落。但也有自慰，毕竟上版面了，划句号了。

想采访的李素芝院长，进手术室了。车往达孜县跑，看到德庆乡，一派苍凉，只有那些杨树，顽强地生长在沙地里。得到很少，成长依然，没有呵护，照样奉献。实在是太累了，车上4000米山顶时刻，我睡着了。下来，返回拉萨，在茶馆里喝下午茶，一碗炸酱面，吃得非常可口。然后品茗，洞庭碧螺春，我之爱。就着温煦的阳光，闲聊有时，今天下午是进藏以来最轻松的日子。

回房间小睡，军区总医院领导晚上要为我饯行，做一点事情就让别人尤其是领导来答谢，我很不习惯，虽然和再大的领导见面谈吐我都不会怯阵，但无疑我更适合与普通人打交道，这样更放松。

晚上7时，医教部田副主任等一行前来赛康酒店为我送行，一顿饭吃得很宽松，我只喝拉萨啤酒，但是量不少而且快了点，头稍微有点晕。他们回去不久，王英凯来电，李院长要来与我告别，于是急忙下去等在宾馆门口，人家是将军，看得起，咱也不能含糊。上午开刀，下午军区开会，院长是高原"一把刀"，忙得不亦乐乎。

送走院长，我整理行李，准备明天一早出发。晚上不写稿，竟也捱到3点上床。马上要离开西藏，不怕缺氧了，洗澡。

2004年2月4日　星期三　晴　拉萨——成都

天黑得厉害，6时40分，窗外什么都看不见。到了8时20分，越野车前排座位上，我才看见天色渐渐发亮。

一路风景皆朦胧，路边的青稞地，黄黄的庄稼像缺少营养的小孩的头发。倒是那些挺拔的白杨树，虽然面黄肌瘦的样子，依然护卫着中间的道路两边的田地。昨天想了一个题目：走出拉萨。应该是篇好文章。到成都写出来吧。

一个半小时到机场。中间一段山路,洞内正在打隧道,届时可以节省半个小时车程。

早早安检进机场。登机后,坐在窗口座位上。闲来无事,大发诗兴,连作三首七绝,并抢发给春才大哥。1300公里,一个半小时到蓉城,还是到布后街星光宾馆住,出进方便,何况有朋友照应。

下午上床,却睡意全无,一直捱到2时半。4时起来,把诗歌佳作发给朋友,骗来些许赞扬。本来准备独自一人小吃,不料阿楹不依,带我上了一家很好的饭店,吃得很快,只有7时半,觉得太早,于是又去喝茶。一杯碧螺春,喝到9点钟,回房间。

到了成都,心情怡然。晚上10时,与金副司令通话,他明天4点到蓉,约定再联系。从高原下来,人未觉十分疲劳,但变懒了,11时过后,看看电视,准备睡觉。

2004年2月5日　星期四　成都　晴

一觉睡到9点多,真的是累了,高原毕竟消耗人的体力。躺在床上还不想起来,看电视打电话发信息,有点想家了。但还是想采访到金副司令,一个上海产西藏制造出来的高原硬汉。

两天没发稿,心里不踏实,西藏军区总医院院长李素芝被朱有华称为"铁将军",28年的风霜雨雪、天寒地冻,一般人又何以能忍受得了?面对老西藏、老军人,我心中只有六个字:敬重、佩服、学习。

中午,独自一人坐三轮去得福楼吃川菜,要了4个菜,一瓶啤酒,没想到量那么多,难怪刚才服务员讶异我的点菜。独饮也是一种风情,看着马路上的异地景致,遥想着家乡的琐事,心里很温馨、很光芒。两度进藏,收获多多,深受教益,人知足才会有幸福,比起为进驻西藏保卫边陲的军人,我们太温情太脆弱太渺小。人们或许可以说分工不同,但是温室的花朵和雪域的白杨毕竟是无法相提并论的。人,一般来说,谁都不会去自讨苦吃,但轮到你了却并不是每个人都能挺住的。采访两个西藏的军中少将,将是我记者生涯中的荣幸,我不是夸耀,而是从中汲取人生的力量,充实人生的经历。

3点半,回到星光酒店,金副司令打来手机,约半小时到我下榻处来接我,他刚从双流机场出来。4点过后,他找不到我就到四川日报大门口等。车到了,将军出来,风霜的岁月将其容颜又染了些许苍老。但是,他仍精神、热情。我到西藏军区驻川办事处他的家里小坐,聊了一会,见了他的妻子——也是一位进藏老兵,还有他的女儿和毛脚女婿。

随后,我想告辞,他却一定要留我吃饭,并说今天是大年元宵节。到隔壁军区第一招待所坐下,我和金副司令一家和郎副政委一家以及彭参谋长等,吃了一顿元宵的晚宴。我尽力克制,但是人情难却,喝了不少酒,幸好没醉。宴罢,金副司令改变主意陪我去洗脚,一直到结束并亲自送我回宾馆。临别,称我兄弟,并约定明天上我房间来再谈。

喝茶。今晚又写不成了。

2004年2月6日　星期五　成都　晴

醒来已临近9点。急忙去订票,下午回上海。

金副司令已到门口等我,一个将军,很随意的,没架子的,也就是他说的,从士兵到将军,他是完全靠自己走出来的,当然也离不开西藏军区的各级首长,那里风气很好,只要脚踏实地的干好了,领导总会根据你的表现给予应得的鼓励。

9点多,我又没吃早餐,开始和金副司令谈。我想起岑参的"君不见走马川行雪海边……一川碎石大如斗",不过那是新疆,远比不上西藏的惨烈。这是一篇震撼人心的文章,和平年代未曾有过的悲壮、奉献,甚至捐躯。

记下很多,将军时而侃侃而谈,时而默默无言,无论是兴致所至,抑或是陷入沉思,都是峥嵘岁月在撩人心魄。

35年的西藏从军生涯,谁能想象和体会个中永远述说不尽的艰辛与苦难?! 思及于此,我感到一种责任,不敢懈怠。并有一种担心,生怕败笔。

12点,阿楣、黄英过来,金副司令定了皇城老妈火锅,味道果然特别,吃得津津有味,那感情也像锅中的浓汤,酽酽的,化解不开的汁。香味总是留长久……

饭店门口握别,有说不尽的话,此刻无言,返身上车,直奔机场。

4点起飞,6点降落虹桥机场。回家,吃饭,理发,今晚不写稿子了,这也许是最好的回报。

西藏之行,结束了,但在我人生的旅途中,又多了一段精彩的片断。不唯报道,还有远比这更加灿烂的东西,将永远储藏并打开在我的心里和笔下。

卧底广西 揭开传销黑幕

今年6月以来,本报不断接到读者的来电来访,举报一些人以批发服装和鲜花等名义诱使上海人前去广西参加"连锁销售"公司,结果导致数百上海人被套牢。本报6月21日《数百上海人被非法传销组织骗到广西——"免费旅游"代价巨大》报道了此事,在社会上引起强烈反响。本报记者对此继续追踪……

为了深入揭露传销组织的骗人把戏,本报记者远赴广西贺州、河池两地,打入上海人在当地的传销组织,暗访个中黑幕。

第一天连夜上课:叫侬来是给侬发财机会

记者乘坐的K149次列车经过20多个小时的颠簸后,于次日中午到达桂林站。一个月前,这趟列车里经常能碰到三三两两去广西"做生意"的上海人,但这次记者似乎听不到有人谈论这样的话题。据"上线"透露,自从新民晚报曝光后,去广西"做生意"的人明显减少了。记者换乘长途大巴,又是将近5个小时的颠簸,才到达一个小镇。

"上线"吴先生带着记者来到一排老式公房,敲开3楼的一间房门。最先映入眼帘的是一个手指夹着香烟的女人,四五个男人目光齐刷刷地转过来。坐下,喝茶,寒暄,这里的人都沉默寡言,好像心事很重。

这是一套两房一厅的居室。一女四男吃过晚饭就回各自房间了。记者独坐在客厅的沙发上,身材瘦削的吴先生过来轻轻地告诉记者,等会有人来给你上课。从房间里传来那个女人打手机的声音,断断续续不甚清楚。后来发现,他们房间里不安电话,有事就用手机联系。

22时许,外面又有人进来。这是一个中等身材、说话慢条斯理的人。他说:"现在商品出现'瓶颈化',生产出来的东西卖不出去,于是出现了连锁销售的先进模式。我们的连锁销售挂靠深圳文斌贸易有限公司(记者调查发现,这家公司是国家明令查处的传销组织之一),20%是门店销售,80%是人际网络销售。另外,我们的利润再有45%上交给文斌公司,这里包括门店、国税等支出,还有55%的企业利润,其中52%作为提成,3%作为高级业务员的红利。"

"或许侬已经晓得了,我们不做花,但讲做传销,侬肯定不敢来,是伐?"上课人循循善诱道:"不要紧,我告诉你,这叫做善意的谎言,朋友叫侬来,是给你发财的机会……"他怕我不解,或是怕我再提问,就说:"阿哥,今天侬听我讲,不懂不理解的不要紧,侬慢慢会了解我们这个行业的。"

过一会儿,抽烟的胖女人出来了,她说,她原来是做服装生意的,后被自己的小姐妹骗来做花的生意,到了一看才知道,没有花,而是做这种没有产品但只要叫人来的连锁销售。她现在出面租下了这套房子,每月300元,带基本家具,采取AA制,分摊到每人头上一个月只有100多元。据说她已是经理级人物,每个月13日至17日发工资,可以拿到1.2万元,还将逐月增加。

第二天接着上课:高级业务员月收入惊人

迷迷糊糊地醒来,已是10时30分了。慌忙起床,才发现旁边的人还在睡。

这里的人都睡懒觉。按规定,"上线"叫人来,要掏钱为他烧3天饭。他们叫做"前3天感情留人,后3天行业留人",但等你申购后被套住就无人睬你了,这时你不但会自觉留下来,为了捞回本钱,你也会千方百计去叫人来,因为只有叫到人,你才能从你的"下线"提成。这里男女杂居,互相看中搭上了,就同居。

11时许,吴先生为记者去买菜,回来烧好,各人从自己的房间里走出来吃饭。吃完后有的在客厅里抽烟看电视,或者回到房间里坐,要不就是继续睡觉。从他们的谈话中隐约知道,至少有十多个乃至几十个像我们这样的"家庭",分散在附近的住宅区里。

　　傍晚时分,记者被"上线"吴先生和他的"上线"带去上第二课。一个30多岁的女人,脸色苍白,毫无血色,眼皮还是耷拉的,但一讲起传销来,她精神十足,两眼放光。她说:"我们这个行业很简单,只要叫得到人。我们这个行业也很现实,公平合理,人人都有机会,一到13日发工资,手里拿到钞票就是最实际的。我们采取五级三晋制,就是E、D、C、B、A,第一阶段可以从实习业务员晋升为业务组长、业务主任;第二阶段从业务主任晋升为业务经理;第三阶段从业务经理晋升为高级业务员。可以说,太阳从我们每一个人的头上照过。只要叫得来人,那么人人都有机会晋升。一个人叫来两个人,两个人再叫来四个人,环环相接。我们上海人一般都直接从业务主任开始进入,就是一次性付费3.68万元申购业务主任位置,结果就是几何级数的增长,做到最高时就进入平台,成为高级业务员,月收入不少于6位数。"

第三天继续上课:大经理出场传授引诱术

　　这天下午,记者能见到的最高"首长"——大经理出场了。据介绍,一般人只能做到这个级别,再往上就是深圳公司的那些"上了平台"、月收入几十万元的"创业"元老了。

　　一开场,他就问有什么不理解,如果要问,他可以100%回答。于是记者问:"这个连锁销售是否合法?"他语出惊人:"就像解放前人家结婚,没有结婚证,你能说不合法吗?我们这个不合法也不违法,打擦边球,懂吗?"

　　"那么,叫怎样的人来比较容易成功呢?"

　　"我可以教你,你要叫下岗的、退休在家没事做的、还有手里有钞票想出来闯一闯,包括在单位里未得到重用心里不服气的人。要一个一个叫,两个人一起来的成功率就低,有一个人动摇另外一个人就会受到影响,根据我们这里的经验是一个人成功率高。"他停顿一会儿,又说:"叫人时候要策略一点,上海人讲就是撬边,你或者在公共场所打手机给他,好像很多人都要申购的样子,或者你就对他说快点,楼下车子已等着了。"

说着说着,有电话来催他去给别的新来者上课了。记者还没有回过神来,他已站起来并伸出手,笑容可掬地说:"不要犹豫了,快进来,机会不是一直有的。"

第四天参加申购:寻机会逃出传销窝点

按照行规,3节课下来,就轮到"申购",也就是缴钱入会了。而通常申购的时候会搞得神神秘秘的。

这天吃晚饭前,还没有接到通知到哪里去申购,地点是绝对保密的,不能问。通知来了——一刻钟后由"上线"以及有关人员带记者乘车到另外一个地方去。来到这个小镇3天,记者几乎没有出过房门——实际上也出不去,时时刻刻有眼睛在盯着。车子来到一个相似的住宅区,跟着他们走进一个房间,房间的主人到楼下望风,看有没有人发现或跟踪过来,同时密切注意有无警车。

然后,大经理夹着一只黑皮包进来了。里面的人都站起来,鼓掌,记者在"上线"暗示下依葫芦画瓢。大经理从皮包里掏出一包香烟,每人发一支。发到记者时,他点点头,会心地一笑。大家把香烟夹在手指间,但不点燃,之所以这么做,据说是上海人说的"炀头"。

这时,大经理颇有风度地对记者说:"你要考虑清楚,现在还来得及,因为我们这个行业不同于其他行业。"此时,那种压抑的气氛,让人不由自主地想把钱掏出来。但大经理的客气,正好给了记者不加入的借口。"对不起,大经理,能让我再考虑两天吗?我还没想好。"话一出口,只见大经理的面颊渐渐涨成猪肝色,笑容也凝住了。他恶狠狠地瞪了吴先生一眼,显然在责怪他办事不力。好一会儿大经理才挤出几句干巴巴的话:"那也是,那也是。你就再想想吧。"

在场的人都不敢出声,大经理转身先走一步。5分钟后,我们这些人再慢慢离开,决不能一窝蜂地出去。当天晚上,吴先生被叫出去,很晚才回来。

翌日上午9时许,一屋子人还在昏睡之中,记者赶紧提了行李悄悄地走了。到车站跳上去桂林的长途快巴,汽车启动了,悬在喉咙口的心这才落了下来。

从许多举报者口中,我们知道上海人被骗去广西做传销的据点,主要在桂林、梧州、柳州地区的边远小镇,前期最集中的是八步镇,7月初之后则转移到了河池。

位于广西、广东、湖南三省交界处的贺州市八步镇,其实是一个美丽宁静的小城。

今年以来,连锁销售在八步鼎盛一时。开出租车的林师傅说,到这里搞传销的有上海人、东北人,还有武汉等地的人。记者从一些当地人口中了解到,那段时间街上讲上海话的中年男女特别多,每天早上定时到菜市场买菜的上海人也不少。因为这些人喜欢买鲜鱼活虾,菜场的鱼虾价格比别处涨了好多。另外,当地有个贺州市总工会舞厅,每天晚上总有一些中年上海男女来此跳舞,但从不和外地人交往。

6月的一天下午3时,搞传销的人一下子包了八步镇上的20辆出租车,浩浩荡荡驰向26公里外的姑婆山度假区,等待一个神秘的上海人——大老板发工资。

当时,住在贺州市国际大酒店的上海大老板,四十五六岁,身高1.74米左右,肤色不白也不算黑,只身一人,拎着拷克箱,晚了一个小时才赶到那里。据内线透露,能够接受大老板(也就是这条线上级别最高的大经理)发工资的级别当是业务大经理一级,一车装4人,七八十个人要发多少钱?传销盛况,由此可见一斑。

7月2日深夜,贺州警方对非法传销展开全城大搜捕,镇上数以百计的传销者,突然一下子全部蒸发了,再没有回来过。八步镇恢复了往日的宁静。

河池市日趋衰落

原来,贺州警方搜捕行动后许多传销者被逮住遣送回广东三水。连锁销售,正是始于广东三水。

但很快,这帮传销组织移师柳州地区的河池,据说,为了找个好据点,组织里的头目曾经6次来河池踩点。

河池是个地级市,位于群山环抱之中,满街是卜卜车。与八步镇相比,这里的传销组织明显衰落了,街上很少见到上海人的身影,也听不到上海口音。

记者从卧底的地方脱离出来后,在一间饭店吃饭时意外地遇到了3个上海人,他们激烈的争吵引起了记者的注意。一个中年妇女已经申购,却因为直到现在还叫不到人,她的上线也不睬她。她一脸愠怒地威胁说:"我准备报警!"

在媒体和警方的夹攻下,传销组织如秋后的蚂蚱蹦不了多久了。但要彻底清除这些不法分子,挽救上当受骗的人们,看来还需要各方面再加一把力

2004.8.31

一个笔挺男人的曲折道路

他是一位66岁的老人,腰板挺直,不能弯曲。走路时,靠拐杖慢慢向前移动。他是一位残疾人,更是一位书画家,生活中的强者,他的人生经历,给更多健全者以启迪。

少年得志考上苏州美专

1942年,许艺城出生于南汇周浦。父亲是农村的泥瓦匠,母亲则是地地道道的农民,家中五个子女,他排行老三。童年的生活是艰辛的,给许艺城留下了苦涩的记忆。

中学毕业时,子承父业,许艺城也去当了一名泥瓦匠,但是他身材瘦小,不如父亲那样能吃苦,所以他萌生了去苏州工艺美术专科学校念书的想法。没有师承和渊源,不知怎的,许艺城从小就喜欢临摹香烟壳子,按着《水浒》连环画依样画葫芦。他脚蹬布鞋,早上出,晚上归,到上海的30多个公园去写生,刻苦勤奋,不知疲倦。繁重的体力劳动他不能胜任,那年他只有16岁,稚嫩的肩膀扛不起这副生活的重担。于是他想走另一条路,去学画画,争取出人头地。然而,没有多少见识的父母不同意,一个是赚钱,至少也能靠手艺养活自己,而另一个则是付出,家境不好,承担学费对他们来说很不轻松呢。但是,去意已决的许艺城坚决要考,并对爹妈发出毒誓:"我考不进,你们就到黄浦江去收尸。"

没想到,许艺城一考中鹄,而且成绩优秀。那是1958年8月,本来要到9

月份才发榜的,因为临行前曾向父母发誓,不带回录取通知书,就绝不进这个家门,所以,许艺城就去找校长说明原委,让他提前发录取书。发录取通知书是一个固定程式,校长怎么也不答应他的要求,但是许艺城小小年纪,耐心极好,最后说动了校长,怀揣着录取通知书回到周浦家乡。这一刻,虽然还不能说是衣锦还乡,但在当地农村也毕竟是一件了不起的事情,许艺城的心里自然美滋滋的,有点得意,有点陶醉。

江南的秋季,绿叶依然挂在树梢上,天清气朗,精神更爽。许艺城来到"上有天堂,下有苏杭"的人间胜境读书,他的艺术天赋很快得以崭露,他的速写被挂在学校的橱窗里展览。美专就在拙政园,连续三年的夏季,年少无知的他图一时之快,睡在隔壁狮子林的青石板上,当时不觉得有什么不妥,可后来却落下了关节炎的病根。

上世纪60年代,正处在困难时期,学校于1962年解散。许艺城回到了周浦,找工作没有着落,心情十分低落。一年多后,许艺城到上海群众艺术馆连环画训练班学习,有幸受到程十发、汪观清、刘旦宅等老师的指导。

病痛袭来几乎毁了一生

正当前程像窗户纸透开一线光亮时,病痛却突然来袭。许艺城刚从医院出来,又复发了,浑身关节酸痛,达到痛不欲生的地步。1964年,江南的黄梅季节开始,天色晦暗雨纷纷,许艺城心头的阴霾挥之不去,伴随身体的阵阵病痛,他逐渐万念俱灰。那天,他独自一人来到周浦新开河上,他一边拉着小提琴,一边注视着桥下黑黝黝的河水,想自杀。这是一种艰难的选择,不知过了多少时间,弟弟找来了。斜风细雨中,兄弟俩站在桥上,弟弟劝他:"你不要走,身体上的病算不了什么,真正的病是心灵的病。你要死了的话,读书不是白读了?爹娘辛劳那么久,算啥名堂?白养你不算,他们以后还要一直悲伤到死。"弟弟的话劝醒了他。许艺城至今说起这事,自是感激,还有自豪,他的弟弟许灵电,现在是周浦少年宫主任,教人画画,弟子三千。

生命可以坚强不屈，但阴影却始终笼罩在心头。许艺城本来性格豪爽，此刻也不免感到生命无常。后来他又被安排在厂里当工人。不久调到镇上的工人俱乐部做美工。几年以后，他又到无线电塑料仪表厂做漆匠，3年后升任美术设计科科长。到了文革中，他受到冲击，一度迷茫，于是请病假在家专攻作画。

人生何以解忧？唯有杜康。许艺城喝酒，常豪饮。如果说，自杀不成，幡然省悟，那是他的新生，那么，他一生中的这个女人，就是支撑他走到今天的精神支柱。这也是他生命开始书写华章的真正的转折点。

在工人俱乐部的时候，许艺城的才华逐渐崭露，赢得了从小也喜欢画画的一位年轻姑娘的芳心。这个女孩名叫翁维洁，当时在镇文化馆做讲解员，是公认的周浦镇上一枝花。她的美丽是朴素大方、热情开朗的那种。她看中了身虽残疾却才气横溢的许艺城，放下许多追求者不嫁，甘愿为自己的所爱付出代价。当时，许艺城不顾翁维洁家里的反对，常常上门谈朋友，有时候把女友送回家中，他不忍离去，也总要到翁家坐一会，多说一些话。翁维洁的父母知道后，强烈反对这门亲事，他们把女儿关在家里，3个月不让她出门。没办法了，许艺城想出了一招，写下洋洋洒洒几千字的情书，派出女学生当信使，送到被"幽禁"在家的翁维洁那里，他在信中鼓励她：我们的婚姻是自由的，不受任何事任何人的干扰。其实，在那个时候，许艺城心里非常害怕失去她。他也把自己的幸福包括生命全部寄托在了她的身上。他自忖：今生如果没有这个女人，我这辈子也是要走极端的，就是吃啊喝啊早点死掉算了。

后来，送信的秘密让翁维洁的父母发现了，这些信被交到当时俱乐部里的工宣队、军宣队手上。他们还找来小翁谈话，开导她说：许艺城没有工作，家里穷，脚又有病，你贪他什么？你蛮漂亮的，为什么一定要找他？可是恋爱中的男女总是听不得别人说自己喜欢的那个人不好。爱情有时候就是这样神圣的，容不得别人来亵渎。自此以后，生性也有点倔犟的翁维洁更加坚定了自己的信念，因为劝她的没有一个人说得对，全是家短里长凡夫俗子的话。

不久，翁维洁从家里跑出来了，跑到许艺城的家再也不回去了。一间18

平方米的简陋小屋,盛装下两颗年轻而热烈的心。简单的婚礼,不寻常的结合,程十发为许艺城画了一只羊。等到他们的女儿生下来了,取什么名字呢?先取许伟恋,再改许恋特,特别的爱产生特别的女儿,后来女儿果然不一般,很有出息,成为夫妇俩的慰藉和骄傲。但在当时,岳父母心中的结一直没有打开,小孩上门,他们都不认。直到小孩上了高中,这对夫妻恩爱如初,两个女儿也出落得婷婷玉立,岳父母最终刮目相看,相信了女儿当年的选择。

金屋藏娇幸福无边

许艺城的病情发作时,腰不能弯曲,两脚不能走路。由于家庭贫困,没有条件到市区大医院去看病,结果病情被耽误造成终身痛苦。他得了与奥斯特洛夫斯基一样的病,只是后者是致命的弥漫性类风关。而他是非致命的僵直性类风关。

但是,有了爱的滋润,一颗受伤的心复活了,爆出新芽。许艺城经过打拼已在周浦和南汇享有名声。那个特殊的年代看不到怀素、张旭的字画,许艺城就临摹毛泽东的字,他为一家商店写的两幅字被疑似伟人的真迹。他还画人物,人家都说他那是"宝像",画得神情毕肖。后来又因为身体不能弯曲,许艺城得了"笔挺"先生的绰号。周浦茶馆店里有些人更是把他说得神神道道,传出话来,要当心那个"笔挺"先生,不要被他画去,被他画着了魂灵也会被勾掉的。后来,果真有一些老人看见他来就逃掉了,但也有一些胆大的老人不信,让他画,画好一看,果真很像自己。

1983年许艺城被南汇教育局借到南汇师范学校康桥分校当老师,上了3年的美术教育、商标设计课。1996年,许艺城在改革大潮的推动下也跃入"商海"了。他为一些企业和个体户画商标,收入很不错。他知道,爱最终不能靠缠缠绵绵过一辈子,养家糊口是每天清晨起来就要面对的现实,所以作为一个男人,他总是努力地去完成赚钱的责任。

几年后,许艺城开始心无旁骛专攻中国画创作,他喜欢豪放派的辛弃疾和苏东坡的人物意境画，每一天不画到凌晨两点不睡觉，这个习一惯一直保持至今。

周浦镇上有一位世纪老人苏局仙，当时，他是在世的清朝最后一个秀才，名闻遐迩。苏局仙老先生百岁寿辰时，周浦镇的五位书画家合作为老人家祝寿，许艺城画人像，其他人画背景、题字。画好后，苏局仙先生非常高兴，特意叫儿子送来一块匾。上书"业勤轩"。许艺城得此美物，喜出望外，特意一跷一跷地赶到周浦牛桥，去拜谢苏局仙老先生。以后，许艺城和苏州美专同学张大伟、陈辉光三人开画展，苏局仙老先生也题书予以支持。

现在事业有成，名声鹊起，许艺城依然感激的是妻子翁维洁，逢人便说太太好。此外，两个女儿也是他的骄傲与欣慰。他教育子女以"纯洁"为主。他自制了一块用硬板纸做成的戒尺，碰到考试，应该考100分的没有考到，缺一分就打一记，不过这是玩玩的，不是真打，因为女儿是许恋特嘛，他不舍得打。他还经常告诉女儿：爸爸读书太少，只读了中专。后来，女儿许恋特考上了上海工业大学英语系，在一家广告公司实习三个月，就连连跳槽，最后独自开了一家广告公司。如今大女儿在加拿大，事业有成，最近回国发展，小女儿也是安居乐业，相夫教子。更令父母自豪的是，两个女儿都是自力更生，不要父母的钱，相反全力以赴支持父亲的事业。最近，大女儿和女婿在筹办让父亲去加拿大开个人画展的事情。许艺城为此也精心准备，完成60幅大开面的4尺、6尺对开的整张画，准备到加拿大去展出。他相信自己极富中国传统文化的人物画，定会赢得异国人民的喜欢。

许艺城自述，我画人物，最注重眼睛，眼睛传神，是心灵之窗，能说话。他先画上眼皮、瞳仁，再画下眼皮、眼圈，随后一点点画出来。他的画气势宏伟，属写意画兼工代写，受到收藏家们的青睐。在人物画像方面，他喜欢傅抱石、任佰年，认为这两位是一流的大家。他的书法，则来自对张旭、怀素的研究，30余年下来，许艺城的草书也自有一种大气。

一生正直一生"笔挺"

许艺城平生喜欢画图写字、喜欢喝酒、喜欢交朋友。身虽残,却亲和过人。一生重情,把金钱名誉看得很淡薄。

许艺城出名了,专业的美术杂志连篇累牍地介绍他,表明他的国画水平已是跻身行家之列。中央电视台跟踪他三天,为他拍摄专题节目,他的传奇人生感动了许多人。他的母校周浦中学任教他初一的老师回忆说,许艺城上课时,右眼看老师有没有到他身边,左眼看台板下面他的画面。平时看上去文质彬彬的,不捣蛋,画画从来都是班里最好的。

今年5月19日,周浦中学同学聚会,年过花甲的老许非常重情非常认真,为每一位同学写了一幅书法作品,这30多幅作品倾注着他对人生的感恩,对情谊的看重。对待师友、亲朋如故,在生意场上,许艺城也留下了许多佳话。

不久前,在福州路古玩城书画名家的笔会上,一位香港女士在许艺城的展位前来回走了三趟。她看中了"唐伯虎点秋香",但身上只有3000元了。许艺城一听,二话不说,就让了价。那位女士非常感叹地说:"下次我还要来买你的画!"还有一幅郑板桥的画,被一对衣着朴素的老年夫妇看中了,他们将兜里的钱全部拿出来了,连保安也过来说,我看见他们数钱了,只有345元,还不满开价的钱。可是最后,许艺城只收了他们300元,说:"人家回家还要车费呢。"展出卖画,许艺城也是看人卖的,一张1000元的画,人家只有600元,也照样卖出,交个朋友。

以前,许艺城的画都是送人的,最近到了拍卖行居然一炮打响。天道酬勤,许艺城的成功要比正常人付出更多更艰辛,他的书画技艺日臻成熟,受到圈内人士首肯。许艺城每天抱着残躯站立10小时,作画到凌晨两点。他吃饭也只能站着,到饭店吃饭就像发表祝酒辞,却没有结束的时候。妻子照料他的生活,当心好他的全部,那一年妻子去加拿大5个月,许艺城不能弯腰,于是发明了用勾子穿裤子的办法。

生活中,许艺城是一个残疾人,腰板硬,意志更坚。艺术上的追求和收获使他能够坦然面对一切。他的命也硬,有一次肚子疼得要命,一吃东西就痛,去医院要做直肠镜,要活检,许艺城怎么都不答应,不检查不配药,回到家里,自己看《黄帝内经》,发现青菜白粥是最好的清肠法。坚持一周,病痛自然清除。还有一次,他跌倒在地,躺在床上不能动,太太劝他去看病,他却说:"我知道,不要紧。"结果一躺就是两个月,硬是从伤痛中走了出来。更有一次,发现食道不行,人家紧张得要命,他却没事一样,照样画图写字,一样不落,结果也安然无恙地挺了过去。许艺城是这样想:我已经得了那么大的病,我还怕什么?再说。老天爷让我一个人得这么一种病已经够受了,不会再那么"眷顾"我了吧?

在病痛面前要挺住,在名利面前也同样要挺住。平时,许艺城性格豪爽,钟情于古诗意境人物画,尤喜豪放派,作画多有辛弃疾词意之作。"笔挺"先生是一个顽强、精彩的人,他给许多健康人以启示:其实,人生就是一个"挺"字,再大的困难再高的坎儿,挺一挺,没有过不去的。

2007.7.10

一位跨越了3个世纪的神奇老人

吕紫剑生于1893年10月15日,今年115岁。他精神矍铄,思维清晰,有着深厚的武术内功。

8月22日,在重庆市南岸区涂山镇上,午宴中间,吕老叫隔开他两个座位的本报记者过去,摆出一记双封掌,把记者的双手夹在里面,让记者发力,吕老竟然纹丝不动!那个劲简直可以用稳如磐石来形容。

记者蹲马步用丹田之气,竖掌用力想分开吕老的双腕,但老人势大力沉,真是太神奇了!说明老人还在天天练功打拳,否则115岁的他怎么可能封住一个好歹也是练过武术的壮年人呢?!

被联合国誉为"健康长寿老人"

8月21日晚上,重庆警备区参谋长蓝显忠少将在长江边与记者聊谈时指着对岸的一条山脉说,115岁的吕紫剑老人就住在涂山脚下。将军说那次去看望老人家,特地带了上好的纸和烟,因为吕老既练功又作画。

翌日上午,我们驱车来到南岸区涂山镇。山坡下有一幢民居,铁门紧锁,少顷,一壮汉来开门,他把我们带到楼上。

一位银发长挂、须髯皆白的老者闻声而起。握手之间,记者仔细端详这位长者,他的脸上几乎没有皱纹,白里透红,胸脯开阔厚实,手臂粗壮,让人惊讶。

先期抵达重庆的著名画家唐天源双手捧着聘书递给吕老,并赠送了一幅画。老人接过,转身独自向卧室走去,硬朗的脊背,利索的脚步,令前去一睹吕老风采的众人望之兴叹,啧啧有声。一会,老人出来展开手中画卷,一幅国画"雄风"图跃然眼前:金黄色的色彩披在虎的身上。他以此画回赠上海虹桥画院院长唐天源,寄托寓意:虎老雄心在!

刚才开门引见者,是吕老的大弟子王清华先生。对中医颇有研究的他在一旁解释,吕老想把中华武术中的奇葩——八卦拳传授下去,发扬光大,还想把中国古老的养生之道播撒人间,造福大众。

被联合国誉为"健康长寿老人"的吕紫剑老先生,现在每天晨起练功、午后打坐、作画看报、打的访友,生命力如此旺盛的源泉来自何方?记者试着揭开个中奥秘,同时,也应他的徒弟之请,还一个真实可信的吕紫剑给世人。

上世纪20年代在上海生活过

交谈良久,外出午餐,吕老背上一个皮质挎包,出门上车。面包车踏脚板较高,但吕老一抬腿就上去了。

在饭店坐定,吕老出去"方便",记者提出陪同前往,老爷子摆摆手,语气坚定:"不用管我。"

回来入座,他告诉记者,上世纪20年代曾在上海住过很长一段时间,那条路叫霞飞路。他知道,现在这条路改为淮海路了。与吕老交谈相当轻松,他思路清晰、口齿清爽、风趣幽默,真是一位健康长寿老人。

回想当年,他娓娓道来。他与霍元甲是好朋友,霍元甲摔跤摔得特别好。他曾和外国人打过两次擂台,立过生死状。美国拳击手汤姆身高一米九十以上,两人打了一个多小时仍难分胜负,吕紫剑的两手皮肤都被抓烂了,这时一个叫王钢的学生大声提醒他:"师傅,用八卦掌。"吕老说当时打迷糊了,清醒过来后,他走八卦绕着汤姆走,最后用掌击中对方胸部,汤姆当场吐血。后来在上海和日本人三井秀夫比武,练跆拳道的三井更不是他的对手,结局比汤姆更惨。

获中国武协最高武术 9 段称号

吕紫剑是获得中国武协最高武术 9 段的唯一的民间武术家。从 86 岁起,凡有武术比赛,吕老必定前去参加。93 岁时,他加入当时的四川省武术集训队,随后代表四川参加在徐州举行的全国比赛。为重振武当雄风和游身八卦连环掌,吕老作出了杰出的贡献。

吕老见多识广。在上海,有位 92 岁的老人天天练心意六合拳,这位老人名叫凌汉兴。凌老先生曾于 1953 年写了《心意六合拳艺传真》一书。当记者将这本书赠给吕紫剑老先生时,吕老接过连声说:"心意六合拳,我知道、我知道。"他边看边说:"好!好!"

听说记者来自上海的新民晚报,吕老高兴地说:"新民晚报,我晓得,解放前重庆也有。"他拉住记者的手,把嘴贴在记者的耳边说:"我们有缘。"

凑近时,记者发现,在吕老的一丛丛白发间,竟有细细的黑发长了出来,他的手臂上也长出许多黑色的汗毛。

吕老的弟子说,吕老大概是 95 岁时身上开始脱皮的。一年年过去了,老皮脱了,新皮长了出来,脸上手上身上都是这样。吕老鹤发童颜,简直是返老还童了。

吕老说,他现在是 3 年"换"一次皮肤。

有人说,吕老练就了"再生细胞"本领,初听不以为然。然而,前天晚上,记者就此问题请教美国哈佛大学医学院的康景轩博士时,这位在世界生物医学上颇有建树的美籍华人青年科学家不仅对"吕紫剑现象"很感兴趣,并肯定了他的"再生细胞"本领。

以素为主,最喜欢吃西红柿

8 月 24 日下午 3 时 30 分,记者再次前往吕老家中看望他。

稍坐片刻,部队的同志接他去军营。在会客厅坐下后,吕老喝了口茶,点上一支烟。他说,烟里面的尼古丁帮助人的记忆,对脑子好但对肺不好。一会,他便起身向人们传授养生强身之功法。老人家一时兴起,又与记者交手。他使出一记"鱼尾掌"攻击记者的左右两腮,动作敏捷可见他昔日身手的矫健。

动过拳脚,吕老走到三楼,看见唐天源正在为他画一幅山水画,马上说,要画一幅"云中龙",作为酬谢。他落笔即画,不打底稿。随后,他还挥毫蘸墨,书写大字条幅赠给部队领导,并应记者之请写下了"向新民晚报读者问好"九个大字。

吕老每天早上7时起来练拳。早餐吃得多,要比一般人多吃二三倍,中午吃得好,晚上吃得少。他不吃大鱼大肉,以素为主,最喜欢吃西红柿。下午2时休息,打坐一个半小时,晚上11时入睡。

他天天看报纸,也看看电视唱唱京戏。老人平时出来总是穿戴整齐,吃饭后长髯之中不会有米粒。他吃东西没有忌讳,现在和孙子孙媳住在一起,家里烧什么他吃什么,不过他传给别人一招:每天生吃西红柿,这是好东西。

要把中华武术和养生之道传下去

吕紫剑,他以115岁依然健康如常的奇迹告诉世人:运气养生修性,打拳灵活手脚,动静结合,乃是长寿要义。

网上有许多文章称他"长江大侠",与"江东大侠"霍元甲、"黄河大侠"杜心五齐名合称中国三大侠。但是,这位跨越了3个世纪的神奇老人吕紫剑由衷地说:真正把中国治理好的还是共产党。

晚年,吕老仍有壮志未酬的雄心,他接受本报记者独家采访时多次谈到,要把中华武术和养生之道传之于世,他还表达了想回上海看看的心愿。

多年来,吕老的家人照料他的生活。他的长孙女吕舜华,曾在各种武术比赛中多次获得优异成绩。现在,吕舜华行医授拳,已担当起爷爷念念不忘的弘扬中华武术重任。对网上的讹传,她反复强调:我爷爷不是神仙,他没那么厉害。

与吕老相处时,他的坦诚让人敬佩——实事求是,从不故弄玄虚。别人夸他强健,他却直言相告,现在腿有点软了,头有时会晕。因此,有幸能接触他的人,应该像爱护国宝一样爱护老人,体恤老人。比如吃饭,不要安排去没有电梯却要徒步上楼的饭店。

然而遗憾的是,几乎"得道成仙"的吕紫剑老人也要面对这个世俗社会的一些困扰。比如人们想知道吕老先生的长寿秘诀,但是他老人家同样也有自己的隐私需要保护。过去家里一贫如洗,现在什么都有了,他的晚辈只是希望老人家深居简出,能安安静静地颐养天年,这个愿望也应当得到尊重。

2007.8.31

附:《115岁"大侠"跨越了三个世纪》追忆

忆当时意外惊喜得采访

2007年8月31日本报刊载《115岁"大侠"跨越了三个世纪》,披露了民间传奇式武当传人吕紫剑大侠的真实故事。说它真实,是记者与这位可敬的老人相处三天,从上午到晚上,吃午饭并吃晚饭,最后一直把他送回家中。如此采访,得益于著名画家唐天源先生的安排。他,也是有点传奇色彩的人,在三任中央领导身边做过秘书,有少林拳功底,更有作画的天赋和成就。

因为过去的经历,唐天源与部队厮熟。2007年8月底,我们到达山城的当晚,重庆警备区参谋长蓝显忠少将就在长江边上的饭店宴请我们一行三人。蓝参谋长指着对面的一条山脉说:吕紫剑老人就住在涂山脚下。

听了这话,我的心情很激动,明天就可以一睹这位传奇式武林神秘人物了,一解我心头多年的思念之羁绊了。我曾经看过中央电视台《东方时空》栏目拍摄的吕紫剑大侠的一个专题片,耄耋老人不仅手舞双刀还能在地上打滚,由此可见其功夫之深。另外他93岁时代表四川省武术队参加全国武术比赛,也在当时传为美谈。传说也好,报道也好,只有自己亲身经历与之接触,那才是真实可信的。

翌日,部队的车子送我们到南岸区涂山镇,这里就是史上传说的"大禹治水三过家门而不入"的地方。吕紫剑的家就在山脚下,门前的一条水泥道路是往山上去的。也许,知道有人要来,听到外面的声音,一位中年汉子出来开门,寒暄后,带我们径直上楼。银髯飘拂,声如洪钟,吕紫剑老人站起来与我们握手。他胸脯开阔结实,手腕粗壮有力,我采访过许多寿星,过百岁的老人有这样的体魄却从未见过。

唐天源先生也是一个"顽童",不但与吕老熟,而且看得出来吕老也很喜欢他,他会"折腾"。一上来,唐先生即把自己主持的上海虹桥画院的大红聘书恭恭敬敬地递给吕老,同时赠送一副自己的画作。吕老显然很高兴,兴致也很高,转身走向里面的卧室,我马上紧盯着他的背影,看着这位步履稳健、身体硬朗的老人走进房间,不禁感叹万分。

到如今紫剑已"暗"成绝响

吕紫剑的一生富有传奇性,他是武术大家,又做过四川袍哥,解放后被判刑,文革后出狱重出江湖,活跃在中国武术的比赛场上。

外界对他的年龄多有怀疑,但是,他并非一个突然冒出来的百岁寿星,从他以往的曲折经历看,已在社会上留下了痕迹。比如判刑、出狱,有关部门应该都有经历。我通过吕紫剑的大弟子、重庆市公安局武术总教练王清华了解到,吕老的年龄没有问题,上下落差一两年可能的,但是可信的。

1979年,吕老曾经率领弟子上武当山,为恢复武当拳术亲授套路,中央新闻媒体和当地数十家媒体都有报道。

奥运会在北京举行之前,有人提出请吕紫剑在奥运开幕式上打拳,但是有关部门未予采纳,认为110多岁的老人万一在台上有个闪失怎么办,很可惜,中国武术亮相世界的一次机会失去了。

其实，我在重庆和吕老相处了三天，网上盛传吕老竖掌封住我双手的一张照片。当时115岁的老人吕紫剑招呼我说：小朱，你过来。随后让我两手竖起挣脱他的封住。我不在意，就发力了。没想到，手腕上内侧感觉像被老虎钳夹住一样，很疼。接下来，我蹲下，运气、慢慢发劲，等到吕老坐着的椅子有点动了，我马上收住，连连称赞："老英雄！"

后来，我当时93岁的老师就说我了，你怎么会被他封住呢？并给我示范双手一前一后抽出与击打同时完成的动作。这个我知道，但这是试试，不能动真格，这是题外话。另外，最近吕老的弟子王清华从解放前的报纸上找到了吕紫剑的骨科广告，还有别人写到吕紫剑的文章。

世界有时很小。上海享有盛名的气功家陆国柱给了我一张30多年前吕紫剑老赠送他的杂志签名照片，还说，吕紫剑是他的叔伯，是一个门派。

去年我去重庆时，原本想去探望吕老的，他摔了一跤，虽然通过自我疗伤度过鬼门关，但是状况大不如前，有人来看他，他刚开始还能强打精神坐着，等人一走，立刻像泄了气的皮球瘫软下去。最后，只能躺在床上，因为怕被感染，已经谢绝一切探访。

2012年10月21日吕紫剑逝世，享年118岁。这位被誉为"长江大侠"的老人跨过了三个世纪，此前还被重庆市政府公布为该市900多位百岁老人中最年长的健康老人。斯人已去，终成绝响。以后，中国武坛不会再有这样神奇的大家。

2013.6.3

蓝天骄子　亮相申城

——上海市公安局警务航空队纪事

上海市公安局警务航空队是个全新的警种,警务直升机一亮相便受到社会各界的广泛关注,此次有机会走进这个特殊的警营,让我们看一看空中警官们心中的宏伟蓝图,看一看直升机飞行员们不平凡的训练与生活。

2008年国庆,万里无云,碧空如洗,外滩游人如织,呈现出一派节日喜庆祥和气氛。突然,三架蓝白相间的直升机排成三角形由远而近地捎带着轰鸣声飞临外滩上空,一时观者如堵,眼尖的游人还发现其中一架直升机下方竟然悬挂着一面鲜艳的迎风招展的五星红旗。出现这一盛景,不知有意还是巧合,有一位游客不知就里,询问正在外滩执勤的公安民警,这是什么直升飞机。公安民警抬头看了一眼,骄傲地告诉他,这是我们上海的空中警察。对!这就是我们上海市公安局警务航空队的直升机,今天,他们首次悬挂国旗在黄浦江上空执行巡展飞行。

组建:上海市民将率先受益

虹桥机场,我是常来常往的,却不知道在它的右侧还蕴藏着这么一大块空地,这是上海市公安局警务航空队也是市政府飞行队的驻地,四架警用直升飞机停在水泥坪上,在蓝天白云的映衬下格外壮美。

2009年11月5日上午,我走进了神秘的警务航空队,从驻沪空军指挥所司令员的位置上转业过来任市公安局副局长的郭永华接受了我的来访。这是一位身材匀称、精明干练之人。没有想到，他竟是有着30年驾龄的优秀战斗机飞行员，但最令我佩服的还是他对天空的理论研究以及角色转换之快的无间隙"胜任"。

此前，我对警务航空队的第一次采访是2009年9月16日下午，副队长彭优民原是驻沪空军司令部副参谋长（正团职），在附近民航飞机的此起彼伏起降轰鸣声中，这位思路清晰的副队长侃侃而谈，上海是不是应该拥有警务航空队，这已经无需争论，这是上海作为国际化大都市发展的迫切需要。此后不久，我因采访去了一趟意大利，住在维罗纳的一个宾馆里，它位于偏远的郊区，每天上午和傍晚，我都能听到直升飞机在上空轰鸣飞过的声音，有了采访警务航空队的经历，我知道这是维罗纳的空中警察在例行巡逻，由此也增添了我的思念或说迫切希望，我们的上海早就该有自己的直升飞机在申城上空执行警务巡逻任务了。

上世纪九十年代，武汉市公安局在全国公安系统首开先河地购买了一架直升飞机，开始组建警务航空队。接着，广州、郑州也开始组建起自己的空中警队。南京则是在第十届全国运动会之前建立的。但是，上海在这方面显然落后了，由于种种原因一直未能组建。然而，随着上海这个大城市的不断"长大"，直升飞机便捷、快速、不受地面交通限制的优势再次凸显出来。

市局警务航空队的组建虽然起步较晚，但却以超过其他兄弟省市的速度迅速组建起来了。2006年，市委常委、市委政法委书记吴志明到驻沪空军指挥所调研，当时作为司令员郭永华进行了接待，并提供了有关空中资料。一年后，郭永华司令员转业到市公安局并奉命参与组建警务航空队。上海市委、市政府以及市局党委高度重视这支特殊队伍的建设，市委常委、市委政法委书记吴志明，市长助理、市公安局党委书记、局长张学兵，市局党委副书记、副局长程九龙曾多次召开专题会议研究解决警务航空队组建过程中遇到的难题，市政府以及市局各相关部门也给予了大力支持，从装备、采购到人员编制等方面，对警务航空队的保障可谓是一路绿灯，畅行无阻。

在城市装备直升飞机执行警务任务的建设中，全国各省市发展也很快，尤其是这两年北京、重庆、陕西、山西、南京、郑州、广东等地，都花大力气组建了警务航空队。在汶川大地震中，直升飞机所发挥的抢险、救治和运输作用，更是以活生生的事实彰显了它无可比拟的优势和威力。没有直升飞机，部队上不去，伤员出不来，堰塞湖可能就要决堤垮塌。关键时刻，直升飞机扮演了突击队的角色，没有它，损失会更加惨重。

郭永华副局长尽管在办公室接受采访，不是"马上相逢无纸笔"，但他既没有翻笔记本，也没有拿什么纸张，一切仿佛都了然于胸。他从容镇定，娓娓而谈。组建警务航空队首先是硬件，这好办，建基地，招飞行员。现在的社会是开放的，一开始，警务航空队也上网招飞，结果不太理想，因为飞行员与机务人员全国公安警航都缺。一个直升机驾驶员需要飞行五六年才能单独执行任务。独立操作的机务人员也要五六年的时间。陕西有3架直升机，目前只招到3名飞行员。

于是，警务航空队在招飞行员时采取了分步走的方法：一是招成熟的飞行员，首选是部队，招进来经过培训就可以飞了。停飞多年的，则需要对他们进行系统恢复，再进行培训训练，这绝非易事；二是从上海公安队伍中培养自己的民警飞行员。经过严格的身体检查、心理测试、体能测试等一系列选拔程序，合格后再送到国外去培训。上海在这方面已经多了一个"心眼"，就是这些学员培训回来以后就是一个响当当的教员了。随着上海城市的高速发展，要有自己的后备力量，随时准备升空执行警务飞行任务。

警务航空队从空军和陆军航空兵中遴选出9人，他们有的停飞了六七年，短的也有三四年了，原来准备挑选35岁以下的，现在只能放宽到40岁，为解燃眉之急，这些飞行员立即被送到国外进行培训。另外，从上海公安高等专科学校学员中进行挑选，在150多个学员里挑出了6人，送往美国布里斯图飞行学校进行系统学习。

在我国，警务航空队建设起步较晚，是一个全新的警种，因此没有系统的管理规范，不像军航、民航，已经有了成熟且系统的管理规范和操作手册，当然这些东西都是用血的教训换来的。市局警务航空队成立伊始,就着手制定规章制度、训练大纲,公安部有关专家也来指导,要求上海要搞就要搞出一个像样的东西,使飞行员、机务人员有章可循。

郭永华副局长说,飞行的首要问题是安全。一架小型的EC-120直升机价值就是2000多万元,中等的高达8000多万元。更重要的是,一旦空中出了事就会殃及地面,政治上影响大,经济上损失大,社会上危害大。

为了确保飞行安全,警务航空队在筹备组建阶段就去市政府有关部门协调,要求上海的高层建筑物一定要安装"障碍灯",并逐步形成地方性法规,这样才能保证直升机的飞行绝对安全。当然,对起降点也要进行保护。美国直升机的起降点有成千上万个,而目前上海只有40多个,合法使用的只有瑞金、长征、华山等6家医院,其余的只能作为应急使用,不得已才会去停落。

在市政府有关部门的大力支持下,直升机是购买回来了,却遇到一个更大的难题,就是与大飞机飞行的矛盾。在香港,直升机是与大飞机同场使用的。而警务航空队的直升机原来是靠人力推到没有大飞机的地方才起飞的,就像推雪橇一样,是一项扛、抬、推的体力活。这样做也是迫于无奈,因为民航部门不让直升飞机从大飞机中间过。警务航空队就与华东空管局多次研究协调,直到证明安全系数确实够了,才获得了从民航飞机中间过的起飞权。现在,警务航空队是国内直升机与大飞机同场使用的第一家。

在谈到警务航空队下一步发展时,郭永华副局长显得颇有信心,他说直升飞机的发展要与上海"四个中心"建设相配套。地面上的交通拥堵,一时很难得到彻底解决,目前畅通无阻的只有直升飞机。我们也许会想到监控探头,但即使它覆盖面再广也只能看到局部,只有飞行在空中的直升飞机才能鸟瞰大地扫视四方。站得高,当然看得远,它可以预测未来交通流量发展趋势,为地面交通指挥作出合理决策发挥参谋作用。

1000米以下为低空,100米以下为超低空,现在低空飞行需要严格执行层层请示报告制度,我国的低空一旦开放,那么直升飞机将迎来它蓬勃发展的春天,从直升飞机产业的发展状况来看,它的未来发展壮大势在必然。郭永华副局长说，作为上海警务航空队应该要先行一步，着手研究这些问题，早作准备，未雨绸缪。他还说，将来直升飞机真正担负起医疗救援、空中搜索和消防救援、治安巡逻、反恐处突等任务，受益的首先将是上海市民百姓。试想如果在高速、外环、郊环线上发生重大交通事故，有伤员危在旦夕，此时地面道路又非常拥堵，警车无法快速地到达出事地点，这时直升飞机快速且不受路面影响的优势就显示出来了。几年前，记者曾在外环线上亲眼目睹一场车祸，卡车驾驶员被卡在车厢里面，等到消防车赶到，用扩张器把他从驾驶座上解救出来，他已经气绝身亡了。据权威部门调查显示，一旦发生重大车祸，伤员如果能在半小时内得到及时救治，那么其存活率将大大提高。

警务航空队已经酝酿要有警航自己的救护人员，还要有自己的医生。中环、郊环、外环都将是他们巡逻出警的地域。应急救助，香港能做到，上海也能做到，要做就做最好的。

由是观之，上海目前急需解决10吨以上的大型直升飞机。过去，东海搜救打捞队在救人时，一次最多拉上六七个人，下面如果被困二十多个人，在风急浪高的恶劣条件下，直升飞机要往返好几次才能把被困人员全部救上来，这既增加了飞行难度，也降低了救人的效率。

穿行：高楼"森林"世界第一

据有关部门统计，在上海，16层以上的高层建筑有7000多幢，其中400多幢是100米以上的超高层建筑，建筑数量已经远远超过香港特别行政区，成为全球高楼建筑数量第一的城市。警务航空队的飞行首先要面对高楼"森林"，在它们中间穿插飞行，犹如美国大片中的特技。不过，我们也大可不必为此担心，在艺高胆大的蓝天骄子面前，这些并不可怕。

一幢幢高楼拔地而起，雄伟壮观，确实是城市的一道亮丽的风景线，但也让人担忧，一旦高楼发生火灾，而消防云梯无法到达怎么办？这时直升飞机的优越性就体现出来了，让直升飞机悬停在楼与楼之间，靠近阳台时，开舱门、放吊篮,像缆车一样一下子可以装进二十多人,当然非大型直升飞机所不能办到。在世博会开幕之前,警务航空队渴望自己的装备得到提升,能配备这样的大型直升机。中央电视台新楼起火,北京警务航空队虽有直升机却没有这个能力。南京50层大楼大火,我们也没有能力施救,只能眼睁睁地看着它们被慢慢烧掉,望灾兴叹的感觉让人心痛。据介绍,在美国、俄罗斯、欧洲的消防直升机上设有水袋,一次可装5吨水,它们飞临高楼,将水袋从顶层覆压下去,2分钟内全部倾倒下去,而且只要有水源,1分钟之内又能重新装满5吨水。上海大小火灾每天都会有,遇到小高层,地面消防就给解决了。至于高楼失火,直升机最好,飞临上空,一方面可以实施指挥,同时可以参与救火,上海如果能有消防直升机存在,老百姓的安全感就又多了一层保险系数。

采访中,郭永华副局长还绘声绘色地讲起有关直升机的逸闻趣事。他说,直升飞机是个好东西。2003年河南装备了直升机以后,原来多发的抢劫银行、运钞车等案件得到有效遏制。可以大胆地设想一下,作案后正在逃跑的犯罪嫌疑人,面对头顶上盘旋的直升飞机和高音喇叭,他能不被震慑住束手就擒吗?在深圳某地一个小村庄里走私假钞猖獗,缉私警察前往查抄,每次冲进去都发现人去楼空,因为专门有人望风,外面一旦有风吹草动,里面的人早已作鸟兽散。自从启用直升飞机飞过去,下面的人浑然不觉,到达指定地点时神兵天降,一打一个准,非常奏效。

直升飞机在新时代里也是一个民心工程。广东早几年在"麦莎"台风中,有五十多位老百姓被困孤岛上数小时,由于天气的原因,救援船只无法靠近,被困群众饥饿难耐,生命岌岌可危。广东省委领导前去视察时,果断地调动了直升飞机空投食品和水并将老百姓全部救出,被救的老百姓激动得齐声呼喊:"共产党万岁!"

警务航空队目前正根据市长助理、市公安局党委书记、局长张学兵"安全意识必须强而又强、飞行能力必须强而又强、严细作风必须强而又强"的批示要求,加紧进行飞行训练、秣马厉兵,积极地与其他警种进行合成演练,2010年2月以后,这支空中警察队伍将会24小时备勤,以最快的速度履行急救、指挥交通等职责。

飞行：高空中"走钢丝"

我采访的第一位飞行员是张茂华。在我的眼中，他们都是很不平凡的人，身体素质好、反应速度快，而作为警航队副队长的张茂华，还有一种沉稳持重的气质。他原是空军特级飞行员，原中央领导专机团飞行大队长，曾在1998年抗洪救灾中执行运送中央领导人到前线视察等重大飞行任务，飞行技术和经验堪称一流。多年积淀的飞行技术和经验、人生阅历和修养，无疑成就了他作为一名警航队领导的风范。

他是河北省宁晋县人，1981年入伍。当时招飞全县只有3人入选，在飞行预备学校学习一年，航校二年，他学的专业就是直升机。他说，尽管飞了这么多年，至今仍深深地喜欢飞行这个职业，从部队转业到地方还是飞。所不同的是，过去在部队多的是飞山头，现在是飞楼顶。直升机最短的机身也有十三四米长，但有的楼顶可供降落的长度才17米，飞行难度一点没有降低。

这位有着3000多小时飞行记录的特级飞行员转业到了地方，也要经过特别训练，才能独立驾机升空。张茂华谦虚地说，飞行员光有技术还不行，更要严格遵守规章制度，天上无小事，不能有任何随意性。警务航空队领导班子认为，由于他在EC-135上飞行时间较少，对新机型有一个熟悉的过程，无论他过去多么辉煌，作为EC-135的飞行学员，必须从起落等基础科目开始一项一项练习，一步一步改装，直到他把起落、悬停等科目练得非常熟悉后，才取得了"上岗证"。

每一次起飞，警务航空队都要按照建立起来的"念单"制度，即对照航前检查单上的项目逐项检查，这看似机械，却是保证飞行安全必不可少的重要环节。

在第一架EC-135的第三个飞行日，在进行直升机飞行训练前的地面试车时，飞行员发现当直升机与地面电源连接时，机舱电压指示正常，但地面电源一断开，电压就显示低于标准值。经机务人员现场检查，找出了原因所在，原来是一个电门开关原应在 NORM 位，被误触动到 OFF 位。怎么办？那时飞机刚交付不久，机务和飞行人员对座舱设备都还不熟悉，在检查中均未发现此问题。虽然开关拨回原位后，飞机各项性能都显示正常，可以继续飞行，正在现场指挥飞行的郭永华副局长还是果断地作出了停飞整顿的决定。

飞行是一项技术复杂同时也必须要保持一丝不苟的事情，不容半点麻痹与松懈，必须要尊重飞行客观规律，严格执行操作规程，否则，飞行就会存在着较大的风险。有一天下午，警务航空队正在组织飞行训练，此时已进入改装训练攻坚阶段最后一场训练，天空却不作美，转眼间天气处于飞行临界点。

究竟飞还是不飞？有人认为：我们的飞机有先进的气象雷达，空军场站有着丰富的经验，再说还有一两个架次就能完成改装训练大纲了，不能因为天气而影响进度。

飞行指挥员和队领导进行飞行训练安全风险评估分析后，果断做出了停飞决定。当直升机被推入机库后，外面就下起大雨，一场飞行风险就这样被规避了。

确保飞行绝对安全除了飞行员要准确无误操作外，也离不开机务人员对飞机的细致检查和精心养护。按照工作惯例，每次飞行结束后，机务人员都要对飞机作全面仔细的航后检查，每一场次的工作时间都要比其他同志多出近 4 小时。随着夜航任务的增加，大量小飞虫被飞机光源吸引而撞在飞机前部的透明玻璃上，原本干净的机舱前档变成了坑坑点点的"麻皮"，擦拭飞机的频率和强度也大大提高了。在毒热的太阳底下，干着强体力的工作，难免会心烦气躁，不知是谁嘟哝了一句：干嘛要天天擦？随口一句牢骚话，被机务大队长翁国兴听到了。随即，一场机务人员维修作风整顿活动展开了，围绕在飞机比较稳定、故障少的情况下，如何克服麻痹思想和自满情绪，通过深入讨论，大家统一了认识，擦飞机虽然只是飞机外部的清洁工作，和飞行没有直接的联系，但是越是在艰苦的环境下越对机务人员工作责任心和意志力是一种考验。"勿以善小而不为"，这正是一名合格称职的机务人员所必须具备的性格特质，只有这样才能最大限度地减少人为因素对飞行安全的影响，确保飞行安全。

我第二次去警务航空队采访是一个午后，个子高高壮实有力的潘学刚站在我的面前，队里安排他接受我的采访，他似乎还有那么一点腼腆。其实，他是1988年入伍的老兵了。他老家在湖北荆州，高中招飞进了航校，毕业后到空军飞直升机。2008年初转业到上海，今年39岁的他现在担任警务航空队飞行大队副大队长。

尽管在我的眼中，他是蓝天骄子，但潘学刚还继续保持着部队里纯正的好作风，甚至还保留着那份朴实与憨厚。他说，在飞行生涯中感受最深的是1998年，当时他作为副驾驶，领受部队下达的命令后，跟随飞行员去执行任务，一天飞行高达七、八个小时。当时雷雨天气能见度非常低，飞机要准确地降落在点上，对飞行员的技术是一个严峻的考验，但他们还是圆满地完成了飞行任务。在天上飞翔，是一个自身价值的体现。潘学刚说，他喜欢这个职业并享受飞行在空中鸟瞰大地那种心胸壮阔的感觉。

我采访的另外一名飞行员，他的名字有点"怪"，叫鹿令卫，性格也很特别。一听说要采访他，他淡然一笑连连推辞。他是1985年入的伍，转业前是一级飞行员，他说，在外人眼里，飞行员是一个令人羡慕的职业，外人只知其光鲜的一面，却不知飞行员的艰辛。直升飞机机舱里的工作环境远不如坐在办公室里舒适，如警用型EC-135直升机就没有安装空调。机舱高度不足1米，长度不到2米，起飞重量为3吨。在选装飞机设备时，考虑到空调设备的重量相当于一名成年人的体重，为了最大限度满足警务飞行活动的需求，多安装一些警用装备，空调就没有被安装上去。EC-135直升机机舱狭小，只能依靠飞机两侧不足手掌大小的滑行窗口通风散热，况且机舱前半部分均为全透明结构，在太阳光的直射下，机舱内温度将近60度。不做任何操作，光在里面呆上半分钟，就满头大汗了，更何况飞行员还要进行各种科目的飞行训练。同时，为了防止手心出汗打滑影响飞机操控，飞行员必须带上厚厚的手套。一次飞行训练下来等于洗一次桑拿浴，飞行员幽默地将此比喻成"夏日里的桑拿浴"。

队里最幸运的无疑是27岁的飞行员叶磊和王飞。前者在宝山公安分局做过一年交通民警,后者则是上海公安高等专科学校的学员。他们赶上上海组建警务航空队的大好时机,作为同龄民警中的佼佼者,2007年2月起,他们经历了长达6个月的严格筛选,经过两轮体检、协调性测试、反应能力测试、心理测试、面试、英语考试等考试考核环节,最终从200多名候选人中脱颖而出,成为一名"准飞行员"。此后,他们又远赴美国佛罗里达州的航校接受10个多月的飞行初始训练,并取得了FAA的商用驾照。返回上海后,他们又开始了新的训练,熟悉掌握队里四架直升机的各项性能,为将来担负重任做准备。叶磊,这位曾在地面指挥疏导交通的民警,不久将飞行在空中俯瞰大地,在更高的高度、更远的视野里实施排堵保畅,那时心中将会是何等地豪迈?!

出更:上海警航显身手

2009年7月1日至18日,警务航空队远赴内蒙古鄂尔多斯参加公安部"警鹰—09"综合训练。这是警务航空队继2008年7月到空军如皋机场封闭训练一个月之后的又一次远征。

此行更不寻常,这是全国公安警务航空队的大汇演、大比武。市长助理、市公安局党委书记、局长张学兵出席了誓师大会,亲自为全体参训人员壮行。市局党委副书记、副局长程九龙也多次过问训练工作准备情况,并对飞行安全提出具体要求。市局专门成立了由市局副局长郭永华任组长,市局指挥部、政治部、后保部相关领导任副组长,有关部门领导任成员的综合训练领导小组。

长途转场是摆在警务航空队面前的最大挑战。面对即将开训,其他6个兄弟省市警务航空队已经抵达鄂尔多斯的情况下,参训队员不急不躁,密切协调沿途四个起降机场,仅用一天时间,就顺利完成了横跨6个省区市、直线距离达1700公里的转场任务,比公安部预计的时间提前了一两天,创造了警务航空队组建以来当日长途转场的新纪录。

郭永华副局长还亲自赶赴鄂尔多斯指挥飞行训练。警务航空队副队长彭优民、张茂华则全程参与训练工作的组织指挥，与队员们吃住在一起。张茂华副队长还担任EC-155直升机机长，坚持参加每一次的飞行训练。各级领导干部高度重视和亲历亲为，极大鼓舞了全体参训队员的士气，在飞行训练中警务航空队飞行员身上所展示出的上海公安"有魂、有力、有激情"的精神风貌，受到公安部警航办领导的充分肯定和赞许。

"警鹰—09"综合训练是警务航空队组建以来首次参加的全国性大型综合训练，也是在其他兄弟省市公安同行面前的首次亮相。随着世博会的日益临近，警务航空队还要和公安海警演练海上反恐，为了寻找一个良好的训练环境，警务航空队一次又一次地在东海舰队、海军大场机场、崇明机场三地之间奔波协调，最后终于使参训队员进驻崇明机场开展封闭式训练。为了给飞行员"加班补课"，警务航空队还特别邀请了欧直公司、中信海直公司等单位的资深教员前来带教训练，飞行员的飞行技能得到了有效巩固与提高。

目前，警务航空队已经参与过"110警营开放日"活动，并与特警一起表演了直升机索降科目，执行过清明节空中交通指挥、公安海警上海世博会海上安保演练、上海市"全民健身日"空中安保、"上海旅游节松江欢乐谷开幕式"空中交通指挥、十一届全运会火炬接力跑空中安保等多项飞行任务。

诚然，警用航空在我国、在上海还是新鲜事物，尚处于起步阶段，对警用直升机参与城市管理和服务的认知还有一个过程，警用直升机也有一个逐步拓宽参与任务的广度和深度的过程。我们完全有理由相信，在各级政府、社会各方面的大力支持和关心下，这支特殊的队伍将以优质高效的服务来回馈社会和公众，为维护上海的城市安全和社会稳定发挥更大的作用。

2010.1.4

我从来不谈养生　我是打仗的

引　子

张建明,成名于沪上而扬名海内外。现在,他已然成为中医的一个标志性的符号。

他,颀长瘦削,仿佛拔节的竹笋,不甘平庸,永远向上。甫交谈,他就开门见山:"我从来不谈养生,我是打仗的!"

30多年来,他就是这么一路"打仗"打过来的。这位从乡村医生成长起来的中医名家,始终坚守在临床第一线。

他正在构画一张别致的"世界疾病攻略图"。他想通吃人类万病。他把看病当作"打仗",攻克一种毛病就是占领一座山头,划上一个红圈。未拿下的病,划上一个绿圈。他夙兴夜寐,殚精竭虑,脑子里想的是中医,嘴上说的是中医。他没有任何娱乐活动,偶尔和朋友吃饭谈的也全都是中医。中医是他生命的全部。

说起吃绿豆、茄子,笑。针砭时弊,何须慷慨激昂。他只轻轻一句:"我鄙视江湖。凡爆棚一时而不能长盛的,一定没有真本事。"

革新:从辨证到辨病借鉴西医理论

七年前,非典后,名盛一时的张建明在嘉定区政府的关心和支持下,张建明中医诊所开设于城区人民街上。七年后,张建明又搬到了偏僻的嘉定华亭镇高石公路上。他之所以执拗地不肯到市区,甘愿蛰居乡间,为的是避开尘嚣,避免应酬,可以心无旁骛专心致志地治病救人,思考中医的出路和未来。

中医和西医,永恒的话题,此中含有"天下英雄谁敌手"的况味。

讵料,向以纯中医而闻名的张建明有了新的见解:中医和西医,一如汉语和英语的关系,表述同一物体的不同的语言不同的方式。这是一个崭新的说法,闻所未闻。对于复杂的关系,极富语言天赋的张建明总能找到简单明了的比喻。

他继续说道:中医和西医是可以融通的。我开诊所进入第七个年头了,在大量的临床实践中我对中医之道有了一种整体的开悟:中医讲"辨证",主要是针对疾病的个性,现在,我认为中医更要讲"辨病",针对疾病的共性。其实,中医的"证"也是有共性和规律性的。世上任何事物都是有共性的,疾病也是如此。辨病侧重于病的共性,辨证侧重于人的个性,辨病是辨证的深入、概括和提升。张建明认为:中医治病应该全面地以辨病为主,结合辨证,这是中医生存发展壮大的必由之路。

西医就是讲共性的,西医治病具有无可比拟的普适性,这是不争的事实。

过去,中医的治病模式一直以辨证为主。其实,在《黄帝内经》和《伤寒杂病论》中,辨病论治已有渊源。因为中医的辨证是针对疾病的个性,故而坊间有一说法:10个病人感冒,中医开出的10张方子应该也是不同的。仿佛不若此,就不是中医的特色,乃至不足以体现中医的奥妙。

任何一门学科,没有普适性就不能推而广之。倘若甲流卷土重来,即使100个张仲景再世,也不能拯救苍生于水火。就是有一张张神奇而玄妙的方子开出,又怎么来得及抵挡洪水猛兽般的瘟疫?走传统的重个性的辨证道路,只能出现少数大师,却远远不能承担护卫人类健康的历史使命。

中医不涅槃,会慢慢死亡。

张建明说:中医不仅是中国人的,西医也不仅是西方人的,是上帝赋予全人类的两个医疗体系,两个天使。中医和西医应该可以携手,共同协作,承担驱除疾病护卫人类健康的神圣天职。

西医对于人体疾病的认识、治疗的原理,对于中医具有借鉴作用。中医有"望闻问切"的四诊法,CT的清晰度,可以看作是望诊的延伸。中医没有发明仪器,靠搭脉不可能"搭"得如此清楚。西医出现的静脉注射仪,它能寻找静脉达到精准的程度。又如人体脏器置换,这都是西医发达而中医不能企及之处。

当然,中医有自己的藏拙、取巧的方法,但也有局限。比如,它不能像胃镜那样,深入到内部窥探疾病的本原和真相,而只能从客观和整体、功能入手。有的乙肝病人自己没感觉,一如常人,中医也无"证"可辨,检查不出来。西医却能通过验血等手段,查出大小三阳、乙肝病毒。

张建明看出了中医的不足和自己的不够。比如,中药难吃,怎么办?"胸中自有雄兵百万"。张建明的中成药方子酝酿已久,成熟不在少数,一旦开发出来,也是惠及天下苍生百姓的福祉。

创举:合并同类项一个方子通治类病

张建明的顽强出现,历久不衰,是沪上中医业界的一大亮点。当年他坚持"纯中医之路",认为中医极其伟大,中医和西医无法结合,他受到了学术界和社会上的排斥。后来,他以令人信服的临床效果确立了自己的声誉,媒体争相报道,病人口口相传,长盛不衰。

然而,张建明又提出了中医和西医是可以结合的。实践中,张建明已经运用中西医融通之法付诸治疗百病了。

他治疗癫痫就借鉴了西医的理论,只不过是在融会贯通的基础上施以中医的疗法。西医解释:癫痫,是神经元的异常放电,导致脑功能的短暂障碍。张建明认为:其核心问题是"异常放电"。借助它的原理,电是热性的。形象地说,类似触电。电又是什么?中医上讲就是火。过去中医治疗癫痫,按照"痰浊蒙蔽清窍"认识,重在痰与风,用涤痰熄风法。然而,总体效果不好。根据西医"过度放电"的启示,有了,张建明认为这是"肝火冲脑",用峻泻肝火之法,临床效果较之传统明显提高。

大道至简,可以笼而统之。一日,张建明告弟子:凡是西医实验室化验出来的各种指标高的,大多可以归到中医的"邪",可以用解毒办法。反之,凡是指标低的,基本上可以归到"虚",可以用补法。

类风关、强直性脊椎炎、多发性肌炎等,西医认为是自身免疫性疾病。传统中医将此归到"痹证",认为是风湿造成。张建明对此有了新的认识,风湿是表象,毒才是根本。过去中医没有认识透,所以疗效不行。现在,他对类风关、强直性脊椎炎治疗的方向改变了,一半用传统祛风湿,一半用解毒法。就像鲁迅先生创造了一个"猹"字,建筑工人创造了一个"砼"字,张建明也创造了一个新名词:"毒痹"。西医认为上述诸病还包括如红斑狼疮和白塞氏病等,就是抗体和抗原的关系。张建明认为其实抗原就好比中医的邪,抗体就是中医的正,总的治疗原则也好办:扶正祛邪。

中医有八纲之说:阴、阳、表、里、寒、热、虚、实。张建明又加上气、血、毒、滞,变成十二纲,几乎可以应对百病。"一切体内多余的东西都是邪毒,一切体内不足的东西都是正虚。"张建明对于疾病的理解完全上升到哲学的层面了。

又一日。张建明饭后出去散步。他已寻思好要分别整理出过敏性鼻炎和顽固性荨麻疹两个协定方子。在快回到诊所时,他突然醒悟到:两种病的共性都是过敏,可以串并出二个方子,分清寒热就行了。临床试之,效果良好。

由此类推:心功能、肺功能、肾功能不全者,脏器不同,道理一样,中医可用"温阳补气"之法通治。

合并同类项,把复杂问题简单化,这是研究的至难,需要非凡的功力,方可为之。

治疗癌症：备好解药遍尝剧毒药

昔有神农尝百草，为知药性。今有张建明，为求治癌，遍尝剧毒药。

1980年，张建明的岳父得了非霍奇金氏淋巴瘤，化疗失败后由其中药治疗。这是张建明接触并研究癌病的初始。岳父的肿瘤被治好了，但张建明把这一方法推广给更多病家使用后，效果却不行。

那时，张建明已经意识到癌症是剧毒性质之病，基本归属于"痈疽恶毒"。非常病用非常药，张建明希冀在诸如砒霜、马钱子、班蝥、钩吻等剧毒药中找到可行之法。一边放好解毒自救药，张建明开始尝试这些剧毒药，以求有效但不致毙命的临界剂量。结果，他得了中毒性肝炎。暂停，病愈后再减量试验，直至确信安全再在病家身上十分谨慎地推广运用。经过五六年的实践，张建明本人用过了所有毒药，病家因此无一人中毒，也无肝肾损害等不良反应。可是，预期的治愈效果没有出现。

此后，善治疑难杂症的名声在外，癌症病人不断找上门来。张建明陷入了深深的苦恼和彷徨之中。那时，狂称治百病的他只能高挂"免战牌"：除了癌症，其他病都看。

大约七八年前，长期临床的丰厚积累，对其他高难度疾病的大面积突破，使张建明对中医之道有了更深的领悟。除了有些病是中医对病机病因存在误识以外，还有不少是属于药的用量上明显不足。据此，剂量必须超乎常规的重用。张建明把自己发明的"大方峻量法"移用于乙肝等顽症上。非常之病还须非常之时，就是疗程也要长，四年左右持续治疗，结果在清除、减少乙肝病毒上取得了良好疗效。

所谓肿瘤，就是一个"块"。分良性、恶性。它们之间的异同：都是一个"块"。加毒性就成了恶性。那么，中医怎么治疗"块"？良性施以化痰、软坚，理气活血之法。恶性则在此基础上加清热解毒。如此，一切肿瘤都可用这个办法来治疗。

至于小叶增生、子宫肌瘤、卵巢囊肿、甲状腺瘤等，所有良性肿块，皆可一张方子通治。一切有块的癌症,也都可用一张方子诊治。再加上辨证照顾个性即可。还有像哮喘、肺气肿,这些人类的顽病皆因峻量"攻击"而获得了优于常规的疗效,张建明就不信癌毒能够例外。

接着,"峻泻排毒法"应运而生。病势急重而体质可以者,用连续泻下法。病势平稳者,采用间歇排毒法,泻下的次数以病家可以承受为度。一般则为一至两周泻一次。这对排解癌毒十分有益。

治疗癌症,非同寻常,大多数的疗效还只是领先于别人而尚未攻克。但是,对于努力的方向,张建明心里已经有底。相生相克,一物降一物。他未来的理想就是研究出每个疾病的协定方子,再用"类病同治法"而将方子串并,这样,用尽可能少的方子去治疗更多的病,仿佛一把钥匙开几把锁,然后换成一只大钥匙板,开更多的天下锁。让中医真正能够惠泽全人类。

2010.6.9

凌氏心意六合十大形传奇

一张"鹰熊斗志"照片,引出了武林特别是心意六合拳一门的传奇故事。当年,已故诗人余昂先生特为赋诗,著名书法家胡问遂饱蘸浓墨书此七言古诗。一时间,沪上几乎所有书法名家竞相提笔,文武交融,无论畴昔还是于今都是盛事。

相中人,"凌家乔梓"乃时年六十岁的凌汉兴、年方二十六岁的肖力行也。照片里,已是花甲的凌老先生一个猴束蹲,足踵着地,下盘稳如磐石,实属不易。及至耄耋之年,因接受采访凌老先生与爱子肖力行如法炮制,照样做出"鹰熊斗志"的高难度动作,九旬老人功力依然,令人叹为观止。

1980年,上海虹口公园鲁迅坐像旁边的一块泥地上,已是闻名沪上的心意六合拳大师凌汉兴先生,正是穿着照片里的那件中山装,身手矫健,目光如炬,说理演拳,丝丝入扣。犹记得,先生就以中山装作比喻,拳一定要打得工整,比如人长得漂亮,必须五官端正;为人正派,中山装风纪扣得严严实实。拳只有打出来挺刮,才能算得上好。自己站立不稳,何以防卫?更遑论反击了。一句话,提纲挈领,将拳的要义说得清清楚楚。方向即明,练拳事半功倍。

窃以为,能将深奥的拳理通过简单明了的比喻说出,必是高人。习拳既久,才发现凌汉兴先生与一般老师迥然不同,妙语如珠的先生原是读书人。文武兼修,最后还是学问过人的先生将拳理说透,使心意六合拳发扬光大,实为吾侪之幸。

(一)少年壮志当凌云

2006年11月12日,星期天下午,阳光照进高楼。90岁高龄的凌汉兴老先生在他的弟子家中,以孟子一句"吾善养吾浩然之气"作开头,讲述了自己从小练武的往事——

祖父是医生,却好拳。父亲兄弟三人一起练,南拳蹲马步,不是大马档,是如坐小凳子一样的小马档,要练到小马档在门坎上一站,别人推不动。结果,兄弟两人都练得便血,只有父亲成功了。这时,凌老先生特意说明:从前练拳是硬上,不科学。接着,他又讲道:余生也晚,记得父亲玩石毂子,力大无穷,马步蹲得很低,出拳不离裹,势沉一般难以抵挡。父亲一直讲"好看不好用,好用不好看",这句话影响了我一生。我从小随父习武,在上海国术馆见过吴鉴泉、孙禄堂、杨澄甫。除了练拳,我还练长跑,天不亮起床从老北门的家里和哥哥一起出发环城跑,当时想到世界运动会上拿冠军,现实是那时只有跳高才刚够获得报名资格。长跑很累,气喘,但是喘归喘,跑归跑,哥哥不跑了,我仍然跑,环城圈子太短,我就从河南路往延安路、老北门到河南路、南京路,再往延安西路、美丽园到静安寺。不管刮风下雨,冰天雪地,租界里的外国人看了都伸出大拇指。十二三岁跑到十七岁,因为打仗无法再练。我还得了马拉松的三块奖牌。

至今,凌老先生清楚记得三块奖牌。这是一个人的毅力、品质和光荣的储存。

(二)习武强身终有成

年轻的凌汉兴自强不息,学过少林、吴式太极、查拳等,凡见好的老师他都要去学一学、看一看。练拳,总是学生少,看的人多,因为苦,学出不易,坚持更难。打拳:哼哈两字一命亡。道理就是一呼一吸。当然说起来容易做到难。

一边练拳,一边开夜校,大哥凌汉卿做校长,教高级英语,兄弟凌汉兴教初级英语,学校就在闸北安庆路的一幢石库门房子。及至弱冠,由大哥介绍,兄弟两人双双进入一家英国人开的绸布公司里做事,并且很快在业内出了名。跑过马拉松的凌汉兴更是因为勤奋而崭露头角,满天飞的他生意好业绩突出,在同行中一枝独秀。最后,临到中午,老板说:凌汉兴不到,不开饭。凌汉兴先生最后升任襄理(相当于如今的经理助理),推销印花棉布,凌汉兴赚了钱,存在老板处。虽说祖父是医生,但爱好武术的父亲却没有把医术传承下来,家道有些衰微,加上凌汉兴十岁出头父亲就去世了,往后的日子全靠自己打拼出来的。然而,时运不济,命途多乖,年轻的凌汉兴积攒开出的新大棉布号,在抗战中被日本人强行收购纱布而蒙受重大损失。抗战胜利后,凌汉兴又成了凌大班,就是经理,他在苏州河边开了一个柴行,自己乘松嘉线去进货。不久,凌汉兴由于为人正派,口碑甚佳,进入金源钱庄,做到类似襄理一职,有权放贷,最后因为一人懒帐,生性倔强的他受不了话,一赌气自己赔出来。他烟酒不沾,洁身自好,以周敦颐《爱莲说》中"出淤泥而不染"而自勉。以后,凌汉兴另辟蹊径,开了一个棉布店,开张那天,金源钱庄感怀其人品之高尚,特意送来一幅对联以示庆贺。当时,为人爽朗喜交朋友的凌汉兴搞了一个"正行聚餐会",规格之高佳肴之丰也是罕见的。在当时棉布行业三个聚餐会独树一帜。

年轻时,他喜欢和老人结交,尤其与国学大师薛学潜成为忘年交更是让人感慨。薛是清华大学首届毕业生,学问高深名重一时,属于泰斗级人物,众多名流见之都是毕恭毕敬,唯有脾气耿直的凌汉兴在其面前直话直说,不虞因此深得薛老先生赞赏。有一年,薛老先生在美丽园的寓所里开讲《易经》,上海许多大学教授和专家前去听课,凌汉兴与哥哥凌汉卿也赶去了,结果,学贯中西、文理相通的薛老用高等数学讲解《易经》,竟然座中无人能懂。但是,求知欲很强的凌汉兴因此与薛老先生结下不解之缘。

薛先生是国学泰斗,人多畏惧之,惟有性格直率的凌汉兴敢于进言,在一片奉承声中偶然夹杂异音,这使薛老先生反而感到欣喜不已,因此甚为看重这位后生。薛先生一房姨太太住在愚圆路,薛老开讲《易经》就在那里,这位姨太太有事不敢与薛先生说，却央求凌汉兴去说。对就是对，不对就是不对，颇具文人风范的凌汉兴其实深含武术大师潜质，或者说两者合而为一了。

（三）青年喜心意六合拳

什么地方有本事的人，有意思的事，凌汉兴都会找过去看一看问一问，碰到能者高人更是趋前请教决不错过。

凌汉兴从小随父学拳，耳濡目染，感受极深。他忆及父亲当时三个指头像钢钩，演练南拳可以在一张桌子下进行，双胯下去始终保持一个高度。拳不出寨，打出去有章法，拳的要义有的人习武终身未必能够明白，可惜了。解放初，上海武术名家汇集震旦大学表演，得此讯息的凌汉兴自然不会放过一睹各路大师高手的机会。解放前，因为生计原因，全国各地身怀绝技的好手都来闯荡上海滩，这些拳师的本事有的现在说出来几乎就是天方夜谭了，当年山东马永贞就是一例。人的身体从小开始通过科学的训练所能达到的极限，此中奥秘不能与外人言。当时，来自河南的心意六合拳大师卢嵩高上场，一记踩步摇闪把打得刚劲威猛，起承转合天衣无缝，该轻灵则轻灵，该虚幻则虚幻，惟到点时一闯肘，势沉力大，赢得满堂喝彩。年轻的凌汉兴看得如痴如醉，他当下就跑到后台去找卢嵩高，递上名片要拜师学艺。

凌老先生称，他一生看拳无数，阅人无数，卢老师打的拳无人能出其右，就像胡问遂的字，书家如云，他总是独标一帜。凌老故而慨叹到：这是没有办法的事。当年上海滩，卢嵩高的名望很高，民间至今还流传着他的佚事趣闻，其中许多是作为一代武术大师与人交手的故事，其勇不可挡为人所津津乐道。但是关于他的"智"已经鲜为人知了。凌汉兴先生说过一件事，早年卢嵩高为生活计，到私家花园也就是现在静安寺南京西路上原来的静安分局如今的静安交警大队做保镖。有一天卢嵩高在门口类似今天的传达室收到一封信，打开发现里面有一颗子弹，这显然是恫吓与敲诈的勾当，卢师急忙追出去，看见送信人在前面走，步履轻灵，瞧他的架势，也是有上乘功夫的人。卢师一直在后面跟着,等到那厮抬脚上电车时,才上去用两指插进他胳肢窝下面的"气海"处,那厮立马痛得弯下身子旋即被卢师一把提起押解至警察局。

  心意六合拳看似简单,因为易学,但是难精,得皮毛容易,一年半载就有模样了,究其要义恐怕毕一生精力也未必能够入其门,如果没有真正的名师指点,再卖力练也只能在门外墙边转悠。

  武术界有句话:一个学生要找到好老师难,同样,一个好老师要找到一个好学生也难。卢嵩高是一生喜欢武术的凌汉兴最终找到的高人,而凌汉兴又是卢嵩高意欲发扬心意六合拳所不能替代的学生。

  凌汉兴的聪颖来源于他的勤奋,而他的毅力却是很少有人企及的。他以一米六八的弱小身材,打出如此标准规范几乎臻于完美的心意六合拳,确实让人叹为观止。当年卢师不止一次地赞赏道:我这么大年纪没有收到过像你这样的学生,我以为你是"小开"(上海俗语:有钱人家公子哥儿),是过路客,没想到你真的练,下这么大的功夫。

  卢师至晚年,已经不轻易演练了。场子上学生要么不敢问,他一动就要打人,人家吃不消,要么他就是敷衍你:蛮好蛮好。说不好么就要做给你看。脾气耿直的凌汉兴又来了,他说:老师啊,你这样不对,一个人打一个样,以后说出去都是你教的拳,那怎么办?被问倒的卢师无以言对,就顺水推舟地说:以后你来教。

  从那以后,凌汉兴开始代师授徒。学生每人每月交5元,一年是60元,收上来的钱全部交给卢师。凌汉兴本身打出来的拳可视为楷模,教拳极其认真一丝不苟,卢师因此大喜过望。后来,卢师也曾想过把这一门祖国瑰宝传之于世,要出书。凌汉兴呢也考虑到卢师年岁已大,就不惜代价用阿克发胶卷把卢师的十大形的英姿一一拍摄下来。这就是现在我们所能看到的年逾七旬的卢师拳照。步入古稀之年的卢师打拳依然那样刚劲挺刮,他留下的十大形拳照犹如雕塑,成为中国武术史上弥足珍贵的史料了。

  凌汉兴实现了卢师的愿望,他把《心意六合拳艺传真》一书写成,让卢师在有生之年看到了书稿。后来历经风波包括文革动荡，此书迟至1994年方才正式出版，也是度尽劫波可以额首称庆的事情了。

上一个世纪九十年代初期，笔者曾经到愚园路上愚谷村原上海市武术家协会主席顾留馨寓所造访，问及上海解放后真正堪称武术大师的有几人？顾留馨是老革命，曾任上海邑庙区(今黄浦区一带)第一任区长，因为实在喜欢武术不久辞去政界职务甘当上海市体育宫(原址在今上海大剧院)主任。那时上海体育宫是个武术名家聚集的地方，凡在上海的有声望的武术家都在里面，包括那个后来引起许多争议的海灯法师也在其中。因此长期担任此职后来又是武术协会主席的顾老可谓对上海武术家的情况了如指掌，我见他沉吟片刻，听到他说出三个人的名字：佟忠义、王子平、卢嵩高。

凌汉兴说，卢师当年在震旦大学打出的拳架子低，速度快，其弟子中，数李尊贤为最象似。李尊贤出拳力量大得吓人，一般人看了都要吓煞，更不要说上去动手了。卢师对这个弟子也是翘大拇指的。卢师的又一弟子解兴邦，原是地下党，解放后在榆林分局(今属杨浦)任刑侦科长，解兴邦身高马大，一米八十，擅技击，实战经验丰富，时人称之为"当代活武松"。总之，卢师弟子好手如云，各有千秋。

解兴邦与凌汉兴过从甚密，凌汉兴曾把儿子凌彪遣入解兴邦门下学技击。李尊贤也是地下党出身，解放后在嘉定县法院担任审判员，平时疏于往来，所以那些同门师弟兄在场子上根本看不见他。直到退休以后，李尊贤才去看师弟凌汉兴，因为卢师生前对他关照过有这么一个师弟。他来到天目东路老北站看凌汉兴，并且说出原委：过去我不出来是为了避嫌疑，现在我退休了，可以来看你们了。在凌汉兴的亭子间里，师兄弟俩一共谈了三次。李尊贤演手脚，凌汉兴讲拳术，然后准备把解兴邦、孙少甫等老的集中起来，搞出一个统一标准来，否则师兄弟各打各的，有人问那么究竟谁对谁错？不好说。把拳统一起来，便于十大形的发扬广大。拳术出众如李尊贤，他还说，我再练5年，才能出来教拳。

可惜，不久文革爆发，一生唯谨慎的李尊贤蒙冤被揪斗，因不堪受辱他愤而跳楼自杀。

更可惜的是,凌汉兴老先生也被抄家,《心意六合拳艺传真》书稿一度散佚,以后在社会上辗转抄写中,该书或被练武之人视为珍宝密不外宣,或者断章取义流弊至深。及至到了1994年,此书才经笔者之手由华东师范大学出版社陈邦林、彭仕奇两位先生相助得以付梓。值得一提的是,其中彭先生学的是理工科,隔行如隔山,但是笔者到师大新村他的府上,彭先生说一口浓重的福建乡音非常热情,做事又十分细心,使得该书能够与广大习练心意六合拳者奉为圭臬。

饮水思源,其人虽逝,犹记之,乃李尊贤老师矣。更堪慰是,文武双全,九十有三的凌老汉兴先生健在,每天练拳不辍,亦可谓是心意六合拳有幸,至于凌老虎子凌彪先生正值壮年,经过十余年的商海打拼,送子英国学成归来,于今重出山门,学者幸甚,斯艺幸甚。作为第二代凌氏心意六合拳传人,他义无反顾的举起这面旗帜,先教六合八法水浪拳,壮健体魄,然后拟用三年时间,在弟子中培养出一批拳教师,裨斯艺相传下去,发扬广大。

2010.8.18

星期三上午是生命的希望

——一个让人永远记住的好医生沈镇宙

一、过吴江,想到母亲的病友

2011年8月25日下午,我和上海曹安菜篮子股份有限公司董事长康祖建同车进入苏州吴江开会。看见整洁的市容,70岁的康总回头对我说:"管好一座城市,一个市长很重要。"会议结束,我们共进晚餐,8点不到,小车在暮色中穿城而出,我又想起了白天想到过的那个人,不知她还好吗?

这位当年的中年妇女就是吴江盛泽镇上的人,她是我母亲的前后脚入院的同室邻床的病友,她当时的一个十七八岁的儿子我也熟悉。

那是1995年冬天里的一个黄昏,我在医院的长廊里伫立着满怀希望地等候一个素不相识的人。此前,慈祥的73岁的母亲不幸被检出浸润性晚期乳腺癌,大哥送她到一家区级肿瘤医院,那位主任医生看后写了一张纸条:"树欲静而风不止,子欲养而亲不在。"我大哥眼泪当场就簌地下来了。当时我在外采访,听闻噩耗还算镇静,我一边让大哥把母亲带回家,一边就打听上海最好的医生。我原来在中学的同事告诉我:上海肿瘤医院的沈镇宙教授,人称"神手",经过他检查的病人没有误诊的,开刀的水平更是高超近乎完美。一席话,说的我的心里升腾起强烈的希望。

许多年过去了,当时的情景当时的心绪,我至今记得清清楚楚。我不甘心,刚刚进入报社工作有点起色,含辛茹苦把我们七个子女抚养成人的母亲却要离开人世。我站在走廊里,因为年轻,加上由于自身愿望的迫切,我都忽略甚至忘记了应该考虑对方是否愿意接受的问题。这时,一个身材颀长头发花白的老者出现了,他远远地走过来,我迎上前去,说:"沈教授,我母亲苦了一辈子,我想请您为我母亲开刀。"出乎意料又顺理成章,沈教授很有风度不失含蓄地微微颔首,注视着我并轻轻回答:"好的,我会安排的。"但是,我并不敢肯定沈教授为我母亲开刀。

靠自己的那么一点努力和勇气,我已经是很幸运了。

其实,星期三我带母亲来看专家门诊,沈教授为我母亲检查后,出来对我们说:母亲是浸润性的晚期病人,属于恶性程度比较高的那一种。当我们将一家区级医院的肿瘤科主任的诊断告诉他时,沈教授举重若轻地说:这个话也不能这么说,现在还没有到一点办法都没有的地步。随后,沈教授又亲笔写下纸条,让我们到住院登记处登记。大概只隔了一天吧,我们就接到住院通知。那天上午,我借了一辆小车特意开到东方明珠塔下兜了一圈,我不知母亲当时怎么想的,她一直是言语不多但是心思很重。看了沈教授的专家门诊并听了他的话,我的直觉就是母亲的生还有希望。

第二天早上,我们几个兄弟姐妹都赶到医院,8点许,母亲第一个被推进手术室。随后,我们又看见沈教授走进去。也不知什么原因,大概是放心了,我先走一步忙去了。中午回过来碰见沈教授,他说:手术很成功,接下来要看她的恢复情况。沈教授的助手也告诉我们,母亲的手术处理得很干净,应该没有问题了。这些话,说的我们高兴起来,一颗悬着的心也放了下来。

动过手术的母亲回到病房,因为年龄最大,同室病友非常关心和照顾她,这使母亲感到很温暖。邻床的吴江盛泽人,与沈教授从未谋面也无任何关系,竟然也是自报家门找到沈教授看病的。她告诉我,她是从盛泽赶来的,到肿瘤医院已是中午,早已误了专家门诊的挂号时间,焦急中,她央求护士照顾给她补挂一个号,未果。在医院里,像她这样的外地病人多的是,实在照顾不过来。最后,护士叫她等着,如果下午有医生来,你看见谁就叫谁看吧,也只能试一试。

她座在三楼候诊大厅里,一直等到下午,正好看见一位个子高大,戴一副茶色眼镜的老医生上来,她急切地迎上前去,心中忐忑嘴上嗫嚅地说:"医生,能不能帮我看看?"不料,这位很有风度的医生十分和蔼,一边点头一边答应:"可以、可以。"这时,旁边一个病人见状马上跟着要求,也被一并接受。老医生仔细检查了她的病情,得知她是外地赶来的,又亲笔写下了一张字条让她去找住院部。仅隔一天,她就接到了入院通知。后来,老医生带人来查病房,她才知道他就是外面名声很响传得神乎其神的外科主任沈镇宙教授。

有时,遇到一个人,命运就这样被改变了。住院后,沈教授还亲自为她开刀。手术前,她神秘兮兮地拉着动过手术的老病人打听:怎样送红包,尺寸多少?问来问去,老病人众口一词地回答:我们一个也没有送,沈教授是绝对不会收的。她有点担心,然而手术时,沈教授为她开的刀。当时,来自各地的病人到上海肿瘤医院来排队挂沈教授的专家门诊号,有的人早晨三四点钟就来排队了。

母亲术后,不疼。她还在走廊里起右臂往上举、锻炼,看到这种情景,我才明白,母亲嘴里不说,但是心里流露出来了对生命的珍惜和对生活的向往。

母亲住院,我天天去医院,有时从家里带点菜过去,有时就是陪她说说话,她病房里的病友我也都熟了。其中一位病人初诊为良性肿瘤,经沈教授检查后,他提醒手术时要作恶性的准备;还有一位幸运的病人,初诊为恶性的,沈教授看后当即否定宣布她是良性的。在良性与恶性之间,生病没有办法,但是沈教授的高尚医德精湛医术我是耳闻目睹。

从外貌的衣冠整洁到谈吐的有条不紊,沈教授是一位绝对让人信赖的好医生。任何一个不经意的疏忽都有可能功亏一篑。那天母亲下去化疗,化疗医生一看母亲的伤口当即断定:你不能照光了,皮肤都烂了。我们一听也傻了,无奈返回病房去找沈教授,沈教授马上亲自陪我母亲再下去,沈教授对化疗医生关照:她这个不是溃烂,是刀疤,会好的。

经过系统治疗,母亲一直活到83岁,虽然去世还是早了一点,但癌症没有复发过,终究安然无恙多活10年安享到了晚年。假如,当初没有沈教授的细心,忽视一个环节都有可能造成治疗不彻底。

过吴江,我想起了母亲的病友,她比我母亲年轻许多,她也幸运地受到了沈教授的眷顾和关怀,我一直在想并揣测,她一定还好好地健康地活着。

二、在巴州,想到同行的记者

2009年7月中旬,我们驱车穿过巴音郭勒州,这时,我蓦然想起自己写过《葡萄岁岁报平安》的那篇散文,文中的患者我的同行,她是巴音郭勒州电视台的女记者,是沈教授高超的医术给了她新生。她每年都要寄一斤葡萄干给沈教授,并且充满感激地说:沈教授,当你收到我的葡萄干时,您就知道我还好好地活着。医生最大的心愿莫过于病人恢复健康重新走上工作岗位。对此,沈教授破例收下了这一份礼物。

红包,这是一个当今社会无法避免的话题。沈教授治愈病人多不胜数,面对真心的感谢,他却从来不伸手、不接手,严格地恪守着高尚医生的职业情操。病人就是这么一个心态,好象送了红包就保险了,医生也会另眼看待尽心尽力了。有时候,一些患者趁检查时无人,把红包悄悄地塞给沈教授,实在不能推脱了,这时的沈教授会声色俱厉地说:我一生中没有收过红包,请你尊重我。

在巴音布鲁克大草原上,驱车奔驶,我想到了一个人的胸怀,并由此而留下的许多美丽动人的故事,不然,我跑到新疆怎么还会想起他?沈教授,儒雅、智慧,他是一个有着大爱大胸怀的让人无法忘记的好医生。及至登山纵目眺望,九曲十八弯从一望无际的远处如彩练般挥洒而来,我们禁不住喊出声来:精彩。人生亦能如此,夫复何言?!

看淡名利,只为病人,凡是和沈教授接触过的,无不被他高尚的人格和优雅的举止所折服。

三、为医学,晚年犹在放光芒

2011年8月17日下午,我走进沈镇宙教授的办公室,他依然在电脑前伏案工作，一大堆的资料在桌上，荧屏的页面闪亮着柔和的光芒。

我不抱很大的希望，他从来不会多说自己的事情，就是救活濒临死亡的病人让他们获得新生，这种"骄人"的成果也成了一种日常工作。我只想去看看他，他的身上有一种久违了的老知识分子的儒雅亲切的味道。首先，我作为曾经的病人的家属，其次，我才是一个采访者。写他是不容易的，他做的实在太多了，说的又实在太少了。

只有关于乳腺癌的问题，他才会精准的告诉你一些数据，耐心地阐述这个学科里的一些新技术。

1957年，大学毕业的沈镇宙来到上海肿瘤医院。1961年至1964年，他成为全院第一批8个研究生中的一员。他跟随我国肿瘤外科奠基人之一的李月云教授。后来，沈教授作为肿瘤医院的大外科主任，致力于研究，并培养带出了一个团队。

他清楚地记得：1990年，医院一年手术150人。到了2000年增加到400人。2010年为2100个。今年7月，一个月就达260人。癌症病人急剧增加，这是很无奈的事，但是全世界研究并攻克癌症的努力也从来没有停止。在目前情况下，沈镇宙和他的学生们以及再下面的学生们，已经可以根据不同病人，对于一些有条件病人采取创面小，保留腋下，不一定切除，这样作为女性的外形、功能得以保留。而在过去，开好刀之后，女性的胸部像洗衣服搓板一样，病人心理上的创痛是久治不愈的。

作为国内无可争议技术领先的医院，上海肿瘤医院，在术后生存率上大大延长，给广大乳腺癌病人带来了福音。

术后：一期五年以上生存率93%，现在又艰难地递进到94%。二期五年以上生存率81%—86%；三期五年以上生存率超过60%，达到70%。

早期发现，综合治疗，包括针对性的个体化治疗，根据病人是否转移，酶指标，用一种新的药物进行靶向治疗。

有一些病人，临床摸得到的肿块就开，临床摸不着的，通过做常规的钼钯片及早发现及早治疗。沈教授介绍，这一技术未运用的1995年以前，临床没有症状发现乳腺癌的只有1%,1995年后,摸不着肿块通过钼钯片查处的占到了95%。

沈教授一生都献给了上海肿瘤医院,但是,他强调说:医院对他很好。他感谢医院、感谢妻子的支持,使他能够专心致志地沉浸在肿瘤研究和临床之中。2001年,乳腺外科从外科分离出来,在沈教授的感召下从美国回来的学生邵志敏当了乳腺外科主任。2007年,沈教授从医院大外科主任的位上退下来,邵志敏又承担起老师传下来的重任。当我问及沈教授一生做了多少台手术,他初始有点茫然,继而笑着回答:好几千上万例吧!

病例成千上万,沈教授只是举了两个简单的例子。他到外地去会诊,看见一个病人开刀后,一只手臂肿得比对侧的手臂要大三倍。医生都认为这个病人没有希望了。沈教授仔细检查发现:病人锁骨后有一肿块。沈教授为他做了手术,把整个手臂拿掉,这个病人又救过来了。对此,沈教授说,即使复发了,还是要救,可以想想办法嘛!还有一次,沈教授在医院里会诊,有个病人乳房有肿块,而诊断是炎症。沈教授及时地为病人动脉插管,打抗癌药进去让肿块缩小。手术后,病人活到现在已经30多年了,还是好好的。

检查要特别仔细,临床体格检查仪器很先进了,但一定要结合自己的经验。沈教授正是凭借自己的经验,细心、严谨,要开,还是不要开,他纠正了无数个错误。

如今,上海肿瘤医院,沈镇宙教授带出来的团队在国内影响很大。这时,我又想起了康祖建关于管好一个城市的那句话。同样,联想到这一家大医院,也正是有一批像沈镇宙教授那样的好医生才名播遐迩的。

2011.8.26

休斯顿市市长特别助理谭家瑜

一位庄重而有风度的女子,款款走上讲台,一开口就语出不凡:"我个子矮,下面放了一张凳子。这样,我可以看见大家,大家也能看见我。我想会见老朋友,也想认识新朋友。"昨天上午,在"金山之秋"发展论坛上,金山区政府咨询委员会聘请的海外顾问谭家瑜女士刚一亮相,就引起了大家的瞩目,尤其是她的幽默、机智、敏锐给人留下深刻印象。作为休斯顿市市长特别助理,她对金山的热情表明上海正日益引起世界瞩目,并且这种关注已辐射到海外。

充满自信的谭家瑜女士,开场白赢来一阵掌声。接着,她更正了大会包括印发她的论文上对她"头衔"的介绍。她说:"我是休斯顿市市长特别助理。"她强调"特别"两个字,恰恰也反映了她的不同寻常。此后,她推荐自己所在的城市也是简明扼要但令人无法忘却。她这样说:"休斯顿在美国的南方城市,她面对墨西哥湾。如果你再不了解她,那么我告诉你,布什和姚明都是得克萨斯州休斯顿人。"就这样一席话,把上海和金山同大洋彼岸美国的距离拉得很近很近了。

她在发言中谈到,美国休斯顿市和中国上海金山区,两个城市有非常相似的历史,同样清新有活力。她比较两地时说,休斯顿在没有任何自然优势的情况下,审时度势,人工挖掘了现今全美吞吐量第一的大港口。金山拥有优越的地理条件,水路资源丰富,现在的港口吞吐量有限,严重限制了石化产业的原料输入量和产品输出量。她建议,减低陆路运输的成本,金山应尽快在现有港口的基础上进行扩建和改造,并广泛利用内河运输,使之与陆路运输一起承担石化产品及农副产品输送任务。

"知战之地，知战之日"。类似古语，谭家瑜女士多次引用，可见她对中国传统文化非常热爱与熟悉。发言后，她坐到位置上，我趋前递上一张纸条和一张名片，上面写道："尊敬的休斯顿市市长特别助理谭家瑜女士：您好！听了您刚才的演讲和目睹了您的风采，我对您非常钦佩。我想把您介绍给1700万上海人民。阿罗约的个子是矮的，我们的小平个子也是矮的，矮个子当中出'精品'，您是全球华人的骄傲。"

谭家瑜女士很有风度地接过条子，然后一边开会一边用笔作书面回答。当记者拿回那张纸，看到上面密密麻麻的一手端正好看的"蝇头小楷"，从中了解到，她的父亲是广东人，母亲是安徽人，市长特别助理，生长在台湾。她在台北获得经济学士，在美国获得了MBA，1992年就进入市政府担任市长特别助理至今。她自述对中国传统文化非常熟悉，已来大陆50余次。她为休斯顿与中国签署110项协议作出了贡献，包括2002年秋江泽民主席当时到休斯顿的所有活动，也是由她策划的。她还期待着上海市市长韩正明年3月到休斯顿市主持"上海周"活动。

2011.11.22

上海好男人魏云寺

今天凌晨,当外滩海关大钟敲满了12下悠远的钟声,上海海关钟楼的守护人魏云寺长长地舒了一口气,同时,他在心里又默默地告诫自己:第二十一个年头开始了,任重道远,决不懈怠。难以想象,一个人守着这么一座钟,从24岁的英俊青年进海关,到32岁开始护钟生涯,其间他唯一的那次出门远行,是2009年他被评为海关系统的先进个人,还是当年手把手教了他半年的师傅张鹤建从浦东海关赶来为他顶班,他才得以成行。现在已然鬓微霜的52岁的魏云寺无怨无悔,并依然尽心尽责的呵护着这口举世闻名的大钟。

守好大钟,魏云寺一星期三次要给它上发条、校正、加油。这中间有个差别,中央人民广播电台的报时以最后一响为准,海关大钟则以第一响为准。二十年来,这座钟从未出过差错。为了准时,老魏首先把自己变成了一个"钟"。那天傍晚,我们找到老魏家中的小区门口,正想问门口保安,不料老魏从里面出来了。原先他只告诉我们几弄几号,没说几室,抬腕看表,正好是约定的七点半。

进去,上楼,老魏的妻子鲍云菊和儿子魏正光以及"毛脚儿媳"都在。原来,老魏要为儿子的新房客厅装纱窗,量尺寸。妻子见我们谈,插了一句话:家里是照不到他的牌头的,单位里一个电话他就去了。双休日,星期六雷打不动去看老父母,星期日上午到单位整理两天下来的报纸,否则星期一上班是来不及的。老魏憨厚地笑一笑。他在单位里的机关服务中心,除了看护钟,还要做其他的许多工作,有点像"管家"的样子。不过,老魏再忙,为儿子布置婚房的事却一点也不马虎。还有,父亲70岁生日时,在吃饭前,老魏把父亲带到单位,让老人家登楼去看了看海关大钟。他以这个"保留节目"来告诉父亲,儿子虽平凡但从事的却不尽是平凡的工作。

老魏是一个典型的上海好男人,家里单位都是一把好手。白天,我们尾随着他,在仅可一人同行的楼梯盘旋而上,问他,回答:69级台阶。我们登上了海关大钟的机芯房,老魏说,这是大钟的心脏部分。楠木做成的机芯房,色调古雅,里面的成百乃至上千的齿轮互相咬合,直径超过12mm的钢丝绳下面垂吊着三根圆柱体状的是发条,分别连接走时、报刻和敲正点的钟摆。看我们不胜惊讶的样子,老魏指着其中一根最粗的说,它有一吨重。

再上去,还有48级台阶到了铜钟座,也是敲响钟声的发音层。四只并排的小钟"敲打"音乐,靠最外面的大钟是敲正点的,大小排列,各司其职。世事多有变迁,但是无论怎么变,海关大钟准确报时没有变,它的误差精确至不超过两秒。一般钟,都是滴答一秒,但在机芯房,滴答是两秒。老魏说,走速越快,磨损越大,因此造钟者采用了这个办法来尽量减少机械的摩擦力。

说到钟,我们注意到了老魏的神情有点自豪,甚至还有那么一点"权威"的味道在里面。小时候家住西藏路新闸路,当时没有那么多高楼建筑,他是听着钟声长大大的,走过外滩他只觉得这里很神秘。没想到,76届的他招工进了海关,并且成为继师傅张鹤建之后的第四代守钟人。第一代是旧社会的老海关,第二代是已过世的蔡师傅。

长年累月看守大钟,辛苦不说,还被钉住了,他的整个人生起居出行都是被海关大钟"拨动"的。但又不苦,老魏在历任领导的关心和爱护中找到了自己的存在价值。老魏讲了老关长鲁培军的故事,当时海关内部人员分流,有处长想调工作认真办事踏实的老魏去,结果老鲁撂下话:其他人可以要,老魏不能动。老鲁后来调任海关总署副署长,到了上海还要问钟的情况,有时候还要到钟楼去看看。还有过去的总署领导、现在的铁道部长盛祖光更是语重心长地对魏云寺说:你要为全国人民管好大钟。

海关大钟已经走过了84年,100年没问题。老魏说,英国大本钟、莫斯科红场钟,还有海关大钟都是英国同一家公司生产,它们并称世界三大钟。海关大钟见证了上海的历史,老魏守护大钟也是守护上海外滩的标志。

2012.1.1

广富林遗址断想
——过去的上海人告诉今天的上海人

那天,下着大雨,我们驱车到达松江广富林,踩着泥泞走过一条碎石路。远远望去,是一片开阔的田畴。路边田里,有几棵树兀立着,显得孤独而单调,虽然不可能是千年古树,但它作为古树的后裔站在那里,也在顽强而忠实地见证和护卫着广富林。

广富林遗址是当地村民在1958年开河时最早发现的。它的位置在广富林村北、施家浜河道的本身以及两岸。当时村民挖到古代文物后,1961年市文管会考古部组织专家进行试探性挖掘,时间不到一月,但遗址下层出土的文物被认为是典型的良渚文化。1977年,上海市人民政府公布广富林遗址为市级文物保护点。

广富林遗址第二次发掘是1999年底至2000年初,发掘面积349平方米,从中发现了汉朝的大型建筑构件,这次发掘的收获除了大量的先人遗物,还发现这里有可能曾是上海最早的城镇。

第三次发掘在2000年底就进行了,发掘面积扩大到了500平方米。从考古学意义上来说:收获极其丰富。出土了经鉴定属于龙山文化类型的器物,留下了上海的先民同中原的移民一起生活的印记。

上海不是一个"滩"

广富林是一个村,如今在松江新城还有一条以它命名的路。广富林遗址的发现也在上一个世纪50年代初,曾经几度发掘,我们不是专业考古工作者,很难界定它开挖意义的分水岭。发掘是渐进的,有时候要积累起来,才能得出考古结论。我们只知道它是上海目前最大的田野考古发掘现场。

6月27日,我们在开挖面积达5000多平方米的现场了解到,广富林遗址被挖出,又被掩土回埋,2000年前后有一个高潮,那是有了两个发现,以后人们渐渐淡忘它了。考古不是时尚,现在已经因为信息快畅,借助传媒,不再封闭,那些属于极少数考古人员的作业同样广为人知。现场,我看见二十几根这样的柱子,知道是古迹。我还略知,泥土的不同颜色的覆盖层,一层可能标志着一个时代。更为稀罕的是,一口古井,保存完好,砖未移动,圆未变形,雨下得大,人下不去,否则朝深井里一探头,倒影上来,就是一种寻幽访古的成功意境了。一片开阔的田野之上,又见几处绿色的树,不成林,但点缀着这块拥有沧桑历史底蕴的田野。遗址被挖掘,树根被留下;历史将重现,村民被迁出。假如身在繁华大上海的市中心,又怎能想象她的辖地和延伸,还会有这么一块古朴悠远的蕴含呢?

上海似乎需要历史的支撑,当然远不是开埠以来的近代史,广富林的遗存可以上溯至西周。中学时代,我喜欢读《东周列国志》,还知道一则典故:东周欲为稻。现在,我的思古之幽情可以就近降落在上海松江的这块土地上,一下子拉近了许多距离,也是一种意外的收获。

雨越下越大,随着一声叫喊,在下面小心翼翼的人们便相互呼应着走了上来。我随着他们走近旁边的几棵大树,现场一位负责挖掘的专业考古人员非常严肃地告诉我们,没有他们的同意,不能拍照。当然,他们有他们的道理,但是光天化日之下要瞒也是瞒不住的。

这次3月27日开始发掘遗址,面积5000平方米是在核心保护区外面的保护区。当笔者在供职的《新民晚报》头版刊发信息、"焦点版"刊发通讯后不久,市文管会宣布:"松江广富林遗址抢救性挖掘工作取得突破性进展,首次发现广富林文化之墓葬、房址、建筑遗存、稻壳和稻米、活动面等,以及一批重要的周代文化遗存和大量的古代文化遗物,刷新了多项考古记录。"

由此可见,上海不是一个滩,而是一个同样有着深厚底蕴的城市。(笔者在现场粗略地看到的墓葬）我们都知道,有一种说法,遵循前人或是因袭洋人之误,上海是一个小渔村,习惯性地把上海叫做上海滩。从风靡一时的电视剧《上海滩》,到近年来一位外地来沪作家写的一部长篇《上海是个滩》,都向人们传递了这样一种定论。

然而,广富林遗址超过十万平方米大于人民广场的城镇轮廓,明白无误地告诉人们:上海的历史远比滩更久远。

我的进入只是"经过",作为一个跑郊区的记者,无意中听说此事,并且听说不久电视台要进行现场直播。做新闻的一个"抢"字念头便本能地显了出来。"抢"不是单一的快的含义,也有缓急之分。至少,我们的步履所至,在一方方被挖掘的田野现场来回逡巡,看着冒大雨在下面劳作的人员,心头掠过一丝好奇和神秘感。

站在田埂之上,我看见5000多平方米的广富林遗址挖掘现场,300多名短期雇佣的民工在这里作业,他们当中有的来自松江附近的村落,远的则来自四川、湖南等地。

我蹲下身子与挖掘人员交谈,一位40岁左右的汉子告诉我,他们是从陕西西安过来的,我由此得知,他们既非专业考古工作者,也不是一般随便拉来的民工。一天60元工钱,中午有一顿免费的午餐,每人都配发编着号的工作证、一天两次签到,可以说,他们是半专业人员,或者可以说是技术工种。我指着一处桩子模样的圆墩问,他回答是造房子的木柱子。

一方方现场的遗存,以及一口完好的古井,这种典型的农耕生活的情景,就不能用打渔为生而简单概况之。

河南人是上海人的最早祖先

据史料研究,距今4000年前左右,居住在豫东地区属河南龙山文化年代的一支中原人,突然在其发源地玉油坊消失了,从而在考古界留下了千古之谜。直到上一个世纪九十年代,中美联合考古队在商丘寻找先商文化发源地时才发现,这支中原人是因当时豫东洪水侵袭而被迫迁徙的。苏北高邮兴化地区曾经出现过他们的足迹,然而兴化地区前身也属于里下湖沼泽地区,为祸为患,此地同样不宜久留,在很短的时间里,这支中原人再度出去,不知去向。

而在广富林遗址的几次发掘中,专家们发现了一些带有河南玉油坊文化特征的陶片陶器,从江浙沪赶来的考古专家们一致认定:那是豫东地区的中原人,他们在兴化短暂停留后,最终南迁上海。有人因此惊呼:上海人最早的祖先是河南人。可以确定的是,黄河流域文化和长江流域文化在此冲撞无疑。

有关专家据此推断,上海最早的城镇并非文献所载为唐代,而是汉代,距今已有2000多年历史。

上海就是一个移民城市,甚至所谓的土著"本地人"的聚居地上海市郊松江、南汇等地区,在1958年前原属于江苏省松江专区。因此,本地人是否自古以来的"原住民",从河南人迁徙到上海松江广富林的发现来看,是要打一个问号了。

这样也好。中国本来就是一个多民族国家,上海也是一个移民城市,居住在沪的有宁波人、苏北人、绍兴人等等,河南人也是其中一支。笔者曾经笑对外地人说:你们千万不要骂上海人,一不小心,说不定就骂了自己的祖宗"。同时,笔者也反对前一阵子骂河南人的现象,同样有过类似忠告。因为我们中华民族70%以上的姓氏来自中原,如果说某一地区的人有这样或者那样的缺点,应该也是我们这个民族共同的缺点,骂有何益?说不定还落下一个不孝的罪名。

坚持考古获得新发现

这次在遗址的北部湖边有一个发掘,同以往不同的是,挖到了4000年以前属于我们上海先民自己的东西。那就是广富林文化墓葬,这是新发现。在遗址西北部发现了5座保存有人骨的广富林文化墓葬,这5座墓葬空间间隔大,头部朝向不一样,有东北、东南和西等多种不同朝向,这些现象与规划严谨、葬俗统一的本地区良渚文化墓葬差异明显,表明广富林文化墓地缺少统一规划。这是目前发现的广富林遗址惟一的一处墓地,具有极其重要的学术价值,下一步将对人骨进行古DNA和古食谱分析测试,深入研究广富林文化社会结构、人种构成和食物结构等问题。

这次在遗址的北部湖边发现了有个干栏式的建筑群,属于4000多年以前广富林文化的居住遗存,这一发现具有重要价值,它使广富林文化聚落研究取得了重要进展。在发掘区西部发现西北——东南向路面一条,路面由红烧土块和细碎陶片铺垫,使用痕迹明显。据市文物管理委员会考古部主任宋建介绍,此次发掘发现当时的建筑形式多样,有干栏式的建筑(在木柱或竹柱底架上建筑的高出地面的房屋,主要为防潮而建),也有直接建于地面的建筑(多为木骨泥墙,提高墙面的强度)。发掘中还发现许多灰坑,具有不同的功能,大多数灰坑可能是用来储存东西的。在一个灰坑中发现了保存完好的稻壳、稻米等遗物。

拟建古文化遗址公园

遗迹难得,松江乃至上海都视其为掌中宝,这篇文章是非做不可的了。筹建中的广富林文化展示馆漂浮在200多亩波光粼粼的水域上,简约的几何造型,用最少的线条勾勒出最美的轮廓。一片微波荡漾、视野开阔的人工湖,一座线条流畅、造型简洁的中式展馆,一段绵延千年、亘古流传的广富林文化……伴随着广富林古文化公园项目的尘埃落定,这些期待都将在人们的视野中逐一展开。广富林遗址挖掘工作一启动就创造了许多奇迹,也因此备受社会各界的关注。目前挖掘工作已进入尾声,下一步如何开发、保护、光大先民留下的宝贵资源?四千多年的广富林文化,犹如一卷历史长诗,隽永优美、耐人寻味。而先人们的足迹又像个神秘的宝盒,永远吸引着后人不断地追求探究。方松社区正在规划建造的古文化遗址公园，即是后人们诠释先民文化的一次有益尝试。

地处江南鱼米之乡的广富林，依靠发达的水系，养育了早期的上海先民。依傍着一方沃土，数千年之前广富林文化得以在这里生根发芽并日益璀璨绚丽。相传汉代时，松江的一段千年古城墙沉陷于大泖河中，泖水清澈见底，明代人们泛舟河上，还可清晰看见河底的千年古墙。而今精明的设计师也将地标性的现代展示馆沉沦在水中，古今呼应，饱含着一种别具匠心的寓意。

展示馆屋顶将采用镂空架构，为了达到更好的采光效果，屋顶坡度定为26度，白天七彩阳光透过屋顶射入水面，夜晚湖面上的灯光穿透屋顶直射夜空，特殊的光影效果使得整座建筑日夜都散发出迷人的魅力。展示馆将采用经典的江南三进院落的官宅布局，仿佛再现了鼎盛时期的松江知府官邸。朱雀门、玄武门等，无一不展示了苏松地区的殷实繁华。

官邸附近一座大大的草堆，这是丰收后才能看见的场景。以江南草堆为原型设计的建筑是广富林挖掘馆，以现代手段演绎先民生活，茸城新地标将在水上展现。挖掘馆内将模拟再现上海最大的野外考古现场，田间出土的众多瓷器、瓦片等也将在馆内展示。

广富林文化展示馆不仅具有展示功能，还将是一座科普、艺术、文化的殿堂。馆区计划开辟一个非物质文化遗产展示厅，这里将汇聚社戏、服装、评弹、江南丝竹、秧歌舞等方面的辉煌成果。

广富林是上海地区最早形成城市形态的地方，但是几经战火，建成后的文化展示馆将综合运用科学、文化、历史、艺术等手段展现文物和历史场景，让参与者了解松江和上海的沧海桑田，从展示馆到走水底长廊，读四千年上海历史。

广富林地区与周围古镇的差异在哪里？广富林地处松江新城和佘山旅游渡假区之间，毗邻松江大学城。枢纽的节点，山水相依，不仅是一个休闲旅游观光的场所，广富林文化遗址公园建成后将成为联系松江新城和佘山旅游渡假区的枢纽，广富林文化展示馆还专辟了学术会议中心，为学术交流提供便利。工艺美术馆、古建筑博物馆、老家具博物馆、珠宝馆等若干主题博物馆,满足游览者休闲观光的多方面需求。

依托区政府对松江未来发展创意产业、文化产业、现代服务业的理念,筹建广富林文化展示馆。届时,徜徉展示馆,既是城市文明的寻根之旅,也是怀想未来城市发展的探索之旅。用现代手段演绎传统,不仅仅是传统的再现,而是要给后人一个新的起点。

2012.3.27

一个追梦到武汉的上海人
——记武汉百家放心早餐工程有限公司创立者黄健

导　语

改革开放给每一个追梦者以辽阔的想象和空间,但是,一个上海人选择了武汉为创业基地,其中原委,一定有故事。

身材颀长,有点瘦削,一副眼镜更增添了他像书生的形象。现在,他的早餐工程事业已经在武汉做得红红火火了,但是,他仍不像一个老板,他的骨子里还是本原的读书人。于今回眸一瞥,黄健感谢这片容得下自己创业的热土,感谢青山这个不欺生拥抱天下的宽大温暖的胸怀。

远来武汉的探路者

2004年的初夏,一位个头高挑的青年在武汉三镇的街头路边徜徉,时而停下观望,时而陷入沉思,他是一个追梦者,要在现实的世界里寻找自己的一席之地。

出生在上海郊区青浦的黄健,于1985年从上海冶金专科学院毕业。他学的是金属材料分析专业,被分配到上海铱粒厂工作。进去不久,他就担任厂团总支书记,并于1987年成为一名中共预备党员,次年8月8日正式入党。

那时,年轻的黄健一帆风顺,业务上是尖子,组织上是党员。但是,人生的道路,从来不是直线前进的,挫折打击比顺风顺水更能使人进步。最后,在一次厂高管的选拔中,他因为出局而一下头脑清醒了。

虽然,上一个世纪八十年代还是固守陈规的岁月,但是,春天的脚步已经顽强地大踏步赶来了,地下涌动的暖流开始撞击头顶冰封的坚固水面。人,可以选择自己的路,这是一个社会进步的标志性的里程碑。

黄健,怀揣着被时代鼓动起来的理想,从上海的市中心来到郊外靠近长江边上的风也更大的外高桥保税区,从事他没有涉及过的一个全新的领域:国际物流。这也是中国在对外以日益开放的姿态尔后产生的一个亟待发展的业态。

跨行业,一窍不通,那就学习吧。报考国际物流师执照,里面还有英语要求,但是,他一考中的,没有费劲。从事物流行业,他很快进入角色,做到这家物流企业的中层管理。得益于从国营企业的成功一跳,黄健打量起自己在这个企业的发展前景,思忖着这是一个讲年轻拼体力的行当,感觉该急流勇退了。

其时,一个伟人的南巡讲话如春潮般在中国大地上涌动,撞击着无数有梦者的心扉。

用黄健的话说:那时的年轻人,大家都有创业梦想。于是机会给了有准备者。一位朋友偶然提供了一份项目书。2004年的春节,有心的黄健就是装着这份项目,在苏州前后住了一个月,考察、学习,胸中次第开始有了创业的轮廓和草图。

但是,付诸实现,却是远在长江中游的另一边武汉。武汉有青山,这块注定要栽培他这棵小树苗长成大树的宝地,给了他一个初来乍到的追梦者实现理想的广阔天地。

就在他流连于武汉街头驻足观望的时候,一个近在咫尺的青山区已经敞开了胸怀等待他的到来。这是因为,我们的政府吃喝拉撒都要管。武汉人喜欢在街上吃早餐,然而早餐摊位的卫生情况不尽如人意,政府早就准备着手整顿,同时引进清洁卫生的企业打造干净卫生价廉物美的武汉早餐。

在一个为人民服务的大前提下,黄健进入武汉,武汉百家早餐工程公司得以应运而生。

政府的实事工程

这时,武汉市副市长胡绪鹍对他轻轻地说了一句:武汉的早餐市场,希望你来了有所改善。2004年5月2日,武汉百家放心早餐工程公司在青山区试点。在繁华地段和主要街区,一辆辆设计漂亮新颖整洁的早餐车推出来了,令市民眼睛一亮,百家的早餐车改变了人们以往的观念,成为一道赏心悦目的新景观。

还是那句老话,新生事物的出现不是一帆风顺的。新与旧会发生冲撞,新与新同样也可能产生牴牾。武汉街头人行道扫除了违章占道现象,这一成果来之不易,现在,早餐车来了,它方便了市民,却也占用了一块人行道。职责所系,城管来了,黄健晕了,不是政府的实事工程吗,我怎么违章了?政府部门关于早餐摊位和占道经营的协调会开了不下20次,最后,到了7月18日,早餐工程开始在武汉青山正式营业。

不久,在武汉钢铁公司旁的钢都、钢花两个街道建立了14个网点,餐车发放时遇到了小插曲。一辆早餐车的造价4000元,全部是不锈钢制成,笔者在武汉街头亲眼看见了造型美观清洁卫生的早餐车,比上海的许多早餐车还要漂亮。可是,百家公司要求摊主交1000元押金时受到诘难,甚至有人怀疑会不会是骗局?

一个企业刚开始运作,会产生许多问题,包括许多原本不是问题的问题。

初战告捷市长助阵

黄健清楚记得:2004年8月4日早上,武汉下大雨,副市长胡绪鹍率领武汉市政府相关职能部门到早餐车现场视察,随后,召开了协调会,决定早餐车在青山区全面铺开。

从2004年至2009年,早餐车推上街头伊始,由于在青山一地营销,销售网点少、使用汽车多、配套费用高等原因,百家出现亏损相当厉害的局面。

这时,政府的扶持起了关键作用。青山区常务副区长赵建民委派区商委的葛科长前来百家听取情况汇报。葛科长开门见山,第一句就问:你想做下去还是不想做了?黄健没有一丝犹豫,立马回答:我肯定是想做下去的。

好!一言九鼎。接下去就是商谈政府部门具体支持企业的事宜了。通过协调相关部门,另外调整一些产品,开源节流并举。

黄健是真正想做事的人,他是这样想的,早餐工程是一个阳光事业,人总是要吃饭的。

2009年,早餐工程正式列入武汉市人民政府的实事工程项目。百家公司和另外一家早餐企业划江而治,负责长江以南的青山、洪山、武昌和东湖高新区。公司原来在青山区的600平方米的配送场地小了,为了应对更是为了发展,百家配送中心搬到了洪山区沙湖旁边的一处3000平方米的地方。

二三年后,这个地方又要动迁了。可是,搬到哪里去呢?最理想还是回到青山去,只是苦于寻找合适的地点绝非易事。青山区工商联主席陈汉生闻讯后,马上出面联系,结果在青山找到了一块近10000平方米的地方。中心建立时,青山区区委书记、现任武汉市副市长秦军和现任区委书记黄家喜等领导前来视察指导。武汉市还专门设立了市放心早餐工程领导小组办公室。

领导的支持,包括政府的资金扶持,武汉百家放心早餐工程公司实现了生产、加工、配送、办公为一体的配送中心。

现在,武汉百家放心早餐工程公司已经成为整个湖北最大的一家早餐公司。除此之外,百家还做快餐,因为是起步阶段一天为1.5万套。

建种植基地造中央厨房

2010年,黄健投资100万元在武汉蔡甸区张湾镇同心垸村建立了武汉阳光田园农业合作社。目前,制作放心早餐所需的大部分农产品由蔡甸农场供应,少部分原材料也是统一采购,严格按照相关部门的要求对采购的原料进行索证索票,保障了原材料的质量,从源头上确保了放心早餐的食品安全。

2011年10月，百家在青山开发区白玉山地区建成了现代化"主食加工配送中心"。如今这个中心加工的80%的原料是自己的蔡甸农场提供，还有80%的早餐食品是采用设备生产，减少了人员污染。一条条生产流水线连接着武汉市民的健康。豆浆生产线、粥品生产线、包子生产线、面条生产线、快餐生产线，呵呵，中心穿梭着快乐的各种点心，每天生产早餐食品15.5万份，包括热干面、豆皮、粥品、豆浆、米酒、包子馒头等近50种产品；每天生产快餐1.5万份，可承接机关、学校、企事业单位的团体用餐。全面投入使用，年产值可达8000万元，年税收可达500万元，可增加就业1000多人。百家已经成为湖北省最大、最先进的早餐生产加工企业。得到了省市区相关部门的赞扬。

2004年，也就是到青山区创业的第一年，黄健被评为区五一劳动先进个人。

此外，上海市人民政府驻武汉市办事处也给予他"社会主义优秀建设者"称号。

还有一个是中央八部委授予黄健为"食品安全先进个人"。

放心早餐是一个幸福平台

早餐对市民负责，企业对职工负责。黄健说，早餐工程是阳光事业，那么，早餐车对于下岗和外地来武汉的务工人员来说，是早上的一缕晨曦，是生活的一道阳光。

早上推车出去，到上午八九点钟结束，几百辆车就是给几百个家庭带来了幸福。黄健特别感慨，有的人没有文化，领工资时，不会签名是摁手印的，如果没有早餐车，他们这一族弱势群体寻找工作一定很费力，收入也不会高。有感于此，黄健作为总经理经常告诫公司的员工，我们一定要把早餐工程做好，许多人可以在这个平台上创造新的生活，我们做的是善事。

春节团拜会上，公司员工当然也包括早餐车的摊主，近400人到公司来联欢，自编自演的节目都是大家心底的自然流露。聚餐时，一只大厅，放了40桌，场面宏大，气氛活跃，许多人感动地说：我们已经有多少年没有参加这样的聚会了。

古训早已有之:"仓廪实而知礼仪"。早餐车摊主虽然文化水平不高,然而他们珍惜这份工作,他们也有自己的尊严,自己的价值观。这一点,让黄健也感动和自豪。一个网点上的摊主捡到了一只皮夹子,她知道是买早点的人大意忘记了,生意已经做完可以收摊了,但她硬是等到失主前来寻找认领丢失的皮夹子后,才回家去。失主拿出酬金,她婉言谢绝了,因为她觉得这是应该的。

汶川大地震,消息传来,没多久,百家公司员工、特别是早餐车摊主自发打来电话,问:何时捐款?他们准备着,也要为灾区人民献上一份爱心。

放心早餐为登堂入室准备

黄健喜欢看书,涉猎甚广。他深知古人"生于忧患,死于安乐"的道理。放心早餐工程,初始因为量不足而出现亏损,及至到了三百多辆早餐车推上街头时扭亏为盈了。现在,百家已是在武汉市民中知晓度很高的早餐企业了。

是不是可以说,打下江山,接下来可以守成了?黄健的答案是否定的,他的眼光穿越过了烟波浩淼的江上水汽,任何失误都将与"黄鹤一去不复返"结缘,后悔是没用的,只有"长将有时思无时",才能让自己立于不败之地。

像2004年一样,黄健又开始了在武汉三镇的流连张望,他想尝试建立一批固定的放心早餐门店。当然,这种经营模式势必会带来经营成本的提高,同样它的优势也会凸显出来,不受天气影响,更加主动易于掌控,还可以增加经营的灵活性,更好地适应消费者的需要。

世界上,没有一成不变的事物,服务性行业也是一定要追随着消费者的需求不断改进、提升、完善。"路漫漫其修远兮,吾将上下而求索,"有志于此的黄健,已经融入了第二故乡、创业成功之地的武汉。有父老乡亲的期待、有政府部门的支持,他是一定要把放心早餐工程做下去而且做得更好。

2012.4.5

几乎失传的骟鸡回来了

上了半百年龄的人都能记忆"骟鸡",但在最近光大会展中心举行展销中,来自国家农业部在上海认定的唯一一家国家级家禽示范养殖企业上海旺园"阉鸡"重新发掘这一"遗产"将此尤物奉献出来受到市民青睐。其实"阉鸡"在过去上海市民口中所说的就是"骟鸡",记者在查询词典中发现,它居然没有简化,依然是繁写体的馬的偏旁。在现实中,这个字不大用了,连简化都省了。至于生活中,骟鸡也难以寻觅,因为这一技术几乎失传了。有骟鸡就有骟鸡人。记者先后采访到浦东原来南汇大团镇海潮村的父子两代骟鸡传人董掌根和董中华。

昨天,记者在浦东泥城镇上海本原畜禽专业合作社里,应邀前来指导的67岁的董掌根介自述,他是在原来的泥城乡兽医站工作时学会的,师傅是崇明人吴生江,因为技术了得当时被称作"南汇一把刀"。当时学的不好特别是骟死鸡了,师傅是要打的,包括他的女儿也要打,严厉、苛求,董掌根终于练就了一手绝活。骟鸡最高峰是1968、1969两年,大批的"浦东九斤黄"骟鸡被养到四个月后被送往市区提篮桥的上海禽蛋一厂,再装运到新龙华火车站,都是活的,老董经常随车押运。因为量大,那时老董一个钟头可以骟50只左右,连续两个月竟然骟了2万多只。至今老董经手的鸡有几十万只。

上海有一个习俗,到了春节要吃骟鸡,郊区有这一门技术并且流行骟鸡的只有东南沿海一带的泥城、彭镇等地,现在老董的师傅过世5年了,老董眼力还好,他这一辈还能干的只有三个人了。子承父业,老董的儿子董中华也在大团镇兽医站工作,老子教儿子,动手能力强人又聪明的董中华一看就会。

但是另外一个兽医站站长跟着老董学了两个月仍然不会,没办法。

一般的鸡是在八九月份开始䃼的,要长到35—40天,根据不同的品种确定动刀时间,它的技术难点在于首先眼看鸡是否健康,有一点病的被手术后会死去。雄鸡的睾丸在倒数第二根软肋骨右面,它们附生在主动脉的血管上,像白色的米粒那样大小,䃼的时候刀口在一公分左右,动作大一点就要死亡。雄性失去变得温和,肉也细腻甚至超过母鸡。䃼鸡的的特征用老董的话来说,就是头像雌鸡头,尾巴翘起来长一尺多,眼睛亮的不得了。

更重要的是,䃼鸡的生长要求很高,除了很好的生态环境,生长必须120—180天,才能保证鸡的品质。去年八九月䃼的鸡,现在已经成熟可以上市,三官堂的"鸡贩子"开始下乡收购了。上海家禽协会副会长陈印权表示,随着生活水平的提高,将大力发展䃼鸡产业,挽救这一老祖宗传下来的技术,造福市民。

2013.1.21

告别曹安　难说再见上海

引言：过完蛇年新春，曾经为上海菜篮子工程建设作出重大贡献的曹安市场将搬迁。上一个世纪90年代初，到上海来打拼的金花，如今已有20年春节没有回家过了。金花说：生意最好的是过年，市民最需要我们的也就是春节前的年货。作为卖菜人，过年，我们属于上海属于曹安市场。我们发展了曹安，曹安成就了我们。远在山东临沂苍山的父母大人亲戚朋友，请理解我，现在不仅是赚钱，还有就是责任。我和许许多多上海市民顾客有了一种无法言说的默契，他们要来我的摊位上买菜，我要等他们的到来。过完新春，父老乡亲兄弟姐妹，我会来看望你们。

江苏邳县的周长秋到曹安六七年，也有三年没有回家过春节了。小周是个孝顺女，也是大好人，74岁高龄的母亲想她，她也想回去，但是没办法。她现在是家乡农民合作社的牵头人，一头牵着家乡的农民，一头连着上海的市民。她要一直忙到大年三十晚上。她想对母亲说的话就是：妈妈，你原谅女儿吧，为了上海的顾客和家乡的农民过好年，我只能坚守。曹安市场改变了我这么一个读书不多的农家女的命运，也改变了家乡许多农民的生活条件，为这，我还要坚守。

听金花讲创业的感人故事

今天一早，曹安市场一隅。22岁的范贝贝在羊肉摊位忙碌地招呼顾客。小伙子是山东苍山人，卖的是崇明白山羊。他要一直忙到大年三十。说话间，又有顾客上来了,我转而找到了贝贝的"老板"金花。

真西大酒店的一间局促的办公室里,我见到了金花。1991年,曹安市场创办之初,金花随丈夫开着三轮摩托拉了一车朝天椒到市场,路上开了两天两夜,但是一车货能赚一两千元。当时苍山县任河湾村第一批农民买了60多辆三轮摩托,一辆车是2800元,第二年涨到4000元。到了第三年,大家赚钱了,全部将三轮摩托换成了四个轮子的汽车。

后来丈夫回老家承包长途车,金花独自一人就在曹安开始打拼。如今,她依然把家乡的辣椒运往曹安,还在崇明新河镇群英村组建了萍喆果树合作社,搞种养一体化经营。除了把崇明的花菜、菠菜、卷心菜、大白菜运出来,还把去年饲养成功的崇明白山羊拿到市场销售。临近春节,最多时一天就要卖掉三四十只羊。2004年,金花生意做大了,搞配送了。春节不回去,她习惯了,她说自己已经融入了上海。

为小周做生意的诚信感动

周长秋,一个女人有这样硬生生的名字,生活中她却是一个性格柔软的女子。刚到曹安市场摆摊,小周身上还背着女儿,一边做生意一边照顾孩子,那时的艰辛无法述说。一晃眼六七年过去了,小周的生意越做越好。她也成了江苏邳县长乐养殖合作社的领头人。

三年没回去,她在忙什么?2012年小周通过曹安市场这个平台卖掉了家乡的10多万只芦花鸡,还有数以万计的红头鸭、鸡、鹅、鸽。她还先后两批为家乡推销出去46万只鸡。县政府奖励她的合作社86万元。小周把这钱捐出去了,为村里筑了一条出行的水泥路。

"小周是在市场里真正学会了怎么做生意的",曹安市场总经理康祖建为我讲了一件关于小周做生意的事。那天,有位老太太到小周的摊位上买黧鸡,付钱时说,100元给了小周。一时之间说不清楚了,小周安慰老太太:你不要急,我送给你也不要紧。第二天,老太太由女儿陪着过来感谢小周。原来回家后老太太从衣服口袋里找到了那张一百元。

我问：上海市民好不好？小周有点腼腆但回答干脆：好！有时人家生气，我都是从自己身上找原因的。这样就和顾客的关系处理好了。

曹安市场要搬迁了，金花和小周都很留恋，但是，上海市民需要她们，她们也坚信一定会找到新的落脚点，继续为市民服务也是她们生活的需要。

2013.2.8

"拉粉"拉出了一个美丽种子梦

——浦东新区种子大王张永祥全国首创机械拉粉

九月的天,阴晴相间,不时还有阵雨。幸好这两天中午出太阳,浦东新区老港镇 600 亩地水稻田正最后冲刺——3 辆纽芬兰中型拖拉机在田里齐头并进,抓紧"拉粉"。水稻田分常规和杂交两种,常规水稻公母同株自花授粉,杂交水稻需异花授粉。昨天中午,田头一位老农指着一排水稻告诉记者,当中 8 排矮的是母稻,旁边两排高的是公稻。所谓"拉粉",就是等水稻开花后,用竹竿把公稻上的花粉拉过去扬起来给母稻授粉,可这办法速度慢人也吃力。没想到,一个门外汉的新发明改变了这一做法。他叫张永祥,他的发明是拖拉机拉粉。今年 53 岁的他,因此成为上海乃至全国机械拉粉的首创者。

从老板到农民

张永祥是浦东人,曾是村里的调解干部,后来开了五金厂,手巧,脑筋也活络,虽然出生在农村,却没真正下过地。那时五金厂开得红红火火,他突然决定转行做农民生产粮种。许多人看不懂,人家发了财都去做老板,他咋会想去做农民?

说起来,就是这人了不起的地方了——

种田的,想的都是一茬或一年的收成。可早在 1998 年,伊丽莎白、西莫洛托甜瓜风行沪上,农民卖了好价钱,市民吃得津津有味时,在浦东承包 136 亩地种西甜瓜的张永祥却陷入了沉思:2 元钱一粒的种子,一年种一次,每年都要买,受制于人哪! 由甜瓜想到了稻米,这一行好像还没被人控制,可以做。

于是,张永祥开始了长达12年的制种生涯。

日出而作,日落而息,那是田园牧歌式的浪漫。真正的农民很辛苦,张永祥最忙最紧张的时候,凌晨两三点就要下地,天蒙蒙亮出门更是家常便饭。孤零零一人到田头蹲着观察,植物和人一样,是有习性的,要观察植物生长的细微变化需要的耐心难以想象。9月申城史上罕见持续高温,中午也要瞭望守候。"拉粉"是一项非常重要的农事。根据气温、水稻生长期、稻谷感光和感温特性,水稻开花时间有先有后,关键时刻,要有人天天守在田边观察,20天开花期内必须完成杂交授粉。

"拉粉"过后,还要拔去公稻和母稻中的不育株,以及那些长势不好的稻株。

昨天,在浦东老港田头,张永祥告诉记者:再过两三天,今年的"拉粉"就将结束。紧接着,这个看上去有点木讷的农民,说出了一句让人吃惊的豪言壮语:"谁控制了石油就是控制了货币,谁控制了粮食就是控制了人类。"从某种意义上来说,对的。中国作为人口大国,解决吃饭问题保障粮食安全,始终是头等大事,而粮食的命脉是种子,不能握在外国人手里。走过12年粮种生产之路,张永祥心中目标明确:让自己的稻种撒遍中国的土地。

想偷懒动脑筋

光有热情不行,还要有技术。作为合作社和种植业公司的"掌门人",张永祥刚开始"拉粉"时累得不行,于是动起了偷懒的脑筋:先是在摩托车后面挂绳子,想拉着稻花起"蓬头",可密密的水稻阻力太大,结果车拉不动,人倒跌出去了。接着,他花100元借客货两用车来拉,结果动力不行。最后,他想到了大马力拖拉机,终于成功。起初被农业专家教授斥之为"瞎搞",因为水稻太嫩会受伤。可人家制种亩产100公斤,张永祥的试验田亩产150至175公斤,专家来了一看,服了。2000年起,机械"拉粉"开始引起全国各地注意。

昨天中午,记者实地观看了一场"拉粉"表演:上海弘晖种植业公司的3

辆纽芬兰中型拖拉机,在稻田两边和中央一字排开匀速前进,后面挂着一根长长的尼龙软绳一路缓缓掠过,稻浪起伏处扬起阵阵粉末……到了终点,拖拉机停下来,等待下一次水稻开花。大约20分钟后,稻花再次绽放,拖拉机再往回开,如此来回反复4次,当天的"拉粉"才算完成。水稻盛花期一般有5天,每年"拉粉"约持续15天左右。今年"拉粉",张永祥总共动用了25台拖拉机。

农村劳动力日趋紧张,青壮年农民几乎无处可觅,机械化势在必行。除了机械"拉粉",张永祥还先后发明了"水稻割叶机"和"水稻授粉机",并拥有自己的专利产品。借助机械化,他的杂交水稻产量提高了30%。同样一亩地,他的制种成本是1500元,比别人低25%。

有梦想有奔头

据不完全统计,有70多家外资种业公司现已进入中国,包括大豆、玉米和部分蔬菜、粮食类种子已在外资"控制"之下。而水稻,也有被"曲线控制"的隐忧,张永祥对此非常清楚,也非常担忧。所以,他的努力也是非常的。

一个粮食新品种的诞生包括三个阶段,育种、繁种和推广。目前,张永祥和上海交大农学院、浙江农科院、浙江农学院等建立了合作关系,他的制种技术得到业内高度认可。他的手中,现有20只水稻新品种,其中"上海花优14""秋优金丰"是本市常见杂交水稻品种,外省市用他的籼稻、粳稻种子有10只。如今,他的杂交水稻和常规水稻推广面积分别达到30万亩和10万亩,每年可为周边省市提供水稻良种几十万斤。

2008年,他成为农业部表彰的全国种粮大户。现在,浦东新区所有常规稻和杂交稻种子都由他提供,沪郊杂交水稻种子六成出自他手,他因此被称为"种子大王"。

张永祥说:我很幸运,作为一个种田的农民,也有实现自己梦想的机会。他的12年奋斗历程,得到了老港镇、浦东新区和市领导的关心呵护。

记者在"弘晖"看到,一座占地2200米的烘干加工处理车间正在兴建,明年竣工后能储存粮种2200吨。一般种子保存时间很短,但经烘干和保温保湿技术处理,将可储存3年。

问张永祥有啥心愿,他说,杂交水稻每年都要育种、繁种,他希望能找到一块相对集中的制种基地,可减少来回奔波,也可保持制种稳定性。杂交水稻的优良品质只能保持一代,以后就会大幅退化。他虽有1万多亩土地,其中4000亩制种,但大多跨区甚至在外地,太分散了,不利于种子繁育。此外,他还希望建立独立的研发机构,申请更多的专利,进一步扩大良种市场覆盖面,把粮食生产主动权牢牢握在自己手中。

2013.9.15

廊下一个普通农民的幸福机遇

九月的乡间廊下,端的是美得不同寻常。外面一条东西向的六里塘河是黄浦江的主要支流,出海口在浙江海盐六里镇,通青浦淀山湖、淀浦河。两侧河岸,正在建造岸边景观设施,河中心有一个小岛。还有一条南北向流的惠高泾河,东西向的山塘河,加上一条人工开挖的中心河,形成了二横二纵的水系格局。

多少年来,河水兀自静静地流淌,不曾搅动村里农家平静的鸡犬之声相闻的田园生活。可是,改革开放后一阵阵春风吹来,美丽的廊下被发现、被裹挟着踏上了致富大道。

廊下镇中华村1113号李菊观阿婆,今年73岁了,一个普普通通老老实实的农家妇人,有过辛酸有过甜蜜,最后在盛世赶上了"翻身道情"的好辰光。假如没有中国、没有上海的发展,没有政策的引导、放开,阿婆也许就像许许多多的农村妇女一样,默默无闻走过自己平淡的一生。

很久很久没有引用这样一句诗了,"弄潮儿向涛头立",寓意走在风口浪尖的人,李菊观阿婆何许人也,敢当这一比喻?说来也简单,八九年前,锦江集团到廊下试点搞农家乐,动员农民把富余的屋子和房间"流转"出来,由锦江帮助改建装修,然后进入市场出租给游客。在没有任何合同、协议的情况下,李菊观老人就一口应允了,你们去弄吧。这样好说话的纯朴老人,让"锦江"感动了,队伍施工了,三上三下的房间修缮一新,阿婆留下一间自己住,其余都作了客房。阿婆门前的场,也被打理得富有农家庭院的韵味,一切都变得美了,阿婆心里乐了。

也许，阿婆也不知道，自己就是一个勇敢者，第一个吃螃蟹者。她跟上了农民致富的时代潮流，站在了"廊下之船"的船头。

2007年6月12日，李菊观阿婆的农家乐突然迎来了一位大领导，这位领导很亲切、很和蔼，一点没有架子就和67岁的阿婆聊开了，他问阿婆年收入增加了多少，还"力挺"阿婆，吃了她烧的一小碗菜饭，并说很香，他对阿婆说可以到上海去卖。到了门口，他又停下脚步，和李阿婆合影。好人、领导走了，阿婆也知道了，这是上海当时的市委书记习近平。

阿婆本来除了租房有固定的收入，在家里有时还帮忙烧点菜饭给客人吃，包括村里还有"锦江"的都会预订她的菜饭。阿婆对记者说，烧菜饭主要看好水，还有就是自家自留地的新鲜蔬菜，万亩粮田的大米和糯米，此外，用猪油比菜油更香。习总书记曾经到访，让阿婆名声大噪，有人把她誉为"廊下第一厨娘"，阿婆人品好，不计较，可以当此称号。记者问阿婆，为集体烧菜饭一个月收入有多少？阿婆说，七八百元吧！八九月高温超过千元。一会，阿婆又说，可以了，老也老了还要去争工资，臭哦？看着阿婆一脸认真的神态，我们信了，服了。

李菊观阿婆是中华村人，嫁到这里是6队的，丈夫是个能人，上海朋友也不要太多噢，可惜50岁出头他就去世了，至今已经19年了。阿婆有两个儿子，都成家了。阿婆有过困顿，如今孩子不用她操心，自己管自己，日子过得轻松又快乐。

廊下的六里塘河不停地流，虽然它离开李菊观阿婆的地方有点远，但是流啊流，竟也带动了阿婆的生活起了涟漪和微澜。廊下有许多像李菊观阿婆的农家，生活是越来越好了。

2013.10.2

人民公园太极推手角

人民大道是上海的零公里起点,坐落于此的人民公园也是上海的一个综合性地标。英语角、婚姻角,名声在外,还有太极推手角,从小青年到耄耋老人还有异国朋友,每个月的第一个周六上午,太极爱好者都会来此推手切磋。上海只此一处,全国也是鲜见。

3月的某天清晨,雨霏霏,三三两两的太极高手和爱好者如约而至。太极推手角发起人朱方泰老师拉起了横幅——"轻灵安全推推手,安全愉快交朋友",这是宗旨,推手交流,互相学习,不能出格,谢绝争勇斗狠。

太极助力飞行

如果说,1.90米以上的印度尼西亚籍华人许一强看上去孔武有力,相比之下,46岁的北京人董世钢则个子显得矮小,可是,练习多年的他已经有点心得了。董世钢早年是开战斗机的飞行员。

董世钢家在太极之乡河北永年附近,从中学开始学习太极拳。他认为,练习太极锻炼了协调能力,这对他飞行生涯大有帮助。他说,当飞行员时压力非常大,有时候早晨4时就要起床,遇上天气不好,一定要有正确的判断力。所以,每天抽空打打太极拳,是自我放松、减压健身的好方法。

前些年,董世钢应聘成为一位民航飞行员,从北京移居上海,忙碌的工作之余,他又练起了太极拳。在北京时,董世钢同印尼籍华人许一强一起打太极,后来由他介绍,董世钢到上海后也到了人民公园太极推手角,他和志同道合的人一起打太极,成为这里的常客。

太极胜过美容

面容姣好、皮肤光滑的王竞琼,今年35岁,却从没做过美容。

女人都爱美,对王竞琼来说,打太极拳就是最好的美容方法,太极拳就是她的化妆品。

15年前,在父亲的影响下,王竞琼开始接触太极,并渐渐迷上推手,通过网络论坛,大学毕业后,她在人民公园找到了这个太极推手角,并与父亲每月一起参加活动。她和父亲你来我往推手盘练,成为太极推手角的一道风景。

大学里,王竞琼的专业是建筑,但在练习太极的过程中,她找到了内心的平和,然后又发现,光打太极还不够,如果不了解中国博大精深的文化,很难理解太极的精髓。如今,她每天打两小时太极,还要练习书法,阅读中医理论,周末则会去大学校园听国学讲座。"打太极,比去做Spa有用多了。"她举了个例子,"我刚考出驾照后第一次开高速,紧张得不得了,开完车颈椎就僵掉了,回家后我打了三遍拳,就感觉不到疼痛了。"

太极吸引老外

天气冷飕飕的,雨也凉丝丝的,以色列人高飞一切从零开始,体验太极的无穷魅力。

最先找到太极角的,是高飞的哥哥伊兰。半年前,伊兰来到人民公园,偶遇太极推手角,便加入进来。见哥哥练太极,高飞感到好奇,他对中国文化非常着迷。

高飞曾在云南生活很多年,会说一口流利的中文。"去年5月我移居上海,我希望至少能在上海住两年。"哥哥伊兰补充道,"如果为了太极,我们长期定居上海,那真是一个浪漫理由。"

太极高手众多

2011年1月1日,太极推手角推出,以后定于每月的第一个周六上午,遇到节假日,就放在节日如元旦、五一劳动节、十一国庆节当天。发起者朱方泰是吴式太极拳理事,他说,主要是想通过这个小小的推手角吸引太极爱好者前来交流切磋,提高太极文化素养。

为人谦虚的朱老师为记者介绍了太极推手角中的佼佼者。何又圣是老三届,从1973年开始练太极,一天打13遍,但他自己说是最近两年才开窍悟道。他的"接受力"说颇得太极要领,首先是吸收,然后才把自己周身贯通的劲意释放出来。史久奋是个"武痴",练功占了他生命中的大部分时间。他的"松沉"说抓住了太极的本质,他推崇的大椎往上领、而伞字骨和肋骨往下坠的方法可信可试。沈善增练太极多年,最终因为钻研古籍并凭借悟性成为高手,本身就是一个传奇,他专门撰文论述太极推手的四种境界,让人耳目一新。

那天朱方泰表情遗憾地说,还有一些高手未到,其中一位是90多岁的老先生杨永义,他把自己一生练习太极拳的心得体会编成小册子,分发给这里的拳友。

他们推广太极拳。如果只有拳没有术,或者说只有武没有艺,就不会有武术的传承至今,同样,在生活节奏加快的今天,自身的深厚文化底蕴和无法言说的辩证哲理气韵,是太极代代相传的内在动力。

太极有利健康

今年81岁的恽森银老先生,年轻时身体不好,开过一次刀,他选择了锻炼,在体育宫先后跟过三个老师学习六合八法,如今他也带了许多学生,是太极推手角的常客。还有一位瘦削的男子,人很精神,内敛含蓄,从他的话语中可以悟出太极魅力。他自述,年轻时问师傅怎么练,师傅回答没有的,后来入门了渐渐知道,打太极,没有才能有。这位叫林亨元的先生进而阐述道,先站桩,摒除一切杂念,然后引来外面空气进入体内,"接天接地"打拳,才能收到事半功倍的效果。

2006年,太极拳被列入首批国家非物质文化遗产名录。

我们生长在中国,老祖宗留下那么好的遗产,不去继承,非常可惜。太极拳、六合八法以及其他许多拳种,只要持之以恒、锻炼得法,对我们的健康会大有好处的。

人民公园太极推手角,就是一个"健康大舞台"。

2014.3.30

此生唯一被叫停的采访

——新疆喀什市巴楚县 7.28 事件追忆

七月,一张去新疆参加喀交会的通知悄无声息地放在我的桌上,拿起一看,几乎没有多想,欣然前往。从采访到考察,还有一次自驾旅游南疆北疆,其中包括 2009 年"七·五"动乱,我反复进疆已有六七次之多。我采访过几批援疆干部,我的大学同学闵师林还是上一批的上海援疆副总指挥。今年春节后,他卸任归来,我们的华东师大老师和一些同学还聚过,对于新疆尤其是喀什地区目前的态势,我是非常清楚的。

然而,这次一到喀什,就被告诫不能外出,甚至结伴同行也被禁止。因为,喀什街头和路边包括广场,已经发生多起暴恐事件,走着走着,不知什么时候刀就砍上来了。据说,一位兵团农场的检察长携妻散步,就在喀什,还是很热闹的地方被暴徒砍倒身亡,两个施暴者也被当场击毙。情况如此严重,超出我原来的想象。特别是我熟悉的援疆一年的文汇报年轻记者王星告诉我许多事情,让我真切地感到了这次采访不容易,也让我为自己二话不说就接受任务的举动感到庆幸。

来得正好!我喜欢体验风险和挑战。

从喀什向巴楚进发

7 月 25 日,从上海出发到喀什,傍晚到达喀什刚落成的月星大酒店。晚饭,我们上海媒体一行被车接到援疆指挥部、喀什地委招待所里吃饭。全程接待并安排采访的上海报业集团援疆干部、喀什地委宣传部副部长王明宇告诉我们,现在吃饭只有两个地方,除了这里,还有喀什·噶尔宾馆。外面的饭店是不能去的。

不能逛街不能上当地的饭店吃饭的外出采访,生平第一次。但是,这个规定必要。27日我们参加喀交会,现场严格乃至严密的保安措施,50米一处帐篷和岗亭,就有七八位手握棍棒盾牌和冲锋枪的武警、特警严阵以待。

午餐,我们照例回到援疆指挥部吃饭。下午,我们回房间,下午4时出发去巴楚县。不料,上海电视台记者在传送带子时发生了问题,等到完成已经是6时了。此前,我们一行在援疆指挥部等待,王明宇把我从阅览室叫过去商量,今天太晚了,过去太辛苦,是不是明天出发?我说,房间已退,不要再麻烦人家了,另外巴楚那边等着,还是去吧!

正是由于这个决定,我们终于走出喀什。新疆与内地的时差两三个小时,说是6点,太阳还高高挂在天际。一车由王明宇带队去宾馆接上视两位记者,一车由王星负责,车开出去的路上,王星想起带点干粮过去,于是就在喀什大街上寻找。地委驾驶员知道一个地方卖馕,王星和他下车,我想了想,也下去在他们身后几米远的地方不声不响地跟着。跑了几百步,结果,摊位上的馕看上去整齐有序地排列着,但一摸却比木头还硬,只能放弃。离开时,王星一回头才看见我,会心一笑。回到车上,没有干粮,心里不踏实,驾驶员开了一段路指着对面马路又说,那边有一家店卖汉堡包。可是,由于被禁止外出,王星都不认识那家店,他下去我也急忙陪他下去,照例我是跟在他后面,而不是通常的两人并肩走路还说话,一路寻寻觅觅,到下面一个商场,曲里拐弯才找到了那家店。买了7个汉堡包,要等,营业员一边烤一边安慰我们,很快的,五分钟。当然不止,总算买回来,上车才发现,忘记把两个驾驶员算进去了,少了两个,我当即表态可以不吃,也不饿。

精瘦的王明宇是部队转业干部,总觉得此人直爽,很干练,不知什么原因,他坚持要在出喀什的收费口等我们,后来,两车汇合向巴楚进发。王明宇为了节省时间,还在事先与喀什到巴楚建成但未通行的高速公路的刘总联系,所以,我们一路走的是高速,这样要比走下面的路快了许多,但也不顺利,高速没有正式开通，有两处设障，前面一处我们绕过去了，后面的长长的生铁管子用电焊焊死了。眼看巴楚要到了，却不能前行而要折返回去找路，很无奈，但又没办法。不甘心，再次在大转盘处绕了一圈，仍不得其出口，只好回到三岔口。三岔口是通往喀什、阿克苏、巴楚三地的交通要道。下高速，我们终于在晚上10点半赶到巴楚县政府招待所唐城饭店。援疆干部正在那里等待我们。11点，内地吃夜宵的时间，我们吃了那顿晚饭。

震惊中外的"7.28"暴恐事件

早上，起来，我很惬意地在院子里锻炼。六合八法拳中的一招"抽梁换柱"，我的左右掌轮换向前方打出去时，两掌的边缘甚至触碰到围墙边生长的郁郁葱葱的高粱叶片，感觉妙不可言。

可是，回房间洗完澡下来餐厅吃饭时，王明宇神情凝重地向我们通报了一个惊人的消息：今天早晨6时，一群暴恐分子就在我们昨晚经过的三岔口劫持了一辆长途公交车，车上的维族人全部被赶下来，一名汉人被杀，车上还有多少汉人不详，车辆不知去向。

原定下去采访的点，唯有上海金博纺织厂是上海援疆的企业，我们决定仍去采访，但有上海派来的5名特保人员随行。从招待所到"上海金博"，车队绕了一个圈子，让我们对巴楚县的工业开发区有一个大致的认识。到了厂里，我看见的是现代化程度很高的一流企业，老实说，这是我年轻时在上海市建工局第二建筑公司做过建筑工人、上海胶鞋六厂做过炼胶工人所没有见过的豪华架势。以至于我和维吾尔族青年工人衣马木·买买提交谈时，情不自禁地说：你们现在当工人的条件比我过去做工人时的条件好多了。

这时，大概11时许，援疆指挥部来电：停止一切外出活动，包括采访，立即回到喀什。我想起早餐时王明宇的表情，理解了，只有他一早听到那个消息心里知道事情的严重性。其时，上海对口援助巴楚的静安区副区长一行也在，立即返回，我们的采访刚开始，无法成文，怎么办？后来，我提出能否把两个准备接受采访的维吾尔族青年带回唐城宾馆,以便继续采访。这时,有一个细节让我非常感动,巴楚援疆干部张伟、严布衣想了想,最后还是决定把他们带到巴楚的指挥部,而不是让他们跟到我们的下榻处。

出人意料,28岁的古丽克孜是新疆财经大学的毕业生,曾在西安学习纺织技术,她向记者表达了自己和像她一样的许多维吾尔族同胞的感受:非常喜欢这个工厂,希望有更多的企业落户巴楚造福巴楚。这使我深切地感受到维族同胞人心思安,有可靠的工作稳定的收入,是巴楚人民的福祉。24岁的青年工人努尔艾力,和马上要结婚的女友都在这个厂里工作,严布衣初始没有认出他,我转而开玩笑地说:他成熟了,马上要结婚了。他也笑了,说自己几天没有回去,胡子没有刮。临别,我握着他的手说:再见,吃不到你的喜糖了。

中午,挂职巴楚县公安局副局长唐骏告诉我们,有暴恐分子数百人持械同时攻打镇政府和派出所,我们反击时,有一部分暴徒被打散,三岔口劫持公交车的就是他们干的。情况果然严重。饭后,静安区慰问援疆干部的团队和上海采访援疆的一行记者在警车的护送下,回喀什。路上,我们没有庆幸,唯有遗憾。同车的文汇报摄影部副主任戴焱淼甚而说到,如果能够跟着前去事发地采访,他非常乐意。吃中饭时,面对神情愈发凝重的王明宇,我也说了,其实我们作为记者不太在意危险,而更关心的是自己写的稿子发出来没有。

尾　声

上海援疆的四个区都有区领导带队参加喀交会,然后准备下去四个对口县考察,28日当晚,市委副书记应勇、市长扬雄先后来电:要求在喀什的四区干部包括媒体记者,一定要遵守纪律,安全返回上海。29日傍晚,我们乘坐东航A330空客回沪。过了半夜,人回到上海,安全了,心却牵挂着王明宇、王星还有许许多多的援疆干部。

新疆有暴恐分子,他们近两年来暴恐活动明显加剧,已经发展到滥杀无辜。但是，他们为中国人民和世界人民所不齿，为人心思稳的新疆各族人民包括维吾尔族人民所痛恨，这是我们到巴楚与维吾尔族人民近距离面对面接触得出的结论。

正是由于我们的坚持，完成了一次被紧急叫停的采访，回来我赶忙写出了《上海工厂让新疆人民'喜欢'——援疆企业金博纺织厂造福巴楚》一稿，7月31日刊登在本报《中国新闻》版面上。文章不长，但我知道，虽然有惊无险，但是来之不易。

2014.8.8

换肾十年今如何

十年前,西藏首例活体供肾手术在西藏军区总医院成功实施。十年后,一直牵挂病人术后康复情况的长征医院教授朱有华,昨天上午在西藏军区总医院院长李素芝的陪同下,分别探望了藏族同胞坚增欧珠和顿珠多吉两兄弟,为他们检查康复情况并提出保护性建议。

在山南地区龙桑花园小区,门前的格桑花正艳丽夺目,坚增欧珠的妻子次仁早已在小院前等候。看见10年前为丈夫做肾移植手术的上海军医专程来到跟前,次仁迎上前去紧紧握住朱有华的双手,两眼湿润,激动得地说不出话来。李素芝告诉他们,朱教授是昨天刚从上海飞到西藏的,明天又要赶回去。

李素芝和朱有华坐下,仔细地询问了坚增欧珠的近况。记者方才得知,十年前,朱有华和李素芝合作为他们兄弟俩做的活体移植肾脏手术后,坚增欧珠又出现了脑出血、胆源性胰腺炎等并发症。当时,坚增欧珠脑出血伴意识障碍,是李素芝果断地为他施行了开颅手术,接着又为他做了胆囊切除手术,先后一共做了5次手术,硬是把坚增欧珠从死亡线上拉了回来。说起往事,令人唏嘘。当时在没有医保的情况下,军区总医院全免了所有医疗费用。

当然,肾移植手术的成功,为以后施行抢救奠定了基础。朱有华如今非常欣慰,因为坚增欧珠的弟弟顿珠多吉的捐肾义举,使得移植后的坚增欧珠没有出现过一次排异,吃的药是既好又便宜,量也不大。坚增欧珠的妻子次仁在一旁说,现在有了医保,一个月1000元的药费,自己只要出100多元就够了。如果当时没有西藏军区总医院的帮助,那一关是挺不过来的。而为了节省病人的负担,第一次进藏的朱有华教授和王亚伟副教授克服缺氧的困难,毅然飞到拉萨为兄弟俩施行手术。

李素芝,这位在西藏几乎家喻户晓的"多面手"和"活菩萨",也感慨地对坚增欧珠说:朱教授经常和我们通电话,关心你的术后康复情况。十年了,现在来回访一下病人。这是上海医生对藏族群众的关心。看到你精神很好,我们都很高兴。

记者在坚增欧珠一家的楼上楼下参观,170平方米的两层楼房,宽敞舒适,这是2006年他们花了42万元购买的商品清水房,然后装修一新。坚增欧珠在农业银行山南地区扎朗县支行工作,收入不菲,生活幸福。

作为国内肾移植方面的著名医生,朱有华教授还牵挂着捐肾给哥哥的弟弟顿珠多吉。可是不知什么原因,顿珠多吉的手机一直关机,正在人们失望和遗憾时,电话通了。于是,朱有华和曾力两位教授和军区总医院李少勇医生在坚增欧珠的带引下,驱车赶回拉萨寻到蔡公堂乡二村,找到了建起了新房子的顿珠多吉。朱教授撩起顿珠多吉的上衣,详细地察看了他的10公分刀痕,发现愈合很好。他对这位好弟弟的义举表示嘉许和赞扬。

顿珠多吉近年来一直在外打工,拉萨正遇上了前所未有的大开发、大建设,所以不愁没有工作。一天一工有100多元。前不久,顿珠多吉一家建造起了三上三下的两层楼房,200多平方米,近40万元,银行给贷款了20万元。说起当年捐肾,这位憨厚的弟弟说,因为不忍心看着哥哥受病痛的折磨,而自己没有钱和物,只能用捐肾的行动帮助哥哥。哥哥坚增欧珠开始也坚决不同意。正是兄弟俩的手足深情感动了沪藏两地的医生,最后他们在西藏自治区党政主要领导的关心下,在西藏军区总医院的慷慨资助下,获得了今天圆满的结果。

2014.9.14

附：十年后返藏观感并纪事
2014年9月11日　星期四　拉萨　晴

　　昨晚想早睡，不得。理东西，看电视，磨磨蹭蹭，捱到11时过后上床。心里有点担忧：十年前健壮如我，没有一丝害怕。后来，到了拉萨，一下飞机，就被前来接机的西藏军区总医院院长李素芝劝吃了一粒"高原康"。我认为没有事，李素芝却说，吃了保险一点。是领导又是医生的话，我没法不听。再往十多年前，我第一次进藏，是1998年10月献血一周后。没吃红景天，一路过去最后到了珠峰登山大本营，夜宿定日珠峰宾馆，也没吃药更没吸氧。虽然头胀，可是一夜睡到天明，为同行者包括援藏干部在内所绝无仅有。

　　那时，我风华正茂，只有42岁。如今，不知老之将至，状态可以，可是年龄到了总在提醒或者暗示：此行西藏，能否顺利完成采访任务，还有接下来可能的出游？

　　早晨4点半起来，5点40分，洪生来接。一路通畅到浦东机场。8点10分起飞，经停西安再飞拉萨。下午2点40分落地。从飞机的舷窗上往下看，贡嘎山上间或有一层浅浅的青苔类绿丛，不似我前两次冬季或接近冬季那是寸草不生的样子，完全是褐色的森严与令人窒息的苍凉。

　　我和长征医院泌尿外科曾力教授以及宣传科长张波打前站。接机者是东方肝胆医院的张海滨教授。年轻有活力，也健谈，他们是同行，我坐在副驾驶的位置上听出来了，就问：你是跟杨广顺的，他答：是。哦，我明白了，我听到过这个名字，他就是和杨教授一起为我表弟福宝换肝的医生。果然，我一报名字，他立马反应：是的。还说出了我表弟的病情。

　　越野车进了高速，这是以前没有的，等到进隧道我更是确认：新建的。沿途也有风景了，路旁和山坡上，绿了，树也多了。进了拉萨市区，我最熟悉的内地的开发区，就在路旁。拉萨，十年变化如此巨大，完全颠覆了我印象中的拉萨。远远的看见布达拉宫的雄伟的身影，屹立在红山坡上。车子按顺时针方向环绕布达拉宫一圈，又见布宫，不兴奋但欣慰。

　　随后，我们赶到下榻的宾馆天泽国际大酒店，布宫的后面，紧挨着自治区政协。初来乍到,谁也不敢造次,尽管小心翼翼,曾教授和张科长已有些许反应,我见两人嘴唇略有发紫,知道这是一般人免不了的正常反应。进房间照镜子,自己还可以,毕竟我一直打心意六合水浪拳是有用的。他们吃了"高原康",而我没有了李素芝的接机,也就不吃了。

晚餐,从武汉基地医院进藏旅游的一行人,很有意思。他们刚退休就来朝圣西藏,对的,要来就趁早。喝了一点白酒,回房间休息。

2014 年 9 月 12 日　　星期五　　拉萨　　晴

早上起来,不敢锻炼,就做养生益寿功。天泽宾馆地段很好,对面就是宗角鹿康公园。吃了早饭,曾力、张波和我一起逛到公园里。可以,在拉萨可以看见并享受如此郁郁葱葱的绿化,令人舒坦并赞叹。藏族同胞的健身舞与内地相似,音乐更好听。

接着,在转经筒前跟着藏人也转了一圈,表示敬意。随后,出门。到房间后,又被叫去游大昭寺、罗布林卡。又见大昭寺,寺前石板路铺得很好,10 年后的寺庙变化自然大,八廓街依然热闹非凡,但还保持了它的绝对的土,取胜。骑三轮车的老汉是四川人,不过他从年轻时就在全国各地闯荡,也是一种人生。苦点,但有乐趣。到了,前面两位年轻人被甩得远远的,我们是抄近路走小巷的。

罗布林卡是历代喇嘛的"皇家园林"。一看而已,导游年轻,不知怎么会说出一句你身体素质相当好的话来。

曾、张看东西,我在外打了一套水浪拳。回宾馆去,他们去看布宫,我没去。在房间里休息兼写稿。一下午,蛮舒服的。

朱教授到了,河北大厦。晚上,过去会合,吃鱼。联系医院落实明天探望病人的车辆和人员都成了问题。饭后,朱教授到我 3011 房间来坐聊。随后,张海兵也来看望朱教授,接着,他们又去楼上房间看曾、张两位。

晚上 11 点多,朱教授来电:李素芝明天带队去山南。心中释然。

2014 年 9 月 13 日　　星期六　　拉萨——山南　　晴

上车,李素芝站在面包车上招呼我。军车牌照不便进宾馆,怕被拍照,奇了怪了。不管,全部上来,一一介绍握手。我与李素芝可谓老相识了,给了他写的新民晚报上下载的关于他的文章,还赠送一本我的《男人之歌》。

顿珠多吉最终没有联系上,我的心一下冷了,千里迢迢进藏,还是没有找到两个当事人。翘脚的新闻怎么做?人算不如天算,顺其自然吧。

车在湖北大道找坚增欧珠,未见。先去山南西郊贸易市场对面街沿买水果。山南地区泽当镇人气旺了,生活气息浓了,这个市场据说开了三四年。形成这样的规模着实可喜。水果琳琅满目,极其丰富。

回出去,到湖北大道国税局门口寻,一个骑电动车的背影飞了过去,面包车跟着他,我看见欧珠的背影,漆黑的头发,十分惊叹:状态这么好!出乎想象。

李素芝和朱有华先下,握手寒暄,欧珠的老婆次仁激动非常,她还认出我,紧紧地握着我的手,是对我当时牵线搭桥从中促成的感激。

欧珠肾移植后,又开了四次刀,终于从死亡线上被拉了回来。奇迹,真是奇迹。创造这一奇迹的就是朱有华和李素芝。

我上灶间的房顶,下来时问欧珠,他竟然还说出我当年给他们兄弟留下钱的细节。而我,已经忘了。

正在大家聊谈并惋惜多吉没能联系上时,电话通了。我决定去拉萨蔡公堂乡多吉的家中。拍照,问上几句,也好。这样就可以了。

下午一点半,在离城较远的小饭店吃了饭。李素芝喜欢和朱有华开玩笑,反复讲,很有趣。

饭后,送次仁的孙女强珍回家。考斯特到拉萨火车站,放下李素芝,我们再去蔡公堂乡,找到乡政府,没费多大周折,找到了出来迎接的多吉。朱教授一看,没变。多吉还是一脸憨厚,见人嘿嘿地笑。

出来,到军区总医院,李素芝和医院政委、副院长等领导一行站在食堂门口迎候。晚宴,隆重、丰盛、场上气氛放松,敬酒,政委唐明文不会喝还热情,李素芝喝白开水。我晚上喝了很多。后来又到李素芝家中坐了一会。回到房间,拿到了边境证,睡觉。10点半。

2014年9月14日　星期日　晴　日喀则

一早起来,奔日喀则。入住已是向晚时分。去吃饭,来一武装部科长,姬主任要我换上徐主任,遵命。没喝酒,草草完事。回宾馆,一会,曾力来叫,把边防证带去验明正身。可以,放心。

重返日喀则,搜寻记忆,没有很多,惟几处我是忘不了的,一望便知,但已物是人非。

日记到18日

人格陈酿自然峰
——国画名家邱陶峰印象

大自然中,三山五岳稀罕,因为,不多,很少。大千世界,芸芸众生,堪称楷模者,虽不及名山大川般珍稀,但也时常可见,关键在于发现。所谓大隐隐于市,就看寻访人有没有悟性了。窃以为,乡音不改,今年七十有九,说一口闽南话的中国画院一级画师邱陶峰老先生,就是一位高风亮节、心地坦荡、堪为人师、可为榜样的名家。

与之交谈,前后两次。印象深刻、撼人心魄的是,说到有画商来请邱老临摹古画,性格儒雅的他,撂下一句轻轻的狠话:我还没有穷到这个地步。还有一句,邱老五十多岁时,院里有意让他当院长,他辞谢了,因为那时正当年,可以多画一点。

一个人,壮年时,不为官位所惑,到老不为金钱所动,此人庶几可以定论也。

青涩当年,从农民到工人

2014年7月和9月,两次造访邱老先生。他一生爱画,初衷不改。市区一幢高层建筑,里面一间画室。邱老自述,身体还可以,就是手有点抖。但是,一提起画笔,手不再抖。亲眼所见,煞是了得。

邱陶峰是广东揭阳市白塔区元联乡元坯村人。父母都是农民,邱陶峰读到初中毕业就辍学了。当时,上初中每一学期有80斤稻谷补贴,高中到城里去就没有了。

中学毕业后,回到乡里务农,自小喜爱画画的邱陶峰,开始帮乡里搞宣传。农村里的好人好事,卫生大扫除等,这些鲜活朴素的人和事都成了他笔下的生动题材。他给粤东农民报投稿,屡屡中鹄,最后还上了报眼。

正当邱陶峰乐此不疲之时,一个更大的人生际遇悄悄地向他走来。二机部到广东招工,招了几千人,他的家乡有20多人招进去。今天,我们无法想象那时的大手笔。原来,前苏联来帮助中国建设,百废待兴的新中国建工厂招青年,邱陶峰有幸成为其中一员,当然只是一名青年学徒,却为他走出小山村进入大城市乃至后来进中国画院作好了铺垫。

邱陶峰被送到南京学习无线电技术。此后,前苏联撤走专家,中国人开始自己搞。邱陶峰又被分配到上海军工路上的无线电广播器材总厂工作。后来,他又被派往南京学习,学成后分到成都飞机厂工作。去了之后,学来的知识派不上用场,厂里很开通,不喜欢这里可以回原来的地方。结果,邱陶峰再次回到上海老厂。

也许是水土不服吧,邱陶峰总觉得成都天不开眼,阴霾天气多,人也不开心。回到上海,厂里学习、画画都好。特别是上海工人文化宫,喜欢画画的邱陶峰找到了一块可以观摩可以交流的地方。在此期间,邱陶峰还成为小组里的技术革新成员。后来,工会知道他会画画,整天要他去帮忙搞宣传,有时还加班。加班没有钱,因为喜欢不觉苦不觉累。至今回忆起来,邱老先生没有一点怨言,还说了一句感恩的话:厂里伙食很好,吃饭不要钱。

这时,外面的报纸也频频来约稿。邱陶峰的画经常常在文汇报、解放日版、劳动报亮相,他成了小有名气的工人画家。市里有活动会发通知给他。不过,在厂里上班的他最开心是星期天,没有杂事,可以一门心思画画。

初出茅庐从工厂到画院

纵观历史,每一个时代都有自己的幸运和悲哀。

邱陶峰学画路上顺风顺水,于今一想,让人难以置信。自学成才,初涉画坛,邱老在那个充满开心回忆没有一点怨艾的工厂里,一直干到1960年8月。当时,国家为了培养人才从基层挑选了一些年轻的业余画家,到中国画院拜师学艺,以期继承著名画家的传统风格和精湛技艺。

老天有意,时代造就。邱陶峰拜在了我国著名山水画家贺天健的门下,不是自愿,而是组织安排。初始,邱陶峰很不愿意。他说本来不喜欢山水画,对此没有兴趣。出身在农村的他,到处是山水,看得都讨厌了。拜师之前,邱陶峰在厂工会买的电视机里曾看到贺天健老先生在开讲山水画,还曾腹议:这个老头子讲山山水水的有什么用?没想到,现在要跟他学山水画了。画院领导也对邱陶峰说:这个是国家要培养你,后继乏人,如不抢救,就没有了。说得那么重要,邱陶峰也觉得有道理。然而,画院领导又说:你现在同意了,接下来还要经过老师这一关。

贺天健老先生见了邱陶峰,先问:喜欢中国画吗?得到肯定的回答之后,贺老又说:你要跟我学,就要听我指挥,不能跟东跟西,否则学不好。末了,贺老让邱陶峰先画一张试试。邱陶峰画了一张山水,是临摹的,依样画葫芦,最方便了。贺老看了,觉得可以,就首肯了。

贺天健教画要求极严,从唐宋元明清上面下来,一星期上一次课。贺老教山水和别人不一样,有系统的,很仔细。唐吴道子的石法,学画山的结构。空壳子开始,先勾几条线,下次再来,加墨。还有王维石法,就是诗中有画,画中有诗的诗人王维,他的渲淡破勾斫法。对于画,我不懂,听邱老讲解等于上一次普及知识课。画虚线,先勾山石框廓,在脉络凹处勾斫钉头皴,再用淡墨水破凹处几次,使其有立体感。邱老说,以淡墨画远山,最后加苔点,用此法,去临国画,一看便知,否则无从下手。

邱老还说,大学里都买《贺天健课徒画稿》。我拿来翻阅,感觉很有章法,且深入浅出,完全可以学而不忘。其中荆浩法、钉头、解索皴法,先勾山石轮廓,再在脉络凹处勾斫钉头皴,皴好后用淡墨画远山,这些被奉为圭臬的东西必须背出来。古代画家凡五六十家,每一家最少一样,一般有二三个方法。首先是继承,以后创新才有基础。

按照贺老的这一教学方法,邱陶峰整整学了五年时间,还没有完成。跟贺老学画,第一阶段,了解中国画历史各时期发展脉络;第二阶段,临古代名家,临一张就要一个多月;第三阶段,外出写生;第四阶段,创新,有色彩,这就要靠自己了。陶峰在临古画时,贺老先生还在,并允诺,临好以后给他开一个画展。

在贺天健老先生的悉心传授下,作为其入室弟子的邱陶峰基础打得非常扎实。掌握了方法,画山画水都是胸有成竹。上一个世纪80年代开始,邱陶峰进入个人创作成熟期。他最得意的作品之一《空谷鸣泉》被刘海粟美术馆收藏。另一张《春山积翠》用创新手法泼墨泼彩,很难画,勾出来,又有又没有,虚虚实实,浓淡变化、枯笔涩笔都有,只有十张,现在复制不出来。说这话时,陶峰老自己都有点感慨,我听出来了。不知对不对?

将近耄耋晚年仍奋发

邱陶峰老师的一口闽南话,听起来费力。但是,近距离的聊谈没有妨碍我们的交流。我手上有一大堆关于邱老的画风、画作的评价,我觉得我这个门外汉再加以褒奖和转述没有任何意义。

但我记住了,邱老的《富春山溪》图几可乱真,谢稚柳先生为其题写"妙笔"。有画商看中了邱老的技艺,请他"复制"古画并包给他,却忽略了邱老的人品,谦谦君子的邱老摔下一句"我没有穷到这个地步"的狠话。

我还记住的是,50多岁时,院方请他当院长,他坚决地谢绝了。他说,他正年轻,应该多画点。这也不正是中国文人的风骨吗?当官不是不好,热爱艺术甘愿为艺术献身的人格更好,更值得赞叹。

哦,说到这里,回过去从厅里进画室,坐定瞥见对面墙上的一副书画。那是1961年贺天健带着刚拜师不久的邱陶峰去杭州写生,一幅散淡天高远的西湖国画,题款是"春秋皆好,浓淡相宜。"有意思的是,贺天健落款称学生为"陶峰老弟,天健于西湖。"想到这一对师徒多么富有情调,现如今动辄就是名片后面印着的长长的头衔,他们之间,只一个老师和老弟尽在其中矣。

山水画,比较复杂,人物、布景、花卉,最难学。靠线条、笔划支撑,字写不好,画也不会好。邱老说,我一辈子练书法,从小时候开始写描红簿,别的可以放弃,书法不能放弃,天天练,进画院后也是如此。中国画人物、山水、花卉,三个共通的笔法是书法,中国画最难也难在这里。不练字就停滞不前了。

一位很有名望的年近耄耋的老画家,言谈之中没有自满的话语,讲的依然是怎样画好作品,让人顿生敬意。邱老是画家,作品意境深邃、笔墨淡雅,我忽然觉得,他就是画中人,山峰是一笔一笔画出来的,人也是一步一步走到今天的。他与画,一样美妙,耐人寻味。

2014.10.4

黄传会：为人为文细节真实一致

提示：从《托起明天的太阳——希望工程纪实》的影响和受关注的时间看，他都堪称撰写希望工程报告文学的"第一人"。作为报告文学作家，他把自己的笔触伸向了中国农村广袤大地上的孩子、乡村教师、农民。他向读者叙述的每一个生动细节，都是靠一步一个脚印走出来的。

黄传会报告文学作品获奖无数。其中，《我的课桌在哪里——农民工子女教育调查》在第五届鲁迅文学奖评选时入围前十名，最后在进五时与鲁奖擦肩而过。这一次，《中国新生代农民工》荣膺第六届鲁迅文学奖，可谓实至名归。

他说，报告文学是走出来的。

为希望工程而跋山涉水

1990年早春，一位穿着海军军装的作家来到了广西平果县汤那屯，他亲眼目睹了这个小山村的贫困状况，满怀悲情地写下了5个少女的灰色故事。这是国内最早涉及希望工程题材的报告文学，《羊城晚报》转载了其中章节，引起了港澳同胞的关注，社会捐款达26万元。于是，汤那屯盖了一所希望小学，修筑了一条路，通了电。10年后，黄传会重访故地，自然要去找一找当年的那5个孩子，没料想，5个少女已经长大成人，全部考取中专大专走出大山了。在一个考上南宁中专、毕业留在南宁工作的女孩家里，墙壁的木板上还留着依稀可辨的八个粉笔字："希望工程，海军作家。"黄传会久久地看着，感受到了从未有过的欣慰。

村民们对他说:"希望工程让我们获得了第二次'解放'。"

对此,黄传会感慨地说:"我手中既无权也无钱,但我有一支笔,可以为他们呼吁。"

说起与希望工程结缘,得提起那次聚会。1989年10月,担任团中央青少年发展基金会秘书长的徐永光问他:知道希望工程吗?贫困地区有很多孩子读不起书。黄传会感到惊讶:有这事?徐永光就对他说,你去写写他们吧!黄传会爽快答应了。他去了位于太行山区的河北顺平县。这里离北京才一二百里地,竟然会那么地贫穷。他走进一老乡家中,揭开锅盖一看,里面是十几粒冰凉的土豆。他还看见一个一个女孩从破棉絮里钻出来,炕上连炕席都没有,下面只是铺了个僵硬的塑料袋。许多孩子因为家庭贫困交不起20元的学费而失学,望着他们那一双双渴望的目光,黄传会的心像灌了铅似的沉重。当时官方的说法,全国有400多万孩子因为家庭贫困而读不起书。其实:真实的数字远远不止。

就此,黄传会接连跑了7个省(区)的21个贫困县,这是对国情的一次深入了解,对贫困地区基础教育一次真实的考察。他的《托起明天的太阳——希望工程纪实》发表后,引起了读者广泛的关注,老作家冰心专门为《人民日报》写了推荐文章。

乡村教师:两头燃烧的蜡烛

1993年,黄传会又开始了远行。他在贫困地区的几十所学校采访了200多名乡村教师后,深深为他们可歌可泣的事迹所感动。紧接着,他又创作出了《中国山村教师》,这同样是一部黄钟大吕般的报告文学力作。

黄传会说:"如果我们用蜡烛比喻教师的话,那么,乡村教师是两头都在燃烧的蜡烛。"他又说:"和平年代最可爱的人是乡村教师。"

山东冠县是武训的家乡。当了近30年民办教师的戴修亭,一生最盼的是何时能够转为公办教师。轮到戴老师可以转公办了,他却得了晚期肝癌,填完表,还没待批下来,人已故去。黄传会见到了他的女儿,已经接过父亲教鞭的她告诉黄传会:父亲教了半辈子书,给她留下一根教鞭和一本翻烂了的《新华字典》,还有7000元的债。

河北涞源县一个名叫李恕的教师,上个世纪50年代初高中毕业后,便到村小任教,村里凡是识字的都是他的学生。黄传会采访时,陪同的当地领导问他有什么要求,李老师迟疑了一下,然后说:如果可能的话,每个月请多批给我一斤煤油,年岁大了,眼花了,晚上批改作业要点亮些的灯,现在定量供应的煤油不够用。

在海南省乐东县,黄传会采访了一位身患晚期肺癌的老师。黄传会问他:为什么不在医院治疗?他说:这里只有我一个老师,我走了,谁给孩子们上课。我只有回到学校,站在讲台上,才能减轻一点痛苦。

在宿舍里,黄传会发现窗台上放着一大一小两盏煤油灯,他问老师:为什么用两盏灯?老师回答:那盏小的平时用;只有在批改作业时,才用那盏大的……

这些细节,黄传会刻骨铭心,他说:乡村教师的忘我奉献精神,深深地感动了他。他要为他们讴歌,为他们做点实事。

当年,在人民大会堂举办的《跨世纪的钟声——希望工程晚会》上,黄传会推荐了戴修亭老师的女儿,她为观众讲述了她父亲的故事,很多人当场给乡村教师和学生捐款,场面感人。

令黄传会欣慰的是:凡是他书中写到的教师的命运,都得到了改变。

真实的细节来自生活

为了撰写《中国新生代农民工》,冬日的一个凌晨,寒风凛冽,农民骑三轮车,他披上军大衣骑自行车跟在后面。写一个卖菜人,黄传会经历了卖菜人一天所有的过程。

报告文学的创作，必须亲力亲为。对此，黄传会说，从1977年10月调入海军政治部创作室，便受到了高源、杨肇林、叶楠等一批老作家的影响。高源当年为了写一篇灯塔的散文，跑了几十个设有灯塔的小岛，这是多么扎实的采访啊！

中国作家协会组团采访沈阳飞机工业（集团）有限公司董事长、总经理、歼15舰载机研制现场总指挥罗阳，作为采访团团长的黄传会写出了一万字的报告文学，分别在《人民海军》《文艺报》上发表，后来又主动向中国作家协会请缨：为罗阳写一本书。到了沈飞公司，黄传会开始了密集的、大工作量的采访。写新闻的记者走了，编戏的剧作家走了，黄传会依然留下来，没了没完地采访。

20万字的《国家的儿子》书稿完成了，其中有一个细节：罗阳帮一位老师傅孙子解决了工作，老师傅为了感谢罗阳，准备了2万元钱。清晨，老师傅守候在罗阳的家门口，罗阳上车时，老师傅迎上前去，掏出信封说："罗总，给您添麻烦了……这是……"罗阳的脸色忽地变了，"您这是什么意思？"他钻进车里，把车门重重一关，走了。罗阳的妻子王希利看了书稿后，打来电话，说，罗阳绝对不会这样，他永远都在为别人着想，他绝对不会"把车门重重一关走了"。

黄传会将稿子改了："师傅，您怎么能这样……罗阳心里挺难受，但他没说什么，怕老人尴尬，他匆匆钻进汽车，又不忘摇下车窗，朝老人招了招手。"

黄传会说：报告文学创作是"戴着镣铐跳舞"，每个细节都必须是真的。

采访手记

黄传会给我的印象是：报告文学作品的细节和为人的细节一致。作为海军政治部创作室一级作家、专业技术三级，黄传会依然保持着一个文人本色，没有架子。作为报告文学作家，他写出了《托起明天的太阳——希望工程纪实》《中国山村教师》《中国贫困警示录》等力作。作为海军作家，他和舟欲行又写出了《中国海军三部曲》:《龙旗——清末北洋海军纪实》《逆海——中华民国海军纪实》《雄风——中国人民海军纪实》。

  细节,是诀窍,也是成功的不二法门。我最后想说的关于黄传会的一个细节——

  2013年7月16日清晨6时,结束了在武汉对农民工的采访,准备返京的黄传会乘坐的海军越野车被地方的一辆面包车碰撞,对方全责。

  第一辆救护车来了,医护人员向受伤的黄传会走来,他冷静地说,先拉对方那位司机,他快不行了。事后,处理事故的民警告诉他,那位肇事司机只有23岁,也是一个农民工,那天清晨是急着把一批服装送往一家批发市场,路滑、车速又快,出了事故在医院急救室里昏迷了三天三夜才醒来。民警征求黄传会对赔偿的意见。

  左额上缝了13针的黄传会,挥了挥手说:农民工,还要他赔偿什么?我担忧的是他会不会伤残,以后还能不能工作?

  黄传会的《中国新生代农民工》获奖了。他不仅用自己的笔,还用自己的言行,写出了这部获奖作品。他是一位令人尊敬的德才兼备的报告文学作家。

2015.1.6

人类痼疾
——眼肌型重症肌无力的福音

往往先有一个大胆的想法和思路,才有一个伟大的突破和奇迹。

大概10多年前吧,张建明就在思索:重症肌无力属于中医的"痿"证,对此病因,在《黄帝内经》以降的众多文献中,著述几近全面,历代医家在临床中也大多认定为虚证而以补法为主流。但是,补了千余年竟然还不行,既然补法不行,那就至少说明此病一定不是纯虚之证,那究竟还具有哪些实证的因素?虚的因素是否与实邪同时存在?虚与实间的关系如何?这时,张建明首先想到了邪毒,继而又丰富了风邪,最后又认定兼有虚证,于是解毒祛风补虚的完整治法就慢慢形成而趋于成熟了。

思路一转,曙光出现。上溯《黄帝内经》,又联想到今天许多案例,长期吃红肠、罐头而感染的一种"肉毒梭菌",有人瘫痪;也有一些是细菌医感染。格林巴利综合症分急、慢两种,急性的通过中医疗法效果很好。以化湿为主,不是以补为主。这个湿,是感受外湿,不是人自身的虚。此念一生,离开张建明的否定过去传统的想法近了,汗法是一个"拐点",跟传统的轨道脱离了。

一般伤害人体的邪气是以热性为多,由外邪的热毒造成。用清热发汗补气补神,传统的补气补肾为主法,张建明将此改为次法,"开窗"让老鼠蟑螂逃出来。清热解毒更似杀虫剂。

第一个成功病例是罗姓女青年。患病8年,西医不行就看中医。外婆为她熬了8年中药,无效。吃了张建明开出的药方,眼睑睁开如常。她妈妈打电话向外婆报喜,结果一家人在电话两头喜极而泣。不久,他用同样的方法又治愈了一位中年男性患者。之后又相继治愈了两位小女孩。这两位小姑娘就诊时都服用着大量的西医激素,用了中药后不仅完全停掉了,而且症状也完全解除。

其中一位无锡患者女孩的父亲在2014年写了一封感谢信,他写道:"2010年6月9日,《新民晚报》特稿刊登记者对30年坚守门诊第一线的著名中医张建明的访谈文章,读后心头一亮……找到他也许能救。"

结果如其所愿,他的女儿经国内著名神经内科专家诊治无效的情况下,在张建明处病情得到控制并日渐向好的方向转换。他转而介绍了同样患此病的舟山病友过来,一样获得良好的疗效。

张建明医生手下有一位中医药大学的在读研究生陈杰。那天他回校时,听到大学眼睛研究所主任周教授跟其他教师商量,他们要上《黄帝内经》"痿症"的网络公开课,但是上网搜遍没有一例成功的案例。最后,征得张建明老师同意后,陈杰把张建明医生治疗的病例贡献出来,中医药大学视为珍宝把它作为上课的教案。

对于此病治疗的突破性进展,张建明谦称说还远不能轻言攻克。他接下来想做两件事:一是争取此病的疗效能在大样本的数据中得到确认,以求在中西医公认标准的层面上获得成功;二是借助此病的研究思路,争取对包括西医重症肌无力全身型、肌营养不良、运动神经元疾病、多发性神经炎、周期性麻痹等以全身性瘫痪为主症在内的中医的"痿"病治疗能有全面的进展或突破。虽然在这方面他已有了一些可喜进步,但他认为不足为道,因为还远不成熟。

2015.6.6

用蜜蜂蜇一下
——记出生行医世家的民间蜂疗高手张鹏展

如果不是说他用蜜蜂免费为病人进行蜂疗,记者都不敢前去采写报道。为私人医生甚至是为"无证行医"做广告,历来为媒体之大忌。但是,张鹏展作为企业家长期以来坚持为病人进行蜂疗,不收分文,这就有戏有故事了。

张鹏展,中等个子,可以说其貌不扬。事实证明,人们对他"良心很好"的评价恰如其分。否则,你看,自从本报那篇报道出来后,凡是按图索骥找过去的,他也一样来者不拒,这个免费是真正的免费。记者见到他时,他手中拿着一只镊子,从一只木头盒子里钳出一只蜜蜂,对准病人患处的穴位,蜇一下,结束了。看似简单,其实大道至简,奥妙无穷。这么说,是因为记者后来介绍两人前往求治,均有很好的效果。

黄蓓华是本报读者,来信自述类风关痛苦之状,前去蜂疗五六次,症状明显好转,医院检查各项指标接近正常。另一位金陵中学退休老师,原来因为腰椎间盘突出卧床,也是五六次治疗后,可以下地行走,乃至最后出去旅游。

那么一蜇的轻轻,其实是中华民族的中医精粹。它是祖先的智慧今人的沿用。

张鹏展是乐清县雁荡山镇人,41岁,父亲是做生意跑运输的,母亲是家庭主妇。不过,鹏展的外公外婆是国民党李弥部队的军医,是李弥将军的贴身医官,后来成为乐清人民医院的创始人。

不过,张鹏展第一次接触蜂疗,是在奉贤邬桥沈鹏里处。当时鹏展的腰不好,但被蜇了一下,轻松了。这位沈鹏里先生是市区人,研究蜂疗30多年,至今仍在为人看病,还成了张鹏展的师父。

张鹏展学习蜂疗技术后,师父很大度,嘱咐他赴京参加全国著名的蜂疗专家王孟林教授开办的一个培训班学习。现在,张鹏展在上海蜂疗圈内颇有名气,他的事迹已被载入"第三届国际中医原创思维与扁鹊脉法论坛"会刊。他还被上海市蜂疗业界推选为带头人。

蜂毒治疗疾病范围很广,张鹏展主攻骨关节。他说,成年人人群中10%骨关节有问题。蜂疗简便易行,成本低。

因为认识不少气功师、推拿师,所以听到用蜜蜂治疗腰椎间盘突出,满腹狐疑。赶到现场一看,果然看不出什么道道来,就是用蜜蜂蛰患处包括周围的穴位。张鹏展解释,蜂蜇人有针、灸、药物的三个方面作用。蜜蜂的针刺后,椎体上会肿的,外面膨胀,就往里压迫。消肿消炎后,能够抑制增生,软化增生,再通过经络疏通,循环带出多余增生物。而且,要从影像上看,就是X光拍片,没有了,看不到了,才能算好。

2015.8.3

沈氏针罐排毒通经法传人
——沈荣生治疗目击记

　　一个矮小瘦弱年过八旬的老人，谈吐间，对中医特别是对自己的针罐排毒充满了信心，感染了人。但是，最终让我信服的是亲眼所见，他把脑梗病人头顶的瘀血"拔"出来了，刚才还是摇摇晃晃走进他家门的重病患者，治疗后竟能在地上走出一条直线。这是今年夏天始于记者"寻找中医"之旅的一站。

　　排毒通经，几乎无所不能。但是，我选择了沈荣生最拿手的拔"骨刺"消"增生"一招。据有关资料统计，全球骨关节炎患者有3.5亿人，其中一亿多在中国。骨刺和增生，最通俗的说法，沈荣生却不认可。他诘问：骨头上面怎么会长刺？怎么会"增生骨髓生物？"他进而说：从古至今没有记载过人与动物关节、骨头上会长出"骨刺"的文字，其实，这是骨关节之间的沉淀之物，血瘀沉淀之物。

　　20多年前，沈永生从杨浦公安分局法医的岗位上退下来后，给上千人拔"骨刺"消"增生"，实践得出结论："痛在关节，病在血瘀"。也是三四年前，记者曾亲眼目睹并尝试了沈医生针罐的效果。先用一枚七星针敲刺表皮，再用一把小小薄薄的刀片，在患者部位的皮肤上轻轻地划过，然后用磁性螺旋式抽气罐，劙上去十五分钟到二十分钟拔下，倒出来便可看见块状的粘稠的瘀血，有的甚至是白糊糊的东西和瘀血混合一起，沈荣生会说，这就是人体当中的坏东西。这个方法，不用酒精火，不伤皮肤，能将皮层下肌肉间或关节内的瘀血、积液、滞气取出，再用世传配制的中药膏、丹、散外敷止血、消毒、封住针（刀）口，如此操作安全可靠，未发生过炎症、溃烂病例。沈荣生还解释，血液是流动的，流经关节处，过剩的元素会滞留或沉淀。这让人想起自来水管道积垢的原理,很容易懂。关键是,沈荣生说了,这些"骨刺"或"增生"没有根须,没有深入软骨内,可以剥离出来,就是通过罐拔出很厚很粘的瘀血。反之,如果是"骨刺"或"增生"物,他是拔不出来的。那么,怎样才能证明"拔"的是对的呢?答案来自患者,症状消除了,甚至拍片也找不到"骨刺"和"增生"了。

不管西医还是中医,理论可以不同,但在这里,沈荣生解决了西医不能解决的问题。

循此方法,一路走下去,其实就是一个中国人古老简单的道理:痛则不通,通则不痛"。绕来绕去,绕什么绕? 华佗说过:"血脉流通,病不得生也。"如果再往前追溯,那就是《黄帝内经》中黄帝与岐伯的一段对话,黄帝怜爱万民,亲养百姓,想不采用服毒药和砭石的方法,转而用微针以疏通经脉,调理气血,增强经脉气血的逆顺出入之会,来治疗疾病。这就是中医针罐的理论根据。

沈荣生其父沈伯民是中医内外科专家。1988年7月,沈荣生的叔父沈根法年届七十,在当时政策的鼓励下,本来一直在民间行医口碑甚好的他,在竖河镇上开出了第一家中医私人诊所。到了1991年中医要考试,70多岁的人怎么考? 结果,这个诊所被关掉。1994年,从杨浦公安分局法医岗位上退休的沈荣生继承父辈的遗志,继续行医,有文化的他,很快进入角色并多有建树,多次参加国内和上海高水准的学术研讨会,还获得了多种论文奖状证书。

作为沈氏针罐排毒通经法第四代传人的沈荣生,他参加了2014年全国名老中医疑难病临床防治与养生研讨会,当选为中华名医"薪火传承"论坛组委会理事,是上海唯一获此殊荣的中医。他还被安排作学术交流,发言题目就是《沈氏针罐排毒通经法》。现在,沈荣生的儿女和外孙,也在学习并实践,这一祖国中医的奇葩传承有人前景必将更加光明。

2015.8.10

南汇赤子唐同轨

国字脸,浓眉大眼,可以是一脸慈祥,也可以怒目圆睁,这就是南汇赤子唐同轨。不过,前者和蔼是常态,平时绝大多数如此;后者是非常态,很少出现但不是一点也没有。老唐这个人,我和他打了20年的交道,他的品质,就像是化肥没有出来以前的农作物,味道好极了。不过,他的人生的经历,是片段的叠加,我只有一个大概的印象。直到猴年开初的一个下午,在南汇书院的葵园农庄里,我们坐下喝茶,面对面,没有干扰,因为早就想写他,我开始一本正经地采访他。

子承父业做教师

老唐是南汇惠南镇徐庙村人。他本来应该姓朱,我过去好象依稀听到过,这一次证实了。他说,父亲是入赘唐家才从了女方的姓。祖父朱迪人是五代祖传儿科医生。同轨父亲年少时,祖父把他送到师兄在三灶镇的药铺去学生意,理由是放在自己身边容易懈怠。同轨的父亲白天打杂,晚上睡在药柜上,一条被子半垫半盖。师父为了考验这个徒弟的品行,有一天故意在药柜下面撒了一把银元,唐父早上起来发现,一个一个捡起来交到师父手中。从此,师父不再叫他洗尿布看孩子,把真本事教给他。

祖父朱迪人养了六个儿子一个囡,把一个儿子也就是同轨的父亲送到唐家,本来是儿科医生的他,因为当地缺老师,转而去私塾当老师了。他教的是一二三四年级的复式班,语文数学音乐都是一个人教,这里上课那边就安排做作业。唐医生变成了唐老师。同轨至今清晰记得那个九曲回廊的私塾环境真好。不过,最好的是父亲老师这个人,方圆十里之外,乡亲们都叫他老唐先生、唐老师。穷苦人家学费交不起,免了;学生吃不上饭,就到唐老师家里去吃。师母也好,大肚能容容乡下贫苦子弟。解放后,唐父又做了小学校长。

正直、待人和善的父亲,影响了儿子唐同轨的一生。有其父乃有其子,67届高中毕业的唐同轨,1970年到上海师范学院上了二年师资培训班,出来分配在惠南中学当了高中语文老师。后来评职称,校长告诉他,你是工农兵大学生不能评职称,这句话刺激了他。恢复高考后,唐同轨一考中鹄入取华东师范大学中文系。当时实行哪里来回哪里去,同轨又去问校长:现在我有资格评职称了吗?意气用事也有,同轨很可爱,校长无奈地说,哎呀!过去不让评,也是上面的政策,侬现在还有什么闲话好讲,当然好评。一评就是一级教师。那个时候,卖力,虽然离家很近,老唐吃住在学校,一心扑在教学上,做了一个班级的班主任,一个班级的任课老师。1987年,他把自己的班级带到毕业,是南汇县大学升学率全县第一名。

中途改行当记者

唐同轨这个语文老师,不仅会教书,更会写文章,教书期间,每年都有10篇以上的报道发表在解放日报、文汇报、新民晚报上。他的才情在南汇渐为人知。南汇县广电局到惠南中学来商调,老校长通情达理成人之美,唐同轨去了,上任就是南汇广播电视台编辑部主任。他是当时台里唯一的大学本科生。1992年,他又奉命创建南汇报。他就是喜欢写,有了阵地,一时如鱼得水,搞得风生水起。每年的市区县报好新闻评比,他都是得奖专业户。

早在教书期间的1986年,老唐利用放学的一天下午,去大团镇采访了大团法庭庭长,一篇《不吃千家饭,善断百家事》发表在文汇报《法庭内外》上,这位庭长随后被提拔为南汇县法院副院长。《咬定青山不放松》这篇长篇通讯,是1989年发在解放日报《市郊大地》上的一个整版,褒扬了在人们普遍不重视农业的情况下,而彭镇乡党委书记刘亚弟以农为本,大力发展农业生产的事迹。一次在全市三级干部大会上,时任上海市长朱镕基大声问:刘亚弟来了没有?刘亚弟不知就里站了起来。没想到,朱镕基市长对他大大表扬了一番。傍晚,唐同轨在南汇报社还没有回家,当时县里的宣传部长赶到报社,冲着唐同轨就说,你这次是为南汇争了光!没参加会议的唐同轨还不知道呢。

不过,最为精彩最能反映唐同轨性格一面的是他的嫉恶如仇,拍案而起,这时,他的国字脸上也就有了肃杀之气,令人生畏。唐同轨一直以自己是乡下人自称,他最看不惯的是有人欺负农民。1994年,他到县政府隔壁的工农北路去上班,看见一群农民围在县政府门口要找县长。老唐上去问什么事?农民就把麻袋里长得歪瓜裂枣似的伊丽莎白、西莫洛托等甜瓜倒出来,控诉一个卖假种子的人。老唐一听,心里来火了,有这种事?他一边劝农民,一边把农民带到隔壁马路上的南汇报,听他们反映情况,当场保证一定如实向分管副县长汇报。

农民散了,老唐就去找副县长周林官。这是好官,当官不像官,对农民一样有着深厚感情的周林官,一听立马就拍了桌子,马上打电话到那个镇上,要求严肃查处彻底解决。晚上,唐同轨到家,一位在广播站工作的朋友来电,说那卖假种子的人是她的弟弟,请唐老师不要追查并请去和周副县长说情。唐同轨一点也不含糊地说:我和你平时工作联系多,关系也很好,但是这件事原则归原则,我是乡下人,侬也是乡下人,侬想想看,一熟瓜颗粒无收,两个老太太嚎啕大哭,侬讲讲,要管不要管?哪怕侬记恨我,我也要管。随后,唐同轨缓了缓口气又说,我也知道,侬是很好的一个人,侬应该劝你的弟弟回来,该赔的就赔,逃是逃不掉的。

说理带情,姐姐把弟弟劝回来了。在政府部门的督促和舆论的监督下,当事人拿着皮尺到农民的地里一亩一亩的去丈量,最后赔付了结,事情完满解决。不久,唐同轨去那个镇采访,正巧碰到几位老农民,他们认出了他,围着他说了许多感激的话。

唐同轨自称是乡下人,其实他是大手笔,能写一手漂亮的文章,上海三大报上经常有大作,南汇报上更是大显身手。在国家战略洋山深水港建设中,他用诗人的情怀和记者们一起写下了六个整版文章,标题是擅长写诗和写歌词的他亲自拟定的:走向大海,拥抱大海,唱响大海。当时区委书记陈策同志非常喜欢,并要唐同轨把报纸的大样拿去放在办公室里。然而,最值得称道的是唐同轨和南汇报记者采写的另外六个整版的舆论监督文章。那就是:大治河。大治河是上海最大的人工河,是南汇人民的饮用水源。为了南汇母亲河,他带领手下文字记者和摄影记者,从闵行的闸港到南汇滨海东水闸,乘船沿途观察大治河,最后三次用了六个整版的篇幅曝光、揭露并催促有关部门整改。第一篇通版的标题是《母亲河,你看、你看,你的脸!》第二篇是《母亲河,是谁弄脏了你的脸?》第三篇是《母亲河,何时擦亮你的脸?》连续通版的大报道长通讯出来以后,引起全县人民的关注。自然,唐同轨也有压力,但是,他的脾性上来了也是不好弄的。他找到区人大主任汇报大治河和大治河报道情况。区人大主任也震怒了,他说:如果局长不行,我们区人大要启动弹劾程序!

好个新上任的环保局长,他顺势而为,全面整顿沿河200米以内河道保护线内的养猪场、化工企业,有力地遏制了工农业生产污水直排大治河的势头。

走向未来仍歌咏

我和老唐非常熟悉,感情很深。按我们南汇的习惯,我常常叫他大佬倌。但要真的说熟稔到什么程度,现在看来不敢说,至少在这次正儿八经的采访之前。

老唐在上师大读了两年大学,考进华东师大又读了五年。随后,在北京广播学院培训一年,接着又到中国人民大学新闻学院学习一年,还到国家干部行政学院学习了一年。文人嘛!老唐有时也很顽皮很幽默,他说,我的学历是低的,只有本科,但我在大学里读了十年书,这个时间也蛮长的。说完,他莞尔一笑。也许,他是否要搞个"相当于"研究生之类的荣誉,这是我的戏说了,老唐不会无聊到这个地步,他只是调侃调侃而已。不过,才知道这段经历的我是被吓了一跳:我以前的胆子也太大了,他是原南汇区的第一个高级记者。他做了我的新民晚报特约通讯员,我竟然没觉得什么不合适。现在想想,我只是华东师大政教系1984级的一个夜大生,是人家日大生白天上学回家了,我才在晚上偷偷溜进去,也算是上了五年课,混了个本科生法学士文凭。

但是,但是!老唐啊老唐,你太厚道了,竟然从来没有怨言,有时对我采访要求也尽量配合提供方便,在这里,我只能说一声:大佬倌,委屈你了!

老唐还是写歌词的高手,去年获得金奖的《有梦的中国让幸福流淌》,已被作曲家谱曲歌唱家公开演出时演唱。还有一首《中国老百姓》已在"唱响春晚,歌耀中华——群文杯全国大型原创征集活动中获得入围。

今年69岁的唐同轨,身体板扎,手脚灵便,思维活跃,一点不老。相反,还有歌词文章从他的笔下流淌出来,说明他的心还年轻,还在为我们这个社会传递真情,叠加正能量。写到这里,我,只能向他鞠躬致礼了。

2016.1.8